BLT
Mit der Welt
auf Buchfühlung

Von Aino Trosell ist bei Bastei Lübbe Taschenbücher lieferbar:

15461 Solange das Herz noch schlägt
15670 Sieh ihnen nicht in die Augen
15858 Was tief im Wald geschah

Aino Trosell, geboren 1949 in Schweden, hatte 1978 ihr literarisches Debüt. Seitdem hat sie eine Vielzahl von Romanen veröffentlicht und wichtige Literaturpreise erhalten. EINE GRENZENLOSE LIEBE ist ein beeindruckender Roman, in dem die Autorin das Schicksal ihrer Vorfahren aus Sicht der Frauen beschreibt. Das Buch hat in Schweden begeisterte Kritiken bei der Presse und den Lesern bekommen.

Aino Trosell

Eine grenzenlose Liebe

Roman

Aus dem Schwedischen von
Gisela Kosubek

BLT

BLT
Band 92310

1. Auflage: Dezember 2008

Vollständige Taschenbuchausgabe

BLT in der Verlagsgruppe Lübbe

Deutsche Erstausgabe

Titel der schwedischen Originalausgabe:
»En gränslös kärlekshistoria«
Originalverlag: Bokförlaget Prisma, Stockholm

Umschlaggestaltung: Karin Huber
Autorenfoto: © Laurent Denimal
Satz: Textverarbeitung Garbe, Köln
Gesetzt aus der Stempel Garamond
Druck und Verarbeitung: GGP Media GmbH, Pößneck
Printed in Germany
ISBN 978-3-404-92310-6

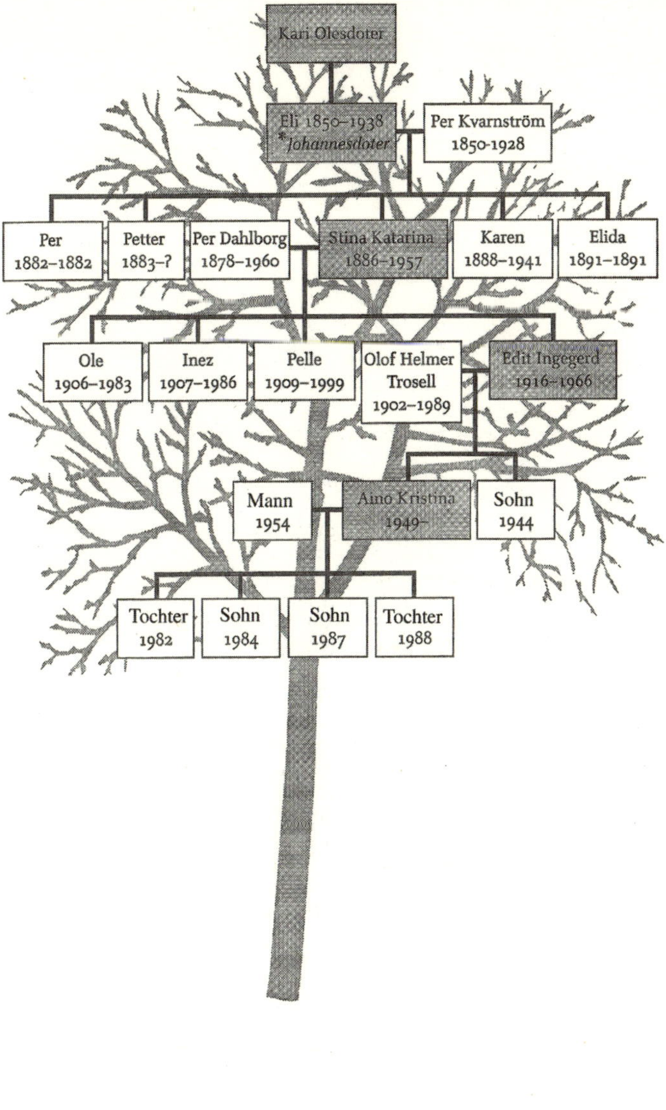
Kari Olesdoter
Eli 1850–1938
*Johannesdoter
Per Kvarnström
1850-1928
Per
1882–1882
Petter
1883–?
Per Dahlborg
1878–1960
Stina Katarina
1886–1957
Karen
1888–1941
Elida
1891–1891
Ole
1906–1983
Inez
1907–1986
Pelle
1909–1999
Olof Helmer
Trosell
1902–1989
Edit Ingegerd
1916–1966
Mann
1954
Aino Kristina
1949–
Sohn
1944
Tochter
1982
Sohn
1984
Sohn
1987
Tochter
1988

Für meine Familie

I.	Einstieg	17
II.	Elis Jugend	29
III.	Elis Ehe und Kinder	77
IV.	Stinas Kindheit und Jugend	113
V.	Stinas Ehe und Kinder	173
VI.	Edits Kindheit und Jugend	207
VII.	Die erwachsene Edit	251
VIII.	Ainos Kindheit	303
IX.	Ainos frühe Jugend	333
X.	Ainos späte Jugendjahre	363
XI.	Eine Tochter	383
XII.	Ausstieg	391
	Nachwort	395

Sie hatte sich oft gefragt, wie man nach einer nächtlichen Vergewaltigung am nächsten Tag ganz wie immer sein konnte – Essen kochte, putzte, Wäsche wusch und für die Kinder sorgte.

Sie hatte sich gefragt, wie man sich wohl verhielt, wenn der Vergewaltiger in die Hütte trat, die Mütze ablegte, auf dem Stuhl Platz nahm und einen ansah, während man das Essen auftrug.

Ob man seinen Blick erwiderte?

Oder ihm auswich?

Auf jeden Fall rannte man nicht aus dem Haus und übergab sich, weinte und klopfte bei den Nachbarn.

So etwas tat man nicht zu Beginn des Zwanzigsten Jahrhunderts, denn ein solcher Ausweg existierte nicht. Zudem hätte man die Kinder erschreckt. Vergewaltigung in der Ehe wurde auch erst irgendwann in den Sechzigern als Straftat angesehen.

Du lagst auf dem Bauch. Kämpftest mit deinem ganzen Körper. Am Ende gelang es dir, den Kopf anzuheben.

Erstaunt begegnetest du meinem Blick. Du warst ein paar Monate alt, und dein Blick saugte sich an meinem fest, und obwohl er noch immer unergründlich und rätselhaft wie so oft bei Neugeborenen war, so drückte er zum ersten Mal auch etwas anderes aus – Entschlossenheit. Du wolltest hoch, zuerst mit dem Kopf, später auf die Knie, danach auf die Füße, wolltest nicht nur diese ersten Schritte machen, wolltest mehr als dieses Tapsen. Du wolltest gehen und dann laufen, schnell laufen, und eines Tages würdest du mir davonlaufen, mein schönes Mädchen – direkt in die Sonne hinein, wo ich dich nicht mehr erreichen könnte, weil mir allmählich die Puste ausginge und ich nicht so rasch laufen könnte wie du.

Alles geht so schnell. Deine weißen, gänzlich makellosen Zähne strahlen, als du in der Ferne lachst, auf dem Weg fort von mir. Dein Leben, das so plötzlich begonnen hatte, ist bereits das einer Erwachsenen, und ich bin nicht mehr jung. Diese Großmutter, die ich hatte, und deren Mutter sowie meine eigene – deine weiblichen Vorfahren, die uns beide formten und prägten, hast du nie kennengelernt, bist nur manchmal in meinen bruchstückhaften Erzählungen auf sie gestoßen.

Du bist Teil der Geschichte, wie man als Frau Mensch wird.

Ich habe nicht davon geredet, denn es war nie eine große Sache. Die Scham war im Weg, die Bitterkeit meiner Mutter, dass wir uns hatten erniedrigen lassen und tief innen glaubten, nichts anderes wert zu sein. Wie erstaunt war ich, als du den Feminismus als Thema für dein Oberstufen-Referat gewählt und dann später an der Universität einen solchen Kurs belegt hast. Ich habe diese Fragen doch nie wirklich mit dir diskutiert, glaubte schließlich selbst, nicht sonderlich daran interessiert zu sein. Es muss all das andere sein, das dich mit seinen Forderungen und Codes an dieses Thema herangeführt hat. Oder habe ich doch wortlos irgendetwas vermittelt?

Natürlich begreife ich, dass du dir Fragen gestellt haben musst – schließlich fehlt so vieles. Einzig die Forderungen sind da, wie man zu sein hat.

Wie wir hierher kamen und zu dem wurden, was wir heute sind, will ich dir jetzt versuchen zu erzählen, es ist deine und meine Geschichte.

Nein, sie handelt nicht nur von dieser Scham. Auch von der Freude, der Triebkraft und der Energie. Es muss möglich sein, Konventionen vom echten Leben zu trennen.

Als du geboren wurdest, war der Weg bereits vorgezeichnet, ich werde es dir zeigen.

Ich stelle keine Forderungen. Ich tue nur meine Pflicht, dir all das zu berichten, dann liegt es bei dir, wie du damit lebst. Du sollst es einfach wissen.

Wo warst du vor deiner Geburt? Ja, zuerst in unseren Herzen, bei uns, die deine Eltern wurden. Wir wussten nicht, dass wir mit dir schwanger gingen. Alles war nur so hell geworden, so voller Freude. Ich strahlte und lachte, ich war froh. Dein Vater war froh. Und wir waren miteinander froh. Es war schön, auf dein Kommen zu warten, auch wenn man sich hin und wieder Sorgen machte, ob auch alles gut gehen würde.

Ein Kind hat Vater und Mutter, einer ist so wichtig wie der andere. Du hast deinen Vater nie vermissen müssen, er hat dich nie im Stich gelassen. Er hat dich vom ersten Augenblick an geliebt, war dir gegenüber stets aufmerksam, hat sich bemüht zu verstehen, was du brauchst. Er war ebenso wichtig für dich wie ich. Doch in dieser Geschichte müssen wir ihn beiseitelassen, denn hier will ich der weiblichen Linie folgen.

Es ist so ungewohnt, in diesen Bahnen zu denken, also muss ich mich zwingen, muss mich anstrengen, um mich zu erinnern. In meinem Leben dominieren die Geschichten der Männer. Mein Vater war kein Vater, wie du einen hast, diese Aufgabe verstand er nicht. Dennoch konnte er erzählen, und darüber verfüge ich auch.

Auf Seiten meiner Mutter fließen nur stille Ströme, und die führen nach Norwegen hinüber. Als Arbeitstitel für diesen Text hatte ich deshalb »Das Norwegenbuch« gewählt;

auch wenn ich nicht davon ausging, dieses Buch jemals fertig zu bekommen. Der rote Fluss des Blutes westwärts und nordwärts – hoch ins Gebirge, den Klarälven stromaufwärts, dorthin, wo er zum Trysilelva wird, am Fuße des Trysilfjells graben sich feinste Rinnsale und Wurzelfasern in die Erde.

Als Frau Mensch zu werden ist mit Scham belegt, nun werde ich dich dennoch dorthin führen.

I.

Einstieg

... Großmutter erzählte mir einmal vom Leben in ihrer Ehe, danach lag ich stundenlang da und heulte Rotz und Wasser. Dennoch war ich erst siebzehn Jahre alt. Noch heute kommen mir die Tränen, wenn ich an all das denke, was sie erzählt hat. Dass es möglich ist, so etwas zu überleben.

(Aus einem Privatbrief)

Ich war erst siebzehn Jahre alt, als Mama in Malung im Bett der Küchenkammer starb, und erst acht Jahre alt, als die Mutter meiner Mutter in der Stube von Sysslebäck starb, sie starb gestiefelt und gespornt, kann man sagen, denn ihre letzten Worte waren: *Hilf mir, die Stiefel auszuziehen*, das weiß ich noch genau.

Sie war aus dem Regen hereingekommen und plötzlich unpässlich geworden. Großvater hatte »Stina, Stina« gerufen, doch was helfen solche Rufe, wenn jemand über die Grenze tritt. Nein, da hatte er sich geschnitten, der Dreckskerl, tönt Mamas Stimme in meinem Kopf. Nun konnte ihr der Alte nichts mehr befehlen, saß nur noch da und vergoss Krokodilstränen, vergaß vollkommen, dass er in diesem Moment kein Publikum hatte.

Es ist nicht viel übrig. Ich erinnere mich natürlich an die Geschichten, und ein paar Fotos besitze ich auch, die meisten sind alt und vergilbt. Eins aus Amerika, ich weiß nicht, wer die Leute darauf sind. Mutters Onkel hatte sich auf den Weg gemacht, und später war er nach Europa zurückgekehrt, nur um im Ersten Weltkrieg in einem Feldlazarett zu sterben, gezeichnet und zerrüttet von Krieg und Alkohol. Ansonsten sind wir um den Gebirgskamm wohnen geblieben.

Eine Ansichtskarte zeigt Sysslebäck, am Rand das Elternhaus meines Großvaters mütterlicherseits. Der Ort ist von Bergen umgeben, und der Fluss windet sich diagonal durchs Bild, kommt von Norden, aus Norwegen. Die Karte ist alt und vergilbt. Sie ist an Fräulein Edit Dalborg, Idbäck, Malung gerichtet, und der Text lautet: Herzl. Dank für den Brief vom 22.10. Stina am 26. selbigen Monats nach Trysil abgereist. Ines vom Bengtsmarithof fährt am 11.11. zu Samuel Persson Grimsmyrheden (Malung). Hier alles gut. Herzl. Grüße von Papa.

Ja, Edit war Dienstmagd in Idbäck, und nun sollte offenbar eine weitere Magd exportiert werden. Malung war besser als Sysslebäck, das besser als Trysil war.

Ein Atelierfoto zeigt meine Mutter, drei Jahre alt, sie steht neben ihrer sitzenden Großmutter, der Mutter ihres Vaters. Die Großmutter hält Mamas Hand mit festem Griff. Das kleine Mädchen hat ganz liebe Augen, der Blick der Großmutter ist hart und unergründlich. Dieser Griff, dieser feste Griff über die Generationen. An diesem Bild von Großmutter Ingegerd ist etwas Erschreckendes – ihr Regiment im ehelichen Bett.

Mamas Hochzeitsfoto von 1941 – wie konnte ich eine so hübsche Mutter haben? Wir sind uns überhaupt nicht ähnlich, sie war dunkel und wunderschön, hatte ein aristokratisches Profil und prachtvolles Haar.

Auf dem letzten Foto von ihr ist sie vielleicht fünfundvierzig Jahre alt, aber wirkt bedeutend älter, eher wie fünfundfünfzig oder sechzig, obwohl sie das nie werden sollte.

Zu guter Letzt schließlich das Nachlassverzeichnis: 54 Kronen auf einem Postsparbuch und mehr als viertausend Kronen private Schulden, darüber hinaus noch unbezahlte Rechnungen. Sie dreht sich im Grabe um, weil ich das jetzt schreibe.

Hier in den Grenzgebieten hat uns immer mehr verbunden als getrennt. Die Obrigkeit war weit weg, und die Bande über die Grenze sind uralt. Es war näher nach Norwegen als nach Karlstad oder Falun, ganz zu schweigen von Stockholm, das eine völlig andere Welt war.

Ich hatte der weiblichen Linie meiner Abstammung ständig entkommen wollen, diesem peinlichen Rinnsal westwärts und nordwärts. Aber die Schriftstellerei hat mich dorthin zurückgezwungen. Mir wurde nicht gestattet wegzulaufen, ich durfte diesen Rucksack nicht abwerfen, durfte nicht vergessen, obwohl ich es wollte.

Ich dachte, dass Zeit vergehen müsste.

Zeit ist vergangen. Aber anstatt dass die Bilder blasser werden, treten sie immer deutlicher hervor, völlig zerschlagen wache ich nach Nächten auf, die angefüllt sind mit Schicksalen und Träumen.

Nun also soll all das aus mir heraus. Damit endlich Ruhe einkehrt.

Diese Scham, sie handelt doch in erster Linie von Sex. Der schließlich allerorten beschrieben, besungen, verleumdet wird, sofern man ihn nicht ganz verschweigt. Als sei er eine Kraft unabhängig von der Erde, aus der sie kommt. Übrigens Erde, wohl eher Wüste. Oder ständiger Permafrost.

Die meisten Schilderungen sind gänzlich verlogen, Scham und Pein dürfen nicht einmal erwähnt werden. Und auch Verlangen darf man nicht zeigen, außer man ist verliebt, und alles Animalische ist Sache der harten Kerle, also der Männer. Die hingegen dürfen nicht weich sein, dürfen auch nicht eine halbe Sekunde zögern, falls sich Chancen bieten. Unsereins soll ständig willig, aber nicht billig sein – welch verrücktes Paradox!

Kaum eine Generation ist es her, dass jede erotische Begegnung auch eine Möglichkeit der Befruchtung bedeutete.

Bevor es eine Mütter- oder Geburtenberatung gab, die den Namen überhaupt verdiente, war Selbiges immer mit einer potentiellen Todesdrohung verbunden, nicht gerechnet all jene Bedrohungen, die rein gesellschaftlich auf einen warteten, falls man keinen akzeptablen Familienstand vorwies. Gewaltige Konsequenzen für einen kleinen Fehltritt, oder mit einem modernen Terminus ausgedrückt, für das Bejahen seiner Bedürfnisse.

Zu allen Zeiten hat es diese Angst gegeben. Hat die keine Spuren bei uns hinterlassen? Hat sie uns nicht geprägt bis in den letzten Winkel unserer Seele und damit auch die Erbmasse selbst?

Jene keimende Kraft, die man umgehend mit dem universellen Begriff HURE niederknüppelt. Jene unbändige Kraft, die sofort mit ihrem Auftreten unrein wird, die gelöst wird von dem Ganzen, dessen Teil sie ist, vom Gefühl. Der Schmutz, der in die Maschinerie geworfen werden muss, damit Kontrolle möglich ist. In vielerlei Hinsicht waren es obendrein die Frauen, die den Ton angaben.

Diese Kontrolle war durchaus vernünftig, besonders, wenn die wirtschaftliche Lage schwierig war. Wer sollte die Folgen der Erotik versorgen – ich nicht, na, ich ganz bestimmt auch nicht –, und ein Mensch braucht schließlich beide Eltern, wenn es um die Existenz geht. Dieses Huren Wort stellte die wichtigste Bastion gegen das Unglück der Kinder dar.

Die Verantwortungslosigkeit war eine Hure, war eine Frau, die aus ihren Begrenzungen hinausgelassen war, man durfte nicht ohne Grenzen sein. Wo fand die Feldschlacht statt, wo schwoll es, wo schmerzte es, wo galt es das Eindringen ins Territorium abzuwehren?

Das Schlachtfeld erstreckte sich vom oberen Rand des Busens über tausendjährige Gefilde abwärts bis kurz übers Knie, dazwischen lagen die heißesten Zonen.

Es galt, sich zu verhüllen, sich zu schützen und die Grenzlinien der Bekleidung zu wahren, in jeder Lage rein strategisch zu denken, wenn man überleben wollte.

Es gab keine Herren, denen wir aus dem Nachhinein die Schuld zuschieben könnten, nein, höchstens ein paar Bauern, die etwas besser gestellt waren als andere, das war alles. Hart geurteilt wurde trotzdem.

Wo war euer Stolz, euer Aufbegehren, ihr Frauen, die ihr uns vorangegangen seid? Verstohlen das Gemurmel im grauen Tageslicht von blaugeschlagenen Erinnerungen. Wir waren doch so wenige, und natürlich war es hart, verzeiht uns, wir hatten nicht viel, auf das wir stolz sein konnten.

Ich nicke, natürlich, eher schon auf der Vaterseite, Gewerkschaftskämpfe und Krieg, die Schufterei in Wald und Fabrik – freie Samstage und Fernsehtechnik, davon ließ sich berichten!

Aber unter den geöffneten Häkchen der Nächte tritt das Frauenfleisch über alle Ufer, zischelt mir, winselt mir zu, schreit mir direkt ins Gesicht – rette uns, denn man hat uns gänzlich weggedrängt, welch furchtbares Gefühl! Und du weißt es!

Weiß ich es?

Diese Geschichte hier hat keinen Spiegel, keine Karte und keinen Boden. Etwas quillt herauf. Ich weiß nicht, was es ist, aber es hat mich geformt. Und es formt auch dich.

Es waren nur ein paar unwissende und verzagte Frauen, doch sie hatten Träume. Nur waren diese Träume ebenfalls verstohlen, verzagt und mit Scham belegt.

Meine Großmutter mütterlicherseits heiratete 1905. Das weißt du nicht. Du weißt fast gar nichts über unsere Geschichte. Sie heiratete, als man die Union zwischen Norwegen und Schweden auflöste. Für sie war es genau umgekehrt, sie ging eine lebenslange Union mit Schweden, mit Sysslebäck und Per ein – Liebe aber war es nicht, so viel steht fest.

Deine Großmutter war tot, als du geboren wurdest. Deinen Großvater hingegen hast du kennen gelernt, das ließ sich einfacher machen, und du fandest ihn nett.

Wie kam es nun zu dem, was gekommen ist?

Die Sache ist schwierig.

Früher saß man abends beisammen und wartete auf das Herannahen der Geschichten. Draußen vor dem Fenster dämmerte es, und wenn man kein Licht anzündete, war das ein Zeichen – die Geschichten waren im Anzug.

Jetzt gibt es diese Momente nicht mehr, fast nie mehr. Die Jugend versteht nicht, wird ungeduldig, schaltet irgendwelche Elektronik ein, ja doch, das über diesen Granitstein vom Trysilfjell haben wir doch schon gehört, mehrfach sogar, ist doch nichts Besonderes, können wir vielleicht vom Tisch aufstehen?

Ja, sicher. Ein einfacher Granitstein, ich sehe es jetzt. Dabei hatte ich ihn doch für magisch gehalten mit seiner Bleistiftschrift auf der Rückseite – »vom Trysilfjell, Juni 1906« – ein Erbteil der Sehnsucht.

Ein einfacher Granitstein, den Stina mit Goldfarbe bestrichen hat.

Es sind ja keine Lebenden mehr da, keine Augenzeugen, die mir auf die Finger klopfen und mich der Unrichtigkeit bezichtigen können. Dennoch bin ich beunruhigt. Ich will, dass es stimmt. Ich schreibe fürs Leben. Ich erschaffe einen Hintergrund, und es wühlt mich auf, diese Verantwortung zu spüren. Aber du verstehst ja, dass alles Dichtung ist, auch wenn es die Ereignisse selbst gegeben hat, ich schreibe über mich, das weißt du genau. Jedes Buch, das ich verfasst habe, zeigt nur verschiedene Seiten meiner selbst, und deshalb ist es mir auch nicht möglich, eins davon als das beste zu bezeichnen oder mit einem anderen unzufrieden zu sein, es geht einfach nicht. Es wäre so, als würde man seine Kinder benoten, man hat eine gemeinsame Beziehung, hat gemeinsame Erinnerungen und eine gemeinsame Geschichte, man ist abhängig, egal, wie es auch sein mag.

Es beginnt immer mit einer romantischen Vision, dem Traum, dass man aus sich hinausgelangen könne. Ich bin ein Produkt beider Länder, eine romantische und unmögliche Liebesgeschichte, bitter und wundervoll zugleich, umrankt von unscheinbaren, aber lieblich duftenden Erdglöckchen und mit grauen Strähnen im Haar.

Es gab viel zu wenig Liebe. Dieses Buch hier eine Liebesgeschichte zu nennen ist wahrhaft ironisch, wo ich Ironie, diese Arroganz, doch so verabscheue.

Harmonisch ist es selten, wenn Menschen lieben. Die Liebe hat keine schützende Haut, man trägt leicht Schrammen und Wunden davon, Blut rinnt. Im Hexenstich, mit zwei Y's, nähe ich diese Wunde zusammen, Trysil, Syssleback.

Was ist eine Grenze? Ein Übergang? Zwischen Nationen? Zwischen Menschen? Und die Grenzen der Geschlechter, was wissen wir darüber?

Ich lebe an einem östlicheren Stück des Pilgerpfads. Jener Pilgerzug, der einst an Sysslebäck und Trysil vorbeiging, führte in Richtung Westen. Signalfeuer hatte man stets am Osthang angelegt, damit sie in Norwegen nicht zu sehen waren. In den Nächten leuchteten die Flammen meilenweit. Tagsüber hingegen stieg Rauch auf, signalisierte und warnte, doch was kümmerte es die Bevölkerung? Sie hatte ihr Zuhause auf beiden Seiten der Grenze.

In dieser Grenzregion stellten die Hochzeiten, die Mundarten, das Wild und die gemeinsame Armut jenes Fundament dar, auf dessen Granitrücken die Zugvögel des Krieges zuweilen zwischenlandeten, mehr nicht.

Eine Pilgergegend, eine Union und die Auflösung der Union, genau wie jene zwischen den Geschlechtern. Die glücklich im selben Land leben und alles teilen sollten. Doch die Frauen wurden immer verzweifelter. Diesen Krieg wird keiner gewinnen. Bitte sag, dass es andere Methoden gibt!

Dieser Rausch, war das Liebe, dieser Wahnsinn, war das alles, ist es so banal? Oder greift die Union tiefer ins Fleisch, dennoch tiefer – weit unter die Grenzlinie? Vergebens versuchen allerlei Scharlatane Kapital aus diesem starken Supraleiter zu schlagen, ihn für eigene Zwecke zu okkupieren. Überlebt trotzdem etwas, das ewig ist, überlebt eine Art Burgfrieden in uns trotz all der unsanften Behandlung?

Ich bin äußerst vorsichtig gewesen, um das peinliche Selbstbild nicht weiterzugeben, ich will, dass du der Überzeugung bist, einfach existieren zu dürfen, ohne Rücksicht darauf, ob du dem Bild des braven Mädchens entsprichst. Das Einzige, was ich für wichtig gehalten habe, war, dass du deine eigene Wahl triffst. Du weißt, dass ich dir zu deiner ersten Menstruation gratuliert habe, und du erinnerst dich bestimmt, dass ich damals sagte, die Männer seien besser als ihr Ruf, sie seien wundervoll, du brauchtest keine Angst zu haben. Doch ich glaube, dass du mir das nicht abgenommen hast.

Ein Pilgerzug ging durch das Tal des Klarälven, nordwärts an der Kirche von Dalby vorüber, die meisten Personen dieser Geschichte liegen dort begraben.

Danach wird das Tal immer enger, erinnert an norwegische Fjorde, nordische Landschaft. Branäsberget, Sysslebäck und dann Norra Finnskoga am Höljesdammen. Weiter bis nach Långflon hinauf, dann die Grenze, überall Wald und schließlich Plassens Kapelle, Nybergsund und Trysil.

Das Pilgern an sich hat große Bedeutung, erfordert die richtige Einstellung, Offenheit gegenüber inneren Welten. Jeder Stein bekommt einen Sinn, jeder zurückgelegte Meter, jede Kiefer und jeder Busch, den man hinter sich lässt, ebenso wie die menschlichen Zeichen, die dir in Form verlassener Lagerplätze begegnen, alles hat einen verborgenen Sinn. Menschen gibt es nur wenige. Deine Gedanken haben die ganze Wildnis, den gewaltigen Himmel zur Verfügung und können sich ausbreiten. Hast du einen Glauben, dann schützt er dich vor vielem, andernfalls gerätst du in die Gewalt irdischer Dämonen. Du armes Menschlein, das nicht imstande ist zu glauben. Weh dir, und wenn du deinen Rosenkranz auch noch so abwetzt, so sollst du doch wissen, dass die Raubtiere dein Fleisch zwischen den schwarzen Stämmen wittern. Murmle, bete und lass deine Gebetskugeln wandern, der Bettelbeutel scheuert im Kreuz, und die Füße schmerzen in den ausgetretenen Schuhen. Du wanderst so mühsam, den Kopf zu Boden gesenkt, das Haar hängt vor blicklosen Augen. Doch deine schlecht verhüllten Arme und dein weißer Nacken leuchten auffordernd zwischen den Kiefern. Dein weißes Fleisch sendet seinen Duft an untrügliche Raubtiernasen. So unwiderstehlich ist deine einsame Gestalt, dass die schmalen funkelnden Augen rasch näher kommen. Und während du noch immer mit deinem nicht vorhandenen Glauben ringst, ist dein nächstes Stündchen schon entschieden.

Ich werde erzählen, was damals geschehen ist, und dennoch werde ich erfinden. Es sind die Augen des heutigen Menschen, die versuchen, etwas hinten in der Dunkelheit zu erkennen. Ich werde Gefühle hineinlegen. Ich werde aus den Handlungen der Personen und aus trockenen Dokumenten dieses und jenes herauslesen. Doch werde ich wirklich verstehen, werde ich begreifen, wie ausgesetzt sie derzeit waren? Kann ich mich in das damals herrschende

Schweigen einleben? Werde ich begreifen, wie man ein ganzes Leben mit einem Menschen verbringen kann, den man kein einziges Mal wirklich geliebt hat? Die regelmäßigen gewaltlosen Vergewaltigungen, wie gelingt es, so etwas zu verstehen?

Wie ein Mantra hängt über dem Ganzen der universelle Appell: Werde nicht, werde nicht, werde bloß nicht schwanger!

♦ ♦ ♦

II.

Elis Jugend

Ich sehe sie aus der Ferne, das kleine Mädchen Eli, sehe sie in einem äußerst romantisierten Licht. Denn könnte ich mich tatsächlich in ihre Welt versetzen, würde ich zurückschrecken wie angesichts der furchtbarsten Armut Indiens, seines Hungers, der Gerüche, des Mangels an allem.

Es fehlte an Nahrung, und man lebte überaus beengt, Eli aber war dennoch zufrieden, genügsam, fast glücklich. Als Kind kann man glücklich sein, selbst wenn dieses Mehr an Liebe fehlt, man kennt es nicht anders, das Leben ist so pulsierend und stark, jeder Tag steckt voller neuer Abenteuer, alles Erdenkliche kann geschehen. Sie war ein Teil des Ganzen und wollte nichts anderes sein. Ein wenig Grütze im Bauch brachte Wärme, Freude stieg im Körper auf, da fiel das Lachen leicht. Und die Sommer in Romedal waren warm und fruchtbar, all diese Düfte und der Wald. Der Zopf schlug ihr gegen den Rücken, die Füße waren wie aus Leder, gehärtet, nachdem der Schnee verschwunden war, sie rannte umher wie all die anderen. Kein Kind hielt sich zu jener Zeit im Haus auf, außer zum Essen und zum Schlafen. Diese Eli war in guter Form, sie war klein und gewandt und hatte ein helles Köpfchen.

Im Zimmer, das sie gemietet hatten, saß der Vater und fertigte Schuhe an, während die Mutter den Jüngsten stillte. Eli durfte nie drinnen bleiben, obgleich sie es zuweilen gern wollte, wenn es draußen kalt war. Ihre jüngeren Geschwister durften es ebenso wenig, sie klammerten sich an sie statt an die Mutter, obwohl die Schwester erst sieben Jahre alt war.

Zur Nacht wurde sie zusammen mit den Kleinen auf eine Schlafbank gebettet. Es war eng und manchmal auch nass. Dann gab man ihr die Schuld, weil sie sich nicht gekümmert hatte, dass die Sache vor dem Schlafengehen erledigt wurde.

Die älteren Geschwister gingen den Eltern besser zur Hand. Der große Bruder war für Eli eine Art König, sie betete ihn an: Trag mich, Peter, bitte, spiel mit mir, hier bin ich! Doch er sah sie nicht, und außerdem musste er Holz hacken. Im Übrigen war er Mamas Augenstern, falls es keine Probleme mit dem Jüngsten gab.

Die große Schwester hatte sich um den Haushalt zu kümmern, seit das Brüderchen krank geworden war, während die Mutter vergeblich versuchte, es zu stillen. Abends in der Dunkelheit hörte Eli, wie sie sich halb weinend bemühte, den Jungen zum Trinken zu bringen. Doch schrie er nicht mehr so gellend, es war wieder ruhiger geworden. Dennoch nahm er der Mutter alle Kraft.

Der Vater fluchte, dumpf und bedrohlich, nach jedem Fehlschlag. Zum Abendessen bekamen sie immer öfter Wassergrütze, und Eli fiel das Einschlafen schwer. Alles war so trübselig, dass sie wünschte, der Tod möge kommen und diesen Plärrhans holen, damit alles wie früher wäre. Sie wünschte ihrem Brüderchen den Tod, sie betete darum: Lieber Gott, hol das Balg hier weg. Denn die Mutter, die sonst Handschuhe strickte und sie verkaufte, die redete und sich kümmerte, war wie ausgewechselt, still und in sich gekehrt, zusammen mit dem Jüngsten. Und der Vater trank, das wusste Eli, alle wussten es, obwohl er dazu irgendwo auf der Alm blieb. All das Geld, das für den Schnaps draufging! Mama schalt oder weinte. Aber was konnte er schon daran ändern, die Leute verschlissen einfach zu wenige Schuhe, er tat doch wahrhaftig, was er konnte.

Die Mutter hieß Kari und war aus Romedal, während der Vater aus dem Gudbrandsdal stammte, er hieß Johannes Larsen.

Und Mutter Kari hatte eine Schwester, Hildur.

Hildur war trotz ihrer Jugend, sie war eben erst konfirmiert, ein starkes und resolutes Mädchen. Vergeblich suchte sie eine Dienstmagdstelle in nächster Umgebung, Abend für Abend kam sie erfolglos heim. Die Eltern waren vielleicht verstorben, oder sie waren alt und gebrechlich. Vielleicht wohnte Hildur gar bei ihrer älteren Schwester und deren Familie in dem bereits gedrängt vollen Zimmer.

Eines Morgens im Herbst, als Eli erwachte, war alles verändert, etwas war geschehen, was auch sie betraf. Es herrschte eine gedrückte Stimmung! Hildur stand mit dem Rücken zu ihr und knotete einen Sack zu.

Bestimmt war es ein Sonntagmorgen nach der Heuernte. Alle Arbeiten, bei denen Hildur auf den Höfen ein paar Öre verdienen konnte, waren abgeschlossen.

Also musste sie weit weg von hier gehen, um andernorts ihr Leben zu fristen, in Romedal gab es keinen Platz für sie. Sie wagte nicht länger zu warten, um nicht vom Winter überrascht zu werden. So jung und stark wie sie war, konnte sie nicht verlangen, dass die Alten oder gar ihre Schwester Kari sie versorgten, also blieb ihr nichts anderes übrig als aufzubrechen.

Hildur redete demonstrativ laut, als gäbe es da noch mehr Zuhörer als Kari und Johannes und ein paar eben erst aufgewachte Kinder.

Alle sahen Eli an.

Ja, da war noch mehr. Nie zuvor hatten Vater und Mutter Eli gleichzeitig und auf diese Weise angesehen.

Sie sollte mitgehen! Der Beschluss war spät nachts gefasst worden. So hätte man einen Mund weniger zu stopfen, und sie eignete sich nun mal am besten dafür, in dieser Lage das Zuhause zu verlassen. Die Ältesten gingen in die Lehre oder packten daheim ordentlich mit an, und die Jüngsten waren zu klein. Ich hoffe, du verstehst, sagte die Mutter mit einem Blick so voller Wärme wie noch nie zuvor. Und vielleicht würde es Eli ja sogar gelingen bei der neuen Stelle so viel auszurichten, dass sie etwas heimschicken konnte.

Die Mutter lächelte ihr mit diesem neuen, warmen Blick zu, und Klein-Eli wollte am liebsten sterben. Sie fühlte jetzt, wie selten – oder gar nie? – ihr diese Mutterliebe zugeströmt war, sie wollte einfach darin verweilen, sich in dieser Mutterwärme sonnen, was für eine Freude, ach könnte sie doch auf der Stelle sterben und somit alles zum Stoppen bringen.

Man wollte sie loswerden. Warum?

Es war eine Strafe für irgendetwas, natürlich. Doch was hatte sie getan?

Ja, was hatte sie getan. Ihr innerer Richter grinste höhnisch, setzte sich in Positur und legte los, es gab vieles, wollte er sagen.

Trotz Mutters Lächeln, so ungewohnt freundlich und liebevoll, senkte Eli den Blick, schämte sich entsetzlich. Was hatte sie nicht alles getan – war den jüngeren Geschwistern davongelaufen, bis sie weinten, hatte aufgegessen, was ihnen gehörte, sie waren zu klein und konnten nichts sagen, und sie hatte sie auch geschlagen, wenn es keiner sah, ja, hatte sie ganz allgemein gequält, sie hingen schließlich ständig an ihr, und sie wollte doch spielen, wollte in Ruhe gelassen werden. Zwar trug sie die Kleinen auch umher, schleppte und zog sie, doch das war nicht genug, sie schämte sich ungemein. Hätte sie das hier doch nur gewusst! Und dieses Gebet zu Gott im Himmel, er solle den Jüngsten zu sich nehmen, ihr war doch klar gewesen, dass das Sünde war, schwere Sünde, und Gott wusste, was sie getan hatte. Jetzt kam die Strafe dafür.

Etwas für ihr ganzes Leben Entscheidendes geschah an jenem Morgen in diesem Haus in Romedal. Eli wurde fortgestoßen und durfte nie wieder zurückkehren. Es wird behauptet, sie hätte drei Jahre später, im Alter von elf Jahren, einen Besuch daheim gemacht, doch zu diesem Zeitpunkt war sie gewiss völlig verändert. Von anderer Seite habe ich erfahren, dass sie nie mehr heimgekommen ist. Das klingt fast aggressiv – durfte sie nicht, oder wollte sie womöglich nicht?

Etwas war damals geschehen. Das kleine Mädchen Eli, das in Kürze acht Jahre alt werden sollte, musste einen Schock erlitten haben, der alles ausgelöscht hatte, was sie bis dahin erlebt hatte. Und schlimmstenfalls wurde hier tatsächlich eine Strafe vollzogen. Als Erwachsene war Eli eine aufgeweckte Person, wirklich nicht auf den Mund gefallen, wie wir sagen, also schlagfertig und scharfzüngig, vielleicht hatte sie eine Grenze überschritten, hatte jemanden gekränkt? Aber dennoch, sie war schließlich ein Kind, egal, was sie von sich gegeben haben mochte.

Doch damals herrschten andere Zeiten. Kinder waren selten besonders willkommen, sie kamen einfach, das war alles. Selbstverständlich hatte die Natur es so eingerichtet, und ohne Mutterliebe hätte die Familie schon lange nicht mehr existiert, sie ist einfach lebensnotwendig. Vermutlich war ihre Mama traurig, vielleicht hat sie sich sogar widersetzt, und lediglich der Mann hat gesagt, dass Eli nicht bleiben dürfe. Oder es war genau umgekehrt. Auf jeden Fall war das damals ein dramatischer Augenblick, und dass Eli die Sache nicht selbst gewollt hat, davon können wir wohl ausgehen.

♦ ♦ ♦

Eine Bahnlinie führte nicht sehr weit entfernt in Richtung Hamar vorbei, aber für die Mädchen hieß es natürlich zu Fuß zu gehen.

Nachdem der erste Schock überwunden war, gestaltete sich der Morgen so feiertäglich wie ein Sonntag überhaupt sein konnte, und Eli stand die ganze Zeit im Mittelpunkt. Sie war froh, dass die Eltern es vorzogen, die wahren Gründe für ihre Deportation nicht zu nennen – sie wollte sie nicht hören, ahnte gleichwohl, dass es um ihre Versäumnisse gegenüber den Kleinen ging. Dennoch wirkte das Ganze nun nicht mehr wie eine Strafe, nein, eher wie ein Fest. Das Beste an Kleidung, was die Mutter finden konnte, wurde in Elis Ränzel gepackt. Und alles Essen, was man im Haus entbehren konnte, gab man ihr mit, sogar ein Stück vom Zuckerhut und nicht mal ein besonders kleines, und man ermahnte sie, darauf zu achten, dass es nicht zerbrach oder feucht wurde.

Als sie los sollten, reichten ihnen alle die Hand. Umarmungen, nein, die nicht, das wäre viel zu zudringlich gewesen. Eli knickste vor ihrer Mutter zum ersten und vielleicht letzten Mal, und die Mutter ersparte ihr viel Kummer, indem sie wegsah, so dass Eli nicht erfuhr, dass sie über das eigene Versagen weinte, weil sie die Tochter fortschicken musste, obwohl sie noch nicht einmal acht Jahre alt war.

Der Vater befand sich bereits vor der Tür, er ertrug diese gefühlsstickige Stimmung nicht. Um seinen guten Willen zu zeigen, begleitete er die Mädchen durchs Dorf, vorbei an der Kirche, in der ein paar Stunden später der Sonntagsgottesdienst stattfinden würde.

Ein Herbstmorgen, so aromatisch, freundlich und mild – dort lag der Wald.

Der Vater verneigte sich vor Hildur, obwohl sie gerade erst konfirmiert war, er tat es, um seinen Respekt und seine Wertschätzung zu bezeugen, weil Hildur sich jetzt ihrer Eli annahm, die plötzlich so klein geworden war: Taten sie wirklich das Richtige?

Sie hatten wohl keine Wahl. Man gab sich die Hand, und Eli knickste schüchtern vor ihrem Vater, den sie trotz der heimischen Enge nie wirklich kennengelernt hatte. Er fehlte ihr nicht im gleichen Maße wie die Mutter. Der Weg schlängelte sich zwischen den Bäumen hindurch, er führte in die Zukunft. Jetzt entschied sie sich. Die Gedanken an die Mutter musste sie unterdrücken.

Der Vater blieb stehen und winkte. Als Eli sich umdrehte, kurz bevor sie hinter einer Biegung verschwanden, stand er noch immer am gleichen Fleck. Sie hob den Arm. Und er winkte zurück.

Ein solches Bild verschwindet nicht, falls es sich so ereignet hatte.

Aber warum wanderten sie nach Osten und später dann nach Norden? Logischer wäre doch gewesen, die westliche Richtung nach Stange, zum Mjøsa-See oder gar nach Hamar einzuschlagen? Zumal das auch näher lag. Diese Gegenden waren von alters her wohlhabend, dort gab es gute Ackerböden, große Höfe, und der große See hatte Handel und Verkehr befördert.

Doch meine Theorie ist, dass zwei so junge, viel zu magere und unerfahrene, arme, kindliche Mädchen vielleicht gerade wegen dieses Wohlstands dort schlechtere Chancen für eine Anstellung gehabt hätten. Die reiche Landwirtschaftsgegend zog sicher Mägde ganz anderen Formats an, bedeutend reifere und kundigere, die von überallher kamen. Für derart junge Mädchen gab es nur Arbeit bei ärmeren Leuten auf Höfen, die in Richtung der großen Wälder lagen.

Das Ganze war also durchdacht. Sie zogen keineswegs aufs Geratewohl los, nein, sie hatten ein Ziel. Dennoch landeten sie an ganz unterschiedlichen Orten, obgleich sie doch so gefährdet und aufeinander angewiesen waren.

Während dieser Wanderung musste ein starkes Band zwischen den Mädchen geknüpft worden sein, sonst hätte Eli als Erwachsene wohl nicht die Hilfe ihrer Tante gesucht, statt die der Familie. Im Zustand des Schocks setzte sie all ihr Vertrauen in die fünfzehnjährige Hildur, die schließlich schon groß war, den Zopf bereits um den Kopf gesteckt trug, und deren Busen sich unter der Bluse wölbte.

Eli hätte ihre Hand halten wollen, getraute sich aber nicht, sondern trabte hinter ihr her, was als Fortbewegungsart nur logisch ist, wenn man so lange Strecken zu Fuß geht.

Es waren dreißig Kilometer bis Elverum, dort blieben sie in der ersten Nacht. Sie kannten jemanden oder kannten einen Ort, an dem sie übernachten konnten. Verpflegung hatten sie selbst dabei. Alles war gut.

Eine Achtjährige – Ende Oktober sollte sie acht Jahre alt werden – ermüdet dennoch ungemein. Als Hildur sie am nächsten Tag in aller Herrgottsfrühe weckte, musste sie das Kind aus dem Heu ziehen, in dem die beiden gelegen hatten. Eli zitterte und fror und wollte nicht aufwachen. Hildur schlich mit ihr in den Kuhstall, in dem die Mägde, die beim Melken saßen, ihr freundlich zunickten und wo im Kamin ein Feuer brannte zum Kochen von Molkenstreichkäse. Eli durfte sich wärmen, quengelte jedoch wie ein kleines Kind und wollte ein Stück vom Zuckerhut, am Ende ließ sich Hildur darauf ein.

Eine der Mägde gab dem Kind heimlich eine Tasse kuhwarmer Milch. Eli hickste vor Dankbarkeit und trank, oh, das schmeckte! Die Fremden waren nett.

Allmählich kehrten ihre Kräfte zurück, und sie konnten weiterwandern. Der Form halber hatte Hildur sich erkundigt, doch nein, niemand kannte hier im Tal jemanden, der ein paar Kleinmägde brauchte.

Hildurs Plan war, nach Innbygda in Trysil zu gehen, sie hatte gehört, dass andere, die dorthin gewandert waren, bleiben durften.

Obwohl Eli noch so klein war, war Hildur dennoch froh, sie bei sich zu haben und die ausgedehnten Wälder nicht allein betreten zu müssen, es war so schon schaurig genug. Der Weg durch den Wald war viel schlimmer als jener bis Elverum, eine einsame junge Frau konnte schnell ein bisschen ängstlich werden. Deshalb war es gut, dass Eli bei ihr war, aus einiger Entfernung konnte man sie sogar für Hildurs Kind halten. Es war jemand zum Reden da, und man war nicht allein.

Nach mehr als zwanzig Kilometern waren Elis Kräfte erschöpft. Als sich Hildur umdrehte, sah sie das Mädchen im Beerenkraut liegen. Geh du vor, Hildur, ich komme nach.

Es dämmerte. Doch obwohl Hildur darauf geachtet hatte, dass sie im Morgengrauen aufgebrochen waren, hatten sie noch immer keinen Hof erreicht. Sollte sie dieses Kind jetzt etwa tragen müssen? Das schaffte sie nie, nicht auf die Dauer. Sie war zwar stark, aber der Pfad war steinig und beschwerlich. Elis Vater hatte robustes Schuhwerk für sie angefertigt, doch es scheuerte, und eigentlich war auch sie ziemlich erschöpft, hatte aber nicht gewagt, diesem Gefühl nachzugeben.

Sie hätten bei ihrem nächsten Haltepunkt, dieser Kate, schon längst angekommen sein müssen. Hildur brachte Eli auf Trab, obwohl sie jammerte, stolperte, hinfiel und vor Weinen hickste, was sich obendrein zu einer Art Krampf auswuchs.

Strenge Worte, allerlei Drohungen und Schreckensbilder von Trollen und ähnlichen Ungeheuern trieben das Kind noch eine Weile weiter, doch dann wurde Hildur klar, dass das Mädchen bereits schlief, obwohl es noch immer in Bewegung war, es fiel der Länge nach hin und hatte Glück, dass es sich nicht den Kopf an den Steinen stieß.

Es war spät geworden. Am Ende verließ Hildur auf einer Anhöhe den Pfad, hier war eine kleine Lichtung, vielleicht beim Viehauftrieb abgeweidet.

Sie sammelte Zweige und Gras und steckte sie in Brand. Eli hörte auf zu schluchzen und sank still neben das Feuer.

Sie aßen das Brot auf. Hildur hatte noch Sauermilch übrig, und sie sagte nichts, als Eli bat, ihr vom Zuckerhut ein weiteres Stückchen abzuhacken, vielmehr nahm sie selbst einen Brocken an.

Hildur hatte eigentlich geplant weiterzuziehen. Aber jetzt war es bereits überall stockdunkel, am Feuer aber hatten sie es warm und schön. Sie lehnten sich immer mehr aneinander. Am Ende lagen sie dicht nebeneinander und schliefen so fest, dass selbst wilde Raubtiere sie nicht hätten wecken können.

Im Morgengrauen brachte die Kälte sie in ihren eiskalten Fängen zum Zittern.

Hildur sagte, es könne nicht mehr weit sein. Aber jetzt ging es Eli noch schlechter als am Morgen zuvor, sie weinte ununterbrochen. Was sollte Hildur tun?

Bei Tageslicht konnte man das Kind auch nicht so leicht erschrecken. Deshalb griff Hildur zu einer moderneren Methode, sie redete ihr gut zu. Sie versprach, wenn Eli das letzte Stück zu diesem Finnenhof, der Kate oder was immer es sein mochte, auf eigenen Füßen zurücklegen würde, könnte sie ihretwegen dort bleiben. Wenn man sie haben wollte, natürlich, ja, vielleicht nahmen die Leute sie ja alle beide.

Eli gehorchte, stand auf und ging. Hildur atmete auf und schämte sich nicht sonderlich, dass sie die Kleine auf so einfache Weise getäuscht hatte. Die Leute würden sie ganz gewiss nicht dabehalten. Hildur würde ihnen zuzwinkern, wenn sie ihre Frage stellte, damit sie begriffen, dass es sich um eine Verschwörung handelte.

Doch während dieser letzten fünf Kilometer schmiedete Eli ihre eigenen Pläne. Mochte kommen, was da wollte, sie würde kein Stück weiter gehen als bis zu diesem Hof. Ihre Beine und Füße schmerzten, und sie sehnte sich zurück, wollte jetzt nicht noch länger wandern, dann fände sie nie mehr zur Mutter und den Geschwistern heim. Den Vater vermisste sie wohl gar nicht?

In den Aufzeichnungen steht: »Eli wurde unehelich geboren, und sie war Magd in Rönningen Östby, wo sie in einer Erdhöhle wohnte. Frühere Angaben zu Eli gibt es nicht, bis auf die Namen ihrer Eltern.«

Wenn sie also unehelich geboren war, existierte vielleicht der Vater in ihrem Alltag gar nicht? Allerdings ist sein Name im Kirchenbuch verzeichnet, er hat die Vaterschaft anerkannt.

Als sich endlich ein Rauchstreifen zwischen den Bäumen zeigte, hatte Eli ihre Überlegungen abgeschlossen. Der Wald öffnete sich im selben Augenblick, als die müde Oktobersonne hervorblinzelte und die letzten Blätter der Ebereschen auf dem offenen Gelände vergoldete. Man hörte es meckern, es gab Ziegen dort. Der Hof war kleiner, als sie gehofft hatten, und bestand eigentlich nur aus einer kleinen Scheune und einem Wohnhaus, das halb in den Hang eingegraben war.

Es stellte sich heraus, dass die Ziegen im Winter das Haus mit ihrer Herrschaft teilten, oder vielleicht war es ja auch umgekehrt. Sobald sie die Tür öffneten, war es zu riechen.

Ein Feuer ist aber immer ein Feuer. Ein Feuer ist wie ein Lächeln, und wenn man herantreten und sich wärmen darf, ist es, als werde man mit offenen Armen empfangen. Die Frau scheuchte ein paar Kinder beiseite und ließ die Wandersleute auf einem Schemel nahe den Flammen Platz nehmen. Sie fühlten sich fast so, als seien sie etwas Besseres.

Ein paar Zicklein rannten umher, obwohl man doch im Haus war, und versuchten an allem, was sie erreichen konnten, zu saugen. Die Kinder benutzten sie als Spielzeug. Sie waren etwa im Alter von Eli und jünger. Und die Frau am Herd, die vorsichtig in einem Topf mit Ziegenkäse rührte, würde noch diesseits von Weihnachten ein weiteres Kind gebären, das ist sonnenklar, dachte Eli altklug. Sie sah Hildur an, die ihr einen traurigen Blick zuwarf, der besagen sollte, du begreifst ja wohl.

Aber da fing Eli zu sprechen an. Und die Hütte lauschte, all die Kinder, die Frau, ja die Wände selbst lauschten. Sie erzählte, woher sie kamen, und die Frau nickte, das sei ja an der Mundart zu hören. Sie schaute Hildur ein wenig fragend an, aber Eli behielt das Wort und berichtete, dass sie unterwegs seien, um eine geeignete Stellung als Mägde zu finden. Und sie selbst mache sich da keineswegs Sorgen, denn sie sei ja mit jeder Art von Arbeit vertraut, ganz besonders mit der Betreuung von Kleinkindern, sie könne ihnen das Essen vorkauen, könne Windeln wechseln und die Kleinen mit Reimen und Spielen beschäftigen. Und sie tue es gern, es mache Spaß, sich um Jüngere zu kümmern, sie könne wirklich alles.

Mittlerweile waren die Kinder des Hauses näher gekommen, sie starrten sie wie verhext an. Eli lächelte ihnen zu. Soll ich euch das Märchen vom süßen Brei erzählen?

Jaa. Sie watschelten, tappten und krochen noch näher, und der Älteste, ein Junge von sechs, setzte sich vor ihr auf den Boden. Hildur machte eine Bewegung, dic besagen sollte, Eli nehme sich zu viel heraus, dass es irgendwie anstößig sei, aber Eli tat, als verstehe sie nichts.

Dann erzählte sie das Märchen vom süßen Brei von Anfang bis Ende, und keiner sagte ein Wort, alle hingen an ihren Lippen, obwohl sie noch so klein waren und die Jüngsten bestimmt nicht mehr verstanden, als dieses Wort, dieses süße Wort, das sie immer wieder hören wollten. Als die Geschichte zu Ende war, flüsterten sie: Mehr.

Die Frau am Herd lobte Eli, ein so schönes Märchen, die Kinder wären völlig verzaubert, es stimmte wahrhaftig, was sie gesagt hatte, dass sie mit Kindern umgehen könnte. Eine solche Kleinmagd wie sie wäre hier auf dem Hof schon vonnöten. Besonders seit sie was Krankes hätten.

Und als ziehe man einen unsichtbaren Vorhang weg, wichen die Kinder zur Seite und öffneten gewissermaßen einen Weg ins Halbdunkel. Eine Pritsche wurde hinten an der Erdwand sichtbar. Etwas bewegte sich zwischen den Lumpen, ein weiteres Kind. Ein Hustenanfall und gleich noch einer, bellender Husten.

Es ist die Schwindsucht, erklärte die Frau.

Und obgleich sie es nicht sagte, stand da eine Frage im Raum, tut das etwas?

Hildur machte wieder eine winzige Bewegung, doch Eli ignorierte ihre Warnung erneut. Ich bin an kranke Kinder gewöhnt, sagte sie, stimmt doch Hildur, du kannst es bezeugen.

Die Ansteckung, zischte Hildur. Der Doktor ist hier gewesen, sagte die Frau, die das sicher gehört hatte, er sagt, es bestehe keine Gefahr für die Kinder, sie können hier wohnen bleiben.

Wohin sollten sie wohl sonst gehen?, dachte Hildur, sagte nun aber nichts mehr, wollte nur möglichst rasch aufbrechen.

Eli aber war stocktaub für die Zeichen der Tante. Sie wollte bleiben. Sie wollte nicht noch weiterwandern, und der Proviant war aufgegessen, der Topf mit Ziegenkäse hingegen verbreitete einen himmlischen Duft. Alles war in gewisser Weise auch so bekannt, all die kleinen Kinder, die Enge, sogar das mit dem lungenkranken Mädchen. Wenn sie gesund wurde, konnten sie zusammen spielen, sie konnten Schule spielen. Eli hatte bereits alles von den älteren Geschwistern gelernt. Ich kann ihr das Schreiben beibringen, sagte sie. Und ich habe ein Zuckerstück, das sich die Kleinen teilen dürfen.

Sie meinte es nicht wirklich. Es rutschte ihr nur so heraus, aber die Kinder jubelten.

So kam es, dass Eli ihre erste Stellung antrat, und ein paar Stunden später musste Hildur allein aufbrechen.

♦ ♦ ♦

Die drei Jahre in dieser Familie – was für ein Leben!

Aber doch immerhin ein Leben. Vom unsichtbaren Mittelkind, das keiner haben wollte, zur unschätzbaren großen Schwester für andere. Sie machte sich schnell unentbehrlich, wollte dort bleiben, wollte zu essen bekommen, und das hier war die einzige Methode. Sie konnte ihre ganze Intelligenz einsetzen, konnte reden, schweigen, konnte erzählen, und auch im Zuhören war sie gut. Obendrein tat sie eine Menge, sah, was gebraucht wurde, war geschickt, alles ging leichter, wenn Eli dabei war.

Doch in erster Linie nahm sie sich der Angst an, des Schmerzpunktes im Leben der Familie. Diese Angst kannte sie nur zu gut, diesen süßen Geruch vor dem Herannahen des Todes.

Also bot sie sich völlig freiwillig an, und so wurde es dann auch, sie teilte das Bett mit dem schwindsüchtigen Mädchen. Wärmte die Gleichaltrige mit ihrem Körper, besser konnte es wirklich nicht sein.

Bestimmt war auch sie voller Furcht, aber das zeigte sie nicht. Und Wunder über Wunder, sie wurde nicht krank. Nein, Eli durfte sogar ihr neunundachtzigstes Lebensjahr erleben, das konnte sie damals jedoch nicht wissen, als sie an die Erdwand gepresst dalag und Kälte, Dämonen, ja den Tod selbst am Eindringen hinderte.

So viel Schauerliches, wie es zu jener Zeit gab, können wir uns heute nicht vorstellen. Lange bevor es Radios, Fernseher und alle Arten von Musikanlagen gab, herrschte dennoch eine Art Raunen, sobald die Dunkelheit herabsank. Da krochen die Geschichten über all das Grausige aus den Ecken. Übrigens genau wie heute, obwohl wir die Scheußlichkeiten nun nicht selbst weitergeben müssen, jetzt wird das kommerziell erledigt.

Und bevor ein öffentliches Gesundheitswesen existierte, gab es uralte Mittel, wichtigtuerische Quacksalber und Hausmittel, die bestenfalls ungefährlich waren, unangenehm aber waren sie sehr oft.

Eine Anweisung war von jemandem ergangen, die besagte, das kranke Mädchen würde leben, wenn es eine Tasse von einem speziellen Gebräu trank, das Blut enthalten sollte – und zwar von einer Kröte. Die musste jedoch lebendig sein, wenn ihr das Blut entnommen wurde!

Die Kröte wurde eingefangen. Sie hechelte, als ihre Haut im Eimer, wo sie eingesperrt saß, immer trockener wurde, sie war gewiss schrecklich verängstigt, man hatte sie geweckt, als sie schon tief in einem Laubhaufen am Erstarren war, es sollte schließlich Winter werden.

Der alte Finne mit der Blechtasse, der Bleikugel und dem Rest des Rezeptes sowie der Formel, die dazu herunterzubeten war, sagte, jemand müsse der Kröte das Blut aussaugen.

Eli war unentbehrlich, war gewissermaßen die große Schwester. Doch zugleich war sie auch eine Dienstmagd, die hier das Gnadenbrot aß. Was konnte sie also dagegenhalten? Sie war beinahe so etwas wie das Eigentum der Leute. Sie konnte sich nicht weigern.

Es gab eine Alternative, ganz sicher, und genau die war das Problem. Wieder loszuziehen, bald kam der Winter und sie dann vollkommen allein, nein. Tod durch Verhungern oder Erfrieren lag in dieser Situation am nächsten, was hatte sie für eine Wahl. Sie tat das einzig Richtige.

Aber die Krötenphobie wurde riesig, ja selbst, wenn es um Frösche ging, sogar bei solch kleinen süßen Krabben, wie wir die winzigen Minikröten nennen, die es immer gibt, wenn eine Quelle völlig sauber ist. Eli wurde total hysterisch, wenn sie die Tiere sah, und vererbte ihr Entsetzen auch der nächsten Generation.

Damals jedoch war es ernst. Vielleicht passierte es sogar mehrmals, vielleicht musste die Kur wiederholt werden. Und sie durfte sich nichts anmerken lassen. Musste die zappelnde, nasskalte Kröte packen, sich durch die Warzenhaut beißen, saugen und das, was kam, in eine Tasse spucken, wieder und wieder. Umgeben von einem Kreis angeekelter Bewunderer, den Kindern, die überzeugt waren, dass Eli einfach alles schafft.

Und kann das zusätzliche Eisen, das Protein, dieses Mädchen womöglich geheilt haben, oder war es einfach der Placeboeffekt? Nichts deutet darauf hin, dass sie gestorben ist. Und auch Eli steckte sich nicht an. Der Preis war eine Krötenphobie, das muss man akzeptieren.

Sie war eine Dienstmagd, war ein Niemand. Sie hatte keinerlei Wert und war dennoch unschätzbar, ähnlich wie die Negersklaven in Amerika.

Einer Kröte Blut auszusaugen, vielleicht war das gar nicht so schlecht. Es sättigt gewiss, allein schon der Gedanke, es ist so Ekel erregend, dass selbst der alltägliche Gestank zur reinen Poesie wird. Im Vergleich dazu wird die einfachste, selbst leicht verdorbene Mahlzeit zum Festessen. Jedenfalls hatte man doch keiner Kröte das Blut aussaugen müssen. Ja, eigentlich geht es einem doch richtig gut. So manche aller hausgemachten Qualen jener Zeit hatten vielleicht ihren Ursprung in solch dunklen Mechanismen.

Sie weinte wohl ein paar Tränen, aber nur insgeheim, draußen allein im Dunkeln unter dem Vorwand natürlicher Bedürfnisse. Danach hieß es gleich wieder die Bühne zu betreten – erzähl doch mal, wie hat sich das angefühlt!

Sie war gut im Erzählen. Als sich der Winter mit seinem Schneebauch über die Menschen herabsenkte, und tausend Sterne leuchteten, und man die Ziegen hinter der dünnen

Bretterwand deutlich hören konnte, bevölkerte sie die Erdhöhle mit Königen, Prinzessinnen und Trollen. Oder sie erzählte Ereignisse aus der großen Welt, Eli wusste sehr viel, und was sie vom daheim Gehörten nicht in Erinnerung hatte, erfand sie.

Es gab einen Mann im Haus, zuweilen verschwand er, übernahm Transporte oder anderes. Manchmal saß er einfach nur da, tagelang.

Die Frau war nach dem letzten Kind recht schwach geworden. Eli übernahm noch einen größeren Teil der Hausarbeit, und an den Abenden schlug sie die Tür zur anderen Seite auf, wo einfach alles geschehen konnte, den Begriff Lampenfieber kannte sie nicht, und Schaffensangst war ihr fremd.

Und der Mann saß da. Sie dachte nicht an ihn, sah nur seine Augen, die im Feuerschein blinkten. Sie lachte fröhlich, wenn er etwas sagte, selbst wenn es nicht sehr lustig war, sie wollte es allen recht machen, wollte Freude ausstrahlen und im Haus gute Stimmung verbreiten.

Doch war sie ja ein Nichts. Er packte sie, zog sie in die Scheune und presste ihre Schenkel um sein Glied. Sein Atem machte ihr sofort klar, dass es ernst war, nichts, was man wegscherzen oder dem man sich entwinden konnte. Er benutzte sie, verstohlen und rasch, ohne ein Wort. Als sie älter wurde, verstand sie, dass sie dennoch Glück gehabt hatte, es war schließlich nur zwischen den Schenkeln. Also doch richtig wohl überlegt von ihm, hätte so mancher gesagt, dass er nichts Schlimmeres versuchte.

Die ersten Male machte es nichts weiter. Es ging so schnell. Er keuchte entsetzlich, rieb und presste, und sie lernte, sich nicht zu widersetzen, sondern im Gegenteil, sie kam ihm entgegen, denn dann ging es rascher zu Ende. Es wurde glibberig, und dann war es vorbei.

Doch passierte es wieder und wieder, und als der Frühling und danach der Sommer anbrach, wurde es schwieriger zu entkommen. Je mehr die Natur sich öffnete, desto größer wurden seine Möglichkeiten. Aber es war ja weiter keine große Sache, man musste kein Wort darüber verlieren.

Nein, kein Wort. Eli spürte, dann würde die Bäuerin sie zum ersten Mal schlagen und sie wegschicken. Sie würde ihr nicht glauben. Nur entsetzlich wütend werden. Alles bräche zusammen.

Man stelle sich vor, dass Eli sofort Bescheid gewusst hat, dass sie nicht einmal darüber nachzudenken brauchte!

Er tat ihr nicht weh. Er war ziemlich gleichgültig, griff nach ihr wie nach einem Werkzeug oder etwas Essbarem, und wenn das Ganze erledigt war, hatte sich die Sache. Nicht mal ein blauer Fleck blieb zurück. Wenn sich einer schämen musste, dann doch wohl nur sie?

Nachdem sie elf geworden war, wurde es erheblich schwieriger. Eli wurde nie größer als einsfünfzig, aber sie war trotz allem gewachsen. Besonders vorn am Oberkörper war sie gewachsen, das war so peinlich, sie versuchte die Schultern nach vorn zu ziehen, doch wie macht man das, wenn man Heu über Reiter hängt? Das Gesicht war ebenfalls erwachsener geworden, das Haar war noch üppiger und die Taille deutlich markiert, die Hüften wölbten sich.

Dieses Keuchen war nun von anderer Art. Seine Finger griffen auf andere Weise und überall an ihren Körper, vor allem an die Brust, die wuchs und schmerzte. Auch war er immer länger zugange. Wollte unten eindringen, versuchte es!

Jetzt bekam Eli Angst.

Eines Morgens zeigte sich Blut. Sie verstand, was das bedeutete. Sie hatte ihre Bäuerin getröstet, weil kein Blut gekommen war, schluchzend hatte die Bäuerin ihr alles darüber erzählt. Eli wusste also Bescheid, was passieren konnte.

Und damit wusste sie auch, dass sie nicht länger bleiben konnte.

♦ ♦ ♦

Aber die Frau des Hauses erwartete doch ein Kind. Und sie selbst war eine Art Ersatzmutter für die Kleinen geworden. Sie hatte gelernt, sie zu mögen.

Alles war so hart.

Der Frühling war angebrochen, im Wald rann und rieselte es, ihre Wanderung würde wahrhaftig nicht leicht werden.

Was tut man, wenn man davonlaufen will?

Unbemerkt legt man eins nach dem anderen beiseite, rüstet sich insgeheim für die Flucht. Man versteckt, was man braucht, schafft es außer Haus an einen Ort, wohin man als Erstes läuft, wenn es schließlich soweit ist.

Dann überlegt man sich einen Zeitpunkt. Die Kunst ist, nicht zu früh vermisst zu werden. Man kann eine der Ziegen im Wald anbinden, die fehlt also, wenn ihre Zahl überprüft wird. Man kann sagen, man will nach ihr suchen und begibt sich gegen Abend hinaus. Die anderen sind nur froh, dass sie dem entgehen, der dunkle Wald macht ihnen Angst.

Die Ziege bindet man los, die findet allein heim.

Und man selbst löst sich in Luft auf.

Schließlich benötigt man einen ausgearbeiteten Plan, wohin man gehen will, und auch für später. Genau daran mangelt es meistens. Langfristiges Planen ist nichts für einen, der wegläuft, der sich davonmacht und um sein Leben läuft.

Sie war elf, als sie damals nach Romedal heimkehrte.

Aber was hatte sie sich vorgestellt? Erstens würden ihre armen Dienstherren sofort wissen, wo man nach ihr suchen musste, falls man sie zurückhaben wollte. Und ihr Inneres war ein einziges Chaos, sie sehnte sich halb krank nach diesen Kindern und schämte sich, weil sie die erneut hochschwangere Frau im Stich gelassen hatte.

Doch die Furcht vor der erwarteten, aber unaussprechbaren Vergewaltigung hatte das Ganze entschieden, sie konnte nicht zurückkehren.

Und zweitens, wie war es, als sie nach drei Jahren endlich wieder heimkam? Zwei beschwerliche Tagesmärsche hinter sich, müde und durchnässt vom Regen und den über die Ufer getretenen Bächen – nahm man sie da auf wie das verlorene Kind?

Wohl kaum. Sie durfte nicht bleiben. Oder wollte sie es nicht? Es gab auf jeden Fall auch diesmal keinen Platz für sie, und beiderseits mangelte es an Vertrauen. Um sich nicht verantworten zu müssen, kam man vielleicht mit Gegenvorwürfen – warum hatte sie nichts von sich hören lassen? Sie hätte schreiben können, das beherrschte sie doch. Hätte jemandem eine kurze Nachricht mitgeben können und vielleicht eine Garnrolle als Zeichen, dass sie eine Stellung hatte.

Es blieb ihr nichts anderes übrig, als sich wieder auf den Weg zu machen. Vermutlich und hoffentlich mit Proviant für ein paar Tage. Ihre unverheiratete Mutter konnte einfach nicht mehr entbehren. Und keine Umarmung, auch diesmal absolut nichts dergleichen. Sich die Hand zu geben war eine Berührung, die zur damaligen Zeit nicht wenig gefühlsbetont war. In historischen Filmen und Fernsehserien umarmt man sich links und rechts, doch im Allgemeinen war das undenkbar, zumal zwischen den Geschlechtern, ganz besondere Umstände ausgenommen. Kleidung, Gesten und Bewegungen waren zurückhaltend, Haut entblößte man nicht ohne Not, möglichst nicht einmal das Haar, und man berührte einander nicht, nur in äußerst ernsten Situationen. Mit Ausnahme der Kinder, Gott sei Dank. Doch sobald es die geringste Möglichkeit gab, behandelte man auch sie mit entsprechender Distanz. Alles fing damit an, dass man sie von den Schultern bis zu den Füßen wickelte, die erste Zeit saßen sie wie in einer Zwangsjacke fest.

Wie wirkte sich eine solche Behandlung wohl auf einen aus? Immerhin überlebte man. Oder auch nicht. Der Tod war vollkommen alltäglich, er war die ganze Zeit anwesend, konnte jeden Beliebigen treffen.

Vielleicht durfte sie eine Nacht oder zwei dort bleiben, danach hieß es in der eigenen Spur zurückzuwandern. Um den Ort ihrer neuen Anstellung, von der sie noch nichts ahnte, erreichen zu können, musste sie an der Erdhöhle vorüber, die derart intensive Gefühle weckte, vorbei an den Menschen, denen sie, obwohl nur eine Dienstmagd, so nahe gewesen war.

Sie ging nicht bis hin, auch wenn sie sich nach den Kleinen sehnte. Lieber schlief sie im Wald, als sich bemerkbar zu machen. Sie ließ ihre Kindheit hinter sich und wanderte ostwärts, diesmal, um ihrer Tante Hildur zu folgen und vielleicht erneut mit ihr zusammenzukommen.

Dass Eli in Østby landete, deutet eventuell darauf hin, dass sie nach Schweden unterwegs war. Hatte sie geglaubt, dort ein reicheres Leben vorzufinden? In diesem Fall hatte sie jedoch den völlig falschen Weg gewählt. Denn wäre sie noch weiter in Richtung Osten gewandert, hätte sie die reine Bergwelt erreicht und eine erbärmliche Sennhütte, die sich heutzutage erheblich ausgedehnt hat und Sälen heißt.

Stattdessen nehme ich an, dass Østby Endstation für sie war, sie hoffte und wusste vielleicht sogar, dass es dort auch für eine Kleinmagd wie sie Platz gab.

Sie bereitete sich auf die gleiche Weise vor wie ein heutiger Schauspieler des Dramatischen Theaters, verbarg sich hinter einer frisch ausgeschlagenen Eberesche und studierte ihre Rolle ein.

Dann kam sie hervor und ging mit resoluten Schritten direkt zu jener Tür. Sie hatte sich in Ordnung gebracht,

Gesicht und Hände waren sauber, kein einziges Haar sah unter dem Kopftuch vor.

Als die Frau des Hauses öffnete, knickste Eli brav, aber nicht untertänig, sie lächelte, sah der Frau in die Augen, sagte ihren Namen und woher sie kam.

Das mit den Haaren lässt sich heute nur schwer verstehen. Manche Einwanderergruppen stehen am Pranger, weil wir eine solche Unterdrückung der Frau nicht tolerieren können.

Aber mein Vater, der 1989 gestorben ist, hat von seiner Großmutter, also der Mutter meines Großvaters, hier aus dem Nachbardorf erzählt. Sie trug immer ein breites weißes Band unterm Kopftuch. Dieses Band verhinderte, dass ihr Haar sichtbar wurde. Niemand hat je Ulv Kerstis Haar gesehen, außer Stor Tros Ola natürlich, ihrem Gatten. Doch das hieß nicht, dass er so viel mehr von ihrer Schönheit erblickt hatte, trotz der sechs Kinder, deren Ursprung die beiden erwiesenermaßen waren. Einmal, als meine Urgroßmutter als alte Frau in ein Moorloch geraten war und Großmutter sie hinterher hatte entkleiden müssen, sagte sie, so viel habe sonst keiner zu Gesicht bekommen: Man stelle sich vor, du hast ja sogar Muschi und Hintern gesehen.

Eli also, die einen guten Eindruck machen, die eine Chance haben wollte, ins Haus zu kommen, um sich zu empfehlen, hatte ihren Finger mit Speichel befeuchtet und auch die kleinste Strähne des reichen Haarschwalls unter das Tuch gesteckt und sah richtig adrett aus.

Sie durfte eintreten, und nach einigem Sträuben nahm sie am Herd Platz. Ein Mensch, ein Fremder, war fast immer willkommen, und niemand konnte es obendrein tadeln, wenn man ein normales Mädchen für ein Stündchen beherbergte. Das brachte Abwechslung, und man wollte Neues aus der großen weiten Welt erfahren – jede Art von Klatsch und Tratsch wurde in der Zeit vor den Nachrichtensendungen, vor den Zeitungen und dem Internet begehrlich konsumiert.

Sie war trotz allem erst elfeinhalb Jahre alt, auch wenn sich ihr Körper mühte, etwas anderes zu behaupten. Als sie dann ihr Anliegen vorbrachte und sofort auf ihre beruflichen Erfahrungen zu sprechen kam, wirkte es irgendwie rührend, dass dieses zarte Mädchen, das ganz allein eine Stellung suchte, sich als nahezu fertig ausgebildet bezeichnete, wenn es um die Zucht und Pflege von Ziegen, die Zubereitung von Ziegenkäse, das Trocknen von Ziegenfleisch und die Bearbeitung der Häute ging, ja sogar Klauen und Hörner ließen sich verwerten, und Eli wusste, wie man das machte.

Natürlich hatte sie zuvor festgestellt, dass es auf dem Hof Ziegen gab und dazu ein Pferd. Und das fand Eli wunderbar, selbst wenn das Gehöft ansonsten einfach war. Der neu erbaute Hof gleich nebenan, der den Namen Wasserfall trug, sollte später einmal das Zuhause ihrer Tochter Karen werden, aber, wie gesagt, Eli wusste nicht einmal, ob sie selbst bis ins Erwachsenenalter leben würde. Manchmal ist es eine große Gnade, vielleicht die größte, nicht zu wissen, was die Zukunft bringt. Manchmal ist es bedauerlich, dass man die Toten nicht damit trösten kann, dass alles wahrhaftig besser geworden ist, als sie zu hoffen gewagt hatten.

Man muss sich wohl vorstellen, dass die Leute es sich leisten konnten, Eli aufzunehmen, selbst wenn sie nicht mehr als das Essen bekam. Aber was vielleicht den Ausschlag bei der Sache gab, war ihre Geschichte, dass sie Schlimmes heilen könne, indem sie einer Kröte das Blut aussauge.

Das war selbst zur damaligen Zeit äußerst mitleiderregend.

Ein paar starke Jungmädchenarme mit tüchtigen Schwielen an den Händen waren auch nicht zu verachten. Der

Sommer stand vor der Tür, und die Ziegen mussten nach Ørmo, zur Sennhütte hoch. Dieses Mädel hier schien aus zähem Holz, konnte man sie vielleicht allein dort lassen? Da wären ja die Ziegen, um die sie sich kümmern müsste, und die Käserei, ja, es gäbe eine Menge zu tun. Sie hätte Ebereschenblätter für den Winter zu pflücken, auch sonst alles Mögliche zu sammeln, was man brauchen konnte, und wenigstens ein Dutzend Handarbeiten der einen oder anderen Sorte anzufertigen – übrigens in Nadelbindung –, da bliebe wohl keine Zeit, um traurig zu sein oder Sehnsucht zu verspüren.

Wieder unentbehrlich, liebe Eli. Doch obwohl die Leute auf diesem Hof nicht vermögend waren, waren sie doch vernünftig und verlässlich. Sie behandelten das Mädchen gut.

Sie blieb dort mehrere Jahre.

♦ ♦ ♦

Das Mädchen wurde zur Frau. Als das schlimmste Notjahr anbrach, war sie siebzehn, sie stand in ihrer Blüte, obgleich nichts anderes zum Blühen kam. Wollte es denn nie Sommer werden? Das Futter für die Ziegen – wirklich zähe Tiere – hatte nicht ausgereicht, und die Familie musste schon im April eine von ihnen schlachten.

Es wurde nicht viel gesagt, nein, darüber konnte man kaum Worte verlieren, es war nun mal, wie es war. Eine gewisse Kraftlosigkeit hatte die Leute apathisch gemacht.

Sie zog später als je zuvor zur Alm hoch, die Tiere waren sehr mager und schwach, und der eigene Proviant ließ sich leicht tragen, viel zu leicht. Mit knapper Not hatte das Eis den Fluss aus seinem Griff entlassen, die Vegetation war weit zurück, und im Wald war es still, da die Vögel erfroren oder nicht wie sonst zurückgekehrt waren.

Die Sorge, die sie verspürte, können wir uns heute nicht vorstellen. Wenn ihre Bauersleute selbst kein Essen hatten, wie sollten sie dann auch noch sie ernähren? Sie hatten vom Saatgut gegessen und den Rest ungewöhnlich spät in die Erde gebracht. Die Saat war von schlechterer Qualität als üblich, aufgrund des anhaltenden Regens im vergangenen Jahr. Alles sah äußerst schlecht aus.

Noch wusste sie nicht, dass sich der Frost schon im August zurückmelden sollte. Kartoffeln und Getreide waren mit Ach und Krach in die Erde gekommen und begannen zu sprießen, als die ersten Frostnächte hereinbrachen. Die Blumen, an die man sich aus diesem Sommer am besten erinnerte, waren die Eisblumen an den Fensterscheiben. Seit Menschengedenken hatte niemand Ähnliches erlebt.

Doch noch ist Sommer, ein sogenannter Sommer, und Eli weilt auf der Alm, ungemein einsam und ungemein hungrig. Sie denkt vor allem an Essen und hat das Wenige, was sie besitzt, weit weggepackt. Vor sich selbst weggepackt. Es muss lange reichen, muss eingeteilt werden. Sie darf nur einmal am Tag Grütze kochen, sonst verhungert sie, auf Hilfe kann sie nicht zählen, das weiß sie.

Und doch, es war gerade dieser Sommer, in dem sie ihre erste wahre Liebe erlebte! Es gibt sogar einen Namen, er hieß Martin Vold.

Seine Augen waren ihr gefolgt. Er war der Sohn eines Nachbarhofs, auch dieser ein einfacher Ziegenhof, aber Martin war schließlich dessen Erbe.

Die Eltern waren bereits mit Leuten übereingekommen, die sich in derselben Lage befanden, es stand fest, wer ihre Schwiegertochter wird. Martin wusste davon und begriff, dass es eine gute Partie war.

Dennoch aber heiratete er nie, auch das ist erwiesen, meine Großmutter begegnete ihm einmal, als er schon alt war, und da hat er es ihr erzählt.

Dass er nie geheiratet hat, hoffe und glaube ich, lag an diesem Sommer mit Eli. Warum aber hat er ihr dann nicht geholfen? War dennoch nicht genug Liebe vorhanden?

Wenn es nur das gewesen wäre. Für einen heutigen Menschen ist so etwas kein Problem, man nimmt, was man haben will, und folgt dem Gesetz des Herzens. Auch dann, wenn man Kinder hat, gibt es keine materiellen Hindernisse. Echten Hunger, von welcher Art auch immer, hat man nie erlebt.

Alles griff tiefer. War blutiger. Oft ging es ums nackte Leben, die Liebe kam zuallerletzt, sie war nicht von Belang.

Seine Augen waren ihr gefolgt.

Verstohlen hatte sie zurückgeschaut, doch miteinander geredet hatten sie fast nie. Der Bauernsohn und die arme Dienstmagd, wenn das jemand gesehen hätte, was hatten die beiden zu bereden? Nein, nur ab und zu ein paar Blicke, und Eli kannte ganz sicher ihren Platz, sie wagte nichts zu erhoffen.

Als sie aber auf die Alm gezogen war und er sie nicht mehr zu Gesicht bekam, wurde er ganz trübsinnig, die Farben verblassten, es gab nichts mehr, was ihm besonders wichtig war. Verblüfft verstand er, wie sehr ihm die tägliche Hoffnung fehlte, Eli auch nur flüchtig zu erblicken, selbst wenn es nur aus der Ferne war. Jetzt gab es diese Hoffnung nicht. Und er wurde nie mehr froh.

Das erste Mal, als er dort hinaufkam, tat er es mit einer annehmbaren Erklärung. Wie konnte die gelautet haben? Eine Ladung Vorjahresheu aus irgendeiner Scheune zu holen, falls da noch was zu finden war? In diesem Fall würde er es mit einem Strick zusammenbinden und auf dem Rücken des von ihrem Hof entliehenen Gauls hinuntertransportieren. Oder vielleicht reichte es ja nur zu einem Packen, den er selbst schultern könnte?

Sie hatte sich vollkommen einsam gefühlt, alles war so traurig und trist. Um sie nicht zu erschrecken, hatte er sich schon geraume Zeit vorher bemerkbar gemacht, und als sie sah, wer da kam, als sie ihn wiedererkannte – da musste Gott einen Blitz vom Himmel gesandt haben, ein Licht, es traf sie mitten ins Herz. Tränen brachen hervor.

Sie wischte sie verlegen mit der Schürze weg, umgeben von den Ziegen.

Er selbst war fast betäubt vor Angst, dass er etwas falsch machen könnte, doch ihre Geste überwand sein Zögern, er trat näher.

Seine Mutter, die ahnungslos war, welch Anliegen ihn in den Wald führte, hatte ihn reichlich mit Essen ausgestattet, er war schließlich ihr einziges Kind. Vielleicht gab es sogar etwas Kaffee? Ganz bestimmt Käse und Brot. Also war es völlig natürlich, dass er sie nun einlud, den Proviant mit ihm zu teilen.

Sie ließ sich nicht lange bitten, sie war hungrig. Gemeinsam betraten sie die Hütte, und Eli machte Feuer.

Er wollte sie nur ansehen. Und er konnte sich nicht sattsehen. Er vergaß das Essen. Sie bekam alles, was er hatte, er war völlig verzaubert.

Ja, aber, ein ganzes Fladenbrot? Und dann noch mit Käse?

Nimm nur. Ich habe schon gegessen, ganz bestimmt. Ich freue mich zu sehen, wie es dir schmeckt.

Du freust dich?

Sie lachte. Diese Freude konnte sie ihm leicht verschaffen. Sie lachte und schmatzte, aß und trank. Er saß einfach nur da.

Sie fand wohl, der Himmel habe ihn hergesandt, sie konnte sich den Bauch vollschlagen, es war einfach wunderbar.

Und sie mochte ihn ja schon länger, ihre Augen waren ihm heimlich gefolgt. Jetzt zeigte sich, dass er für sie genauso empfand. Es war sein Verdienst, dass sie essen durfte, bis die Wärme vom Magen sich im ganzen Körper ausbreitete und die Seele sich gleichsam streckte wie nach langer Erstarrung.

Den geringen Dienst, den er im Austausch erbat, den wollte sie ihm nicht verwehren. Sie war ja noch so jung, und das Kopftuch war nachlässig gebunden. Er bat darum, ihr Haar sehen zu dürfen.

Sie zögerte, aber nur kurz. Sie betrachtete sich eigentlich noch als Mädchen, das barhäuptig gehen durfte, jedenfalls im Haus.

Ein Meter Abstand war mindestens zwischen ihnen. Sie nahm das Kopftuch ab. Der Zopf, dick wie ein Tau, hing über die Schulter zur Taille hinunter.

Was, wenn man ihn gelöst sehen könnte? Er flüsterte.

Sie fühlte sich so froh und reich, die Euphorie, die vom Essen kam. Wenn das alles war, das konnte ja wohl nicht gefährlich sein? Lächelnd, als sei es nicht weiter ernst, nein, eher ein Scherz, flocht sie den Zopf auseinander, zog die Finger durch das dicke Haar, schüttelte den Kopf, und ein Schleier, von der Natur selbst geschaffen, wallte um ihre Schultern.

Er trat näher. Sie begriff, dass es geschah, doch kam es ihr dennoch richtig vor. Sie wartete. Sie wollte seine Hände fühlen. Wollte selbst, mit eigenen Händen. Die Blicke brannten, aber als er die Hand ausstreckte, wandte sie sich ab.

Es reichte.

Er stand auf, gedemütigt, rot im Gesicht und beschämt. Es war wohl an der Zeit zu gehen.

Da stand sie ebenfalls auf. Bereute, sich so unzugänglich gegeben zu haben.

Die Gefahr war doch vorüber. Sie aber reichte ihm erneut den Zündsatz, sagte, du gehst doch nicht etwa schon?

Da sah er sie an. Und dann streckte er wieder die Hand aus.

Und sie blieb stehen und erwiderte den Blick.

Die Hand war stark und warm, hatte Risse und Schwielen auf der Handfläche, sie empfand sie wie feinste Seide an der Wange.

Eli war ungestreichelt. Ihre Haut war ausgedörrt, und ihr Inneres bestand nur aus Mangel, sie hatte so wenig bekommen.

Sie dachte, es sei ein Missverständnis. Oder dass niemand je gefühlt hatte, was sie jetzt fühlte. Es konnte nicht falsch sein, sie meinte, was jetzt geschah, sei weitaus mehr von Gott als vom Teufel, wie immer gesagt wurde.

Ihre Aufgabe in diesem Augenblick war standzuhalten, nicht nachzugeben, das war völlig klar, als er unter der Kleidung nach ihr zu suchen begann.

Aber da sagte er voller Zärtlichkeit, ich verspreche dir, vorsichtig zu sein. Und sie glaubte ihm natürlich. Er konnte sie doch unmöglich hintergehen, er doch nicht. Sie verstand nicht genau, was er meinte, vermutete jedoch, dass nichts passieren würde, weil er das so gesagt hatte und auch sonst so überzeugend war.

Natürlich hatte sie gewaltige Angst, doch der Schreck ließ das schon heiße Gefühl nur noch heißer werden. Sie wollte ihre Haut an die seine pressen, sie wollte den ganzen Mann haben, in ihrer Hand und überall. Das war doch vollkommen wahnsinnig. Sie erlitt alle Qualen des Himmelreichs, aber sie war gelähmt von dieser Kraft, auf die sie nicht gefasst war.

Hinterher erfolgte der Rückzug überstürzt. Sie verstand so wenig, plötzlich war das Ganze zu Ende, als hätte man eine Kerze ausgeblasen. Er stand hastig auf, sah sie nicht an, flüsterte irgendwas, fast knurrig, und verschwand durch die Tür.

In der Einsamkeit dann schämte sie sich entsetzlich. Es war dieses Fladenbrot gewesen.

Sie wollte den Gedanken nicht zu Ende denken, was das für eine Transaktion gewesen war.

Doch schon nach ein paar Tagen war er wieder zurück. Er hatte Proviant dabei. Und Eli war auf jede Art und Weise ausgehungert, nicht zuletzt durch die Einsamkeit. Er rettete sie, öffnete die Tore des Himmelreiches, und er liebte sie wirklich. Jedes Wort war wahr.

◆ ◆ ◆

Im Februar stapft Eli durch eine schöne Winterlandschaft, auf dem Rücken das Ränzel mit ihrer irdischen Habe. Sie lässt den Blick nicht schweifen, folgt nur beharrlich dem deutlich begangenen Pfad, ein Glück in dieser dünnbesiedelten Gegend.

Naturszenarien sind nichts für sie, ebenso wenig wie seelische, sie hält sich an den Weg und das Konkrete, denkt die ganze Zeit nur daran, einen Fuß vor den anderen zu setzen, einfach weiterzuwandern, anzukommen, bevor es dunkel wird.

Wenn sie etwas gelernt hatte, dann dies, dass der morgige Tag für sich selber sorgt, und auch der nächste Augenblick kann anders sein als alles bisher, doch darum muss man sich erst kümmern, wenn es so weit ist. Diese hausgemachte Überlebensstrategie ersparte ihr viele Tränen. Die Leute machten sich Sorgen, wie töricht, dann kam doch alles gleich zweimal über einen, erst diese Angst und dann die Qual selbst. Nein, nichts anderes nützte, als hier und jetzt zu leben. Und dieses Hier und Jetzt war tatsächlich erträglich, meist jedenfalls. Hier und jetzt gab es diesen Pfad, und es war ein leicht begehbarer Pfad, von vielen Füßen ausgetreten.

Sie vermied jeden Gedanken. Wusste nur, wohin sie unterwegs war und warum, doch auch das analysierte sie nicht besonders, lief einfach nur immer weiter.

Fort war der letzte Sommer, fort war der tiefe Liebesschmerz, der sie von jetzt an für mehr als zehn Jahre auf alles Derartige verzichten ließ. Sie grübelte auch nicht über den Treuebruch nach, warum er es akzeptiert hatte, dass man ihn zur Arbeit an einen Flößkanal oben in Støja schickte. Sie hatte keine Möglichkeit gehabt, mit ihm zu reden.

Er wusste sicher Bescheid. Aber er wusste auch, dass es niemals gehen würde, sie beide würden nie zusammenkommen, und er war viel zu schwach, um den Kampf aufzunehmen.

Einmal hatte sie seine Mutter auf der Landstraße getroffen. Nicht ein Wort war gefallen, aber der Blick der Mutter sprach Bände. Es war geradezu, als stellte Eli eine tödliche Bedrohung dar, nichts Versöhnliches war zu erkennen. Nur Kälte und Hass.

Mit diesem Blick ging die letzte Hoffnung unter, Eli stürzte in den Brunnen der Verzweiflung. Eine höllische Nacht lang lag sie in einem Schuppen, damit sie niemand hörte, weinte, bis sie völlig ermattet war und gänzlich leer, als ihr die Einsicht kam, dass sie mutterseelenallein dastand. Und jetzt war es schlimmer als je zuvor.

Ihre Bauersleute sahen schließlich, wie es um sie stand. Die Bäuerin redete mit ihr, erklärte, dass sie unmöglich könnten. Eli unterbrach sie eilig, sagte, das wisse sie sehr wohl, und sie brauchten auch nicht. Sie war dankbar, dass man sie nicht schalt und schlug. Auch verlangten die Leute nicht, dass sie sofort ging. Sie mochten sie, Eli spürte es und war gerührt. Und wartete deshalb viel zu lange.

Doch jetzt dachte sie an nichts, sondern trabte nur entschlossen vorwärts, sie musste einfach nur gehen und das Tempo halten, damit ihr nicht zu kalt wurde, sie aber auch nicht schwitzte.

Plötzlich öffnete sich das Bild, und die ersten Häuser tauchten zwischen Birkenstämmen auf, und bald ging sie über eine vom Schnee geräumte Dorfstraße. Sie führte vom Berg herab in noch dichter besiedeltes Gebiet. Auf dem Eis des Flusses hatte man Wege freigepflügt und mit Fichtenzweigen markiert, auf beiden Ufern standen Häuser, eine fremde Gegend, in der sie noch nie gewesen war.

Sie fragte sich durch. Entzückte und erschrockene Dorfbewohner zeigten und erklärten in einem fremden Dialekt, aber die Fragen, die sie nicht aussprachen, ließ Eli unbeantwortet. Sie hatte es plötzlich ungemein eilig, ihr Puls hämmerte, und ihr Atem ging keuchend. Dennoch dachte sie an nichts.

Die Tür war von guter Beschaffenheit, war eine Doppeltür mit Rahmen. Das ganze Haus war gediegen.

Der Mann öffnete, sie war überrascht, hatte sich das anders vorgestellt.

Er sah sie fragend an, dann die rasche Diagnose, als er ihren Umfang bemerkte, sie war im neunten Monat, ausgereift, danach seine Distanzierung, der Widerwille vor dem Rätselhaften, auf das sich kein Mann verstand, und das mussten sie auch nicht, es war allzu brutal und schwierig.

Sie sagte, wer sie ist und wen sie sucht. Seine Kleidung war von besserer Art, der Schnurrbart gepflegt, er war rasiert und schien erleichtert, nicht selbst Rede und Antwort stehen zu müssen.

Hildur, jemand fragt nach dir!

Ihr eigener Name hatte ihm nichts gesagt, das konnte sie sehen. Vermutlich glaubte er, sie wolle etwas verkaufen oder betteln. Er schloss vorübergehend die Tür.

Dann stand sie plötzlich da, ihre Hildur, die Schwester ihrer Mutter.

Ja?

Zunächst wurde Eli nicht wiedererkannt. Aber als sich die Blicke der beiden begegneten, kam Hildur allmählich die Erkenntnis. Eli?

Bist du das wirklich, Eli? Was du gewachsen bist … Ja, wie mächtig du doch gewachsen bist!

Nach dieser vieldeutigen Bemerkung ging ihr Blick zu Elis Finger. Obgleich Eli es bemerkte, behielt sie den Handschuh an.

Aha. So steht es also. Ich dachte ja nicht, dass du verheiratet bist, dazu bist du zu jung, aber auf jeden Fall verlobt.

Von einem Satz zum anderen brach alles zusammen, Eli sah in den Augen der Tante, was diese im Inneren dachte.

Laut sagte Hildur: Es geht nicht. Er weiß nichts von dir oder Kari, deiner Mutter, von den ganzen Unannehmlichkeiten in Romedal, all das habe ich ihm erspart, er hat so etwas nie erlebt.

Aber Eli flehte, in dieser Lage blieb ihr nichts anderes übrig, als sich zu erniedrigen und zu sagen, wie es stand: Ich weiß nicht, wohin.

Es gibt ja wohl trotz allem einen Kindsvater?

Nein.

Doch, meine Liebe. Den gibt es, du bist keine Jungfrau Maria. Und den musst du vor Gericht bringen, falls er nicht willig ist zu zahlen.

Das geht nicht. Und außerdem ist er nicht mehr da ... Das ist doch nicht dein Ernst, Hildur, wie sollte ich ...? Ich hab doch Angst vor dem Gericht.

Die Position der Tante war gefährdet. Zugleich war ihr Herz nicht aus Stein. Was wissen denn wir schon? Vielleicht war das, was sie jetzt tat, in Wahrheit sehr großzügig, auch wenn unser Urteil aus dem Nachhinein misslich ausfällt.

Sie schenkte Eli eine Ziege. Und ließ sie gehen.

Vielleicht war das ja trotzdem großzügig? Obgleich es mitten im Winter war?

Bitte Hildur, ich darf doch wohl wenigstens ins Haus kommen?

Auf keinen Fall, Eli. Wenn du dir das nun mal eingebrockt hast, musst du auch allein damit fertig werden. Und stopp jetzt – keine Tränen! Steh hier nicht heulend rum! Die Leute gucken schon. Komm! Wir gehen hinters Haus, der Stall ist meine Domäne, und die Ziegen gehören auch mir.

Eli bekam sicher die prächtigste Ziege und dass sie Milch gab, das wissen wir. Das Tier wurde ihre Lebensversicherung. Und bestimmt bekam Eli auch zu essen, direkt an Ort und Stelle Kartoffeln, Salz und Butter, doch als Proviant eigneten sich Kartoffeln nicht. Sie würden nur erfrieren, deshalb erhielt sie Brot, das reich an Energie und leicht zu tragen war. Ein Stück Zucker, als Erinnerung an vergangene Tage, bekam sie ebenfalls mit, für Eli war das Liebe.

Die Ziege meckerte und sträubte sich, als Eli sie am Strick aus dem Stall führte. Sie wollte die Wärme bestimmt nicht verlassen und auf den Abend zu nach draußen gehen, obendrein mit dieser fremden Person. Die Ziege ahnte die Gefahr und widersetzte sich. Ziegen sind klüger, als man gemeinhin glaubt, und weitaus zäher als manch anderes Tier, was für Eli ein Glück war.

♦ ♦ ♦

Hildur zeigte Eli, wo sie dem Fluss Glåma nach Norden folgen konnte, dort gab es Höfe mit Leuten, alles würde in Ordnung gehen, jetzt, wo sie die Ziege hatte.

Leider erinnert die Szene in vielem an die Wanderung der sieben kleinen Heimatlosen aus dem gleichnamigen Film, es fällt schwer, dem Herzzerreißenden dieses Bildes nicht zu erliegen, die Röcke steif vom Schneematsch, der Bauch zum Himmel gewölbt und an einem Seil hinter ihr die meckernde Ziege.

Um zu überleben, hat sie in diesem Moment wohl an nichts Besonderes gedacht. Die Energie benötigte sie weiß Gott für anderes. Die Tragödie in ihrer ganzen Tragweite zu begreifen war nichts, was ihr jetzt helfen würde. In Schock und schwerer Bedrängnis werden entbehrliche Seelenbewegungen ausgeschaltet, so ist es, und so war es auch damals. Die Ziege taufte sie Hildur. Dann ging sie stur weiter und dachte über den Namen ihrer Ziege nach, ob er eine Ehrung oder eher Hohn war, sie wusste es wohl selbst nicht, lustig fand sie ihn bestimmt. Still jetzt, Hildur, ich weiß, was du von der Sache hältst, das geht vorbei, morgen hast du deinen Stall und all deine Ziegenfreundinnen vergessen.

Sie wanderte fast zehn Kilometer. Die Dämmerung brach herein, und Wind war aufgekommen. Der stille Schneefall verwandelte sich immer mehr zum peitschenden Eissturm, der die Wärme aus den Kleidern fegte. Ihre Gesichtshaut war steif und gefühllos geworden, auch die Hände waren gefühllos, aber die Füße waren warm, gesegnet seien die Strohschuhe über den Stiefeln, selbst wenn sie beim Gehen etwas hinderlich sind.

Auch jetzt dachte sie an nichts Besonderes, wollte nur von Flisa weg, damit Hildur sich ihrer nicht schämen musste. Und außerdem hatte sie eine Ziege, die Milch gab, und die Zeiten waren hart.

Doch obwohl sie so kaltblütig und realistisch war, geschah etwas in ihrer Seele, die sich ganz darauf eingestellt hatte, zu Hildur heimzukommen. Wenn nötig, können Tiere und Menschen Sterben und Gebären hinauszögern. Unbewusst hatte Eli sich dem, was kommen musste, widersetzt.

Nun erfolgte die Reaktion, aber nur körperlich. Was ihre Gedanken anging, dachte sie klugerweise nur an das Allernächste, für eine Nacht kann ich mit der Milch der Ziege bezahlen, und morgen wird sich schon etwas finden, ich kann nach Østby zurückkehren, die werfen mich nicht raus, ich kann zu diesem Kanalbau wandern und Martin zur Verantwortung ziehen, alles wird bestimmt besser, wenn nur erst Zeit vergeht.

Das Kind kam in ihren Gedanken nicht einmal vor. Und in ihrem Ränzel gab es nichts zum Wickeln oder anderes für einen Säugling. In ihrem Inneren weigerte sie sich zu begreifen, trotz der Kindsbewegungen und allem Sonstigen, in ihrem Bauch war nur etwas durcheinander, ungefähr so kam es ihr vor, und die Ursache dafür war Martin. Gewiss trug sie ein Kind in sich, einmal sagte sie es sogar. Aber was die Sache selbst betraf, darüber zerbrach sie sich nicht den Kopf, ihr Hirn weigerte sich, die Konsequenzen einzugestehen. Es konnte nicht sein. Es ging ganz einfach nicht. Außerdem war sie doch erst achtzehn Jahre alt. Natürlich stimmte etwas nicht. Wenn sie nur erst diesen Bauch loswurde!

Die Häuser waren seit langem immer spärlicher geworden, ihre Tante hatte aber gesagt, das ganze Tal entlang lägen Höfe und Katen verstreut. Der Weg war breit und von Schlitten festgefahren, noch gedachte Eli kein Nachtquartier zu suchen.

Zu jener Zeit wies man auch keinen Wanderer ab, der spät abends eintraf, es gab keinen Grund, Verdacht zu schöpfen. Eli wollte es weit schaffen, wollte weit weg, sie mühte sich vorwärts, obgleich die am Strick hängende Hildur das Unternehmen mit meckerndem Protest kommentierte.

Doch dann bekam Eli heftige Schmerzen im Bauch, oder war es im Rücken? Es kam ihr fast so vor. Sie blieb auf der Spur einer Pferdefuhre stehen, mitten zwischen den Abdrücken der Schlittenkufen, wie ungelegen, es tat so unglaublich weh. Aber nach einer Pause konnte sie weiterwandern.

Es war wohl nur was Vorübergehendes. Im Übrigen wanderte sie zwar am Fluss entlang, konnte aber im Tal vor ihr nirgendwo auch nur das kleinste Licht entdecken, und es war lange her, dass ihr eine Schlittenfuhre oder ein Wanderer begegnet war.

Als der Schmerz das nächste Mal zuschlug, war er so ausdauernd, dass er sie in die Knie zwang. Sie wimmerte. Doch nur Hildur hörte sie, und die schwieg ausnahmsweise und zog auch nicht am Strick.

Als sie wieder zur Besinnung kam, waren die Tränen an ihren Wimpern zu Eis gefroren. Langsam verging der Schmerz. Sie griff nach Hildur, stützte sich auf sie, kam auf die Füße.

Jetzt verstand sie, dass Eile geboten war. Wenn die Schmerzen wiederkehrten, kam es darauf an, nicht nachzugeben, sich nicht hinzulegen, das begriff Eli, und Hildur stimmte ihr eifrig zu, instinktiv – sie brauchten ein Dach überm Kopf, was war denn das hier für eine Geschichte, in finsterer Nacht durch die Gegend zu ziehen! Hildur sträubte sich nicht länger, sondern trippelte vor Eli in der Spur.

Doch dann war plötzlich Schluss, Hildur weigerte sich, auch nur einen Meter weiterzugehen, die Klauen in den

Schnee gestemmt, als sei sie festgewachsen. Wenn Eli sie mitnehmen wollte, musste sie die Ziege anscheinend tragen, Schläge und Tritte halfen ebenfalls nichts, obwohl sie schalt und schrie. Im selben Augenblick traf sie erneut der Schmerz.

Nicht hinlegen, war das Einzige, was sie dachte, während Schwerter und Messer ihre Eingeweide durchbohrten, sie stöhnte, wimmerte und sank wieder auf ihre steifen, kalten Knie.

Ihr wurde schwarz vor Augen, bevor sie wieder zur Besinnung kam. Wo war sie gewesen? Ein Blitzeinschub vom Todesreich? Sie war matt, und kalter Schweiß klebte an ihrem Körper, als sie wieder auf die Beine kam. Hildur meckerte, aber weigerte sich immer noch weiterzugehen. Keuchend stand Eli vornüber gebeugt da.

Plötzlich sah sie etwas – was war das? Ein Pfad direkt zwischen die Bäume hinein?

Zögernd schlug sie ihn ein. Und Hildur setzte sich in Bewegung, folgte ihr, Eli nahm das als Zeichen.

Es war kein Schlittenweg, nur ein schmaler Trampelpfad, kaum sichtbar jetzt unter dem kürzlich gefallenen Schnee. Es war auch schwierig, ihm zu folgen, da es zwischen den Bäumen noch dunkler wurde. Doch wenn Eli falsch lief, korrigierte sie die Ziege. Also ließ sie das Tier vorangehen.

Es führte aufwärts, wo immer es auch hinführen mochte. Die Steigung ließ sie warm werden, sie beschwor das Übel, es sollte sie nicht wieder überfallen, bevor sie angekommen wäre, sie hoffte und glaubte, dass der Pfad zu einem Hof ging, und so war es auch.

Sie verspürte Rauchgeruch und war erleichtert, ja fast glücklich, bevor eine neue Attacke einsetzte. Und jetzt bepinkelte sie sich wohl gar, es lief feucht die Beine hinunter, in die Strümpfe und Stiefel. Das alles war ein Elend, trotzdem musste sie jetzt dorthin gehen.

Das Haus war nur eine Hütte, nicht unähnlich der Erdhöhle, in der sie als Kind gedient hatte. Und man sparte an Beleuchtung, im Fenster war kein Licht zu sehen.

Wieder half ihr die Ziege, indem sie laut und durchdringend meckerte.

Vorsichtig wurde die Tür geöffnet: Was höre ich da?

Er lachte, als er die Ziege erblickte. Und ein einsames Mädchen, worum ging es?

Sie wünschte zu übernachten, falls sich das machen ließe, sie könne bezahlen. Wenn Ziegenmilch gut genug wäre.

Sie durfte ins Haus kommen, auch die Ziege. Sie wärmte sich am Herd, es war schummrig in der Hütte. Er nahm Eli in Augenschein. Aha, so stand es.

Er war ein einsamer alter Mann, dessen Frau kürzlich verstorben war, und gesund war er auch nicht, nein, weit gefehlt. Das Kind würde doch wohl noch nicht kommen? Er wolle kein solches Spektakel im Haus. Und sie habe ja wohl einen Mann? Und eine Gegend, zu der sie unterwegs sei, nach dem Dialekt zu urteilen?

Ja, sicher. Natürlich, so war es. Sie massierte sich die Hände vor dem Feuer. Die Ziege meckerte. Das Tier hat jedoch in der Abstellkammer zu bleiben, sagte er und wies auf eine kleine Tür.

Um ihn zu besänftigen, fragte sie nach einem Gefäß und melkte Hildur. Die Zitzen waren eiskalt, die Ziege aber gab her, was sie hergeben sollte, und dann bekam der Alte den ganzen Topf für sich. Er schmatzte dankbar und sagte, das sei nett von ihr, und was er gesagt habe, sei nicht böse gemeint gewesen.

Obwohl es kalt war in der Kammer, bat sie, dort mit der Ziege liegen zu dürfen. Er riet ihr davon ab und meinte, sie sei unnötig empfindlich. Männer und Frauenspersonen hätten in kalten Winternächten stets unter demselben Dach geschlafen, daran sei nichts Unrechtes. Aber sie blieb bei ihrem Wunsch.

Er ging nach draußen und kehrte mit Stroh zurück. Sie war dankbar – angesichts dessen doppelter Funktion, nützlich zum drauf Schlafen und als klägliches Abendbrot für die Ziege Hildur.

Als er fort gewesen war, hatte sie die Tür zur Kammer geöffnet. Ein kalter Luftzug der schlimmsten Sorte zog in die Hütte. Er fand es unnötig und falsch, sich dort hineinzubegeben, aber Eli bestand darauf, sie wolle nicht stören. Er brummelte und schob die Tür zu, sie war selber schuld, wenn sie es nicht anders wünschte.

Sie wollte nicht, dass er sie hörte, falls die Bauchschmerzen wiederkamen.

Von späteren Entbindungen wissen wir, dass sie allesamt äußerst schwer waren, diese kleine Frau musste stets unfassbare Qualen durchstehen, vielleicht war ihr Becken von der spanischen Grippe verformt und schief geworden?

Ein Mann war zu jener Zeit nicht im Geringsten in die intimen Mysterien des Frauenlebens eingeweiht. Zudem hatte sie doch gesagt, es sei noch nicht an der Zeit, also, was konnte er tun? Freilich hörte er sie stöhnen und manchmal noch erschreckendere Geräusche, so als hätte sie sich das ganze Kopftuch in den Mund gesteckt, um die Schreie dort drinnen zu dämpfen.

Als der Morgen dämmerte, lag sie noch immer in der Kammer. Als er die Tür einen Spaltbreit öffnete und nachfragte, wie es stand, sagte sie, sie hätte sich den Magen ein wenig verdorben, wäre etwas unpässlich und wollte gern liegen bleiben, falls sich das machen ließe.

Ob er vielleicht zur Landstraße hinuntergehen und versuchen sollte, irgendeine Fuhre zu stoppen und denjenigen zu bitten, einer gewissen Madam Bescheid zu geben, damit sie herkam?

Nein, nein, das käme nicht in Frage, es wären nur normale Magenbeschwerden, sonst nichts.

Sie war leichenblass und kalter Schweiß bedeckte ihr Gesicht, sie hatte sich ins Stroh erbrochen und zitterte wie im Fieber. Er sah es, wollte sie denn nicht doch in die Stube kommen? Nein danke, ich liege hier gut, ich möchte es so kühl haben.

Er zog sich zurück, ließ die Tür aber halboffen stehen. Die Ziege kam heraus, und er melkte sie eigenhändig. Dann ging er in den Wald, um für mehr Brennbares zu sorgen, man konnte nicht an Holz sparen, wenn diese Person jetzt krank war.

Viel an Wärme brachten die offenen Feuerstätten nicht, es war feuchtkalt und zugig, andererseits aber gab es keine Allergien. Nein, wenn man damals etwas vertrug, dann waren es Tiere und hauptsächlich Pelztiere, Felle und Pelze bedeuteten Wärme, und sogar eine Ziege konnte Liebe bedeuten, etwas Lebendiges und Anhängliches, ja, das genügte wohl. Sie hatte doch schließlich Hildur.

Als ihr Gastgeber das Haus verlassen hatte, setzte die Austreibungsphase ein. Vielleicht hätte sie, wenn das möglich gewesen wäre, mit einem Kaiserschnitt entbunden werden müssen? Vielleicht sogar jedes Mal, wenn sie später schwanger wurde? Auf jeden Fall begann nun ein unmenschlicher Kampf, der Körper krampfte und wollte sie schier zerreißen. Sie konnte sich nicht länger zurückhalten und auch die Schreie nicht.

Es war dunkel in der Kammer. Die Wehen kamen kurz hintereinander und währten lange. Am Ende explodierte alles, vor Schmerz verlor sie sekundenlang das Bewusstsein, doch dann setzte sie sich vor Schreck hastig auf, obwohl die Schmerzen da unten erneut einsetzten. Da war doch wohl nicht etwa was zu hören?

Vielleicht sah sie selbst nicht einmal, was da gekommen, was geschehen war.

Das Kind starb bei der Geburt.

Vielleicht sah sie überhaupt nichts, tastete sich nur mit geschlossenen Augen zu diesem Etwas? Legte es einfach in ihren Unterrock und verknüpfte das Ganze zu einem Paket.

Aber wenn es nun doch gelebt hat?

Wir wissen es nicht.

Sie war nicht die Einzige. Auf Abtritten und unter Tannen wurden die versteckten Kinder geboren, und zumeist starben sie. Aus Gerichtsdokumenten lassen sich Tragödien ablesen, junge Mädchen wurden des Mordes angeklagt und dafür, dass sie nicht anders gehandelt hatten. Doch ist nur schwer zu sagen, wie sie sich hätten verhalten sollen, sie waren verzweifelt und völlig außer sich. Findelkinder gab es, aber diese hatten selten eine Chance, und es war auch schwierig, nicht verraten zu werden, von denen, die begriffen hatten, wie es um einen stand, selbst wenn man sich so fest schnürte, dass man am Ende kaum Luft bekam. Die am wenigsten Beachteten waren häufig gerade jene, die man in erster Linie im Auge behielt. Junge Frauen hatten stets eine unerbittliche Überwachung zu erdulden. Selbst wenn niemand etwas sagte, so wussten die Leute dennoch Bescheid.

Noch eine Nacht blieb Eli in der Kammer der kleinen Hütte. Sie schlief völlig ermattet, und auch der Alte schlief tief, nachdem er die Nacht zuvor ständig geweckt worden war, auch Hildur schlief, obgleich sie nur Stroh als Futter bekommen hatte, seit sie aus dem Stall von Flisa fort war.

Eli hätte wohl noch länger bleiben können, aber jetzt reichte es, ihr ging es etwas besser, sie wollte los. Keiner von beiden berührte, was gewesen war. Er fragte nicht, wollte im Augenblick nichts wissen.

Unterleib und Bauch taten ihr weh, es tropfte und blutete. Bestimmt würde sie in Østby ein paar Nächte bleiben können. Doch zunächst musste sie vor allem ihre Bürde loswerden.

Sie sagten adieu.

Auf der Landstraße angekommen, folgte sie ihr nach Norden. Der Himmel war leuchtend grün vor Kälte. Der Fluss strömte unhörbar unter der Eisdecke dahin, aber an einer Stelle stieg Wasserdampf auf, dort war er offen.

Sie schaute sich um, niemand kam aus irgendeiner Richtung, sie war mit ihrer Ziege ganz allein. Hildur widersetzte sich, folgte ihr aber dann doch zum Fluss hinunter.

Es dampfte und donnerte zwischen den Eiszapfenkathedralen der Steine. Das Wasser brauste um glasklare, kunstfertig geformte Eisablagerungen. Bereits erstarrte, vom Wasser gemeißelte, grünmelierte Riesentreppen führten himmelwärts oder hinab in wundervoll gestaltete Öffnungen, verbrämt mit vom Eis gewirkten Spitzen.

Niemand würde finden, was in diesen wirbelnden schwarzen Grotten verschwand, noch viele Monate nicht und vielleicht überhaupt niemals. Sie schaute sich noch einmal um und nahm dann das Ränzel vom Rücken.

Ein blutiger Unterrock. Mehr dachte sie vielleicht nicht. Aber das Gewicht? Nein. Sie dachte nicht, fühlte nicht nach, ließ nur das Bündel zwischen den Steinen unter der Eisdecke wegtreiben. Stand auf, hatte ihre Pflicht getan. Sie dachte keins der Worte: Kind, Tod, Leiche. Wollte nur weg von allem. Es war nicht sie, die dort am Ufer stand und ein Kleidungsstück, in dem etwas Unsagbares lag, wegwarf.

Dann ging sie einfach davon.

Ein Kapitel in Elis Leben war beendet. Und es sollte zehn Jahre dauern, bis das nächste Kapitel seinen Anfang nahm.

◆ ◆ ◆

III.

Elis Ehe und Kinder

… Großmutter diente als Magd im Gasthof Rönningen in Østby. Und Per war damals ja Fuhrmann. Einmal hatte er gesagt, Eli solle seine Braut werden. Später dann fragte sie Per, ob er zu seinem Wort stehe. … Ich freue mich auf das fertige Buch.
(Aus der Mail einer neu entdeckten Verwandten, Januar 2005)

Wie alt kann eine Ziege werden?

Hildur begleitete sie auch weiter, die Ziege wurde zum roten Faden in Elis Leben. Später wurde sie von der neuen Hildur abgelöst, einem Zicklein, das man ihr ließ, weil die Magd Futter und einen Platz im Stall gegen Milch eintauschte.

Zehn Jahre – die deuten darauf hin, dass Eli von Liebe und Männern genug bekommen hatte, sie war sozusagen ein gebranntes Kind. Schön war sie noch immer, aber den Attacken der Männer war sie entgangen. Sie hatte sich das Versprechen gegeben, nie wieder ins Unglück zu geraten.

Nach dieser Entbindung waren auch Komplikationen aufgetreten, Rissverletzungen und Infektionen bereiteten Probleme, und vielleicht bekam sie Fieber, Milchstau, als der Körper darauf bestand, sein unübertroffenes Lebensmittel für jenen zu liefern, der nicht hatte leben dürfen.

Sie fand eine neue Anstellung als Magd, Mägde wurden immer gebraucht, und es war bekannt, dass sie gut arbeitete. Sie hatte ungewöhnliches Glück, dass ein großer, gut geführter Bauernhof gerade Leute benötigte.

Freizeit war ein unbekannter Begriff, ganz besonders an diesem Ort. Willst du schon Feierabend machen, lautete ein üblicher Scherz, wenn sie als Letzte die Schürze abband. Am nächsten Morgen in aller Herrgottsfrühe ging alles von vorn los.

Ihr Ruf war befleckt, der eilt einem immer voraus oder hinterher, man kann sich nicht wehren. Doch aufgrund ihres beständigen Fleißes und weil sie sich mit keinem Mann einließ, würde man mit der Zeit vielleicht Nachsicht mit ihr üben.

Ihr Äußeres und diese Haare waren das Problem, zwar war sie nur von kleinem Wuchs, aber ihre Schlagfertigkeit, die Freude am Lachen, ja ihre ganze Erscheinung zogen die Blicke der Männer auf sich, wenn sie nicht aufpasste. Andererseits war sie bereits verurteilt und abgestempelt. Alle wussten, dass Martin Vold ihr einen Bauch gemacht hatte und dann zur Kanalarbeit hoch nach Støa gezogen war, während sie davongewandert und dann plötzlich schlank zurückgekommen war! Sie war eine Persona non grata. Mit irgendeinem seriösen Angebot konnte sie nicht rechnen, obwohl auch das vorkam, doch hatte sie nicht die Absicht, ihre Dummheit zu wiederholen.

Nach jahrelangem Fleiß bot sich ihr dann die Chance, eine Anstellung in dem besagten Gasthof zu erhalten. Ihr war, als wäre sie ins Himmelreich gekommen, kein Ausmisten mehr und fast jeden Tag interessante fremde Menschen.

Und dann geschah das mit Per, der von Värmland herübergekommen war. Und das mit dem Auge, alles traf zusammen, und bestimmt hatte das Schicksal seine Hand im Spiel. Es war höchste Zeit, dass sie ihren drastischen Entschluss überdachte, bei genauem Überlegen wollte sie ihre Tage doch nicht als Unverheiratete – als altes Mädchen – beschließen.

Anfangs aber hatte er ebenso große Schwierigkeiten wie jeder andere, um mit ihr in Kontakt zu kommen.

Der Gasthof war nichts Besonderes. Die Zimmer der Reisenden lagen im Obergeschoss, für Fuhrleute kostete das Logis zehn Öre die Nacht, für andere Gäste 50 Öre, falls sie kein Einzelzimmer wünschten. Allerdings mussten die Fuhrleute für das niedrige Entgelt bereit sein, nötigenfalls auf dem Fußboden zu nächtigen. Eine Tasse Kaffee kostete zehn Öre, und eine Portion warmes Essen konnten die Reisenden für weniger als eine Krone erhalten. Es herrschte Leben und Treiben, und an Arbeit mangelte es nicht, doch betraf diese fast nur das Haus selbst, da war die Wäsche und der Abwasch zu machen, das Haus zu putzen und zuweilen ein einfaches Gericht zu kochen, wenn die Wirtin es selbst nicht schaffte.

Er kam auf seinen Touren immer wieder vorbei, wenn er Fuhren westwärts oder in die umgekehrte Richtung brachte, und es war abgemachte Sache, dass er gerade hier sein Nachtquartier nahm.

Er schaute verstohlen zu ihr hin, von Mal zu Mal intensiver. Am Ende sagte er die befreienden Worte. Das war mutig. Einmal wirst du meine Braut werden, und wir werden heiraten. Sie hatte nur gelacht, überrascht. Doch von diesem Tag an begann sie vorsichtig zurückzuschauen. Was war das für ein Mann?

Mehr aber wurde nicht daraus. Und es verging ein ganzes Jahr.

Er war beim Eisenhammer von Femtå aufgewachsen, im Wald mitten zwischen Forsby in der Gemeinde Malung und Likenäs auf der anderen Seite des Gebirgskamms. Daheim waren sie neun Kinder, also war er es gewohnt, allein klarzukommen. Er war die Nummer vier, im Jahr vor seiner Geburt war Karin gestorben, zwei Jahre alt. Die Fürsorge der Mutter war dem Kummer zum Opfer gefallen, und dann wurden rasch die anderen geboren, unter ihnen wieder eine Karin, die neue Karin, die das Erbe der Toten antreten musste, die die Mutter nie vergessen konnte.

Der Vater war Brandwächter und arbeitete nachts. In dem engen Zuhause war es schwierig dafür zu sorgen, dass er seinen Schlaf bekam. Es wurde hart durchgegriffen, wenn sich die Kinder vergaßen. Die Augenblicke, die sie sich im Hause aufhielten, mussten sie leise sein, das wurde ihnen mit der Rute eingeschärft.

Per tat sich nicht besonders hervor, niemand kümmerte sich um ihn, er machte sich frühzeitig auf den Weg, zumal der Eisenhammer stillgelegt werden sollte. Er arbeitete im Wald und bei der Flößerei und mit der Zeit verschlug es ihn nach Norwegen. Dort bekam er dann den Auftrag, als Fuhrmann die langen Transporte zu übernehmen, er hatte im Wald gelernt, mit Pferden umzugehen. So war er Eli begegnet.

Doch was er für ein Mensch war, dieser Per, ist nicht ganz eindeutig, leider nicht. Harte Bedingungen und Unterdrückung bringen hässliche, geduckte Menschen hervor, sie sind verkrümmt und verdorben und seltener jene Helden, die wir gern in ihnen sehen würden.

Damals aber musste er Eindruck auf sie gemacht haben, er war fesch, gesund und stark. Es gibt ein altes Foto, und obwohl er darauf bereits betagt ist, sieht er noch immer stattlich aus, es liegt an seiner Haltung.

Zum ersten Mal fühlte sie sich nicht als die Erfahrenere oder psychisch Stärkere. Eine leise Verachtung für alle Bauernjungen, die niemals im Eis eingebrochen waren und allein hatten klarkommen müssen, hatte es ihr leicht gemacht, sie sich vom Leibe zu halten.

Bei Per aber war es anders. Er hatte manches erlebt, das fühlte sie. Womit er hatte klarkommen müssen, behielt er für sich, schon allein das war sympathisch. Ihr war die Prahlerei zuwider, die sofort einsetzte, sobald irgendein

Mann sie in Hörweite wusste. Wenn die Kerle wirklich so großartig waren, brauchten sie doch nicht ständig davon zu reden.

Und Per war Schwede, und vielleicht deshalb auch etwas besser gestellt? Obendrein fand sie, dass er anscheinend mit Alkohol und Tabak umzugehen verstand.

Aber was hatte ihn nun eigentlich nach Norwegen verschlagen, und weshalb wollte er nicht wieder heimkehren? Sie hatte das Gerücht gehört, er sei vor einer Vaterschaftsklage im Norden Värmlands geflohen. Wenn das stimmte, war er nicht besser als gewisse andere. Aber was wusste man schon. Dass er eine Värmlanderin zu Fall gebracht haben könnte, erschien ihr jedoch keineswegs abwegig.

Dennoch wäre vielleicht nichts aus den beiden geworden, wenn die Sache mit dem Auge nicht passiert wäre.

Die Frühlingssonne schien durch die frisch geputzten Fensterscheiben, leichte Gardinen hingen draußen zum Trocknen auf der Leine, sollten in Kürze gemangelt und wieder angebracht werden. Es war Frühling, war Walpurgistag, und jetzt hörte sie ihn auf dem Weg angefahren kommen.

Er hatte ihr schließlich mehr oder weniger einen Antrag gemacht, auch wenn das nur im Scherz gewesen war.

Aber das Gespann, das jetzt vorfuhr, war nicht das Seine, es gehörte einem halsstarrigen Mann aus Røros, der sich in ihr gründlich täuschte. Er war ständig hinter ihr her, obwohl sie sich korrekt, weder übertrieben freundlich noch unfreundlich verhielt, sie war ja nur Dienstbotin und Magd für die Gäste des Hauses. Besagter Mann aber ließ keine Gelegenheit aus, mit ihr zu reden und ihre Aufmerksamkeit für lange Zeit in Anspruch zu nehmen. Es war zum Aus-der-Haut-Fahren, sie konnte doch nicht einfach nur herumstehen und nichts tun, sie fürchtete, die Wirtsleute würden sich beschweren.

Und nun hatte er auch noch getrunken, sie bemerkte es gleich. Er ließ das Pferd angeschirrt stehen und trat mit deutlich beschwingtem Schritt ins Haus. Sie verzog sich vom Fenster, verschwand in der Küche. Ihre Hausherrin sah an ihrer Miene, dass es wohl angebracht war, den nächsten Gast selbst in Empfang zu nehmen.

Er aber wollte mit Eli reden! Wollte ein Wort mit Eli wechseln! Ohne Pardon drängte er sich an der Wirtin vorbei in die Küche, wo er die Heißbegehrte gegen die Wand drückte. Er redete eine Menge dummes Zeug. Sag, dass du mich haben willst! Sag, dass ich heute Abend, wenn ihr zumacht, kommen darf! Ich warte auf dich unten an der Schmiede. Sein Atem war von Tabak und Schnaps geschwängert, Speichel spritzte ihr ins Gesicht, und sein lautes Flüstern war kein bisschen diskret.

Der ganze Kerl schien gleichsam in Panik. Sie hatte dennoch versucht, ihn wie die anderen zu behandeln, mit bewährter kühler Distanz, aber ohne ihn zu verletzen. Sein Gesicht war rot und schweißnass, die Blicke wie Blitz und Feuer, er stand kurz vor irgendeinem Ausbruch.

Sie glitt unter seinem Arm hindurch, sagte, er möge sich bitte um sein Pferd kümmern und dann schlafen gehen, morgen könnten sie reden.

Aber sie hatte die Situation keineswegs unter Kontrolle, wie sie geglaubt hatte. Blitzschnell warf er sich herum und bekam sie erneut zu fassen, und jetzt packte er sie um die Taille. Verstehst du denn nicht!, brüllte er. Sie verstand sehr gut, aber wenn sie allen Naturkräften, die im Inneren der Gäste tobten, entgegenkommen wollte, na dann … Sie beendete den Gedanken nicht, bekam es jedoch mit der Angst zu tun, als sie sah, dass er nicht aufgeben wollte. In gewisser Weise war sie wohl selber an der Situation schuld, und deshalb zögerte sie lange – zu lange –, die Wirtin, die genügend Autorität besaß, um Hilfe zu bitten. Denn bestimmt hatte sie ihn doch verlockt? Auch wenn sie es nicht so gemeint hatte.

Es war ein Unfall, darin waren sich hinterher alle einig, und der Mann aus Røros bereute das Geschehene tief. Er hatte sie doch nicht verletzen wollen – nein, im Gegenteil!

Bevor Eli nämlich noch mit entsprechender Miene und durch Blicke ihrer Hausherrin signalisieren konnte, dass einfach alles schieflief, hatte dieser Mann die Waage zu fassen bekommen und schwang sie durch die Luft, um sich zu rächen und ihr richtig zuzusetzen. Oder, wie er selbst behauptete, sie einfach nur zu erschrecken. Der Haken der Waage flog Eli mit voller Kraft direkt ins Auge, das sofort heftig zu bluten begann, so dass sie nichts mehr sah.

In gewisser Weise war auch das ihre eigene Schuld. Denn wäre sie nicht die gewesen, die sie nun einmal war, wäre er nicht so lüstern geworden. Natürlich war das falsch, aber dennoch.

Die Wirtin half ihr in die Mädchenkammer, wo sie eine Waschschüssel mit kaltem Wasser und einen Lappen erhielt, um die Verletzung kühlen zu können. Dann ging die Wirtin zu dem Gast hinaus, der offenbar noch immer dastand, völlig betroffen. Ebenso betrunken wie zuvor, doch alle Brunst war jetzt von ihm gewichen und durch Jämmerlichkeit abgelöst, das hatte er wirklich nicht gewollt, weshalb war er denn nicht gut genug, andere hatten doch rangedurft!

Es blutete und blutete, dennoch glaubte niemand, dass es derart übel ausgehen könnte.

Auch am nächsten Tag lag Eli noch zu Bett, zitternd vor Fieber und Schmerz.

Amtmann und Doktor waren viel zu weit fort, und niemand dachte überhaupt daran, dass die Sache ein Fall fürs

Gericht sein könnte. Zum Doktor war es zig Kilometer weit, und da es nicht um ihr Leben ging, sondern nur um ein Auge, selbst wenn es natürlich Schmerzen bereitete …

Eine Alte kam und sah nach ihr, eine verständige Frau, die zu Alkohol griff und die Wunde säuberte. Die Schmerzen nahmen ab, und der Ansatz einer Infektion wurde von der klugen Frau abgewehrt, bald konnte Eli wieder ihren Dienst antreten.

Dennoch war alles zu spät. Als sich die Schwellung gelegt hatte und die Wunde zu heilen begann, konnte Eli nicht mehr sehen. Langsam wurde ihr klar, dass sie nun einäugig war.

Ihre Hausherrin war natürlich froh, dass Eli wieder auf den Beinen war, aber auch sie empfand eine unbestimmte Schuld an dem, was geschehen war. Das Auge selbst sah auch schlimm aus und zog viel Aufmerksamkeit auf sich, jeder, der kam, stellte Fragen, und obwohl Eli das Ganze bagatellisierte, fürchtete ihre Wirtin, das Gerücht könnte sich verbreiten, ihr Etablissement wäre zu einem Sodom und Gomorrha geworden.

Um irgendetwas zu sagen, fragte sie, du gehst doch jetzt auf die Dreißig zu, Eli, wäre es nicht an der Zeit, an etwas Eigenes zu denken?

Eli war empfindlich nach der soeben durchlebten Heimsuchung. Wollte ihre Hausherrin etwa andeuten, dass ihre Dienste hier nicht länger erwünscht waren? War das Gesagte ein leiser Wink, dass sie ihre Stellung aufgeben sollte?

Nie zuvor hatte Eli ihr Leben auf längere Sicht hin betrachtet. Bisher hatte sie mehr als genug damit zu tun gehabt, von einem zum anderen Tag zu leben und zu überleben. Und sie hatte alle Männer aus ihrem Leben verbannt.

Jetzt aber öffnete sich plötzlich die Zukunft vor ihr, was sollte eigentlich aus ihr werden? Was besaß sie? Wohin führte ihr Weg? Es ging nicht mehr um immer schön einen Tag nach dem anderen, jetzt sah sie sich als diejenige, die sie war, ein ins Dasein hinausgeworfener Mensch, ganz ohne jede Familie und Bindung, die ihr helfen könnten, wenn Dinge wie kürzlich erneut geschehen sollten.

Die Freiheit, die sie besaß, hatte ihr gefallen. Während sich die Gleichaltrigen mit Kindern im Bauch und am Rockzipfel abrackerten, hatte sie einen ganzen Sonntag im Monat und zuweilen auch einen Nachmittag frei, an denen sie die Gelegenheit wahrnahm, alles zu lesen, was ihr in die Hände kam. Manchmal ließ ein Gast eine Zeitung liegen, sie selbst besaß eine Bibel und im Gasthof gab es trotz seiner Bescheidenheit dennoch ein paar Bücher, die sie sich immer wieder vornahm. Sie schrieb sich auch Liedtexte auf, die sie gelesen oder gehört hatte. In einer Schublade lagen lose Zettel gesammelt, die sie nach und nach zu einem Heftchen zusammennähte. In aller Heimlichkeit erlaubte sie sich auch, die Verse mit links abzuschreiben, das ging gut, ja, beinahe besser. Sie besaß ein kleines Streifchen eigenes Leben, einen Sonntag in jedem Monat, mal einen Nachmittag, ein paar Abende, die Lieder und das, was sie las. Verglichen mit ihrem früheren Dasein war ihr Leben endlich etwas wert.

Doch war sie nicht mehr jung. Und sie wirkte noch älter, jetzt, wo das eine Auge seinen Dienst aufgegeben hatte und immer geschlossen war.

Wenn man alles bedachte: War es wirklich unvorstellbar, dass sie ein eigenes Zuhause bekam? Sie hatte doch Angebote erhalten, mehrere sogar, und das letzte war in ihrem Herzen verblieben.

Schüchtern zu sein und nicht mit der Sprache herauszurücken war nicht Elis Art, und als Per Kvarnström das nächste Mal vorbeikam, stand sie da und erwartete ihn.

Hallo Eli. Nein, wie siehst du denn aus, Eli, was ist passiert?

Ja, du. So richtet man mich zu, wenn ich nein sage. Also würde ich gern wissen, was wohl passiert, wenn ich ja sage? Bist du einer, der sein Wort hält, Per? Bleibst du bei dem, was du gesagt hast, dass ich deine Braut werden würde und wir eines Tages heiraten? Denn jetzt will ich das, damit du es nur weißt!

Zweifellos war Per völlig verdutzt. Er stand stumm da und kaute. Und sie blieb stehen. Am Ende verstand er, dass sie es ernst meinte.

Da wurde er ungemein froh.

Sie kamen überein, sich nach dem Abendessen zu treffen, dann, wenn sie frei hatte, und so geschah es auch, auf einem der breiteren Wege, der zum Wald führte, sie wollten zu einer Mühle gehen, und sie würde Kaffee in einer Flasche mitbringen.

Sie fühlte sich feierlich und nicht wenig nervös.

Er stand wartend da, als sie kam. Er sah ihr bei der Begrüßung tief in die Augen, und dann behielt er ihre Hand in der seinen und setzte sich in Bewegung, ohne die Hand wieder freizugeben, so als wäre sie ein kleines Mädchen.

Noch am selben Abend versprach er ihr das Blaue vom Himmel herunter. Oder jedenfalls ein eigenes Zuhause, das würde er bauen, der Fuhrunternehmer vertraue ihm und würde ihm gewiss etwas leihen und ein wenig besäße er übrigens auch. Er hatte seine Jacke ausgebreitet, und sie saßen darauf und wurden handelseinig.

Als er sie endlich streichelte – sie hatte sich danach gesehnt –, war ihr, als sei es das erste Mal überhaupt. Wie hatte sie ohne diese Nähe leben können? Schmusen und Herzen war nicht verkehrt, das, was danach kam, war von Übel. Doch jetzt war sie ja praktisch verlobt. Und da darf man, eigentlich. Und wenn es dennoch schiefging, dann heiratete man, ein wenig überstürzt.

Ohne groß zu zögern, gab sie sich nach zehn Jahren wieder hin.

Der Mühlbach rauschte, und das Licht der Sommernacht verwischte die Schatten, kleine Erdglöckchen dufteten vor Verlangen, was nur derjenige spürte, der dicht am Erdboden lag.

Per enttäuschte sie keineswegs. Vielleicht stimmte es, dass er sich an einem Mädchen im nördlichen Klarälvsdalen ausprobiert hatte? Als sie ihn aber später nach diesem Gerücht über die Vaterschaftsklage befragte, verneinte er entschieden.

Nach kurzer Zeit hatte sich herumgesprochen, dass er ihr Verlobter war. Wieder wurde ein Blatt in Elis Leben gewendet, jetzt würde sie heiraten. Und ein eigenes Heim, ein eigenes Haus mit ihrem schwedischen Mann bekommen, der ein kleines Stück Land an einem Hang hoch über dem Tal erwerben konnte, dort in Trysil, wohin er seine Fuhren brachte. Und Kredit bekam er und nahm er, für den Boden, für Holz, Nägel und Pappe, für den Küchenherd und für die Schindeln, um das Dach zu decken. Und einen Zahlungsaufschub bekam er auch, fürs erste Jahr. Danach sollten die Schulden Quartal für Quartal mit Bargeld beglichen werden, so wurde es gesagt und beschlossen.

◆ ◆ ◆

Im März des darauffolgenden Jahres heirateten sie, übrigens an einem Dienstag. Ein merkwürdiger Zeitpunkt könnte man meinen, an einem Werktag, und obendrein war sie noch nicht einmal schwanger. Es muss eine einfache Zeremonie im Pfarrhaus gewesen sein, nur mit dem Küster und seinem Weib als Brautzeugen.

Jetzt hatte unsere liebe Eli endlich ein Zuhause, und sie tauften es Kvarnstad, wie es in dieser Gegend üblich war, in der Familienname und Name des Wohnorts ähnlich oder sogar gleich lauteten, sogar auf dem Midtskogsberget hießen die Leute Midtskogsberget.

Kvarnstad lag gleichsam auf einem Absatz am Hang des Gravvolberget, dem Trysilfjell direkt gegenüber. Unten im Tal wohnten die Bessergestellten. Es war leicht, ins Tal hinunterzugehen, man fiel fast bei jedem Schritt. Und es war schwer und mühselig, den ganzen Weg wieder hinaufzusteigen. Kvarnstad lag hoch über der eigentlichen Ortschaft. Ja, es lag dem Himmel näher und hatte die schönste Aussicht, fand die im Grunde sanftmütige Eli. Mit wachem Sinn nahm sie alles verwundert in sich auf.

Sie hatte es jetzt viel besser, als sie zu hoffen gewagt hatte, ein Blockhaus mit Kammer und eisernem Herd, sie brauchte also nicht über offenem Feuer zu arbeiten, dann war da noch eine richtige Petroleumlampe und ein an der Wand verankertes Bett, das ihr gehörte, ja, und Per.

Per war gut. Man musste ihn nur nehmen, wie er war, und sich nicht allzu sehr um seine dunklen Stunden kümmern, die ihn immer wieder überfielen, ihm einfach aus dem Weg gehen, wenn er ins Grübeln kam. Per dachte weiter als nur an Naheliegendes. Da gab es Gedanken und Träume, die er nicht verjagen konnte, er dachte an Norwegen und

Schweden und an die Union, wie es wohl werden würde, falls die Norweger freikämen? Und er träumte zuweilen von Amerika und redete davon, obgleich Eli nicht fortwollte. Noch aber fügte er sich, es wäre nur eine Idee, sagte er, doch kurze Zeit später war er erneut bei diesem Thema. Reisen und Entdeckungen und, was in der Welt passierte, interessierten Per ungemein, obgleich er sich nicht einmal eine Zeitung leisten konnte.

Doch mit ein bisschen Mathematik können wir uns ausrechnen, dass Eli dennoch wieder schwanger wurde. Denn sie gebar insgesamt sieben Kinder. Aber nur drei lebende und zwei tote sind im Kirchenarchiv verzeichnet. Ein erstes Kind wurde zehn Jahre vor der Heirat geboren, das wissen wir bereits, es ist belegt durch Hörensagen. Und das siebente? War das jenes schreckliche Kindsbett, das acht ganze Tage währte? So etwas überlebt kein Baby. Betrachtete man es als Fehlgeburt, obwohl es so eindeutig ein Kind war? Oder wollte Eli all das Furchtbare verdrängen – eine Woche, ja mehr, und dass ihr niemand geholfen hat, die Sache hinter sich zu bringen? Sie haben es vielleicht versucht, aber das Kind sicher heraus zu bekommen, war nicht zu schaffen.

Und nach acht Tagen? Da muss es auch um Elis Leben gegangen sein. Heroische, selbstgelehrte Hebammen waren manchmal gezwungen, mit unsterilen Instrumenten einzudringen und das Kind stückweise und nicht im Ganzen herauszuholen. War es so entsetzlich? Wir wissen jedenfalls, dass Eli zeitlebens große Probleme mit ihren Schwangerschaften hatte. Und dass sie in der nächsten Zehnjahresperiode fast die Hälfte der Zeit schwanger war.

Wie war das Liebesleben bei so großen Aussichten auf die Begegnung mit dem Tod? Ein Kampf, das ahnt man, bei dem die Schlacht zwischen ihren Beinen stattfand. Eine Hand, die ständig wiederkehrt, obgleich immer bestimmter von ihr weggeschoben, nein, Per, es geht nicht, ich habe meine Monatsreinigung. Aber das hast du gestern auch gesagt, du kannst sie doch nicht ständig haben?

Es war schließlich sein eheliches Recht. Aber sie hatte Angst um ihr Leben. So schrumpfte ihre Sehnsucht nach Nähe. Und eines Tages wollte sie das Ganze nicht mehr, der Preis war viel zu hoch.

Konnte sie es ihm aber verweigern? Er hatte schließlich das Haus für sie beide gebaut und auch einen Stall für ihre Ziegen und für ein Pferd, das er sich wiederholt auslieh, um alle Gelegenheitsarbeiten, die es gab, annehmen zu können. Die Schulden beim Fuhrunternehmer mussten Quartal für Quartal abbezahlt werden, da ging es um Bargeld und nichts anderes.

Eigene Ersparnisse hatte er nicht wirklich gehabt, das war nur Gerede, er hatte ihre Ringe gekauft, damit hatte es sich. Und ein wenig Geschirr für ihr erstes eigenes Zuhause, seit jeder von ihnen sein Elternhaus verlassen hatte, jeder auf seine Weise und viel zu früh.

Zwei Jahre nach der Hochzeit und dieser eventuellen schrecklichen Entbindung trug sie wieder ein Kind in sich, und zunächst fühlte sich die Schwangerschaft anders an als jene, die sie durchlitten hatte, vielleicht würde es ja endlich gut gehen?

Im Juni war es so weit. Die Wehen fühlten sich ebenfalls anders an als früher, würde es diesmal wirklich gut gehen? Eli hatte keine Angst mehr, sie hatte sich während der Wartezeit gefürchtet, jetzt aber war sie voller Hoffnung.

Als Per mit der Wehmutter heimkam und sich dann anschickte, mit Pferd und Wagen und allerhand Lieferungen nach Elverum aufzubrechen – die Anwesenheit der Väter bei der Geburt kam zu jener Zeit überhaupt nicht in Frage –, da rief Eli zwischen ein paar Wehen von ihrem Lager, wenn es ein Junge wird, dann taufen wir ihn wohl Per?!

Per machte sich Sorgen, mehr als er sich selbst eingestand, aber Elis zuversichtlicher Ruf beruhigte ihn ein wenig, sie war eine Kämpfernatur, sein Weib, und jetzt sollte hier wahrhaftig ein Namensvetter kommen.

♦ ♦ ♦

Als er am Abend zurückkehrte, herrschte in Kvarnstad ein unnatürlicher Frieden. Sogar die Ziegen in der Einfriedung schwiegen, und das Pferd, das er den Weg hinaufführte, schwieg, und die Vögel schwiegen ebenfalls, obwohl die Sonne noch nicht hinterm Berg verschwunden war.

Auch im Haus herrschte Frieden, es war still und ein wenig schummrig, die Wehmutter hatte die Lampe nicht angezündet, noch immer drang Tageslicht durch die kleinen Fenster.

Auf dem Tisch lag ein Tischtuch, das gute, das sie beinahe nie benutzten. Und die Wehmutter stand in der Kammer und machte etwas zurecht.

Im Bett lag Eli, vollkommen still. Es war überall so still, dass er glaubte, das Gehör verloren zu haben.

Dennoch sagte er nichts, strich nur den Hut vom Kopf und trat ein. Und die Wehmutter kam ihm mitten im Raum entgegen, sie trug etwas im Arm. Er sah sofort, was es war, ein Kind.

Er lebt, nimm ihn, es ist nicht viel Zeit, ich habe noch etwas warmes Wasser auf dem Herd. Sie beeilte sich, es in eine Schüssel zu füllen und stellte sie auf den Tisch. Dann nahm sie ihm das Kind ab, jetzt hast du deinen Sohn gesehen, sagte sie. Nun müssen wir ihn taufen. O Herr, du, der du alles erschaffen hast, deine Macht und dein Gebot …

Am zwölften Juni wurde Per geboren, und vor Mitternacht selbigen Tags war er tot.

Bereits am darauffolgenden Tag nahm Eli den kleinen toten Körper auf den Rücken und trug ihn mühsam hinunter zur neuerbauten Kirche im Tal, noch schwach und mitgenommen von der Niederkunft. Sie wusste, dass eine alte Frau verstorben war und bat, den Kleinen in ihr Grab legen zu dürfen, und so geschah es, niemand verweigerte dergleichen, zu jener Zeit war so etwas üblich. Der Pastor sprach ein Gebet für die Seele des Jungen, eine Zeremonie von größter Einfachheit in der Leichenhalle, und danach trug er ihn ins Kirchenregister ein, sein kurzes Leben wurde verewigt.

Sie glaubte nur mit knapper Not an Gott, und ihr war klar, dass das ketzerisch war. Wir können ja wohl Frieden miteinander halten, dachte sie, als sie den steilen Pfad nach Kvarnstad hinaufstieg. Wenn du dich um die Toten kümmerst, so kümmere ich mich um meine Ziegen, du weißt schon, jene, die meckernd an deiner linken Seite stehen, wenn der Jüngste Tag anbricht. Wie gewöhnlich, wenn alles gar zu schrecklich war, verschloss sie sich oder machte über sich selbst Scherze.

Per hatte nicht leben dürfen. Elf Monate später aber brachte sie Petter zur Welt. Und dieser Junge krallte sich am Leben fest, was weder Eli noch Per für möglich gehalten hatten.

Der Name Per war vielleicht zu gewichtig, deshalb wurde Petter daraus, ein wenig ungezwungener, obendrein war das ja der Name des großen Bruders, den Eli nie erwähnte. Ja, die ganze Situation war in gewisser Weise lockerer. Die Schneekappe des Trysilfjells war noch nicht geschmolzen, aber das zarte Gras bei Kvarnstad hatte sich gezeigt, und die Ziegen konnten auf die Weide.

An diesem Tag blieb Per, nachdem er die Wehmutter geholt hatte, daheim auf dem Hof. Die Wege waren nach dem Winter noch zu weich und unbefahrbar für Fuhren mit Pferd und Wagen. Andere Arbeit gab es nicht.

Er machte sich ans Holzhacken, das klassische Klischee für den Mann, der Vater werden soll und sich machtlos fühlt.

Nach vielen langen Stunden, der Hunger plagte Per bereits heftig, aber er hatte nicht gewagt hineinzugehen, kam die Wehmutter freudestrahlend vor die Tür. Sie lud ihn ein, ins Haus zu treten, als sei er ein Fremder. Eli lag im Bett mit dem Kleinen an ihrer Seite.

Das Kind schlief. Und Eli lächelte Per an, ein Leuchten ging von ihr aus, so hatte er sie nie zuvor gesehen. So einfach ist es, wenn alles glücklich vollbracht ist, doch oft geschah das nicht.

Ja, Petter gewann also das Leben, er war stark und gesund, und die Eltern konnten ihn gefahrlos zum Pastor bringen, um ihn richtig konventionell taufen zu lassen.

Weshalb wurde dennoch nicht alles gut? Wie konnten die Eltern, jeder für sich, ein so überspanntes Verhältnis zu ihrem Sohn entwickeln?

Eli kann man an und für sich verstehen. Sie liebte den Jungen so sehr, dass sie ihm nicht genug Gutes tun konnte – nach all dem Elend, endlich ein Sohn! Herzen und schmusen, sooft sie ihn zu fassen bekam, und all die Leckerbissen, die ihr einfielen und die sie sich leisten konnte, als er ein wenig älter wurde. Die Liebe, die sie selbst weder bekommen noch richtig hatte ausleben können, holte sie nun an Petter nach.

Per seinerseits war mehr und mehr irritiert. Sollte das da sein Sohn sein, dieser Junge, der bei der kleinsten Schramme jammerte und der nie die Rute zu spüren bekam?

Es herrschte gleichsam Krieg, und in der Mitte stand Petter. Drei Jahre lang war er ihr einziges Kind, bevor Stina Katarina geboren wurde, und in diesen drei Jahren wurde das unglückliche Dreiecksdrama fest verankert. Wir kennen es alle, wenn die Mutter den Sohn mehr liebt als den Mann, und die Liebe zu dem Kleinen weitaus deutlicher zeigt als jegliche Liebe zum Gatten. Der dann eifersüchtig wird. Und aus dem Jungen einen Kerl machen will. Der bei der Mutter niemals Hunger haben oder im Geringsten kalt werden darf. Und schon ist das Spektakel im Gange.

Schlimmer war, dass beide heimlich zu agieren begannen. Heimlich bekam Petter Sahne, die eigentlich verarbeitet, verkauft und zu barem Geld werden sollte. Und heimlich erhielt er den einen oder anderen Knuff vom Vater. Er konnte noch nichts sagen, aber zeigte durch Weinen und Schreien, dass er vor Per Angst hatte. Es war ein Tauziehen, das auch dann nicht besser wurde, als er eine Schwester bekam. Petter drängte sich zwischen die Mutter und den Säugling, wollte ihr am nächsten sein, Eli hatte Mühe, für beide da zu sein.

Als Stina zwei Jahre alt und Petter fünf war, wurde Karen unter dramatischen Umständen geboren, Eli litt schwere Qualen und konnte die Kleine nur mit äußerster Schwierigkeit zur Welt bringen.

Petter und Stina durften nicht im Haus bleiben, sie wurden in den Stall gescheucht, obwohl es mitten im Winter war. Papa Per war nicht nett und freundlich, was das Ganze erleichtert hätte, sondern schalt immer heftiger, je mehr die beiden quengelten. Als er am Ende Prügel androhte, verstummten die Kinder und suchten Schutz tief drinnen im Verschlag bei der ältesten Ziege, die Hildur hieß und die Enkelin einer heiligen Ziege aus einer fernen seltsamen Gegend mit dem Namen Flisa war, dem Himmelreich der Ziegen.

Der Vater verbot ihnen, ins Haus zu kommen, und Petter war verzweifelt, wollte zu seiner Mutter. Stattdessen griffen die eiskalten Hände der Heulsuse Stina nach ihm, sie wollte in seine Nähe, konnte nicht deutlich sprechen, bepinkelte sich und drückte sich zuletzt völlig verzagt an die Ziege.

Petter hatte alle Mühe mit den Tränen, die nicht erlaubt waren, die unterdrückt werden mussten, denn Papa konnte zurückkommen. Die kleine Schwester war mit ihrem Gejammer nur lästig, er wünschte sie zum Teufel.

Stattdessen bekam er noch ein Schwesterchen. Und Mama Eli hatte noch viel weniger Zeit für ihn, alles war so ungerecht.

Noch aber bekam er ab und zu ihre liebevolle Wärme zu spüren, wenn die Kleinen schliefen und der Vater aus dem Haus war. Dann war Petter König und Eli sein grenzenloses Reich, in dem ihm Großes und Kleines gehörte und er der Mächtigste war und am besten Bescheid wusste.

Als Petter neun war, wurde Elida geboren. Karen war drei, und Stina fünf, und aus seiner Sicht war es diesmal keineswegs so schrecklich wie damals, als Karen zur Welt kam. Einerseits war jetzt Sommer, und andererseits starb das Kind schon am selben Tag. Also gab es hinterher ebenso viele Geschwister wie zuvor.

Allerdings war Eli niedergeschlagen. Und Per verschwand mit einer Fuhre nach Drevsjø. Und als er heimkehrte, bekam Petter eine solche Tracht Prügel, dass er kaum laufen konnte, weil er kein Moorheu gesammelt hatte, wie ihm von Per aufgetragen worden war, sondern stattdessen mit einem Jungen aus dem Tal gespielt hatte.

Auch diesmal trug Eli den kleinen toten Körper zur Leichenhalle an der Kirche, wo ein frisch ausgehobenes Grab verkündete, dass jemand gestorben war. Die Hinterbliebenen hatten nichts dagegen, dass die Kleine zusammen mit ihrem verblichenen Vater ruhen konnte. Und der Pastor sprach ein paar lindernde Worte, genau wie beim letzten Mal. Auch Elida wurde im Kirchenregister verewigt, es hatte sie gegeben, selbst wenn sie nur notgetauft war.

Und dann stieg Eli wieder den steilen Pfad zu ihrem Zuhause hinauf. Und dachte an nichts. Fühlte auch nicht besonders viel.

Doch als eine ihrer Ziegen eine Woche später ein voll ausgetragenes Zicklein tot gebar, da verbarg sie sich vor den Kindern im Wald und weinte herzzerbrechend – es war doch ein so schönes, wohlgestaltes Zicklein gewesen!

Danach bekam Eli keine Kinder mehr. Sie war einundvierzig Jahre alt und nicht mehr so schön. Sie hatte drei kleine Kinder, einen Mann, der immer häufiger trank, und ein Zuhause, das mit Schulden überhäuft war.

♦ ♦ ♦

Die Schulden rollten wie ein Schneeball auf sie zu, wurden immer größer und größer, wie sollte das enden? Jedes Quartalsende war ein Albtraum. Per beharrte darauf, sich eigenhändig um all das Pekuniäre zu kümmern, obwohl es ihm ganz eindeutig nicht lag. Eli hatte es sofort bemerkt, als sie ein Paar geworden waren, hatte jedoch nicht daran denken und es auch nicht glauben wollen, dass Per, sobald er ein Geldstück oder gar einen Geldschein in Händen hielt, glaubte, er sei reich und frei und könne tun, was ihm beliebt. Während der Verlobungszeit hatte er sie großzügig zu Madame Ørbeck ins Gasthaus nach Trysil eingeladen und nicht nur auf einen Kaffee, sondern auch zu Wein und Keksen. Allerdings war das damals doch wohl nur schön? Es fiel ihr so schwer, sich zu erinnern, jetzt wo sie älter geworden war. Sie hätte schon eher Verdacht schöpfen, sich den Kerl greifen und ihm den Kopf waschen müssen, als er noch ein Ohr für sie hatte.

Die eheliche Kernschmelze – all die Jahre über –, nur Staub und Asche hatte sie hinterlassen. Sie waren gezwungen weiter zusammenzuhalten, des Geldes, der Kinder, der Konventionen wegen und um Essen auf den Tisch bringen zu können, obwohl der sogenannte Hofbauer immer häufiger betrunken heimkam, statt das Ränzel, wie sie abgesprochen hatten, mit Lebensmitteln zu füllen. Das Geld war wieder ausgegeben, und manchmal fehlten noch gerade vier Tage, bis die größte Anleihe fällig war.

Da war es ein Glück, dass er Eli hatte, die Essen aus dem Nichts zaubern konnte, ihm wurde klar, dass sie Mehl und Salz versteckte, für den Fall, dass Not eintrat. Und die für sie um einen kleinen Aufschub bitten konnte, was ihr nur gelang, weil sie selbst so rührig war, die Gläubiger kannten sie sehr wohl. Sie war oft bis zu einer Woche zur Arbeit im

Tal: große Wäsche und Großreinemachen und Backen von Fladenbrot in den Bauernhöfen.

Per war jetzt nur noch mäßig an Arbeit interessiert. Er jagte lieber Hasen im Wald, auch wenn der bereits leergejagt war, als mürrischen Bauern um den Bart zu gehen. Und lieber verfolgte er auf jede Weise, was in der großen Politik geschah, als aufs Dach, wo es durchregnete, neue Schindeln zu nageln oder Zweige als Winterfutter für die Ziegen zu bündeln. Wenn Eli abends heimkam, rannten die Kinder sich selbst überlassen herum, während Per tief in eine Zeitung versunken war, die er sich ausgeliehen hatte.

»Jetzt passiert hier was, Eli!«

»Hast du endlich Arbeit bekommen?«

»Also Weib! Nansen hat Grönland auf Skiern durchquert. Auf Skiern, Weib!«

Skier! Wenn ihm wenigstens eingefallen wäre, für die eigenen Kinder Skier anzufertigen!

Also gab sie keine Antwort, sie hatten sich nichts zu sagen. Sie dachte an ihre eigene Polwanderung, damals vor vielen Jahren, an die Eisspalten, wo sie jenes hinabgeworfen hatte, was sie nun endlich als Leibesfrucht anerkannte, ja, als Kind. Nicht einmal nachgeschaut hatte sie, was es geworden war, hatte es nur verleugnet und namenlos gelassen.

Ihr Mann wusste nichts davon, das musste sie allein tragen. Wenn er es erfahren würde, wüsste sie nicht, was sie tun sollte, das ganze Leben war offenbar auf Lügen aufgebaut.

Obwohl vielleicht ja auch er? Einmal hatte sie unversehens in seine Jackentasche gegriffen und ein ungeöffnetes Kuvert vom Kreisgericht in Norra Ny, gelegen in Värmland, herausgezogen. Sie wartete und wartete, doch er kommentierte seine ungewöhnliche Post nie, erwähnte überhaupt nicht, dass sie gekommen war und er sie geöffnet hatte, noch viel weniger, was sie enthielt. Obendrein war er kein einziges Mal nach Schweden gefahren, es war seltsam, dass er allen Fuhren dorthin immer entging. Du hast doch Geschwister, willst du sie denn nicht mal besuchen? Nein, zum Teufel, all dieser Mist, müssen wir davon reden? Er wollte nicht zurückkehren, so viel war sicher.

Im Winter hatte er Arbeit beim Holztransport, und das Pferd konnte er auch im Sommer leihen.

Pferd und Wagen, die einem anderen gehörten, und nun ging es rasant bergabwärts.

Plötzlich, als Per nach unten schaute, sah er etwas, einen Stahldraht! Der hatte sich um die Nabe des Wagenrads geflochten, es war nicht sein Wagen, und jetzt zerstörte er womöglich das Radlager – er beugte sich hinunter, packte den Draht und wickelte ihn rasch mehrmals um die Hand, wollte ihn herausreißen.

Aber stattdessen wurde der Draht vom Rad blitzschnell hineingedreht, zurückgerissen! Die Hand saß fest und im Nu wurde der Stahldraht festgezogen – Kreuzdonnerwetter noch mal!!! Stopp, verdammt! Brrrr!!!

Den Zeigefinger und den Daumen konnte er behalten, der Rest wurde zu einem einzigen verknoteten Klumpen. Es war die Zeit vor Versicherungen und Krankenkasse, man musste den Schlag einfach hinnehmen.

Sobald er einigermaßen wiederhergestellt war, gab ihm ein netter Mensch einen Job in einem Sägewerk, man verstand nur zu gut, dass nun alle Mittel erschöpft und im Minus waren. An der Säge konnte er zur Not leicht verkrüppelt sein, man musste ja nur die Stämme auf den Tisch heben und sie dann im Sägerahmen hin und her führen, bis eine Anzahl vernünftiger Planken dalag, fertig zum Herunterheben und Stapeln.

Aber nimm dich vor den Sägerollen in Acht – das hier sind nackte Tatsachen, und jetzt geht es hier rund.

Das Sägeblatt rotierte gänzlich ungeschützt und hast du nicht gesehen – sägt er sich doch in die Hand, in die andere! Zwei Finger verschwinden in Windeseile, und jetzt, wenn nicht vorher schon, hat er wirklich Grund, sich sinnlos zu betrinken.

Die anderen Arbeiter aus dem Sägewerk kamen hinterher zu ihm heim nach Kvarnstad, in einem Hut hatten sie etwas für ihn gesammelt, ein wenig Geld. Was sie dachten, sagten sie nicht, nämlich, dass er es verpatzt hatte.

Ja, das Geld – das verdammte Geld –, es war nicht einfach nur alle. Eli rackerte sich zwar ab, so sehr sie nur konnte, aber die Einkünfte von den Ziegen allein reichten nicht aus.

Man darf vermuten, dass Per gezwungen war, eine weitere Anleihe aufzunehmen, falls er als zuverlässig galt. Die Gläubiger schrieben in dem Fall gewiss Kvarnstad als Sicherheit ein.

Aber da gab es doch noch einen Mann, der arbeiten konnte! War man kein Mann, wenn man eingesegnet war? Ja, wann denn sonst? Zur Not konnte man seinen Lebensunterhalt als Wächter bei einem Meiler oder als Holzfuhrmann verdienen, das hatte er selbst doch auch gemusst.

Der Konflikt mit Petter wurde nicht geringer, sondern schlimmer, je älter und größer der Junge wurde. Eli versuchte vergebens zu vermitteln, was genau die entgegengesetzte Wirkung hatte – selbstverständlich schlage ich ihn, einer muss doch dafür sorgen, dass aus dem Jungen was wird, du hebst doch nicht mal die Stimme, wenn es um ihn geht, obwohl das wahrhaftig nötig wäre – verdammt, er ist ja geradezu taub auf den Ohren!

Der Brandwächter vom Femtåer Eisenhammer hatte das Gefühlsregister in Pers Seele nur mit wenigen Nuancen ausgestattet, eine dumpfe und dürftige Melodie, nun wurde sie ihrerseits auf den Sohn übertragen.

Es ist ziemlich viel vonnöten, um sein Zuhause verlassen zu wollen. Petter hat von Eli die innigste Liebe bekommen, doch wurde er vom Vater so übel behandelt, dass er am Ende einfach fortlief.

Das Ganze kulminierte in einem Streit, bei dem Stina und Karen aus der Tür rannten und sich hinter der Hausecke versteckten. Wie üblich wollte Per seinen Sohn für irgendein Vergehen schlagen, zu seiner Verblüffung musste er aber erleben, dass der Junge ihn zurückstieß und er gegen die Wand prallte.

Per wurde rasend, dieser Taugenichts, gerade erst konfirmiert, und da glaubte er schon, mitreden zu können. Geschirr fiel zu Boden, Eli schrie und versuchte dazwischen zu gehen, Stina und Karen standen weinend draußen, als Petter plötzlich aus der Tür gestürzt kam.

Per brüllte mit Donnerstimme, Petter sei ein Parasit, er möchte nicht wissen, wer eigentlich der Vater dieses Tunichtguts sei, ebenso gut hätte er bei der Geburt sterben können wie die anderen.

Zum Glück war in Eli keine Liebe mehr zu Per zurückgeblieben, die Gefühle waren seit langem verdorrt.

Noch einmal: Was tut man, wenn man davonlaufen will?

Petter verschwand im Wald und fand in irgendeiner Sennhütte ein Dach überm Kopf. Er kam ein paar Mal nach Kvarnstad hinunter, wenn er genau wusste, dass Per nicht zu Hause war. Eli gab ihm Kleidung und Essen und alles Geld, was sie besaß, nie hätte sie sich träumen lassen, wie er es später benutzen würde.

Selbstherrlich wie ein verwöhntes Kind ist, kam es Petter nicht in den Sinn, Eli zu schonen. Durch die Mädchen erfuhr sie eines Tages, dass er davongezogen war und versuchen wollte, nach Amerika zu gelangen.

Und so geschah es auch, doch erst im Jahr darauf. Eli war verzweifelt und versuchte ihn zu erreichen.

Ungefähr einen Monat später erzählte man ihr, dass man ihn in Bergen auf der Straße gesehen habe, dass er trinke und sich herumtreibe. Das ließ ihre Unruhe wahrhaftig nicht geringer werden, obgleich sie dankbar war, überhaupt etwas über ihn zu hören.

Aber er kann nicht nur gesoffen haben, er muss auch gearbeitet haben, um sich die Überfahrt zu verdienen. Denn zu guter Letzt kam die Bestätigung, eine kurze, beinahe förmliche Mitteilung aus Amerika! In Ellis Island war er wohlbehalten gelandet. Im Brief stand, er würde später schreiben. Das tat er nicht, sehr lange Zeit nicht. Der Brief war adressiert an Eli, doch war er an Per gerichtet – hier siehst du einen, der es geschafft hat, du, der so gern nach Amerika wollte!

Petter war Elis liebstes Kind, sie trauerte so ungemein um ihn, dass sie fast sterben wollte, und sie verzieh es ihrem Mann nie, dass er ihn verjagt hatte.

Lange Jahre später erhielt sie endlich ein Lebenszeichen. Da teilte der Sohn mit, er hätte sich für das Militär anwerben lassen und würde zurück nach Europa verschifft werden, um dort am Ersten Weltkrieg teilzunehmen. Auch diesmal war der Brief außerordentlich kurz, Petter versprach jedoch, später von sich hören zu lassen.

Die Trauer, die ständig an Elis Herzen nagte, bereitete ihr erneut Schmerzen, und sie dachte von früh bis spät an Petter. Schließlich wandte sie sich um Hilfe an die Heilsarmee, die ihn in einem Militärkrankenhaus in Frankreich aufspürte. Er war durch Granatsplitter verwundet und hatte den Krieg überlebt, trotzdem meldete er sich nicht. Er meldete sich nie mehr bei der Frau, die ihn wie einen König in seinem Reich behandelt hatte. Warum tat er das nicht? War er so verbittert über seinen Vater, dass er den Gedanken nicht ertrug, dass die Mutter mit diesem Mann zusammenlebte? War sein Gefühlsleben etwa so deformiert, dass er sich im Innersten an Eli rächte, weil sie sich nicht gegen den Vater entschieden hatte? Oder war er einfach dem Alkohol verfallen, schämte sich und wollte sich nicht sehen lassen?

Eli aber hätte ihn aufgenommen, egal in welcher Verfassung er auch gewesen wäre, es hätte nur einer Zeile von ihm bedurft, dann hätte sie alles getan, um Geld für seine Fahrkarte zusammenzubekommen.

Eins der wenigen geflügelten Worte, die von Eli noch bewahrt sind, lautet: *Die Liebe kann ebenso gut auf ein Stück Dreck fallen wie auf eine Lilie.*

Eigene Lebenserfahrungen, gewiss, vielleicht auch den Sohn betreffend? Ein Stück Dreck, das sich nicht meldete, obwohl er begriffen haben musste, dass er sie schlimmer als mit Messern folterte. Doch sein eigenes Herz war durch die inkonsequente Erziehung vielleicht verschlossen, Schmusen und Liebkosen ohne jede Forderung und zwischendurch eine Faust im Magen, obgleich er vielleicht gar nichts getan hatte. Ein Stück Dreck, diesen Ruf behielt er jedenfalls, einer, der soff und sich nicht meldete und der Elis Leben verdüsterte. Ihre schlimmste Pein war letztendlich das Schweigen des Sohnes Petter.

Doch zuvor, ehe sie wusste, dass Petter einfach im rätselhaften Nichts verschwinden würde, ging es in ihrem Leben vor allem darum, sich gegen die Gläubiger zu behaupten. Petter war zu diesem Zeitpunkt noch immer daheim. Die Konflikte mit dem Vater waren tägliches Brot. Nach dem Abschluss der Volksschule und insbesondere nach der Konfirmation sollte Petter im Wald arbeiten, aber er klagte, die Sache ging ganz und gar nicht gut. Und Eli machte sich ständig Sorgen um ihn, dass er Hunger leiden, vielleicht frieren würde und dass diese ungehobelten Holzfäller sich nicht auf ihn verstünden. Sie war blind vor Liebe, ungerecht gegenüber den Töchtern und halbverrückt vor Ohnmacht, ständig in Angst, dass ihrem geliebten Sohn etwas Schreckliches zustoßen könnte.

Vielleicht war es genau das, worauf Petter sich einstellte. Derartige Macht über einen Menschen zu besitzen kann Gefühle deformieren, diese Allmacht bringt auch im einfachsten Heim Despoten hervor.

Per wollte nach Østby ziehen, da es ihm geglückt war, dort in einem Torffeld Arbeit zu bekommen, aber Eli wollte nicht mitziehen. Als er dann aber bei der Heumahd im Tal war, brachte ihm Eli Tag für Tag das Essen hinunter. Schließlich wurde er furchtbar wütend, warf ihr ungehalten die mitgebrachte Grütze ins Gesicht und fragte, ob es denn nie etwas anderes als Grütze geben könnte?!

Per rauchte Gildentabak, was auch immer das für eine Sorte war. Und das ganze Haus war mit dickem Rauch erfüllt, so dass Eli es kaum aushielt. Aber dennoch, als es bei ihm aufs Ende zuging, zündete sie die Pfeife an und gab sie ihm, so dass er seine Züge bis zuletzt paffen konnte. Sie überlebte ihn genau zehn Jahre, sechs Tage ausgenommen.

Man muss sich vorstellen, dass diese beiden, Per und Eli, in Trysil zu jener Zeit Neuankömmlinge und Fremde waren. Per sprach värmländischen Dialekt und Eli noch immer ihre Romedals-Mundart mit einem kleinen Zusatz der Østbyer Sprachmelodie, die Leute wussten sofort, woran sie bei ihnen waren.

Trysil war die nördlichste Provinz eines Gürtels finnischer Besiedelung, der sich von diesem Teil Norwegens, über Värmland bis in die einsamsten Waldgegenden Dalarnas erstreckte. Auch in Trysil gab es fast nur Wald, hier und da ein paar verstreute Behausungen, die sich mit der Zeit zu richtigen Höfen und zuweilen zu kleinen Dörfern entwickelt hatten. Im Tal um die Kirche war allmählich ein kleiner Ort entstanden, dort gab es außer der Kirche eine Schule, einen Brückenübergang zum anderen Flussufer und eine kleine Schicht etablierterer Leute, eine etwas bessere Gastwirtschaft und ein paar prächtige Höfe mit gestrichenem Lattenzaun um den eigenen Grund und Boden.

Zwei lädierte Menschlein legten eine Kätnerstelle an, die sie nicht ernähren konnte, weil es dort keinen Ackerboden gab. Und heute – eine Fülle von Nachkommen im Umkreis von Trysil und an mehreren anderen Orten, in gewisser Weise aber immer noch mit Trysil verbunden.

Nun ist Stina, die mittlere Tochter an der Reihe porträtiert zu werden, sie, die zur Mutter meiner Mutter wurde. Doch zunächst eine Reise nach Trysil in jüngster Vergangenheit.

♦ ♦ ♦

Als ich zuerst auf den Gedanken kam, das vorliegende Buch zu schreiben, wusste ich fast nichts über meine weiblichen Vorfahren. Es gab keine Ereignisse, keine Farben, keine Besonderheiten, die es rechtfertigten, eine ganze Erzählung auf einem so trivialen Hintergrund wie dem meinen aufzubauen.

Erst als die Auflösung der Union zwischen Norwegen und Schweden ihren hundertsten Jahrestag hatte, begann ich allmählich nachzudenken.

Ich wusste, dass meine Großmutter aus Trysil stammte, es war ja immer so schwierig mit ihrem Dialekt gewesen, wenn sie mir laut vorlesen sollte. Und etwas anderes gab es da ebenfalls, ihre ganze Art, sie war gewissermaßen undurchdringlich. Und Großvater sollte nicht nett gewesen sein. An ihn erinnere ich mich sehr wohl.

Im Hinterkopf hatte ich auch noch ein paar verschwommene Geschichten, die meine Mutter über ihre Großmutter erzählt hat, die als Achtjährige bei irgendwelchen armen Leuten in einem Erdloch in Dienst gegeben wurde, wo sie gezwungen war, das Bett mit einer Lungenkranken zu teilen, und dass sie nie mehr nach Hause zurückkonnte. Aber wo dieses Zuhause gelegen hat, erzählte sie mir meines Wissens nie. Und dann war da noch die Sache mit den Kröten …

Die Idee zu der Geschichte ähnelte noch immer vor allem einem Gefühl, als wäre ich vor allen Worten dort gewesen, die so verletzlich, schwer zugänglich waren.

Ich wollte den Trysilfjell sehen, ich wusste, dass er Großmutter viel bedeutet hat. Mein einziges eigenes Erbstück von ihr ist ein Brocken von eben diesem Fjell, pathetisch mit Goldfarbe bestrichen.

Aber dennoch – ich glaube, ich verstehe, wie schlecht es ihr ging.

Es ist Sommer. Die Familie weilt an der Westküste. Ich bin in Malung geblieben, um zu schreiben.

Stattdessen steige ich ins Auto. Es sind nur hundert Kilometer bis Trysil, ich fahre los, ohne zu denken, spüre nur, dass ich dort sein will.

Der Grabstein steht auf der Nordseite der Kirche, ich finde ihn beinahe sofort. Er ist sehr ausgefallen, eine kleine Steinplatte ruht auf einem Stahlgestell. Nur Pers und Elis Namen sowie Geburtsdatum und Todeszeitpunkt, sonst nichts.

Auf dem Grab wachsen echte Stiefmütterchen, jemand betreut es, jemand von Elis vielen Nachkommen hier am Fuße des Trysilfjells, Urenkel, wie ich es bin. Ich kenne sie nicht.

Die Kirche selbst ist einfach, es fehlen bunte Fenster, sie ist vom Charakter einer Bergkirche, weißgetüncht und ganz aus Holz. Im Vorraum befindet sich ein alter Skistock, vom ersten Pastor stammend, der 1780 hierher gekommen war, das Kirchengebäude jedoch ist etwa hundert Jahre jünger.

Dann stehe ich auf Kvarnstad, bin den Gravollberget schräg hinaufgefahren.

Der einundneunzigjährige Mann hat das Anwesen neunzehnhundertneununddreißig gekauft, im Jahr nach Elis Tod. Seitdem wohnt er hier, er fährt noch immer Auto.

Man hielt sie allgemein für ein Original, sie war einfach gekleidet und klein von Wuchs. Ihr eines Auge war nicht in Ordnung, es war geschlossen, wenn man genau hinschaute, sah man es leicht blinken. Als sie über achtzig war, meinten die Leute, sie müssten ihr mit der Satanshucke helfen, wie sie ihre Tasche nannte, wenn sie unten im Laden eingekauft hatte. Aber sie lehnte Hilfe ab. Ein andermal, es war mitten im Winter, hatte sie den Einkauf auf einem Schlitten, und der Distriktsarzt bot sich in eigener Person an, ihn für sie zu ziehen. Nein, diesen Schlitten überlasse ich nicht jedem x-Beliebigen, lautete ihre Antwort.

Das Anwesen hat also denselben Eigentümer, seit Eli das Zeitliche gesegnet hat?

Ja, ganz richtig, wir haben uns dieses Haus hier gebaut, ich habe es mit eigenen Händen errichtet. Und hier kannst du die großen Steinhaufen sehen, die Per Kvarnstrøm herausbrechen musste, um ein Stück ebenen Boden zu haben, in den er ein paar Kartoffeln setzen konnte. Sie besaßen auch eine kleine Heuwiese, weil sie ein paar Ziegen hatten.

Wo ich jetzt stehe, habe ich den Trysilfjell vor mir. Er spielt ins Blau, als wäre das Ganze ein gemalter Hintergrund.

Heutzutage ist der Berg streifig von all den Pisten. Die Wälle der Halfpipes und die Rastazöpfe der Lifte haben sich wie ein Gitter über ihn gelegt und die Wege nach Knettsæter und Skurufjäll ausgelöscht.

Ja, die Eli, sie war fröhlich und unbekümmert, man konnte leicht Kontakt zu ihr bekommen. Hier kamen viele Leute herauf, um sie zu besuchen, o ja. Diese Hecke da, die stammt aus ihrer Zeit. Sie hatte ein Netz darüber gespannt, um sie vor den Ziegen zu schützen. Im Sommer, als wir heirateten, blühte sie über und über, und das mitten im Krieg.

Das Foto ist schwarzweiß und klein, und das Haus, das es zeigt, ist ebenfalls sehr klein. Und die alte Frau, die davor steht, auch sie ist klein, und rund, sie hat ein weißes Tuch um den Kopf und schaut nach unten, aber jetzt weiß ich ja, dass ihr eines Auge geschlossen ist. Das da ist Eli, bestätigt mein Gastgeber.

Da lache ich plötzlich laut auf, das hier ist beinahe lächerlich. Denn plötzlich befindet sie sich eins, zwei, drei überaus lebendig hinter meinem Stirnbein.

Ich schaue auf das Tal hinunter und sehe dieselbe Aussicht, die sie all die Jahre gesehen hat, wenn man die Pisten einmal ausnimmt.

Ja, verflixt, und ob es geht. Der Tod ist doch völlig bedeutungslos, alles geht immer weiter. Der Tod ist eine Haltestelle, an der das Leben vorbeikommt, und zuweilen steigt man aus, mehr ist es nicht.

Nein, man ist nicht mehr als ein Fliegenschiss, wie der Vater in Jan Fridegårds »Lars Hård« sagt, als er in die Sterne schaut. Was existiert, sind die Geschichten, die Schatten an der Wand, vergrößert und Mal um Mal von Neuem abgemalt.

Und das Feuer, das wir nicht sehen, sind wir und unsere Leben.

♦ ♦ ♦

IV.

Stinas Kindheit und Jugend

Es ist Sommer, und der Löwenzahn entsendet Tausende von Samenkapseln, die beim leisesten Windhauch in die Luft aufsteigen, eine Art Schleier bilden. Auch das kleinste Schneezicklein an der Flanke des Trysilfjells ist nun weggetaut, es ist sonnig und warm. Die richtigen Zicklein springen irgendwo auf der Alm herum und meckern mit dünner Stimme, und die Mütter antworten sehr viel kräftiger.

Stina und ihre kleine Schwester Karen erleben jetzt ihre glücklichste Zeit, aber das wissen sie nicht, als sie mit allem nur Erdenklichen spielen. Die ganze Welt ist eine Schatzkiste, und eine phantastische Geschichte nach der anderen entsteht mit Stöckchen und Gras, mit Zapfen und Wiesenkerbel, der beim Spiel Geld ist – sie haben große Berge davon!

In diesem Universum gibt es keine Begrenzungen, besonders wenn Vater und Petter auf irgendeiner Arbeit im Sägewerk sind und Eli obendrein frühzeitig aus dem Tal heimkommt, ja, dann gibt es ein Fest. Sie rennen ihr entgegen den Pfad hinunter und helfen sich gegenseitig beim Tragen von Elis Ränzel. Erzähle vom süßen Brei, Mama! Nein, sing uns was vor, wir können ja alle drei singen, wir singen das, was wir in der Schule gelernt haben: *Tanze Püppchen mein! Vater macht neue Schuh, Mutter strickt Strümpfe dazu – tanze Püppchen mein.* Eli schnappt nach Luft und lacht, wartet wenigstens, bis ich zu Hause bin und den Kessel aufgesetzt habe, ich brauche ein Schlückchen Kaffee.

Dann sitzt sie da und erzählt. Zeigt ein paar Schösslinge, die man ihr geschenkt hat, daraus werden so schöne Blumen, ihr werdet sehen, Pelargonien.

Das Glück ist kurzlebig wie ein Blumenschössling.

Stina sang gern, und sie liebte Blumen, Humor hatte sie auch, bevor sie allzu mutlos war.

Ich stelle mir vor, dass hier auf Kvarnstad zusammen mit Mutter und Karen der Grund dafür gelegt wurde. Nichts entsteht aus dem Nichts, und Stina muss ihr inneres Leuchten bekommen haben, bevor sie von dort wegging. Deshalb sehnte sie sich wohl so innig zurück. Eli lehrte sie, Freude aus den kleinen Dingen zu gewinnen, einem Blumenschössling, einem Lied, und die ganze Ziegenwissenschaft erhielt sie fast wie im Scherz obendrein. Die Mädels halfen gern und konnten Käse zubereiten, falls Eli bei irgendeiner Plackerei im Tal gebraucht wurde. Sobald die beiden ein paar Minuten Zeit hatten, spielten sie, der Übergang zur Jugend vollzog sich fast unmerklich bei so viel Spielen. Und selbst die Hausarbeit wurde zum Spiel. Obgleich die Kätnerstelle arm war, stelle ich mir also vor, dass es dort in gewissem Sinn auch schön war, im Fenster Blumen und alle Ecken ordentlich und sauber.

Harmonie und Glück sind rein erzähltechnisch schwierig zu fassen, es wird häufig süßlich und wirkt selten echt. Eine Geschichte braucht Konflikte, Vorwärtsbewegung und einen eindeutigen dramatischen Strang, das weiß ich nur zu gut.

Dennoch streben wir ständig danach, die Vorwärtsbewegung zu stoppen, den Stillstand im Heute zu erreichen. Haben wir irgendwann einmal einen einzigen Glückspunkt erlebt, wollen wir immer wieder dahin zurück und, an diesem Punkt angekommen, die Zeit anhalten, wollen nicht, dass sie weiterjagt.

Diese Glücksmomente, um nicht zu sagen Glückssekunden, sind die Freiheitspunkte, die die Energie an sich ziehen. Dort in der Kindheit liegen die Goldkörner verborgen, wenn man sich nur daran erinnern könnte.

Gewiss stehen Stina und Karen weinend im Stallgang, hinter der Hausecke, auch draußen im Wald, wenn über Geld oder Petter gestritten wird. Ihren großen Bruder Petter, den zu lieben und zu bewundern die Mutter sie gelehrt hat, und das tun sie auch, obgleich er sie zumeist nur anraunzt. Er sieht die Mädchen nicht, und wenn doch, wird er nur wütend, dann rennen sie weg, damit er sie nicht erwischt.

Dennoch war die Kindheit auf Kvarnstad Stinas glücklichste Zeit. Sie konnte ihrer Phantasie freien Lauf lassen und lernte von Eli und auch in der Schule jeden Tag neue Dinge. Intellektuell und gefühlsmäßig entwickelte sie sich weiter, während die Mutter langsam welkte, einem Holzscheit immer ähnlicher wurde, knorrig und zäh, bis dann die neue Zeit anbrach.

Im Sommer nach der Jahrhundertwende ging Stina zur Konfirmation, im selben Sommer wurde Eli fünfzig. Irgendwelche üppige Feiern gab es nicht. Eli hatte aber einen Mandelzopf und Plunder gebacken, und Per war glänzender Laune, weil Nansen die Nordostpassage durchfahren hatte und sein Schiff Fram mit der gesamten Besatzung nach Christiania zurückgekehrt war. Er war stolz, Norweger zu sein, und das verdammte Schweden konnte zum Teufel gehen, und so was sagte er am Konfirmationstag seiner Tochter, ja, warum nicht – was war schon dabei, dass er fluchte.

Eli hatte ihr Bestes getan, und Stina sah wunderschön aus, Eli dachte, dieses Konfirmationskleid könnte Karen später tragen, wenn sie an der Reihe war.

Stina war vor allem erleichtert, dass sie die Befragung in der Kirche bestanden hatte, dass es überstanden war und niemand sie angestarrt hatte.

Die Gegend war so dünn bevölkert, dass die wenigen Bessergestellten und die Armen auf denselben Kirchen- und Schulbänken saßen, der Abstand war nicht größer, als man ihn sich vorstellen kann. An ihrem Ehrentag sah Stina in der Kirche all die Damenhüte und nicht nur an jenen, die im Tal wohnten. Sie sah gewöhnliche Sennerinnen so fein gekleidet, als kämen sie von einem großen Hof. An Eli wäre solcher Luxus unvorstellbar, das sah Stina ein, doch vielleicht konnte sie ja selbst eines Tages? Es sah so schön aus, viel eleganter als ein Kopftuch.

Im Spiel mit ihrer jüngeren Schwester Karen modellierte sie danach Hüte aus Rhabarberblättern, zog sie auf eine Hutform, die sie aus einem Holzscheit zurechtgehauen hatte. Es wurden wundervolle Hüte mit Bändern aus zusammengesetzten Wegerichblättern und Schleifen, geflochten aus Schachtelhalm. In ihrer Phantasie war Stina Modistin.

Im wirklichen Leben hatte Eli eine richtig gute und einträgliche Stelle auf einem prächtigen Bauernhof für sie gefunden. Insgeheim beneidete Eli die Tochter, selbst wenn diese am Anfang nur fürs Essen arbeitete. Denn die Tochter würde darüber hinaus noch mehr bekommen, nämlich die Freiheit, wenn auch nur an jedem zweiten Sonntag. Elis Erinnerungen an ihre letzte Zeit vor der Heirat waren glücklich.

Allerdings befand sich diese Stelle nicht gerade in nächster Nähe, sondern an einem Ort namens Luttnes, umweit von Långflon in Norra Finnskoga, das auf der schwedischen Seite lag.

Stina war nie zuvor aus Trysil fort gewesen. Aber es machte ihr keine Angst, nicht die geringste. Sie fand es nur spannend.

Als die Zeit des Aufbruchs näher rückte, machte sich Per Kvarnstrøm plötzlich Sorgen.

»Du musst mit ihr reden, Eli, du weißt, diese Haare …«

»Die hat sie von mir geerbt.«

»Das ändert nichts. Du weißt, was ich meine.«

Ja, das tat Eli. Sie lächelte ein wenig vor sich hin, als sie daran dachte, wie er sich gemüht hatte und um sie herumscharwenzelt war, damals, auf der anderen Seite der Ewigkeit, als sie beide noch jung waren.

Das aber war damals gewesen. Jetzt war alles stumm. Außerdem ging es nun um näherliegende Dinge, wie sollte man so etwas nur ausdrücken.

Sie schleppte es ein paar Tage mit sich herum. Und doch war sie nicht gerade schüchtern. Aber es war in der Tat ein Problem, wie man es anfangen sollte, die Tochter zu warnen. Ihr klarzumachen, dass sie die Grenze wahren, standhalten und zugleich volle Bereitschaft zeigen, auch weich sein und Annäherung zulassen musste. Trotzdem aber nicht ... Hallo Stina, komm mal her, ich möchte mit dir reden.

»Ja, was ist, Mama?«

»Jetzt, wenn du zu diesen Menschen kommst. Du musst dich in Acht nehmen.«

»Sie sind nett. Wir haben doch gehört, dass sie nett sind. Ich werde Butterklecksgrütze bekommen!«

»Habe ich dich nicht wegen der Haare ermahnt! Du bist doch konfirmiert!«

»Aber warum klingst du denn jetzt so böse, Mama?«

»Und diese Miene. Dieses Grinsen, als würde die ganze Welt ...«

»Aber Mama! Ich bin doch nur froh. Ich werde euch nicht länger zur Last liegen, ich habe eine Stelle bekommen. Und die Sonne scheint.«

»Hast du nie daran gedacht ..., wenn wir unten beim Kaufmann sind. Wie sie dir nachgucken?«

»Was? Wer denn? Wonach gucken die? War ich schmutzig, hab ich mich irgendwo draufgesetzt, und du hast nichts gesagt?«

»Oh, was bist du nur ... Jetzt will ich dir mal Folgendes sagen: Nimm dich vor den Kerlen in Acht! Ja, das sage ich, und das meine ich auch. Denn die wollen nur eins, und was das ist, das weißt du bestimmt. Also hör nicht auf sie. Und steck die Haare weg. Und lass dieses ewige Grinsen!«

»Aber Mama! Liebe, süße Mama – was habe ich denn getan? Was meinst du eigentlich?«

»Du weißt schon, was ich meine. Gib zu, dass du genau weißt, was ich meine!«

»Warum bist du so böse?«

»Das ist zu deinem eigenen Besten. Die Männer, sie sind … ganz einfach gottverdammt!«

»Du hast geflucht, Mama.«

»Das kann man schon für weniger tun.«

»Es klingt so hässlich. Und die Liebe?«

»Die Liebe? Wo hast du denn das her? Nun will ich dir mal was sagen. Die Liebe, das ist Arbeit und nochmals Arbeit und dazu widerwärtige Schwangerschaften. Da hast du deine Liebe, damit du es weißt. Also sag ich dir nur eins: Krieg, zum Kuckuck noch mal, kein Kind!!!«

◆ ◆ ◆

Amundsen hat den Südpol erreicht, freu dich, dass du Norwegerin bist, teilte der Vater ihr als eine Art Geschenk mit, als sie ihm zum Abschied die lädierten Hände drückte. Mit diesem Reiseproviant begab sich Stina auf den Weg. Es war bei Tagesanbruch an einem Sommermorgen des Jahres neunzehnhundert, der Tau war soeben gefallen, und die ersten Vögel hatten zu singen begonnen, es duftete in Wald und Wiese und noch lag das Tal in rauchblauem Dunst. Am Gipfel des Trysilfjells zeigte sich die Sonne – ein goldenes Fjell, etwas Ähnliches hatte sie nie zuvor gesehen, es nie so gedacht. Das Goldfjell.

Sie sollte weit wandern, Luttnes, ihre erste Stelle, lag vierzig Kilometer den Fluss hinunter.

Auch der Mutter gab sie die Hand, doch die Einzige, die weinte, war Karen. Nun würde sie mit den Eltern allein in Kvarnstad zurückbleiben, nachdem Petter nach Bergen durchgebrannt war. Die große Schwester Stina – wann würde Karen sie nur wiedersehen?

Der Abschied fiel schwer. Denk an deine Eltern, sagte Per, falls du etwas übrig behältst, dann, wenn man dich mit barem Geld bezahlt.

Stina wusste nicht, ob es im Scherz gemeint war. Sie wollte nicht daran denken, was diese Worte sonst bedeuten könnten. So schlecht stand es doch wohl nicht? Sie wollte nicht in Pers und Elis Krise hineingezogen werden, jetzt, wo sie gerade ins Leben hinausging. Sie war ja wohl auch zu jung, um mit fällig gewordenen Wechseln belastet zu werden? Dieses Wort hing oft im Raum, war wie eine Drohung. Eigentlich aber wusste sie nicht einmal, was es wirklich bedeutete – der Vater scherzte doch wohl nur?

Sie versprach ihnen zu schreiben, vielleicht sogar jede Woche, wenn Per erst mit den Fuhrleuten, die er kannte, gesprochen hatte, die den Brief kostenlos mitnahmen. Dann ging sie.

Karen stand noch immer da und winkte, als sich Stina ein letztes Mal umwandte, Karen, dieses kleine nette Mädel. Nein, das hier war wirklich nicht leicht.

Doch bereits hinter der Dorfgrenze war sie von ihrer neugewonnenen Freiheit wie trunken. Sie ging und ging, verspürte aber keine Müdigkeit, alles war interessant und neu, sie war völlig überwältigt davon, auf Reisen zu sein. Sie war eine Reisende, war unterwegs und würde am Abend nicht zurückkehren. Sie summte und trällerte, und wo Wald war und sie keiner hörte, sang sie laut, improvisierte aus vollem Hals jene Lockrufe, die sie gehört hatte, als sie auf der Alm von Kubäck war, um Käse zu holen. Sie hoffte, dass aus dem Wald nicht irgendwelche Tiere angaloppiert kämen, so wild sang sie doch nur für sich selbst, weil alles so wundervoll war.

Nach mehr als zwanzig Kilometern erreichte sie Plassens Kapelle. Es war inzwischen Mittag geworden. Sie setzte sich an den Waldrand und verspeiste ihren Proviant.

Nachdem sie gegessen hatte, blieb sie dennoch sitzen. Es war etwas Wichtiges, was an diesem Ort passierte. Die Kapelle wartete auf sie, das spürte sie.

Ach, überspannt und zu früh ins Erwachsenenleben hinausgeworfen, Hormonstürme und eine Art Bereitschaft, ja, sie machte sich bereit, falls etwas Phantastisches geschehen sollte.

Ein Gefühl wallte aus dem Zwerchfell in die Brust. Natürlich handelte es von Gott, das war schließlich unanfechtbar, war einfach nur gut, je mehr sie hingebungsvoll fühlte, und das tat sie, ein Gefühl wie Verliebtheit, oder war es eine Erweckung?

Sie wusste es nicht. Tief im Inneren wollte sie nicht so religiös werden, das würde nur Diskussionen mit Eli bringen, die dergleichen verspottete, bitter, wie sie wegen irgendeiner Sache vor langer Zeit nun einmal war. Aber was war das sonst für ein Gefühl?

Es war vielleicht hier – bei der Kapelle? Ja, es war bestimmt hier, wo sie mit ihrer großen Liebe vereinigt werden sollte! Ob ihr hier jemand begegnen würde?

Sie wollte, dass das kleine weiße Kirchengebäude mit seiner zierlichen Turmspitze und den schlafenden Glocken sie eines Tages als Braut begrüßen konnte. Wie eine Braut war auch das Haus Gottes selbst, weiß und fein und zart im Sonnendunst.

Wenn ich ihn finde, dachte sie. Dann werden wir genau hier ein Paar. Mir widerfährt hier etwas. Vielleicht ist es Gott. Was sonst – all diese Gefühle?

Sie war verwirrt, glücklich, unglücklich, frei und zugleich gefangen. Sie sehnte sich. Doch wusste sie nicht wonach, denn ihr Gedanke tastete umher, ohne Halt zu finden.

Sie erhob sich vom Boden und hob das Ränzel auf den Rücken, die Last. Sie hatte unter einer Birke gesessen. Jetzt schlang sie die Arme um den Baum, umarmte ihn mit ihrem ganzen Körper.

Das war nicht sie. Sie schluchzte und wusste nicht ein noch aus, der Körper wollte umarmen, sie wusste nicht was. Wer war sie, und was war das? Versuchte nur irgendein Fabelwesen ihr den Blick zu verdrehen?

Sie riss sich aus dem Griff des Baumes los und trabte weiter, wusste nichts, wusste nur, dass Kräfte in ihr tobten. Es war doch wohl Gott? Denn sonst war es gewiss etwas Sündhaftes.

Aber Plassens Kapelle wurde zur Landmarke auf ihrer inneren Gefühlskarte, und sie würde für ihr Leben nicht bedeutungslos bleiben. In Plassens Kapelle würde sie heiraten, glaubte sie zu wissen.

Doch dem sollte nicht so werden.

In der Abenddämmerung kam sie bei dem Hof in Luttnes an, auf dem sie arbeiten sollte. Sie hatte keine Angst, sie wusste fast mit Gewissheit, dass man sie gut behandeln würde, und tatsächlich wurde sie sofort von einem Mädchen ihres Alters in die Stube gebeten – einer Magd aus Värmland, sollte sich herausstellen.

Luttnes war ganz zu Beginn nur eine finnische Kate gewesen. Der Boden war zwar mager, aber das Klima war gut. Es gab Lachse im Fluss, Holz im Wald, und man lebte immer besser, je weiter die Zeit voranschritt und je mehr der Wald an Wert gewann. Die Lage zwischen dem Trysilelva und dem kleineren Wasserlauf Lulua war obendrein strategisch gut, direkt am Zusammenfluss. Man hatte eine Mühle ein Stück den Luluälven stromaufwärts und auch eine Säge.

Eine Bäuerin gab es eigentlich nicht, sondern im Augenblick stand eine Muhme Beate dem Haushalt vor, sie war die Schwester der Mutter des Bauern Martin Mortensen. Dieser kam herein und begrüßte sie in aller Eile, freundlich, aber wenig interessiert. Stina fand trotzdem, er wirke nett, obwohl er ein bisschen alt war. Muhme Beate bestätigte, dass er schon die Dreiundvierzig erreicht hatte. Seine Frau war das Jahr zuvor im Kindbett gestorben, und seine Mutter, seit vielen Jahren Witwe, hatte noch ein Jahr früher das Zeitliche gesegnet. Aber alle hofften, dass er erneut heiraten werde, so war es üblich, und Auswahl dürfte ein Mann, der nicht völlig abgebrannt war, wohl genügend haben, um es mal so auszudrücken.

Es war ganz offensichtlich, dass Muhme Beate auf bessere Zeiten wartete, wo sie mit einer Stickerei in ihrer eigenen Kammer sitzen und der neuen Bäuerin des Hofes alles Schwere und Praktische überlassen konnte.

Die Muhme war jedoch nett und freundlich und rief die Kinder des Hofes herein, um die sich Stina zunächst einmal kümmern sollte. Da war die elfjährige Magna, Gustava war neun und Karin erst vier. Stina mochte die Kinder sofort, sie würden ihr Heimweh nach Zuhause und nach Karen lindern.

Ansonsten gab es viel Neues zu lernen. Stina war froh, dass sie nicht sofort all die unbekannten neuen Arbeitsaufgaben bewältigen musste, die ein Hof von dieser Größe mit sich brachte.

Beim Abendessen wurde ihr klar, dass es drei Knechte gab, ob sie nur vorübergehend anwesend waren oder auf dem Hof wohnten, konnte sie nicht so rasch erfahren, außerdem eine völlig erwachsene Magd namens Gerda sowie sie selbst und das Mädchen Iris aus Schweden. Dazu die Muhme, die Kinder, der Hausherr und ein altes Paar, von dem sie annahm, es sitze auf dem Ausgedinge, obgleich die beiden offenbar nicht die Eltern des Bauern waren. Alles in allem saßen zwölf Personen bei Tisch und aßen: kräftige Roggenmehlgrütze mit Wasserpreiselbeeren und dazu kaum entrahmte Milch, fett und gut.

Und man hatte nicht gelogen. Wer wollte, konnte einen Klecks Butter in die Grütze bekommen. Butterklecksgrütze – sie genoss sie in vollen Zügen!

Noch mehr als fünfzig Jahre später war sie unglaublich stolz, ihrer Enkeltochter Aino etwas so Gutes vorsetzen zu können, wenn diese bei ihr wohnte. Und Aino gab ihr recht, die Butterklecksgrütze war die beste aller Arten von Grützen und Milchsuppen, der üblichen Kost im Elternhaus ihrer Mutter. Ainos Mutter hatte während ihrer Kindheit so viel Grütze und Milchsuppe bekommen, dass sie dergleichen fast nie selbst auf den Tisch brachte. Deshalb aß Aino nur zu gern davon. Alles wiederholt sich. Die Geschichte ist mit bloßen Fingerspitzen zu erspüren, wenn sie den Löffel Grütze berühren. Man tunkt ihn in die geschmolzene Butter, dann in die Milch und öffnet darauf den Mund.

Und diese große Anzahl Menschen. Denkt man darüber nach, begreift man, dass es natürlich seine Richtigkeit hatte. Da gab es einerseits die Landwirtschaft, die trotz der Pferde viel Muskelkraft erforderte, andererseits war da der Haushalt, der, verglichen mit den heutigen Methoden, schwer zu bewältigen war. Menschliche Arme statt Waschmaschine, Geschirrspüler und Haushaltsmaschinen ganz allgemein. Dazu noch das Essen, das, obwohl bedeutend einfacher als heute, mit den Ausgangsstoffen zubereitet wurde, Halbfabrikate waren unbekannt. Das Einzige, was man eigentlich kaufen musste, waren Zucker, Salz und Kaffee. Der Rest war etwas Zusätzliches, auf das man notfalls verzichten konnte. Alles Lebensnotwendige wurde auf einem Hof wie diesem selbst produziert, sogar Wolle für die Kleidung. Ja, hin und wieder sogar Flachs, so dass man Handtücher und Laken weben konnte. Das war in den letzten Stunden der Selbstversorgung, und Stina hatte unsagbar viel zu lernen.

Eine glückliche Zeit, als das neue Jahrhundert soeben begonnen hatte. War eine Dramaturgie für Stinas Leben damit erneut unnötig?

Leider nicht.

Sie blieb fast fünf Jahre an diesem Ort, und es hätten noch weitere werden können, wenn die Berichte aus Kvarnstad nicht immer alarmierender geklungen hätten, bis sie letztendlich begriff, dass alles auf der Kippe stand, am Rand des Ruins war. Da galt es rasch zu handeln und nicht zu zögern, sondern das Richtige zu tun. Nur dazu hat man seine Gefühle, bestimmte sie weitaus später.

Als die Schwedin heimgefahren war, kam eine neue Magd aus Bustad, ein Stück oberhalb des Lulufalles gelegen. Sie waren gleichaltrig, aber dieses neue Mädchen Lise hatte etwas an sich, das Stina einsehen ließ, dass sich hier andere Dinge abspielten.

Beide Mädchen waren gerade sechzehn geworden, als Stina sie ertappte. Es war mitten am Tag, mitten im Sommer in der großen Stube. Alle anderen waren zur Heuernte draußen, Stina aber sollte etwas holen, und da standen die beiden, ohne Stina zu bemerken. Der ältere Hausherr und diese Lise, sie sahen und hörten nichts, und es klang, als wären sie gerannt, dass sie so keuchten – rangen sie miteinander?

Stina wagte nichts zu sagen, sie fühlte wohl, was da passierte. Die Szene löste widersprüchliche Gefühle aus, sie schlich davon. Man stelle sich vor, dass Lise, und beinahe gewimmert hatte sie? Alles war unbegreiflich und schwierig.

Mit sechzehn war Lise schwanger, und mit siebzehn gebar sie eine Tochter. Mit achtzehn war sie endlich verheiratet, und danach gebar sie ihrem bedeutend älteren Gatten weitere sieben Kinder. Und er wusste bestimmt, was er tat, und sie wusste es auch, denn sie war keine arme Kirchenmaus, die Ehe ließ den bereits wohlhabenden Hof noch weiter aufsteigen. So geht es zu, wenn man äußerst passend willig ist, mit einem Partner der richtigen Sorte, dann hat das Alter keine Bedeutung.

Mit sechzehn war auch Stina wundervoll verliebt, allerdings auf bedeutend unschuldigere Weise, dennoch war es gewissermaßen schlimmer. Einerseits wusste sie nicht einmal, ob er dasselbe empfand. Er versuchte dieses Ringen und Keuchen mit ihr nie. Andererseits war er genauso arm wie sie. Ihre geheimen Träume bewegten sich im leeren Nichts, wie sollten sie heiraten können, selbst wenn er genauso empfand?

Geheime Träume von der Kapelle in Plassen.

Die Arbeit mit den Ziegen war ihr zugefallen, sie war ja so erfahren und tüchtig darin. Im Sommer zog sie zusammen mit den anderen nach Hangas, der Alm des Hofes, hinauf. Nach Mittsommer zogen sie alle wieder zur Heuernte hinunter. Dieser Mittsommerabtrieb war etwas Neues, von dem sie nie zuvor gehört hatte, in Trysil tat das keiner. Aber es war schließlich logisch. Die Leute auf den Almen wurden für die Arbeit gebraucht und die Tiere ebenfalls, all die Menschen benötigten Essen, und das sollte auch gut sein und für Fröhlichkeit sorgen, wenn man hart arbeiten musste. Die Männer schliffen bereits um zwei Uhr in der Früh die Schneiden der Sensen, damit man den Tau nutzen konnte. Später kamen die Frauen, rechten das Gras zusammen und trugen es auf Haufen.

Sie ging mit ihrem Rechen hinter ihm, er half auf dem Hof, unter anderem bei der Heuernte, sonst aber war er Bäcker.

Bereits die ersten Male glich es einer Melodie, seine rhythmische Arbeit mit der Sense und die ihre, ihm folgend, sie hielt mit ihm Schritt, hetzte nicht, ihre Zusammenarbeit war voller Harmonie.

Der düstere, kühle Herbst wurde mehr und mehr von diesem Ole Strand erleuchtet. Abends stand sie in dem schummrigen Stall und rührte in dem großen Kessel über dem Feuer, kochte Käse.

Und da kam er, die ersten Male sei er nur zufällig dort vorbeigekommen, erklärte er, doch allmählich wurde es zu einer Art Verabredung, und wenn er nicht kam, war sie, das musste sie sich eingestehen, ungemein enttäuscht. Extra umfangreiche Fladenbrotlieferungen an Waldarbeiter und Köhler waren der Grund, erzählte er hinterher.

Die Leute des Hofes ließen die beiden an diesem abendlichen Stündchen in Frieden, oder bemerkten sie gar nichts?

Ole Strand war der netteste Mann, der Stina je begegnet war. Er half ihr, Brennholz hereinzuholen, erzählte ihr von den Höfen und Leuten der Gegend, und er war an allem interessiert, was sie erlebt hatte und dachte. Und unentwegt wollte er sie singen hören.

Auch sie fand, er habe so kluge Gedanken, ja, er war klug und gut, obgleich er nie eine Mutter gehabt hatte, sondern von einem alten Mann aufgezogen worden war, nachdem die Mutter ihn einfach dort zurückließ und verschwand. Und jetzt war der Alte tot. Und Ole backte den lieben langen Tag Brot für den Kaufmann, der seinen Laden in der Gegend hatte. Er war erst achtzehn, und sie war sechzehn, bittersüß war das Leben, beide wussten Bescheid, wagten es aber nicht einmal voreinander anzudeuten.

Einmal sagte er, wie im Scherz, sie habe so schöne Haare. Das war alles. Sie wussten es dennoch.

Das Käsekochen, nur das, wurde von Tag zu Tag heißer, die Tage geronnen zu diesen einzelnen Abenden, für sie lebte Stina. Sie war verliebt. Und vielleicht, ja, ziemlich sicher, wurde ihre Liebe erwidert.

Dennoch saß er nur da und redete. Und manchmal sagte er gar nichts, sah sie nur an. Allein die Ziegen meckerten. Sie rührte im Kessel. Die Augen tränten vom Rauch des Feuers. Manchmal sang sie irgendein trauriges Lied: *Mein Bett ist Ruhe im dunklen Grab, der Herrlichkeit der Welt will ich entsagen …* Dann seufzte Ole tief und bat sie, etwas anderes anzustimmen.

Und es kam ein Brief, vor allem von Eli, Per fiel es schwer, den Stift zu halten.

Wovon das Herz voll ist – Eli konnte sich nicht verstellen, sie beschrieb immer deutlicher und schlimmer, wie schlecht es zurzeit stand. Per war dreiundfünfzig, und das war mehr als genug, wenn es jüngere Kräfte mit unbeschädigten Händen gab, sie musste die Familie allein versorgen, aber auch sie war älter geworden, ohne die Ziegenviecher hätten sie nicht überlebt, und jetzt war bald die nächste

Schuldsumme fällig. Gott möge ihnen gnädig sein, falls sie noch einen Kredit aufnehmen mussten, obgleich sie wahrhaftig schon jetzt genug Schulden hatten.

Denn sonst.

Sonst mussten sie Kvarnstad verlassen.

♦ ♦ ♦

Im Sommer neunzehnhundertvier brannte Plassens Kapelle bis auf den Grund nieder. Es gewitterte, und ein Blitz schlug im Turm ein.

Stina hatte in derselben Nacht schreckliche Träume. *Der Norwegerin darf man nicht schmeicheln, man muss sie mit der Peitsche und mit starken Zügeln lenken.* Als sie aufwachte, fühlte sie sich schuldig, ungehorsam, und es lagen noch immer dichte Nebelstreifen auf den Wiesen, die Luft war wie elektrisiert.

Die zierliche weiße Kapelle gab es nicht mehr.

Später am Tag kam ein Schwede zum Hof, er führte sein Fahrrad, das kaputt gegangen war.

Das Fahrrad erregte Aufsehen, alle wollten es bestaunen.

Der Schwede kam aus Sysslebäck in Värmland. Er war Schuhmacher und auf der Durchreise, um zu ermitteln, wo etwas zu verdienen war, und jetzt, da sein Fahrrad kaputtgegangen war, hatte er diesen Hof aufgesucht, weil er zu wissen glaubte, dass ein Mädel aus seiner Heimatgegend hier Dienst tut.

Das sei lange her, erklärte Gerda, aber bitte, kommen Sie herein.

Auf der Veranda stand Stina in ihrer Blüte. Sie war siebzehn Jahre alt und hübscher als je zuvor, schlanker Leib, süßes Gesicht und dann diese Haare! Obgleich sie zu einem Knoten zusammengenommen waren, glichen sie einer Königskrone oder Brautkrone.

Per verliebte sich sofort, es war unvermeidlich.

Nach ganzen Ewigkeiten, gewiss war es nur eine Zehntelsekunde, kam man überein, dass er die Kammer im Obergeschoss bekommen und über Nacht bleiben durfte, während das Fahrrad repariert wurde. Es gab Leute, die sich darauf verstanden, und auch eine Schmiede. Als Bezahlung konnte er ja vielleicht ein Paar Schuhe besohlen, und essen wollte er doch sicher auch etwas? Ja, so kam man überein.

Per Dahlborg war sechsundzwanzig Jahre alt, stattlich, beinahe vornehm. Eine Zierde seines Geschlechts, wenn er nicht so ungemein ernst gewesen wäre.

Man kann sich vorstellen, dass er alles auf eine Karte setzte, da er sich nun dermaßen verliebt hatte. Er musste es schaffen, mit ihr zu reden, mochte kommen, was da wolle, diesmal ging er aus sich heraus, ansonsten war er äußerst vorsichtig, keineswegs leichtsinnig, sondern eher schüchtern.

Per war ansprechend gekleidet, gut rasiert, der Hemdkragen war sauber und das Haar geschnitten, er sah gut aus.

In Stinas Augen aber war er eher ein alter Mann, sie sah nichts anderes in ihm als einen Gast, es kam hin und wieder vor, dass Leute vorübergehend Unterkunft auf dem Hof nahmen.

Mehrere Jahre später erzählte sie ihren Kindern, wie es gewesen ist. Die ganze Nacht hatten sie in seiner Kammer gesessen, geredet und geflüstert. Aber in einem Bett haben sie nicht gelegen, absolut nicht! Ihr war es wichtig, das deutlich zu betonen.

Wie hat er es geschafft? Wir wissen, dass sie in den Bäcker verliebt war. Dennoch wurde es letzten Endes Per, für den sie anfangs nicht wirklich etwas übrig gehabt hatte.

Er sollte schon am nächsten Tag weiterreisen. Man darf annehmen, dass er ziemlich rasch dahintergekommen ist, dass sie aus Trysil stammte, und schwupp war das Ziel seiner Tour natürlich genau diese Gegend.

Das ergab Seufzer. Und er fragte natürlich. Und Stinas Augen, im Abendlicht vom Fenster bereits völlig bestrickend, erhielten einen Glanz wie von Tränen. Per versprach, ihre Leute zu besuchen, sofort, wenn er dort angekommen war. Und Stina beschrieb ihm eifrig den Weg.

Ach, dieser Per Dahlborg, er wusste gewiss ganz genau, welche Saiten er anschlagen musste. In dieser Nacht wurde nämlich noch mehr gesagt, so viel steht fest.

Für denjenigen, der seine Vorzüge hervorheben will, ist es wichtig, gut zu dosieren und nicht zu plump vorzugehen.

Sie redeten schließlich die ganze Nacht. Er hatte genügend Zeit, um seine Botschaft zu verpacken. In jenen Tagen sprach man gern von einer guten Partie, noch immer ging es beinahe ums nackte Leben, darum, für jemanden sorgen, Nachkommen sättigen zu können. Also gegen drei, halb vier, kann man sich vorstellen, war die Zeit gekommen, einen Blick in die Bank zu werfen. Und dort hatte er wahrhaftig eine Summe liegen, das will man wohl meinen! Dieser fleißige, ehrgeizige Schuster hatte in aller Einfachheit eine ganze Menge zusammengespart, verglichen mit Kollegen und Leuten gleicher Sorte. Geld hatte er, und würde er es abheben, dann ergäbe das einen Batzen Scheine!

Als die Sonne immer höher stieg und die ersten Frühaufsteher sich im Erdgeschoss regten, war sein Plan vermutlich klar. Vielleicht ist das kalt und zynisch gedacht. Obwohl Fakten ebenfalls kalt sind. Und Fakten bleiben übrig. Dass Kvarnstad in den Besitz von Stina Katarina Kvarnstrøm übergeht, die unmündig ist. So wie, dass sie Per Dalborg heiratet, obwohl sie den Bäcker liebt. Und Eli und Per Kvarnstrøm können wohnen bleiben. Und Großmutter sagte selbst, dass alle auf sie einredeten: *Nimm den Schweden, er hat Geld!*

Ja, beeile dich Stina, bevor es Krieg gibt. Beeile dich, damit du Essenspakete aus Schweden schicken kannst. Beeile dich, ehe die Grenze geschlossen und die Schlagbäume heruntergelassen werden, so dass du es nicht mehr kannst.

♦ ♦ ♦

Diese Sehnsucht.

Was war es, das damals an der Kapelle geschah, an jenem Nachmittag, als sie gerade erst aufgeblüht aus der Kindheit gewandert kam?

Jetzt war das Gotteshaus niedergebrannt, verschwunden.

Und diese stickigen Brandwolken, die so erstickend waren, dass man nicht atmen konnte.

Ungehorsam und schuldig fühlte sie sich.

Schämte sich die ganze Zeit.

Und Per Dahlborg sollte nach Trysil radeln.

Benommen und wirr, verbal verloren und verführt nach der durchwachten Nacht kritzelte sie hastig einen Brief für ihn nieder, den er mit zu Eli nehmen sollte. Dass sie Sehnsucht habe. Und ihnen bessere Tage wünsche als jene, die im Brief der Mutter beschrieben waren. So wie, dass die Kapelle von Plassen abgebrannt war, aber das wussten sie ja vielleicht schon?

Dann gab sie Per den Brief. Der zögernd ihre Hand ergriff.

Stina – diese Grenze. Es ist nicht leicht.

Ständig bedienen, um das Allernotwendigste zu verdienen.

Und dann plötzlich bestimmen, autoritär und ohne zu zögern. Urteile fällen über Herren höheren Rangs, obwohl sie bitten. Obwohl sie geben. Obwohl sie auf Knien rutschen.

Sich überlegen fühlen?

Man musste ja wohl dankbar sein.

Aber diese Grenze, wie schwierig. Sich zu öffnen und einzulassen. Um dann genau, wenn es soweit ist, kategorisch zuzumachen.

Und man will vielleicht auch selbst, will diesen Eindringling auf verbotenes Gebiet lassen. Trotz der Brandwolken niedergebrannter Kapellen.

Wie hartherzig.

Doch zumindest hat man Verstand genug, sich zu schämen.

Bevor er losfuhr, richtete er es ein, ihr noch einmal zu begegnen.

Lass mich dir das hier geben – als Erinnerung. Quäle mich nicht, indem du nein sagst, es ist nur eine Kleinigkeit.

Das war es nicht. Fein geschnittenes Kalbsleder, weich und leicht – Knöchelstiefel wie für eine Dame, an den Fersen Muster eingestanzt. Sie konnte sie unmöglich annehmen.

Er ließ nicht locker. Es ist doch nichts weiter, tue mir einfach den Gefallen, dir eine Freude bereiten zu dürfen. Du willst sie doch wohl haben? Natürlich kannst du sie dir leisten, du hast ja wohl ein Lächeln übrig? Das ist mehr wert als alles Geld der Welt – sag, dass du dich freust, dann sind sie bezahlt!

Wie ein König radelte er davon mit Brief und Grüßen und dem Versprechen eines neuen Zusammentreffens, damit er den Antwortbrief übergeben konnte – wirklich keine Mühe, das tue er nur zu gern.

◆ ◆ ◆

Kvarnstad, den 1. September 1904

Liebe Stina!
Danke für den Brief, den dieser junge Mann, Per Dahlborg, so freundlich war zu überbringen. Ich meine, es war umsichtig von ihm, sein Fahrrad bis hier hinauf zu schieben. Ein liebenswürdiger Besuch, aber die Ziegen rannten in den Wald.

Ich höre, dass es dir gut geht, das freut mich. Dass du noch auf Luttnes bist, heißt ja wohl, dass es dir dort gefällt und dass Mortensens dich ebenfalls mögen?

Üblicherweise bekommt man nach einem Jahr oder so Lohn ausbezahlt. Wie steht es damit? Wir haben nichts davon gehört. Wenn man dir kein Geld gegeben hat, hast du vielleicht Stoff oder Schuhe erhalten?

Dieser Schwede hat einen Hut, eine Taschenuhr und dieses schöne Fahrrad, eine sehr gut gestellte Person, würde ich sagen. Und er sprach fast mit Bewunderung von dir. Ich glaube, er mag dich sehr viel mehr, als du vielleicht verstehst. Sei es, wie es will – einen schlechteren Bräutigam kannst du gewiss finden, wenn du das möchtest. Eins weißt du nicht – dass dein Großvater Schuhmacher gewesen ist. Ich finde, das könnte Einfluss haben, ist vielleicht ein Zeichen.

Er fragte, ob ich vielleicht wüsste, ob es hier Schweinshäute, also Leder zu kaufen gäbe. Da antwortete ich ihm, unten im Tal gäbe es ganz gewiss ein paar Schweine, wenn die recht wären. Ich meinte unsere Gläubiger. Er fand das wohl nicht lustig gesagt, jedenfalls lachte er nicht.

Eine ernste Person, aber nett. Als ich da vor Per auf den Knien lag, ich habe ihm ja all die Jahre die Schuhbänder zugebunden, da sagte Per Dahlborg, er wolle ihm Schuhe mit Schnallen statt mit Bändern fertigen, weil Per das Zubinden allein nicht schaffte.

Ob ihm das ernst war? Jedenfalls hat er Pers Füße vermessen und meine obendrein! Was dabei wohl herauskommt? Ich habe genau gesagt, wie es ist, dass wir kein Geld haben, aber da erwiderte er, keine Gefahr. Sagt man das so in Schweden? Was meinte er damit?

Wir wünschen dir alles Gute und dass du gesund bleiben mögest, liebe Tochter!

Deine Mutter

Er hatte sich die Sache genau überlegt, der Dahlborg. Nach der Herbstbestellung und vor dem Schlachten führte ihn sein Weg wie zufällig wieder beim Hof von Luttnes vorbei. Er war erneut auf der Fahrt nach Trysil und weiter nach Jordet, dort sollte er Bestellungen für Flößerstiefel entgegennehmen, die die Leute zum Frühjahr geliefert haben wollten.

Er hatte auch Schuhwerk für die Eltern der Magd Kvarnstrøm dabei, über die er Folgendes gehört hatte: Nämlich, dass es außerordentlich lange her war, dass sie ihr Elternhaus besucht hat.

Ja, das stimmt wohl. Die Hausherrin konnte nicht anders, als ihm beizupflichten.

Und im Augenblick ist es doch wohl ruhig in Luttnes?

Doch, ja. Durchaus. Ein paar Tage gönnt sie der Stina schon. Es ist richtig, dass sich das Mädchen heim sehnt. Und er rechnet ja wohl nicht mit was Besonderem, möchte doch wohl nur nett sein? Die Bäuerin wollte zeigen, dass sie ihre Verantwortung kannte und versuchte streng zu sein.

Per verbeugte sich als Antwort, selbstverständlich verstehe er ihre Unruhe, aber er wolle dem Mädel nur eine Freude bereiten. Und zwar weil er sie von ganzem Herzen gern habe, er wolle von Anfang an alles richtig und gut machen.

Und wie sie sich freute. Ganz und gar überschwänglich und ungehemmt. Sie hatte überhaupt nichts gewusst, und nun plötzlich bekam sie dieses riesige Geschenk, zwei ganze Tage frei und eine Fahrt heim zu Vater und Mutter. Ja, wer verliebt ist, sollte das Objekt seiner Begierde mit etwas Freudigem überraschen, dann bekommt er eine Kaskade strahlender Blicke zurück und als Konfetti Tränengeglitzer – die Liebe zu allem, zum Leben selbst, dem Schenkenden eingeschlossen. Der Preis war gering für einen solch sternenbestreuten Augenblick. Er genoss ihn und fühlte sich ausnahmsweise richtig verwegen.

Dann lachte Stina so sehr, dass sie mit gekreuzten Beinen unter den Röcken umherwankte. Etwas so maßlos Komisches, wenn das jemand gesehen hatte! Sie hätte mit dem Rad im Johannisbeerbusch landen und sich aufspießen können! Ein Glück, dass er sie auffing.

Sie versuchte es noch einmal, Per Dalborg lief stöhnend nebenher, mit festem Griff um den Sattel an ihrem Hintern, die andere Hand an der wackelnden Lenkstange. Er keuchte vor Anstrengung oder was es nun war, aber dass man sich auch so aneinander drängen musste, um die Balance zu halten.

Stina war völlig unmöglich, sie lachte nur und schrie, lange Haarlocken rissen sich los. Der schwere Zopf weigerte sich, weiter im Knoten zu bleiben und fiel auf den Rücken hinunter.

Da stieg sie zitternd ab, wurde ernst und steckte das Haar sofort wieder auf, das da war ein bisschen ärgerlich gewesen.

Aber Per Dahlborg schaute weg, äußerst höflich.

Am nächsten Tag starteten sie in aller Frühe. Per Dahlborg hatte beträchtliches Gepäck, dennoch meinte er, Stina könne aufsitzen, zumindest hin und wieder. Mit dem Rad wäre es in jedem Fall bequemer als ohne.

Aber sie halte ihn doch nur auf? Sie könne doch allein gehen, er brauche sie doch nicht zu begleiten? Sie sei ja dennoch ungeheuer dankbar, weil er um Erlaubnis für sie gebeten habe. Und sie diese auch erhalten hatte.

Er verstellte sich nicht. Und er versuchte die Sache auch nicht mit Späßen abzutun. Sondern sagte genau, wie es war, dass es sein größter Traum sei, sie nach Hause begleiten zu dürfen, bis hin nach Trysil, dass sie die ganze Zeit zusammen gehen würden und er dann das Schuhwerk übergeben wolle, das sie vorher nicht zu Gesicht bekäme. Und das Fahrrad würde die Sache erleichtern, wenn es bergab führe, könne sie auf dem Rahmen sitzen.

Sie gingen den Weg im Herbstdunst entlang und redeten wie alte Bekannte. Stina erklärte, wie es ist, sich als Neger der Herrschaft zu fühlen, so pflegte Papa Per es auszudrücken, wenn die Union mit Schweden zur Sprache kam. Per Dalborg meinte, dass es keinen Unterschied jenseits der Grenze gäbe, sie wären dasselbe Volk und hätten dasselbe Ehrgefühl. Sie lächelte vielsagend mit einem Blick auf ihn und das Fahrrad, er selbst wäre ja wohl der beste Beweis.

Doch da wurde er böse, sie erlebte es da zum ersten Mal. Aber nicht im Traum hätte sie sich doch vorstellen können, dass diese Ärgerlichkeit sein normaler Zustand war.

Ach, sie glaube also, das Fahrrad sei ein Zeichen irgendwelcher Herrenvolksallüren? Vielleicht habe sie ja die Freundlichkeit näher zu präzisieren, worin dieses Privileg besteht? Etwa darin, dass er einen Beruf ausübe, für seinen Schwager aus purer Barmherzigkeit, Zwirn in Pech tränken und Leder habe zuschneiden dürfen, um allmählich geschickt genug zu sein, dass er alles Gewünschte selbst herstellen konnte? Jahrelang habe er gearbeitet und gespart, niemals frei gemacht, außer sonntags. In der Zwischenzeit nichts als Arbeit von sieben Uhr in der Früh bis zum späten Abend, sei das etwa vermessen? Er frage ja nur.

Was für ein Glück, dass du so viel zu tun bekommen hast, versuchte sie ihn zu besänftigen. Aber auch das fiel nicht gerade gut aus. Viel zu tun, ja, weil er alles so gründlich und ordentlich mache, dass die Leute eigentlich Geld zurückbekämen, denn die müssten nie wegen irgendeiner Reparatur wiederkommen.

Stina aber blieb sanft, nahm keinen Anstoß. Sie fand, dass er irgendwie lustig war, weil er sich so ereiferte und seine Augen so schwarz wurden. Sie lächelte ihn an, lachte. Und da verschwand all das Finstere für dieses Mal. Er war ihr Gefangener. Und sie war die wunderbarste Frau, die es gab. Auf der ganzen weiten Welt.

Eine gute Partie, wie seine Mutter Ingegerd ihm eingeprägt hatte, die hatte er vergessen. Er hatte vergessen, was er suchte, eine gute Partie, er war schließlich mehr als heiratsfähig, wollte ein eigenes Zuhause, eine eigene Familie, um mit dem jüngeren Bruder Eskil nicht noch länger an Mutter Ingegerds Herd zu hocken.

Was war eine gute Partie? In der bleichen Herbstsonne mal neben, mal vor oder auch hinter jener zu gehen, die jeden Augenblick zu einem Fest machte? Die ihn dazu brachte, wie ein Verrückter tanzen, ganz grundlos lachen und auch weinen zu wollen, wegen des Schweren in all den Jahren?

Eine gute Partie, das wusste Dalborg an diesem Tag, war die Liebe zu einer Frau, von der man sich nie mehr trennen, sondern mit der man Tag für Tag zusammen leben wollte. Bis ans Ende der Zeit.

Sie weinte. Er hatte es nicht bemerkt.

Der Weg war schlammig, sie ging hinter ihm, die Röcke schleiften im Modder, er glaubte, daher kämen die Geräusche.

Er bekam es nie ganz aus ihr heraus, nur ungefähr, höchst vorsichtig hatte er es ihr entlocken müssen. Ein Wort hier, ein Satz da, am Ende hatte er das Bild einigermaßen klar vor Augen. Dass sie sich vor dem Vater fürchtete, der sich nicht sehr freuen würde, sie zu sehen, weil sie kein Geld mitbrachte. Aber sie hatte noch nicht gewagt, die Leute auf dem Hof zu fragen. Was hatte eine Magd schon dagegenzuhalten, sie konnten ja wütend werden und sie einfach bitten zu gehen. Und wo sollte sie dann hin?

So schrecklich stand es. Zwar eine gute Partie rein existentiell gesehen, romantisch und phantastisch, jedoch wenig substanziell. All das musste er sich später vornehmen, mit seiner Mutter Ingegerd.

Nun aber. Trösten war so leicht. So ungemein leicht. Die Mühe des Tröstens wurde belohnt. Sie ihrerseits dachte an das, was Lise gesagt hatte, die jetzt von dem Bauer schwanger war, nämlich dass Per Dalborg ungeheuer gut aussehe.

Ihr war dieser Gedanke nicht einmal gekommen. Jetzt versuchte sie, sich das fest einzureden. Er war fesch und reinlich und ehrlich. Und offenbar war er nicht nur interessiert. Er hatte ehrliche Absichten, das musste sie einsehen.

Das Allerwichtigste: Die Sache würde sich regeln! Er versprach es.

Dann wurde nichts mehr gesagt, erst gegen Abend, als sie den steilen Pfad hinaufstiegen, das letzte Stück bis nach Kvarnstad. Nur eine einfache Frage, bevor sie ankamen. Ob er nicht vielleicht, ja, vielleicht, könne er nicht einen ganz kleinen Kuss bekommen? Wirklich keinen solchen, nur auf die Wange.

Nur auf die Wange?

Warum nicht?

Ja, warum sollte sie nicht ja sagen?

Es war eine Überraschung, ein Geschenk für Eli, dass Stina heimgekommen war. Eli schrie, wies mit dem Finger, schlug sich auf die Knie, fast hätte sie das ganze große Mädchen in ihre Arme genommen – ja also, bist du das wirklich!? Ist das aber schön!

Auch der Vater schien sich zu freuen. Stina lächelte vorsichtig, doch, ja.

Und dann war Per an der Reihe, der Namensvetter des Vaters, der das Schuhwerk hervorholte, das er daheim im schwedischen Sysslebäck für sie angefertigt hatte.

Das ist ja großartig! Per Kvarnstrøm zog die Schuhe an, derbe Stiefel, die er nun mit Hilfe einer Schnalle selbst schließen konnte. Wie bequem.

Problematischer bei Eli. Was sind denn das für Dinger, die zeigen ja? Also, jeder in eine andere Richtung?

Nein, Moment mal. Darf ich helfen, Ihr habt den Schuh versehentlich mit dem falschen Fuß angezogen.

Mit dem falschen? Gibt es denn einen richtigen? Wie meint er das? Was stimmt denn mit meinen Füßen nicht?

Per rieb sich das Kinn. Vielleicht war er kurz vorm Losplatzen, doch hatte er jedenfalls so viel Verstand, es nicht zu zeigen. Ruhig, ganz ruhig fragte er stattdessen, ob Eli vielleicht nie zuvor einen rechten bzw. linken Schuh angehabt habe.

Nach ihrem Gesichtsausdruck wurde ihm klar, dass sogar die Frage für sie unbegreiflich war.

Möglicherweise aufgrund einer noch heftiger aufwallenden Heiterkeit beugte er sich hinunter und zog der zukünftigen Schwiegermutter Eli die Schuhe richtig an. Stolz erhob er sich wieder, sie saßen in der Tat perfekt, aber das durfte sie gern selbst sagen, er wollte nicht prahlen.

Schweigend ging sie die wenigen Schritte durch den Raum. Und dann wieder zurück. Sie drücken, sagte sie.

Er glaubte seinen Ohren nicht zu trauen, er musste sich verhört haben, aber da sagte sie es wieder, sie drücken, ich finde mich nicht zurecht in diesen verbogenen Futteralen.

Die Liebe hatte Per Dahlborg total betäubt, sonst wäre er fuchsteufelswild geworden über so viel Undankbarkeit. Stattdessen stand er völlig betroffen da, ja aber, oje. Entschuldigung. Ich dachte, sie passen gut.

Sie bewegen sich in verschiedene Richtungen, erklärte Eli, man wird davon ganz schief im Leib, ich habe mir schon beide Fersen und die Zehen aufgescheuert.

Zum Glück lachte Stina und sagte, also Mama, wie alt bist du eigentlich? Solche geraden Schuhe wie deine hat heute niemand mehr.

Ja, ich kann jedenfalls keine anderen tragen, fasste Eli die Sache barsch zusammen. Sie spürte wohl ihre Überlegenheit, dass Per Dahlborg ihre Tochter nur zu gern haben wollte. Na gut, dann werde ich solche machen, antwortete er auch ganz zahm.

Und dann gab es Abendessen.

Am nächsten Abend erreichte Stina den Platz der Kapelle von Plassen, diesmal allein, auf dem Rückweg nach Luttnes.

Die Brandstätte war geräumt. Die Gemeinde, auch wenn sie klein war, hatte sich zusammengetan und auf jede Weise dafür gesorgt, dem heiligen Ort Plassen Respekt zu erweisen.

Die Kapelle war fort. Zurückgeblieben war eine Weite, eine Leere. Ein Schlusspunkt.

Doch der Zaun stand nach wie vor da. Der Eingang und das Gattertor waren noch immer erhalten. Und jetzt sah sie, dass jemand Bretter, eine ganze Fuhre, aufgestapelt hatte. Die mit Birkenrinde abgedeckt war.

Sollte die Kapelle wieder aufgebaut werden?

Aber nicht die alte, diese zierliche weiße.

Etwas Robusteres, ein Gotteshaus ohne Verletzlichkeit und weiße Wolken. Doch mit Überlebensmöglichkeiten bis ins nächste Jahrhundert.

◆ ◆ ◆

Was tust du, Stina!?

Ole Strand fasst erschrocken hinter sich, ist nahe daran zu fallen, die Stimmung ist erregt, bizarr. Was ist aus der scheuen Stina geworden? Er kennt diese wilde Frau nicht, ihre Augen sind weit offen, ja, alles ist geradezu weit offen, die Arme, und das Kopftuch ist aufgeknotet und auf die Schultern gerutscht, obwohl es kalt ist und Winter.

Ein rhythmisches, Sicherheit einflößendes Geräusch umgibt die beiden, mahlend, kauend, wiederkäuend bearbeiten die Ziegen die getrockneten Blätterbündel. Ein kleines, spät geborenes Zicklein saugt bei seiner anscheinend gleichgültigen Mutter, sein Schwänzchen wedelt.

All die Gerüche des Stalls sind verschwunden. Es ist kalt.

Es dampft um Stina. Nicht nur die Luft, die sie ausatmet, ein und aus, ein und aus. Auch ihre ganze Erscheinung, ja, der Körper dampft, Wärmewolken steigen auf.

»Stimmt, ich bin töricht, dass ich dir so auf den Leib rücke. Aber ich muss es wissen. Was ist das hier, Ole, was hat das bedeutet? All die Abende hier im Stall – warum bist du gekommen? Warum bist du wiedergekommen, Abend für Abend?«

»Der Käse, Stina, pass auf ihn auf, wenn die Masse nun zu warm wird.«

»Ich koche jetzt keinen Käse, und das weißt du.«

»Willst du dann nicht das Feuer anblasen? Leg doch Holz auf! Was ist denn los, Stina?«

»Du weißt es.«

»Nein. Das heißt, doch. Aber was willst du, dass ich tun soll?«

»Irgendetwas. Tu etwas. Denn mit mir passiert gerade etwas Entsetzliches. Ich weiß nicht, was es ist. Du sitzt hier immer nur da. Abend für Abend, warum tust du das, und warum tust du nichts? Und warum tust du nichts mit mir!«

»Was sollte ich denn …? Stina!? Was könnte ich denn anderes? Dich abends zu sehen ist meine einzige Freude.«

»Reicht das?«

»Auf mehr kann ich nicht hoffen. Aber ich höre dich singen. Für mich ist das mehr als genug.«

»Hast du mich nicht gern?«

»Das weißt du doch. Du weißt alles.«

»Alles?«

»Ja. Du weißt alles. Ich wage es nicht. Wage nichts. Ich habe doch nichts, nicht einmal Geld für Ringe – auch wenn ich dürfte.«

»Warum hast du nichts gesagt?«

»Das weißt du. Wir sind zu jung.«

»Jetzt sagst du: Nicht einmal Geld für Ringe. Du würdest also wollen?«

»Erst recht nicht für ein Fahrrad.«

»Du würdest also wollen? Wenn es gegangen wäre?«

»Es geht nicht. Ich kann es nicht. Du bist jetzt zu nahe, ich kann deine Knie spüren.«

»Nun bitte ich dich, Ole, bevor es zu spät ist. Erzähl mir von der Liebe. Sag mir, hast du sie gefühlt?«

Sie hatte sich nun so dicht an ihn gedrängt, dass er die Balance nicht mehr halten konnte. Er setzte sich auf das, was da war. Und sie blieb stehen, die Arme hingen herab, und der Atem, der ganze Körper dampfte, so dass der schummrige Stall von einem Dunst erfüllt war, als sei man in der Badestube. Obgleich es genau umgekehrt war.

»Die Liebe …? Ob ich sie gefühlt habe? Ja. Ich liebe … O Stina, ich will dir nichts verderben. Ich liebe … alle Dinge hier im Stall. Alles, was du berührt hast. Alle Ziegen, die ich dich streicheln gesehen habe. Das liebe ich, das weiß ich.«

»Und mehr?«

»Die Luft. Die Luft, die du geatmet hast, die Luft, die dir so nahe war, dass ich sie selber atmen darf.«

»Mehr nicht?«

»Deinen Anblick.«

»Meinen Anblick? Aber nicht mich selber?«

»Das wäre falsch. Dir gegenüber falsch, die ich am höchsten schätze. Ich weiß, dass ich nichts verderben darf. Zerbrechlich ist das. Wie die kleinen blauen Eier aus dem Frühjahr, du weißt, die wir gefunden haben …«

»Aber jetzt ist Herbst!«

Sie stand über ihm. Löste allerlei Kleidungsstücke, Haken und Ösen. Sie war völlig außer sich und fest entschlossen, dass er der Erste sein sollte.

So konnte sie in ihrer Unschuld das beneidenswerte Ereignis erleben, dass sie diejenige war, die das Ganze gegen alle Regeln vorantrieb und durchtrieb, und das, obwohl sie kaum selbst begriff, wie es zu sein hatte.

Ole leistete tapfer Widerstand, nicht zuletzt verbal. Was tust du Stina? Warum willst du mich so quälen?

Ich will dich umarmen, das kann ich doch wohl? Wenn du wüsstest, wie ich mich gesehnt habe, wie ich mich noch immer sehne, jetzt, wo ich hier stehe!

Damit sank sie auf ihn herab. Die Kronblätter ihrer Röcke breiteten sich über ihn, und obgleich Stinas Körper schlank und rank war, erstickte er fast darunter, das Atmen fiel ihm schwer, es glich einem holden Tod.

Als das Verbale nicht zu wirken schien, versuchte er es mit Gewalt, mit körperlicher Kraft wollte er dieses Unglück verhindern, er griff nach ihr. Die Hände landeten unter den Röcken, und da war das weiche nackte Bein, wie es sich anfühlte, aufwärts, samtene Haut bis ganz hinauf, er konnte sie nicht wegstoßen. Und dann ihre Zunge, ihre Lippen.

Die Zärtlichkeit überkam ihn wie Weinen. Das hier war unverzeihlich. Er wollte sie nicht ins Unglück stürzen. Warum fühlte er dann Glück? Die er liebte, er befleckte sie.

Und dennoch.

♦ ♦ ♦

Stina ist verwirrt, noch unwissend.

Sie weiß nichts.

Ahnt sie es dennoch im Unterbewusstsein?

Nein, so ist es nicht. Sie erwartet kein Kind.

Es ist etwas anderes.

Ein Bauerntänzer schlägt buchstäblich die Absätze an die niedrige Decke in Kvarnstad. Es herrscht festliche Stimmung, und das ist nicht verwunderlich, man schreibt den dreißigsten März neunzehnhundertfünf, und Per und Eli feiern Silberhochzeit, überschwänglich, aus irgendeinem Grund war es so geworden.

Ein Spielmann führt den Bogen über die Geige. Der Tänzer ist geschickt, Karen, die jetzt siebzehn ist, geht meist nur nebenher, im Takt. Er tanzt für sie. Er hält ihre Hand, während er mit der anderen spielend leicht einen Salto schlägt und dann wieder den Absatz gegen die Decke knallen lässt. Jubel erklingt.

Die Nachbarn sind eingeladen, sie sitzen an den Wänden aufgereiht und genießen lauthals diesen grandiosen Tänzer, berühmt in der ganzen Gegend. Der Takt der Musik wiegt sie, der eine oder andere männliche Fuß gerät ins Zucken.

Ja, dieser Tanz ist männlich, der Mann führt leicht und elegant mit federndem Schritt seine Dame ritterlich im Kreis, macht in einer blitzschnellen Pirouette wie zufällig kehrt, legt eins, zwei, drei einen akrobatischen Sprung ein, ohne jede Anstrengung, das ist wichtig, und dann ein spielerischer Schlag an die eigene Ferse.

Stina sitzt ein wenig abseits. Trotz des Gedränges ist sie sowohl ausgeschlossen als auch ausgestellt, obwohl keiner etwas sagt. Sie runzelt die Stirn, ganz ernst, und wiegt sich unbewusst im Takt. Wie er es nur hinbekommt, dieses anscheinend Unmögliche? Und ganz ohne Anstrengung. Lächelt sogar dabei.

So natürlich sein zu können, als sei es einfach nur angenehm, trotz übermenschlicher Anstrengung.

Per Dalborg kommt hin zu ihr, diskret. Dennoch ist es, als würde alles stocken, obwohl die Musik weiterspielt und weder Karen noch ihr Kavalier in Stinas Richtung schauen, sich einfach weiter im Takt drehen.

Er würde ja so gern auch tanzen, aber leider, er kann es ebenso gut gleich eingestehen. Er hat es nicht gelernt, er kann nicht einmal Walzer tanzen. Er weiß nicht, was er anderes als Grund nennen soll als das, was sie bestimmt schon erraten hat. Dass er gearbeitet hat. Wenn andere feiern gingen, fand er, das könne er sich nicht leisten. Und jetzt ist es zu spät, wenn er nur daran denkt, wird er stocksteif, also möge sie entschuldigen, dass er sie nicht auffordert.

Es ist Per Dahlborg zu danken, erneut Per, dass sie an dem Fest der Eltern teilnehmen kann.

Also schaut sie ihn an und lächelt. Auch sie ist nicht so gut im Tanzen, bei ihr war es fast genauso, nur Arbeit und selten Gelegenheit zum Feiern. Umso schöner, dass die Eltern es heute richtig groß angehen. Und dass sie – ja, das sagte sie bereits – Gelegenheit hatte herzukommen.

Er bleibt bei ihr. Steht an ihrer Seite an der Tür zur Kammer. Das tut er ganz bewusst, alle sehen es, dass sie ein Paar sind.

Andere betreten die Tanzfläche, die Musik fährt ihnen in die Beine, reißt sie mit, sie werden inspiriert von dem Kavalier, den Karen leihweise bekam. Und dieser macht immer größere Kunststücke, den Leuten bleibt die Luft weg, sie klatschen, was für ein einzigartiger Tänzer!

Schließlich wird das Silberbrautpaar auf den Tanzboden gezogen. Die Alten lachen ausnahmsweise zusammen, als gäbe es weder Bitterkeit noch Pein – als hätte es sie nie gegeben. Sie sind brillant im Vortäuschen, Per macht Als-ob-Saltos, tut so, als knalle der Absatz an die Decke, Eli lacht, vergisst die Hand vorzuhalten, um ihre, gelinde gesagt, lückenhafte Garnitur zu verdecken. Sie umfassen sich, lachen, dass ihnen die Luft wegbleibt, Stina hat sie noch nie so intim gesehen. Sie ist schockiert.

Und dass sie so ungemein fröhlich sind?!

Nur noch Per Dahlborg ist übrig, und sie. Alle anderen drängen sich dort miteinander, tanzen, während der Geiger sie immer mehr antreibt und dieser Tänzer trotz der Enge weitere Saltos und Sprünge macht, die Beifall erheischen.

Per steht steif da.

Doch überlegen. Wer es versteht, die Zentrifugalkraft anzuwenden und das Gesetz der Schwerkraft allen Ernstes zu brechen, ja der ist der wahre Akrobat.

Der nimmt, wen er zum Tanze haben will.

Am nächsten Tag werden die Formalitäten geregelt. Der Brautkauf wird ausgehandelt, und traurigerweise ist Stina die Letzte, die begreift, was geschieht.

Eine Tochter wird verkauft, ein Brautkauf geht vonstatten. Doch keiner gesteht sich ein, dass es wirklich so durchtrieben ist.

Alles geschieht einfach, völlig offen. Nach der Mahlzeit, die hier stets mitten am Tag, um ein Uhr eingenommen wird, deckt man den Tisch ab, doch bleiben alle sitzen. Gänzlich gegen ihre Gewohnheit setzt auch Eli sich wieder, und sie gibt Stina ein Zeichen, ihrem Beispiel zu folgen.

Jetzt beginnt Stina etwas zu ahnen. Zögernd sinkt sie auf den Stuhl, zieht den Rock dichter um sich, sieht Karen, Per, ihren Vater und dann Eli an, die ihr alle zulächeln? Es herrscht Sonntagsstimmung, die Feststimmung vom vergangenen Abend liegt noch in der Luft. Dass alle so froh aussehen?

Er hat die Familie doch gerettet, ganz offensichtlich. Sie hätten sonst seit langem von hier fort gemusst, der Himmel mag wissen, wie es ihnen dann wohl ergangen wäre. Hätten sich womöglich den Zigeunern anschließen müssen. Hätten sich von Schwartenrändern und Wassersuppe ernährt, bei jemandes Kleinvieh oder bestenfalls im Stall bei irgend einem Pferd geschlafen, dort, wo es am wärmsten ist.

Da kann man keinen Verdruss empfinden über eine gebührende Bezahlung, solider Handschlag, nicht jeden Tag lässt sich ein Mann wie Per Dalborg mit Leuten ein, die sonst als Kesselflicker ihr Leben fristen müssten. Es war ja auch nicht wenig, was er ihnen auf Borg gegeben hat. Und dennoch dürfen sie bleiben, darauf haben sie sein Wort. Er hat sie und ihr Zuhause gerettet.

Dieser letzte Satz wird laut gesagt, ein Fazit von Per, dem Älteren. Sie sind ihm Dank schuldig, großen Dank.

Und weit mehr?

Nun wird die Sache besprochen. Und da Per, der Jüngere, Trümpfe in der Hand hat, freuen sie sich nahezu, dass er im nächsten Zug nur begehrt, das Anwesen auf Stina zu überschreiben.

Es hätte weit schlimmer kommen, er hätte es für sich selbst verlangen können. Nun ist es nur so, dass sie bei Stina, ihrer eigenen Tochter, wohnen werden.

Per Kvarnstrøm bittet um Papier und Tinte. Als ihr Vormund will er sofort unterschreiben, bevor dieser schwedische Gläubiger es sich anders überlegt.

Alles geht so rasch, dass sie nichts begreift. Sie versteht nicht?

Plötzlich ist sie, sie selbst, die kaum die Kleider auf dem Leib besitzt und die noch nicht einmal neunzehn ist, Eigentümerin ihres eigenen Elternhauses!

Und das ist Pers Verdienst!

Aber warum tut er das?

In ihrer Erinnerung, quälend und peinigend aufgrund ihres widerwärtigen Inhalts, tauchen die Briefe von Eli auf: *... sonst, ja sonst sind wir gezwungen, Kvarnstad zu verlassen! Gott möge uns beistehen, dann, wenn wir Kvarnstad verlassen müssen!*

Wie gut, dass es nicht nötig war. Per hat die Kätnerstelle gekauft. Dennoch dürfen sie bleiben.

Warum? Was will er dafür haben?

Was will er dafür haben?! Was will er dafür? Was will er haben? Wird er es haben?

Ja. Natürlich.

Die ganze Hütte schwankt, sie wird durch den Raum geschleudert, alles dreht sich, es summt und surrt hinter ihrem Trommelfell, sie kann nicht hören, was sie sagen, nicht erraten, was sie denken. Niemand sagt etwas, und niemand hat etwas gesagt.

Sie will nicht.

Was, wenn sie nun muss?

Sie versteht nicht. Alles ist vielleicht ganz anders, ein Irrtum? Wenn ich einfach nur still dasitze und mich nicht rühre, nichts sage, wenn ich fast aufhöre zu atmen?

Aber der Kauf geht seinem unerbittlichen Abschluss entgegen.

Ein einziger Satz von Per. Ein Nicken ihrer Eltern.

Ich habe mir ein solides Heim vorgestellt, mehrere Zimmer, gusseiserne Pumpe vorm Haus, und die Schuhmacherwerkstatt in einem Raum des Obergeschosses. Den Baugrund habe ich bereits. Auch schon einen Namen, es heißt Stortäppan, liegt im nördlicheren Teil von Sysslebäck.

Ja, sie nicken, beeindruckt.

Stina schweigt. Tut, als verstehe sie nicht. Schaut auf den Tisch hinunter.

Noch immer ist das völlig unglaublich, sie kann nicht, will nicht begreifen. Warum sagt niemand etwas? Ihre eigene Mutter? Und ihr eigener Vater? Und ihre Schwester? Scheu sucht sie Karens Blick, aber die ist feuerrot und blickt beharrlich nach unten.

Wie zufällig klopft es an der Tür. Es sind zwei Männer, die sich für gestern bedanken wollen. Ja, das ist ja wirklich praktisch, dass sie so überraschend vorbeikommen. Haben sie gespürt, dass hier Zeugen gebraucht werden?

Es ist nichts Geheimes an der Sache, erklärt Per, der Ältere, und klatscht das Dokument in extenso vor sie hin, bitte schön. Wenn sie behilflich sein wollen, von heute an ist ihre Tochter Besitzerin des Ganzen hier. Und da darf man sich freuen.

Ja, Lachen und Scherzen begleiten diese letzten Zeilen, die den Vertrag gesetzesgültig machen. Nun ist alles klar.

Danach Abreise. Per Dalborg war mit geliehenem Pferd und Schlitten gekommen. Auf dem Rückweg werden er und Stina Schwester Karen zu ihrem Dienstplatz in Østby bringen. Dann werden sie nach Luttnes weiterfahren, und am nächsten Tag kehrt er schließlich nach Sysslebäck und Dalby zurück, darauf lange arbeitsreiche Tage vor dem erneuten Beginn des Flößens, all diese Stiefel.

Die Abfahrt wird herzlich, festlich, das Pferd zieht ungeduldig an den Zügeln, es wird nicht lange dauern, bevor sie am Ziel sind, noch vor Einbruch der Dunkelheit.

Stina sucht Elis Blick. Und die schaut zufrieden und fest zurück. Zum Abschied drückt sie Stinas Hand mit ihren beiden Händen. Und sagt: Das ist das einzig Richtige. Lass es dir jetzt gut gehen, Stina. Und sei nett zu Per.

Sei nett zu Per? Was bedeutet das? War sie denn unfreundlich gewesen?

Sei nett zu dem Schweden.

♦ ♦ ♦

Der Schlitten ist leicht, sie liegen fast unter den Fellen, als sei es ein Bett auf Kufen, mit Tempo geht es den Berg hinunter und auch weiter, ins Trysiltal hinab. Karen lacht, und da muss auch Stina lachen. Sie sind noch immer junge Mädchen, verspielt und impulsiv.

Stina bohrt ein bisschen nach, scherzt, fragt, und da kommt es ans Licht, ja sicher. Es gibt einen kleinen Freund dort. Oder richtiger im Wald, er ist Fuhrmann, fährt Bauholz, er ist dreiundzwanzig und heißt John.

Ja aber, du bist doch erst sechzehn?

Ich werde im Dezember siebzehn. Und was ist mit Per, der ist doch schon siebenundzwanzig!

Stina wird still. Mein Gott, wohin führt das hier?

Aber dann denkt sie, dass sie Karen doch so selten trifft. Die Zeit hier im Schlitten ist Gold wert. Sie pufft sie, zwinkert, es ist so wenig vonnöten, um das Kichern aufwallen zu lassen.

Er heißt John Olsen, und er ist so hübsch!

Das sagt man doch wohl nicht von einem Mann, erklärt Stina vorwurfsvoll. Karen kichert.

Per sitzt vor ihnen und hört nichts. Er dreht sich nur manchmal zu ihnen um, und dann winken sie fröhlich. Er lächelt zurück.

Der Vorfrühlingstag ist hell und klar, und das Tal hinunter gibt es viel Schönes zu sehen, Hütten und Höfe und Leute, die angefahren kommen. Die beiden Schwestern schwatzen und zeigen mit dem Finger, wie fröhlich sie doch sind! Noch herrscht Union und Eintracht, noch gibt es kein Verhandeln mit einem inneren Gesetz, einem moralischen. Noch ist Stina nicht untreu geworden, weder gegenüber äußeren noch inneren Pflichten.

In Østby, als Karen das Gespann verlassen sollte, bekam Stina plötzlich infernalische Schmerzen. Ja, was war das denn? Der Bauch, die Brust, der Rücken, die Seite? Irgendetwas stach zu, und Stina krümmte sich, konnte fast nicht atmen, Tränen brachen hervor.

Per wurde unruhig und auch Karen. Letztere erbot sich, ihre Herrschaft zu fragen, ob Stina ins Haus kommen könnte.

Da besann sich Stina, das kam überhaupt nicht in Frage. Diese Stiche hatte sie schon früher gehabt, die waren natürlich, kein Grund zur Beunruhigung.

Sie drückten sich die Hand, sahen sich mit innigen Blicken an. Sie waren Schwestern, noch Mädchen, noch frei auf einem schmalen, hochdünnen Streifen zwischen Kindheit und eigenen Kindern.

Per hatte in der Zwischenzeit den Schlitten umgeräumt, jetzt, wo sie nur zu zweit waren. Sie würden nebeneinander sitzen und konnten reden, sie konnten sich dasselbe Fell über die Knie legen. Er hatte eine Rückenlehne aus Taschen und einem Sack aufgebaut, nun würde die Reise noch bequemer werden. Sie bogen von Østby ab in Richtung Süden.

Die Fahrt nach Østby war schön gewesen, es gab viele Reisende hinter und vor ihnen auf der Landstraße, oder sie kamen ihnen entgegen. Wanderer und Pferdefuhrwerke, sogar ein Rennschlitten mit schmalen Kufen und hohem Sitz. Für diese Gegenden hatte es geradezu vor Menschen gewimmelt, doch jetzt ging es direkt in die Wildnis hinaus, die Winterstrecke zwischen Østby und Plassen, wo sie erneut auf die große Landstraße treffen sollten, war wenig benutzt. Aber es waren ja nur zwanzig Kilometer.

Wie gesagt. Ein Brautkauf. Und ein schöner Vorfrühlingsnachmittag, der auf den Abend zuging, das Licht war zurück, es war zeitig Frühjahr geworden. Der Himmel zeigte sich in Pastell, von Gold über Rosa und Purpur bis zu Malvenfarben und Violett. Wie schwarze Scherenschnitte die zackigen Drachenrücken der Berge. Das Schellengeläut des Pferdes, rhythmisch bewegte sich der Kranz um seinen Hals, dazu die Rufe der Frühlingsvögel, eine Geräuschkulisse voll von Leben und Gebären, die das Läuten nur knapp übertönte.

Aber war es nicht ziemlich frisch? Stina kroch ein wenig tiefer unters Fell.

Sie dachte daran, dass sie viel zu wenige Kleider anhatte, falls etwas mit dem Pferd passieren sollte, und sie trug diese viel zu feinen Stiefel.

Aber warum sollte etwas mit dem Pferd passieren?

Man wusste nie, es konnte einbrechen, der Weg über die Moore war trügerisch, man glaubte, sie wären bis auf den Grund gefroren, und dann plötzlich quoll gelbes Wasser hoch, der Untergrund taute von der Mitte her.

Niemand kam ihnen entgegen. Und sie sprachen fast nichts. Stina dachte, dass es bis Plassen nicht mehr sonderlich weit sein konnte, und von dort aus würde es die letzten zehn Kilometer nach Luttnes hinab rascher gehen.

Gewiss waren sie eine Art Paar. Das musste man einfach einsehen. Er hatte sie auf die Wange geküsst, auch auf den Mund. Er hatte so viel gesagt, aber sie hatte nicht zugehört, nicht richtig, er war eine Person, die sich ganz woanders befand. Und trotzdem so nahe. Sie hatte sich nie direkt gewehrt, war nur ein Stück zur Seite gewichen. Und er hatte nie darauf gedrungen.

Am Gipfelpunkt eines Hangs mit prachtvoller Aussicht auf weiße Moore und schwarze Berge zog er die Zügel an. Wir lassen das Pferd ein bisschen ausruhen, es hat gut gearbeitet.

Dann drehte er sich zu ihr und umfasste sie behutsam. Sie ließ es geschehen, war es schließlich gewöhnt.

Er küsste sie leicht auf die Wange, dann auf den Mund, aus seinem eigenen stieg Dampf auf, es war kälter geworden. Dann fragte er: Was meinst du, wann soll es geschehen?

Was denn?

Wann, meinst du, sollen wir heiraten?

Sie lachte auf. Starrte ihm in die Augen, suchte vergebens nach einem Schabernack.

Er war völlig ernst. Ich würde Mittsommer vorschlagen. Dann könnt ihr runter nach Dalby kommen.

»Ich heirate niemals in Schweden!«

Die Reaktion erfolgte sehr heftig.

»Nein, niemals, ich will in Plassen heiraten!«

»Ja aber, die Kapelle ist doch abgebrannt. Wie meinst du das? Es kann doch Jahre dauern, bevor sie wieder etwas aufbauen können, es fehlt doch noch an Geld. Bist du so patriotisch, dass es in Norwegen sein muss?«

»Ja, in Norwegen, absolut! Falls ich heirate.«

Letzteres kam sehr kläglich. Wie das Zappeln eines gefangenen Fisches mit bereits geöffnetem Bauch, der wartende Topf schon auf dem Herd.

Diese Augenblicke, wenn sich alles wendet. Wenn das, was geschieht, unwiderruflich wird, und man später nicht mehr sagen kann, man habe es nicht gewusst. Diese Augenblicke im Leben. Wenn der Schlagbaum fällt, der Vorhang sich schließt, der Wasserfall so nahe ist, dass nicht die geringste Chance zum Umkehren besteht. Man kann nur weitergehen.

Obgleich der irdische Leib schwer wie Blei geworden ist.

Er zog den Fäustling aus, steckte die Hand hinein, dort am Busen. Es ist warm da drin, sagte er. Dann legte er sich auf sie. Mit seinem ganzen Gewicht, zog das Fell über sich. Sie bekam fast keine Luft. Sie wollte etwas sagen, ihm einreden, dass sie das da hätte, aber wusste nicht, wie sie es formulieren sollte, es war so hässlich, und es war auch hässlich zu lügen.

Er tat irgendetwas, seine Hände, das Keuchen, ihre Kleider, auch seine, und plötzlich war er in ihr. Er lachte. So, ja, sagte er keuchend, das ging ja richtig gut.

Eine Eisenstange fiel herab. Durchbohrte ihren Nacken, die Tränen brachen hervor, mein Gott, Gott im Himmel, hilf mir. Wenn Ole das wüsste. Sie machte einen lahmen Versuch loszukommen, doch Per merkte es nicht einmal.

Er nahm sich viel Zeit. Es war ganz und gar nicht wie mit Ole. Dieser Mann wusste, was er wollte. Er holte das kleinste Quäntchen an Genuss heraus, das hier war seine große Stunde, Triumph.

Sei nett zu Per. Sie sollte es doch sein. Das hier war ganz nach dem Gesetz, hatte er nicht von Heirat und all dem gesprochen? Nichts daran war verkehrt. Nun musste sie es nur durchstehen.

Nein, nicht nur, du musst auch reden, Stina! O, was ich mich gesehnt habe, Stina, endlich, wie schön, wie wunderbar, sag, dass du es auch schön findest. Antworte.

Ja, es gefällt mir.

Mehr.

Ja, es gefällt mir. Ich habe mich auch nach dir gesehnt. Ja, es gefällt mir.

Sie musste es viele Male sagen. Nicht so mechanisch! Hast du dich danach gesehnt oder nicht? Ja, Per, ja sicher, was habe ich daran gedacht und mich gesehnt.

Endlich wurde er fertig, das Gesicht abgewandt, ein schluchzender Laut – dann war es vorbei.

Er war gründlich gewesen, ihre Scham war wund, und sie war nicht unberührt gewesen, aber sie hatte keinen Höhepunkt gehabt. Sie wusste nicht, dass es ihn gab, und vielleicht war das ebenso gut, ein solcher Gefühlsausbruch hätte sie wohl zu Tode erschreckt, zumindest zusammen mit ihm.

Als er sich beruhigt hatte, drehte er ihr wieder das Gesicht zu und lächelte.

Aus der Innentasche zog er ein Stück Papier und wickelte es auf. Darin lag eine Brosche aus Silber, wie eine Calla geformt, in der Mitte eine eingefasste Perle. Für dich, meine Stina, das schönste Mädchen zwischen Røros und Flisa, komm, ich helfe dir beim Anstecken!

♦ ♦ ♦

Ich hatte keine Wahl!

Stina weinte und schluchzte. Sie kochte Käse, und Tränen fielen in den Kessel.

Dann darf man wohl gratulieren – zu deiner Verlobung!

Verspotte mich ruhig, ich ertrage es schon. Ich muss es ertragen.

Ole verstummte. Dann saß er nur da und sah sie an, während sie die Arbeit zu Ende führte.

Ich denke an ... was du da kochst. Und an das Fladenbrot, das ich backe ... all das Brot und all der Käse ... Wenn wir nur etwas für den Anfang gehabt hätten, ein paar Ziegen und einen Sack Mehl – stell dir vor, was wir hätten verdienen können!

Es ist doch zu spät! Verstehst du nicht, es geht nicht!

Sie stürzte zu ihm, mit wildem Blick, die Tränen spritzten. Es ist zu spät, verdammt noch mal! Ich bin unmündig, er hat die Kate für mich gekauft. Du bist ebenfalls unmündig. Und du wolltest mich nicht einmal bitten. Ich musste schließlich bitten!

»Ich war besorgt um dich.«

»Ist das eine Art, besorgt um mich zu sein?«

»Was hätte ich tun sollen?«

»Was hätte ich tun sollen?«

Sie ging zurück zum Kessel. Resigniert legte sie weiteres Brennholz nach, schnäuzte sich in die Rückseite der Schürze und fuhr mit dem Rühren fort.

Aber es genügte, dass er sich hinter sie stellte, ihr über die Achseln strich und ›verzeih mir‹ sagte. Sie drehte sich um. Wieder waren es nur sie beide, und sie brauchte nicht nachzuahmen, nicht zu wiederholen, um zu sagen, wie sehr sie ihn liebte, sich sehnte und ihn auf jede Weise haben wollte, jede einzelne Minute, in der sie ihn nicht sah.

Und sie schliefen wieder miteinander, verschämt, rasch und unbefriedigend für Stina, im Heu hinter den Krippen der Tiere.

Es war keine irdische Liebe, sie war himmlisch, nichts wussten sie zuvor, sie fanden nicht, sie waren blind. Er kam, wo auch immer, auf ihrem Rock, ihrem Schenkel, ihrem Bauch, Stina umklammerte ihn und wollte in diesem Rausch, diesem Jetzt verbleiben, wo sie die ganze Welt vergaß, aber ihr Liebster begriff wohl nicht?

Wenn er etwas kühler und beherrschter gewesen wäre, gar wie Per? Aber das wagte sie nicht einmal zu denken, noch viel weniger zu sagen, nein, nur sich dieser himmlischen Liebe hinzugeben, die irdische war allein für Männer da. Sie schämte sich allein über diesen heimlichen Gedanken.

Der Schnee verschwand und die Kraniche kamen, die Wiesen kleideten sich in Grün, auch der violette Birkenwald wurde grün, und die Blumen erblühten.

Und Stina zog mit den Tieren zur Alm hinauf.

Endlich. Ja, in dieser Geschichte muss Stina wenigstens ein einziges Mal Befriedigung erlangen, sonst wird er unerträglich, dieser lange Weg von weither bis zu den Urenkeln und dem Schlussakkord: *Hilf mir die Stiefel auszuziehen.*

Dort auf die Alm, dahin kam Ole Strand hin und wieder, obwohl er von früh bis spät arbeiten musste. Aber die Liebe kennt keine Grenzen, am Abend, wenn die anderen zu Bett gingen, verschwand er im Wald, ohne dass es jemand bemerkte.

In hellen Nächten trafen sie sich in ihrer Hütte, er konnte gegen Mitternacht auf der Alm eintreffen, um dann gegen vier ins Dorf zurückzuwandern, damit er um sieben Uhr in der Frühe erneut an die Arbeit gehen konnte. Ist man jung, schafft man das. Auf der Alm gab es keine wachsamen Augen, sie konnten sich entspannen und spielen und ihre entsetzliche Schüchternheit überwinden. Ole Strand genoss Stina nackt. Das sollte ihr Mann nie tun können.

In der Vorsommernacht wurde sie wahrhaftig die Seine. Lange und vorsichtig liebte er sie, wartete auf sie. Er fühlte, dass etwas Großes mit ihnen beiden geschehen würde.

Und es geschah auch, Funken sprühten.

Sie lösten sich in Hitze auf, brodelten wie schmelzendes Eisen.

Und da in der fremden Sphäre. Da geschah es.

Sie wurden eins. Verschmolzen. Wurden ein Ganzes. Völlig ohne Grenzen und Schranken.

Als die Hitze allmählich nachließ, wusste sie kaum, wo sie gewesen war.

Sie war angekommen.

Es war eine Art Abschied. Wie wenn Menschen nach Amerika fuhren. Der ganze große Ozean würde zwischen ihnen liegen, dennoch war es keine Trennung.

Nein, die Gefühle würden bis nach Minnesota reichen, obgleich sie sich im Leben nie mehr wiedersehen würden.

◆ ◆ ◆

Es wurde keine Mittsommerhochzeit, wie Per gehofft hatte. Stina schaffte es, sich gegen ihn zu behaupten, wie auch immer sie das angestellt haben mochte.

Vielleicht so. Dass eine Hochzeit vieles erforderte, da ging es um Hohlsaum, um Monogramme hier und Kennzeichnungen da, obgleich sie keine üppige Brauttruhe besaß, nein, in Wahrheit überhaupt keine.

Genau! Damit wehrte sie auch den Druck in den Briefen der Eltern ab, die mit den Fuhrleuten bei ihr eintrafen. Sie antwortete wahrheitsgetreu, dass sie keine nennenswerte Aussteuer besitze, sondern versuchen musste aus dem Wenigen, das sie besaß, etwas zu nähen, es umzunähen und zu erneuern. Leinen hatte sie neu gekauft. Es erforderte Zeit, Betttücher zu säumen und zu besticken.

Wir kaufen später, was wir brauchen, versuchte Per, aber jetzt war Stina unnachgiebig. Sie konnte nicht so, wie sie ging und stand, nach Värmland kommen, was würde dann seine Familie von ihr denken!

Per war enttäuscht. Der Sommer verging. Er kam auf Freiersfüßen, sobald er nur konnte, doch war das dennoch nicht allzu häufig. Andererseits blieb ihm so Zeit für Entwürfe, für den Hausbau, den er sich vorgenommen hatte.

Wir können doch wenigstens das Aufgebot bestellen? Ich verspreche dir, dass du in Trysil heiraten darfst! Jetzt, wo die Union aufgelöst ist, können wir uns doch wohl endlich vereinigen, wir reißen alle Hindernisse nieder, für uns gibt es keine Begrenzungen, unsere Liebe ist grenzenlos. O Stina, was für Sehnsucht ich habe, hast du die nicht auch?

Doch, Per, sicher habe ich Sehnsucht. Aber die Leute hier auf Luttnes sagen, dass sie über jeden Tag froh sind, den sie mich hier behalten können. Und nun bekomme ich ja auch endlich Lohn. Und vier Meter Gaze für Gardinen hat man mir gegeben, die werden richtig schön, ich werde sie mit Anemonen und Lilien besticken.

Man kann annehmen, dass sich Per Dahlborg die Haare raufte. Warten zu müssen, während die Braut Gardinen bestickte!

Das norwegische Parlament hatte sich geweigert, den schwedischen König weiter anzuerkennen, das war im Juni geschehen. Auf höherer Ebene hatte es Bewegung gegeben, aber Militär war nicht eingesetzt worden. Per hatte einen großen symbolischen Wert darin gesehen, dass sie beide stattdessen heirateten, sich über die Grenze hinweg vereinigten. Aber nein. Mittsommer kam heran, und für Stina hieß das Viehauftrieb und Heuernte, da konnten sie doch nicht heiraten. Dann hatte sie auf der Alm zu tun, mit beinahe mehr Ziegenkäse und Molkenkäse als sie überhaupt kochen konnte. Schließlich der Viehabtrieb, dann mussten die Kartoffeln aus der Erde, und zu guter Letzt ging es um all die Innenfenster in Luttnes, es wurde Zeit, sie vor dem Winter einzusetzen, und eine Heirat war nicht in Sicht.

Stina war unablässig mit Arbeit beschäftigt. Per war ebenfalls fleißig, ebenso fleißig war er im Schreiben von Briefen.

Sie schrieb brav zurück. Danke, so ungemein freundlich, lieber Freund, mein lieber Bräutigam Per.

Und hast du nicht gesehen, war der Sommer vorbei, und der Herbst stand vor der Tür. Per war nahe daran zu verzweifeln, was sollte er tun, er wollte ihre Verbindung doch nicht mit der Androhung beginnen, es könnte einen Militäreinsatz geben.

Und dann ist doch plötzlich Hochzeit!

Jetzt? So unerwartet?

Warum naiv tun, es ist doch klar, dass man versteht, weshalb es unversehens zur Eheschließung kommt – natürlich ist ein Kind unterwegs.

Weiß wie ein Betttuch im Gesicht und weißgekleidet, obgleich das irreführend ist, steht sie dort mit dem völlig ernsten Per an ihrer Seite. Dank seiner sind sie vor mehreren Monaten aufgeboten worden, und nun ist es plötzlich Zeit für das Finale.

Man schreibt den siebzehnten Oktober, übrigens war es ein Dienstag, genau derselbe Wochentag, an dem Stinas Eltern geheiratet hatten, also kann man vermuten, dass Eli die Hand im Spiel hatte. War sie der Meinung, das bringe Glück, dass die Ehe somit besonders gut würde? Bestimmt aber denkt sie überhaupt nicht so, sieht das Ganze mehr von der praktischen Seite.

Keine Trauung in der Kirche und keine Gäste, kein Wirbel, alles so einfach wie möglich und an einem normalen Wochentag.

Der Pastor empfängt im Pfarrhof. Dass die Braut bereits im gesegneten Zustand ist, braucht niemand zu sagen, selbst wenn es unter dem Tüll des Schleiers nicht wirklich zu sehen ist.

Nun geschieht das Ungewöhnliche. Dass die Braut den Seelsorger um ein Gespräch unter vier Augen bittet, vielleicht möglichst vor der Trauung?

Der Pastor willigt ein. Zu jener Zeit war die Kirche nicht nur für jene da, die geboren wurden oder gestorben waren, desgleichen für Zucht und Mahnung durch den Herrn im fiskalischen Bestreben die Nation zusammenzuhalten und das Volk zu Vernunft, zu Steuern und echtem Christentum zu erziehen. Nein, im besten Fall war sie auch eine Art Behandlungszentrum mit einer für alle offenen psychologischen Sprechstunde.

Stina hatte dieses Gespräch erbeten. Was gesagt wurde, lässt sich schwer sagen. Sicher wurde es mit leichtem Erstaunen eingeleitet, ob sie denn eine Frage habe? Und die hatte sie, eine Frage zum ehelichen Stand. Diese Frage ist nicht schwer zu erraten. All die Liebe, von der man bereits zu jener Zeit las, erst dieser Rausch, die Verliebtheit und zuletzt die Liebe, deren Zweck und höchstes Ziel die Ehe ist.

Und wenn sie nun nicht da ist?

Was ist nicht da?

Die Liebe, von ihr zu ihrem Mann.

Wie kann sie sich da so sicher sein?

So etwas weiß man.

Ach wirklich? So etwas weiß man? Was weiß sie dann von ihrem Gefühl, was diesen Per Dalborg betrifft?

Sie mag ihn und bewundert ihn, und er ist in ihrer Familie hoch respektiert. Man betrachtet ihn als eine bessere Partie, auf die man nie zu hoffen wagte. Aber wenn es da keine Liebe gibt? Wie soll sie sich dann verhalten?

Man kann sich vorstellen, dass ein einigermaßen erfahrener Geistlicher die Situation sofort durchschaut hat, und wenn er eine warmherzige Person und kein allzu dogmatischer Schwarzrock war, dann versuchte er jetzt ein versöhnliches, heilsames Wort zu finden, an das diese junge Frau ihr Gefühl und ihr Denken binden konnte, wenn sie nun heiratete. Da das ja dennoch unvermeidbar war.

Er sagt, was von einem Geistlichen erwartet wird, aber mit einer persönlichen Hinwendung direkt an sie. Dass die Liebe einzig und unteilbar ist und bis zum Jüngsten Tag währt. Die Liebe sei Geborgenheit, und ihr Per habe bereits seine Hand ausgestreckt. Sie müsse sie nur ergreifen. Wenn sie es tue und man sie in den Ehestand führe, werde sie spüren, wie ihre Liebe wachse. Denn diese suche nicht das Ihre, sie sei sanft und hingebungsvoll, und eine solche Frau solle sie werden und ständig danach streben, es zu bleiben. Geben sei seliger als nehmen, und indem sie selbst diejenige sei, die gibt, werde sie noch mehr Liebe zurückerhalten. Denn die Liebe sei auch geduldig. Wenn es stürmt – und das werde es tun – und wenn Schwierigkeiten ihrer beider harren, dann werde sie wie ein Bollwerk dastehen für ihren Mann und ihre Kinder – falls Kinder kommen, was man doch hoffen dürfe.

Sie hört zu und fühlt sich auserwählt, als seien die Worte direkt für sie gefunden. Und ihr steigen Tränen in die Augen, weil er Unwissen über ihren Zustand vorgibt und *falls* sagt.

Es ist richtig zu heiraten, und dieser Pastor hat ihr den Weg gezeigt, die letzten Zweifel sind nun ausgeräumt. Gott hält seine Hand über sie. Sie fühlt es dank seines Sendboten auf Erden.

Vielleicht spielte es sich so ab, dass Großmutter religiös wurde und ihren Gottesglauben fand, als Einzige in der ganzen Familie. Wenn es unvermeidbar ist, ist es das Beste nachzugeben, sich anzupassen und daran zu denken, sanft und geduldig zu sein, seine Pflicht zu tun. Und im Übrigen die Zuversicht zu bewahren.

Auf Kvarnstad lädt Eli zu frisch geschlachtetem, gebratenem Ziegenfleisch ein, mit Kartoffeln, Soße und Preiselbeeren. Und sie hat eine Torte gemacht: Sandkuchen, Buttercreme und richtige Sahne von einer Kuh. Sie werden satt. Kein Schnaps. Die Abstinenzlerbewegung hat die Frauen in ihre Fänge bekommen, und da Per Dalborg sich fast nie etwas genehmigt, ist Per Kvarnstrøm daran gelegen, es ihm recht zu machen. Alles ist ganz bescheiden, und Karen ist nicht heimgekommen. Es sind nur sie vier. Möglicherweise schaut ein Nachbar zum Abend herein. Eli kocht Kaffee, stellt ein paar Kekse auf den Tisch, Mandelgebäck. Schließlich ist es ein Fest.

Denn das Brautpaar freut sich doch wohl? Ja, sicher. Sie lächeln und lachen auf Kommando, selbst wenn es hätte romantischer sein können.

Der Entschluss wurde Hals über Kopf gefasst. Am Ende schrieb sie den Brief, auf den Per so lange gewartet hatte, dass er schon glaubte, vergeblich gehofft zu haben.

Jetzt ließ er alles, was er in Händen hatte, liegen und fuhr mit dem Fahrrad hinauf. Es war Herbst und nasskalt, die Blätter fielen von den Bäumen. Der Weg war ein einziger Morast und schien beinahe noch verschlungener als sonst, aber er gelangte dennoch ans Ziel, und als Bräutigam war ihm erlaubt, bei seiner Stina zu übernachten.

In dieser Nacht schliefen sie keine einzige Minute.

Er hatte ein Gerücht gehört. Einmal, als er völlig unangemeldet aufgetaucht war, hatte jemand rüde gezischt, er solle seine Braut doch mal fragen, ob fremde Langzwiebäcke besser schmeckten. Das war, gelinde gesagt, zweideutig, denn Langzwiebäcke – die tauchte man ein! Aber als sie ihm dann so strahlend entgegenkam, hatte er alles vergessen.

Jetzt aber erinnerte er sich plötzlich.

Und konnte es nicht so leicht loswerden.

Er wollte, dass sie diese Andeutung entschieden verneinte, damit sie die Sache hinter sich brächten. Stattdessen aber verwickelte sich Stina in Erklärungen, die nichts erklärten, sondern alles nur noch weiter verdunkelten.

Eins jedenfalls war klar. Sie erwartete ein Kind. Und er war der Vater, das sagte sie. Sie wären schließlich verlobt, natürlich wollte sie ihn, wollte er denn das Kind und sie selbst nicht haben? Er beabsichtigte ja wohl nicht, sie jetzt zu verlassen? Dann würde sie in den Fluss gehen, dessen könnte er sicher sein!

Was für ein Der-Da soll sich seiner Verantwortung stellen? Ich habe doch gesagt, dass wir nur bekannt sind, er besitzt nicht einmal ein Paar Schuhe! So ist es, er leiht sich wahrhaftig die Schuhe bei anderen aus, läuft fast immer barfuß. Aber natürlich ist er nett, ich mag ihn wie einen Bruder.

»Und das ist alles?«

»Das ist alles. Die Gardinen sind fertig, jetzt will ich, sobald wir können, von hier weg. Ich habe gesagt, wie es ist, und das kam nicht unerwartet, sagte Muhme Beate, also lassen sie mich ziehen, wenn ich es möchte, noch heute.«

Die Stimmung war angespannt, voller unbefreiter Gefühle, voller Ängste, Aggressionen, Leidenschaften und Zweifel in einem einzigen Durcheinander.

Zur Bestätigung und Versöhnung wollte er dann mehr. Sie konnte es ihm nicht verweigern. Doch war sie nicht bei der Sache. Erotik und Liebe erfordern Wärme und Respekt – und dennoch Spannung, aber die richtige. Hier gab es nichts von alledem. In ihrer Einfalt glaubte sie noch immer, er würde es unterlassen, dass die früheren Ereignisse nur Ausrutscher waren.

Per aber bediente sich, griff zu, diese dünne Haut an der Innenseite der Schenkel. Sag, dass du es magst, nicht so mechanisch, du musst sagen, es ist das Beste, was du dir denken kannst! Was heißt zu hart, das hier sind Liebkosungen!

Die Hochzeitsnacht auf Kvarnstad wurde trist. Eli hatte das richtige Bett fein mit Leinen bezogen und für sich selbst und Per, den Älteren, eine Bettstatt in der Kammer bereitet, das ginge ganz wunderbar.

Aber Stina wusste, wie hellhörig es war, obendrein machte ihr Magen ständig Probleme, sobald sie das Licht ausgeblasen hatten, musste sie aus dem Bett springen, um sich zu übergeben. Und auch wenn sie nicht sagte, was sie draußen an der Hausecke gemacht hatte, so schien auch Per den Schwung verloren zu haben. Es wurde nichts daraus.

Die Nacht brachte ihr Träume von Dingen, die sie gehört hatte, vom Erdrutsch in Lodalen, als der Bergsee sich mitten in der dunklen Nacht entleerte, das ganze Dorf wurde fortgeschwemmt und das Unterste zuoberst gekehrt, so dass nur einige wenige von sechzig toten Frauen, Kindern und Alten ein christliches Begräbnis erhielten.

Jetzt hört sie den Berg beben und brüllen, was passiert? Es donnert und knallt, eine Warnung an sie, doch kann sie unmöglich verstehen, was geschehen wird. In der nächsten Sekunde kämpft sie um ihr Leben, verzweifelt, sie bekommt keine Luft, stattdessen eisiges Wasser, Panik!

Stina! Wach auf, Stina, du schreist ja?!

Am nächsten Tag ging es ab ins Kirchspiel Dalby, auf der schwedischen Seite.

◆ ◆ ◆

V.

Stinas Ehe und Kinder

Wenn ich dennoch willig bin, dieses zu tun,
so deshalb, weil eine Vereinigung ohne gegenseitiges
Einverständnis keinen wirklichen Vorteil für
Schweden brächte.
(Oskar II.)

Gegen Abend näherten sie sich Sysslebäck. Es war eine lange Reise gewesen, zunächst dreißig Kilometer zur schwedischen Grenze bis nach Långflon hinunter. Mit Ausnahme des traurigerweise abgebrannten Kirchengeländes von Plassen war fast überall Wald. Dann noch einmal nahezu fünfzig Kilometer durch für Stina gänzlich unbekanntes Gebiet. Auf halber Strecke hatten sie eine Pause bei der Kirche von Norra Finnskoga eingelegt. Dort waren die Fenster dunkel, tiefschwarz, und auf dem umzäunten Friedhof, wo die Blumen der Ewigkeit schliefen, herrschte eine düstere Stimmung.

Unterwegs begegneten ihnen nur wenige Leute. Diese Jahreszeit war für Transporte nicht gerade dienlich, nur unumgängliche, wie der ihre, wurden ausgeführt.

Aber als der Klarälven, in den sich der Trysilelva nun verwandelt hatte, mit immer schnellerem Tempo dahinströmte, begann ihr Mann exaltiert zu reden. Dort drüben auf der anderen Seite des Flusses kannst du Sundhultsmon erkennen. Und hier vorn, gleich siehst du es, hat mein Schwager Per Hedlund seinen Laden. Der war es, der mir das Schustern beigebracht hat. Jetzt aber braucht er keine Flößerstiefel mehr zu nageln, sondern kann drinnen hinterm Ladentisch stehen und Zucker und Hoffmans Tropfen verkaufen an Leute, die das brauchen. Der Laden ist klein, aber er kommt gut zurecht. Es gibt noch einen größeren im Dorf, der Lindows heißt, dort kann man alles Übrige erstehen. Wenn man etwas an Geld besitzt, heißt es.

Dann kamen sie endlich ans Ziel, es ging einen Hang hinauf, das Pferd musste sich in die Zügel legen, aber dann waren sie plötzlich auf Stortäppan. Jetzt sind wir zu Hause.

Ist das alles?

Sie konnte ihre Verwunderung, ja, nahezu Enttäuschung, nicht verbergen. Das Gebäude, an dem das Pferd zum Halten gebracht wurde, war nicht größer als Kvarnstad, ein ganz kleines Häuschen.

Du weißt ja, dass wir hier mit Mutter und Vater wohnen werden. Und mit Eskil, meinem jüngeren Bruder. Aber zum Frühjahr geht's los. Siehst du dieses schöne Haus? Das gehört Hedlunds. Ich werde ein noch größeres daneben bauen! Gib mir etwas Zeit, Stina. Du wirst nicht enttäuscht sein.

Man hatte sie kommen hören. Pers Mutter Ingegerd trat als Erste aus dem Haus. Das war selbstverständlich, denn sie war hier der Mittelpunkt, aber das wusste Stina noch nicht. Sie war gänzlich schwarz gekleidet, obgleich der Gatte noch am Leben war. Nicht eine graue Strähne im kohlschwarzen, in der Mitte gescheitelten Haar, das konnte man unter dem sorgfältig gefalteten und gebundenen Kopftuch erkennen. Sie war siebenundfünfzig Jahre alt, schlank und beweglich, aber verlangte, als alt angesehen zu werden, mit allem, was das an Achtung einschloss. Auch das war Stina noch unbekannt. Aus irgendeinem Grund hatte Per es unterlassen, sie über die internen Regeln und Eigenheiten seiner Familie aufzuklären.

Ingegerd trat an den Wagen, bevor Stina noch absteigen konnte. Ihre Blicke begegneten sich. Stina hätte gewünscht, dass sie nicht von oben herab auf die Frau blicken müsste, der sie sich von allen am ergebensten erweisen wollte.

Jetzt las sie im Blick ihrer Schwiegermutter. Vom ersten Augenblick an war alles klar. Es war blanker Hass. Aber warum?

Stina hatte keine Vorstellung von sich selbst. Sie konnte nicht verstehen, dass ihr offener, unerschrockener Blick, ja, dass ihre ganze Erscheinung weit provozierender war, als die Schwiegermutter ertragen konnte, obwohl die sich dafür entschieden hatte, die Sache hier gut zu heißen. Nämlich, dass Per in den Ehestand getreten war. Dennoch konnte sie es beim besten Willen nicht hinnehmen.

Dass es in seinem Leben nun eine andere Frau gab.

Ihr Blick war eiskalt, aber der Mund kräuselte sich, ähnelte einer Rosine. Stina verstand und lächelte zurück. Sie sprang vom Wagen, und sie reichten sich die Hand.

Um sie herum herrschte Lärm, Per hatte Hilfe beim Abladen bekommen, das Pferd sollte an den Besitzer zurück, es hing Regen in der Luft, die Dunkelheit brach an, und die Grütze stand leise brodelnd auf dem Herd, wollten sie nun ins Haus treten?

Nur ein Händeschütteln, und alles war klar. Sie hatte nicht um diese Stina gebeten, Ingegerd zeigte es, beinahe ohne eine Miene zu verziehen.

Je mehr sich Per in Stina verliebte, desto stärker wurde Ingegerds Hass. Was sie bei sich wirklich dachte, können wir nur erraten. Triviale Beanstandungen vermutlich, aber nicht, worum es eigentlich ging und was auf dem Spiel stand. Eher ließ sie sich unter die Erde bringen, als dass sie auch nur eine Nähnadel in die Kontrolle und Macht dieser Person gab.

Ein alter Mann watschelte heran. Allerdings so alt war er gar nicht, nur vier Jahre älter als seine Ehefrau in Witwenkleidern. Per Persson Hultman verbeugte sich und war der Erste auf Stortäppan, der willkommen sagte. Willkommen, liebe Schwiegertochter. Endlich lernen wir dich kennen.

Ich erlaube mir, meine Glückwünsche zur Eheschließung auszusprechen. Nimm es nicht übel, dass es hier einfach ist, vorläufig haben wir euch die Kammer eingerichtet.

Das fühlte sich etwas besser an.

Danach kam ein junger Mann angehastet, das war Eskil, achtzehn Jahre alt, der nicht viel sagte, ihr nur flüchtig die Hand drückte. Und anschließend kam Pers ältere Schwester, die mit Hedlöf verheiratet war. Ja, Per Hedlöf selbst kam ebenfalls, die beiden schienen in den Dreißigern zu sein. Dabei waren noch ihre Kinder. Rikard sieben Jahre alt und Klein-Hilding, den Per Hedlöf auf dem Arm trug.

Ingegerds Bauch war gerundet, sie schien im siebenten Monat zu sein. Und ich bin im vierten, dachte Stina. Aber das weiß keiner. Nicht mal mein Gatte Per.

Per und Ingegerd, erneut diese Namen, aber so hieß man einfach, das war korrekt. Schwer auseinanderzuhalten, aber das hatte man auch nicht im Sinn, die Namensgebung diente dem Zusammenhalt. Auch die Nachnamen kehrten wieder, und da die meisten Männer Per hießen, wurde Persson – Pers Sohn – zum absolut üblichsten Familiennamen.

Aber jener Per, der Stinas Mann wurde, hatte der gesicherten Namenskultur einen Kratzer versetzt. Dalborg war ein angenommener Name. Er war sehr schön, ja, das sagten alle. Was diesem Namen zugrunde lag, war auch schön und sehr deutlich – dieser Mann hatte Ambitionen. Es gab keinen Groll gegen den Schwager, aber den zwingenden Wunsch, es ihm zu zeigen. Dieses Haus da! Alle sahen es. Stina sah es auch. Und Ingegerd erwartete von ihrem Sohn Per, dass er dem Schwiegersohn nicht nachstand.

Jetzt tauchte Pers älteste Schwester Karin mit ihrer Familie auf. In einem kleinen Handwagen zogen sie Klein-Ida, die noch kaum laufen konnte. Die drei Söhne hüpften und sprangen vor Neugier und Aufregung um sie herum, fünf, sieben und zehn Jahre alt. Jetzt war die ganze engere Familie versammelt. Der Empfang war herzlich, doch hätte er noch herzlicher sein können, wenn die Hauptperson Ingegerd nicht die gewesen wäre, die sie nun einmal war.

Alle wurden an den Tisch zur Grütze gebeten. Die findet reißend Absatz, wenn man zu so vielen ist. Die Kinder aßen etappenweise vom selben Teller, die Frischverheirateten aber durften zur Feier des Tages auf dem Ehrenplatz sitzen.

Gesprächsthemen gab es durchaus. Und Stina wurden Fragen gestellt. Sie wollte einen guten Eindruck hinterlassen, doch wenn sie versuchte abwechslungsreich zu antworten und nicht nur ja oder nein zu sagen, dann kam hinter vorgehaltener Hand die bissige Bemerkung: Solch Gerede lässt sich ja kaum verstehen. Das saß, wo es sitzen sollte. Stina stand nach diesem Abend nicht gerade in dem Ruf, schlagfertig zu sein oder viel zu reden. Sie ist nett und still, war die übliche Meinung danach, ohne dass jemand begriff, woran das liegen könnte.

In der Kammer von Stortäppan war bereits alles fertig gebettet. Stinas Leinen durfte bis auf Weiteres in ihrem Koffer bleiben.

»Was tust du, Stina?«

»Ich bete mein Abendgebet.«

»Was in aller … was ist denn das für eine Idee? Ist das nötig?«

»Hast du nie gebetet?«

»Nein. Jedenfalls nicht auf diese Weise.«

Stina schwieg. Sie wusste noch nicht, in welch ungemein abergläubische Familie sie da eingeheiratet hatte. Der Vater des Schwiegervaters, Hultmans Per genannt, wurde unter anderem in Gustaf Schröders Buch »Streifzüge durch die

Jagdgründe« erwähnt, weil er eine Kugel gegossen hatte, die Goldspänchen vom Ehering seiner Ehefrau enthielt, mit der er später einen Bär schoss, der angeblich ein verzauberter Junge aus Löten war.

Abgesehen davon, dass Gott Stina also Kraft verlieh, ihre Situation zu ertragen, wurde ihr nach und nach auch klar, dass sie ihn als Schutz gegen all dieses Diffuse brauchte. Am abergläubischsten war ihre Schwiegermutter, die aussah, als hätte man sie bei Harry Potter entnommen, alles kommt schließlich wieder.

Endlich schliefen Per und Stina hinter der dünnen Kammertür. In der Stube schliefen Per Persson Hultman und seine Frau samt dem jüngsten Sohn Eskil.

Hultmans Per schlief auf der einen Schlafbank.

Seine Frau Ingegerd und Eskil lagen auf der anderen an der Wand gegenüber.

♦ ♦ ♦

Am Abend des dritten April neunzehnhundertsechs standen die genannten Personen um das Bett in der Kammer von Stortäppan.

Alles war gut gegangen. Stina lag bleich, aber gefasst, mit ihrem kleinen Sohn im Arm da. Er schlief. Die Wehmutter war gegangen.

Er ist offenbar voll entwickelt, brach die Schwiegermutter das lange Schweigen. Wie gut. Dann kommt er durch.

Zuvor, am vergangenen Abend, als bei Stina Vorwehen einsetzten, hatte Ingegerd den Kopf geschüttelt, das kann nicht sein, das ist viel zu früh.

Doch voll entwickelt, wie gesagt. Was nicht gesagt wurde, aber alle dachten, war, dass diese Schwangerschaft seltsam rasch verlaufen war, nicht mehr als sechs Monate hatte sie gebraucht.

Nun ja. Die Miene des Kindsvaters war da schon weit alarmierender. Sollte ein frisch gebackener Papa nicht vergnügt und glücklich aussehen? Eine Entbindung war doch an sich keine gefahrlose Sache, sollte er sich dann nicht freuen, dass es Kind und Gattin so gut ging?

Als hätte seine Mutter die Gedanken des Sohnes gelesen, kam ihre nächste Äußerung: Aber wem sieht er nur ähnlich?

Da verließ Stinas Mann die Kammer.

Er kam nicht zurück, bevor die anderen gegangen waren.

Stina weinte und schluchzte, sie war so glücklich über den Kleinen, dass er so gesund und schön war, aber fühlte sich zugleich völlig allein gelassen. Sag, dass du ihn prächtig findest! Du bist es doch, dem er ähnlich sieht – bist du denn blind!?

Per setzte sich widerstrebend auf einen Stuhl ans Bett, streckte aber seine Hand nicht aus, weder zur Gattin noch zu dem Kleinen.

Liebster Per, welchen Namen soll er deiner Meinung nach haben? Sag bloß nicht Per, das ist jetzt schon schwierig genug, Vater heißt Per und dein Vater auch und du selbst und mehrere deiner Verwandten …

Es kümmert mich einen Dreck, wie du ihn nennst! Die Antwort glich einem Peitschenschlag.

Stina verstummte. Der Abgrund.

Aber dann schluckte sie und antwortete in aller Ruhe: Ach so. Es kümmert dich einen Dreck. Nun, dann soll er Ole heißen. Den Namen verwechselt man wenigstens mit keinem anderen.

Dann wurde nichts mehr dazu gesagt.

Es gab Schlimmeres.

Ingegerd, die Jüngere, hatte im Januar einen Sohn geboren, den sie Valfrid tauften.

Nun war auch Pers älteste Schwester Karin am Ende ihrer Schwangerschaft angelangt. Die Geburt setzte am fünfzehnten April ein, kaum zwei Wochen nach Stinas. Drei Jahre zuvor hatte Karin eine kleine Tochter verloren, die ebenfalls Karin hieß und nur drei Monate alt geworden war. Danach gebar sie die jetzt fast zwei Jahre alte Ida. Und dazu hatte sie noch die drei Söhne, im schlimmsten Lausbubenalter von sechs bis elf.

Nun aber kam es zu Problemen. Spätabends entband sie einen tot geborenen Jungen, bereits tot, als er aus dem Mutterleib kam, deshalb erhielt er keinen Namen.

Aber dann ging es immer weiter, Blut, es hörte einfach nicht auf.

Alles wurde durchgeblutet.

Es nahm kein Ende.

Vier Tage lang. Am zwanzigsten wurde Karin ihrem Mann und den vier Kindern entrissen.

Stina, selbst noch geschwächt und vom Stillen und den Schikanen der Schwiegermutter ganz allgemein mitgenommen und betroffen, musste nun, als ihr Mann zusammenbrach, Haltung bewahren und Stärke zeigen. Zwischen all den weinenden Menschen, die nicht ein noch aus wussten, musste sie das Leben in den Griff bekommen, das einfach immer weiterging, musste sich darum kümmern, dass die Leute etwas in den Magen bekamen, musste melken und den Stall ausmisten, sich des Kleinen annehmen und dafür sorgen, dass die Tote gewaschen und in die Scheune gebracht wurde, wo man sie bis zum Begräbnis auf eine auf zwei Böcken liegende geliehene Tür legte.

Sie sagte nicht viel, aber sie war einfach da, und sie ließ sich von ihrem am Boden zerstörten Mann im Dunkel der Nacht auf jede Weise umarmen, obgleich sie gerade erst selbst geboren hatte. Sie begriff, ja, wer, wenn nicht sie, dass große Trauer und Schmerz ihn beinahe um den Verstand brachten. Die Begierde betäubte und linderte vorübergehend, ein Sinnesrausch ganz für ihn allein, er wusste es, konnte aber nicht darauf verzichten. Doch verlangte er auch nicht, wie sonst immer, dass sie flüsterte, es würde ihr gefallen.

Mitten in dieser furchtbaren Zeit kam sie zu der Erkenntnis, dass ihr Mann sie wirklich brauchte. Mehr als sie ihn. Sie war seine wichtigste Stütze. Er besaß keine andere, am allerwenigsten seine Mutter.

Doch das konnte er nicht in Worte fassen. Wusste es nur, tief im Inneren.

♦ ♦ ♦

Mittsommer! Holder Mittsommer, endlich, die Wiesen voller frisch aufgeblühter Kratzdisteln, Butterblumen und Glockenblumen in allen Farben, blau, weiß, lila, zart und fein.

Doch nun ist Stinas Zeit für Tränen gekommen. Sie blickt auf das prunkvolle Tal hinaus und auf den blauen Berg, der sein kleinstes Zicklein noch immer nicht hat gehen lassen, diesen Schneefleck, der stets bis zuletzt liegen bleibt.

Der Trysilfjell.

Sie ist heimgeflohen.

Es war ein Glück, dass sie nicht ahnen konnte, wie ablehnend der Empfang sein würde. Per hat die Kate verlassen und sich auf irgendeinen Fischfang begeben. Er wollte nicht wissen, warum sie gekommen war. Und Eli verhält sich härter, als Stina es je erlebt hat, weist sie zurecht, keineswegs erfreut, dass die Tochter zurückgekehrt ist.

Auf Klein-Ole hat Eli kaum einen Blick geworfen. Er weint nicht, obwohl er so lange mit dem Pferdegespann hat fahren müssen. Er hatte geschlafen, das Scheppern des Wagens und das Geklapper der Hufe hatten ihn offenbar eingelullt. Der Fuhrmann, der bis nach Jordet hinauf wollte, war nett gewesen und hatte das Pferd gestoppt, wenn sie dem Jungen die Windeln wechselte. Als der Alte darüber hinaus einmal hielt, nutzte sie die Gelegenheit, die Knöpfe zu öffnen und dem Kleinen zu trinken zu geben.

Bis nach Innbygda hinauf war sie fröhlich und munter gewesen. Niemand konnte sie zu etwas zwingen, sie war doch keine Sklavin. Sie würde die Sache regeln, Schmutz und Unrat abschütteln, die hängen blieben, wenn das Leben verkehrt lief.

Nicht ein Lächeln dort in Schweden, aber auch keine Tränen mehr, nur noch harte Worte, nachdem Karin das

Zeitliche gesegnet hatte. Und die Schwiegermutter behandelte sie schlimmer als den Dreck unterm Schuh. Als müsste Stina sich schämen, weil nicht sie im Kindbett verstorben war.

Das aber hätte sie noch ertragen, wenn nur Per sich seit Oles Geburt nicht so boshaft verhielte. Abgesehen von den Turnübungen im Dunkeln, zu denen er sich nicht bekannte, verhöhnte er sie, machte sie lächerlich und zeigte seine Unzufriedenheit auf jede erdenkliche Weise. Wenn du nur nicht, war seine üblichste Satzeröffnung. Wenn sie nur nicht, ja nur nicht ... Dann würde er sie wieder lieben können. Wenn sie nur nicht gewesen wäre, wie sie war. Seine Eifersucht auf den Säugling hatte ihn zu einem solchen Wicht gemacht, dass ihr die Worte fehlten.

Sie musste weg, bevor sie erstickte, das war das Einzige, was sie wusste. Irgendwie würde es schon weitergehen, sie war doch wohl keine Leibeigene? Pers Verhalten wurde immer launenhafter und seltsamer, je mehr Zeit verging. Obgleich er beständig hart arbeitete. Er schlief dennoch immer schlechter. Es hatte sich herausgestellt, dass er kein Geld mehr besaß, das meiste war dafür draufgegangen, dass er Kvarnstad für sie eingelöst hatte. Deshalb musste er Anleihen bei Bauern aufnehmen, um das erträumte Haus bauen zu können.

Das aber war zu einem Albtraum geworden. Quartal für Quartal genau die gleiche Wechselfurcht wie hier daheim, wenn Vater Per gebrüllt und geprügelt hatte. Und das, obwohl die Fundamentsteine kaum ein Viereck in der Erde bildeten. Sie hielt es nicht länger aus.

Eli ließ sie kaum zu Ende reden, sondern erklärte: Du kannst doch dein Zuhause und deinen Mann nicht verlassen! Er ist doch dein Vormund.

»Ja aber, jetzt befinden wie uns doch in verschiedenen Ländern? Hier kann er doch nicht über mich bestimmen.«

»Hier? Du hast doch nicht etwa vor, hierzubleiben?«

Ole begann zu wimmern. Stina streckte die Hände nach ihm aus, nahm ihn hoch und gab ihm die Brust. Das beruhigte. Sie wollte nichts hören. Noch nicht. Nichts von dem, was die Mutter soeben gesagt hatte. Also gab sie keine Antwort.

Blickte nur auf den Berg hinaus, der dort in all seiner Gewaltigkeit stand. Unveränderlich, schön und bedingungslos. Er war immer da, verlangte nichts. Existierte einfach und gab so viel Sicherheit, wie man brauchte. Der Berg lebte, atmete, wechselte die Kleider je nach Lage und Jahreszeit. Der Junge trank. Draußen vor dem Fenster stiegen die Schirmchen der Pusteblumen in die Luft. Sie war müde und zermürbt. Das Stillen schläferte ein. Sie wollte das, was Eli soeben gesagt hatte, nicht hören müssen. Ja, am liebsten würde sie sich zum Sterben niederlegen, wenn da nur der Junge nicht gewesen wäre.

Sie nahm erneut Anlauf. Was sollte sie sagen?

»Ich habe mich heimgesehnt. Und ich habe mich nach dem Trysilfjell gesehnt. Und nach dir. Aber du willst mich nicht sehen?«

»Darum geht es nicht, Stina. So etwas tut man nicht. Früher oder später hätten wir uns schon getroffen, wenn Gelegenheit und Geld da wären. In der Zwischenzeit haben wir uns ja Briefe geschrieben. Und du bist doch nicht nach Amerika ausgewandert. Außerdem hast du nichts davon erwähnt.«

»Es stand da. Zwischen den Zeilen.«

»Zwischen den Zeilen? Dass du von deinem Per fortlaufen willst? Es gibt Kerle, die ihre Liebste verlassen, wenn die in die Umstände gerät. Vom umgekehrten Fall hat noch keiner was gehört, damit du es nur weißt. Du solltest von Herzen froh sein, dass du es so gut hast, wie du es nun einmal hast.«

»Willst du dein Enkelkind nicht sehen?«

»Doch sicher. Er sieht gut aus. Dir fällt es nicht so schwer, Kinder zu bekommen wie mir. Aber wem ähnelt er?«

»Willst du ihn nicht mal nehmen?«

»Kann ich wohl tun. Er ist ja lieb. Doch ihn frisch wickeln musst du allein. Ich hab in meinem Leben genug Windeln gewechselt.«

»Aber du magst doch Kinder? Du hast doch, wie viele waren es eigentlich, mindestes fünf oder sechs bekommen?«

»Wie viele ist ja wohl egal. Ich mag keine Säuglinge, das bringt nur Arbeit. Aber wenn sie anfangen zu spielen und zu reden, dann ist es schön.«

»Ist das wirklich dein Ernst, dass ich nicht hierbleiben darf?«

»Was bist du doch selbst für ein Kind, Stina. Du mit deinen zwanzig Jahren solltest wirklich mehr Verstand haben.«

»Ich habe den Berg vermisst, den vielleicht am allermeisten. Erzähl mir etwas, wie du es immer getan hast, als ich ein kleines Mädchen war…«

»Ja, dann sollst du diese vollkommen wahre Geschichte hören. Nämlich der Kavalier, mit dem Karen herumzog und von dem ich gar nicht begeistert war, der also hat einen ganzen Haufen Geschwister. Aus der ersten und zweiten Ehe der Mutter. Darunter ist ein Bruder mit Namen Tor, und der will nach Amerika. Die Mutter ist völlig fertig, kein Wunder. Ich aber bin wirklich froh. Und Karen auch. Sie sind mehrmals hier gewesen, verstehst du, genau wegen dieser Sache.«

»Und warum also?«

»Ja, weil dieser Tor für mich nach Petter suchen wird! Ist das nicht großartig?«

»Und jetzt ist John gut genug für Karen?«

»Das erleichtert die Sache. Um es mal so zu sagen.«

»Ich würde nichts kosten. Würde arbeiten und euch Geld bringen, das gute Zeugnis von Luttnes käme mir dabei zupass, ich bin doch voll erwachsen und kann gewiss eine Anstellung im Gasthof bekommen, du hast doch selber gesagt: ›Besser als Magd mit Lohn als völlig gratis‹. Das hast du gesagt, Mama, weißt du nicht mehr?«

»Das war damals. Bevor du einen unter dein Hemd gelassen hast. Jetzt ist es zu spät.«

»Aber Mama! Der Preis ist doch unangemessen hoch! Hast du nie …«

»Und wer soll sich um den Kleinen kümmern? Denn du hast ja wohl nicht vor, ihn hier allein liegen und schreien zu lassen?«

»Ich hatte gedacht …«

»Du hattest gedacht. Und ich habe gesagt, dass ich keinen Bedarf an Säuglingen habe. Davon habe ich in meinem Leben schon genügend gewaschen, lebendige wie tote.«

»Mama! Hör auf. Ich will das nicht hören. Ich müsste ihn eben mitnehmen. Irgendwie geht das schon.«

»Ja, bestimmt.«

Am nächsten Tag schaute Stina bei den Nachbarn auf Åsheim vorbei. Sie versprachen nach ihrem Kind zu sehen, während sie ins Tal hinunterging.

Auf der anderen Seite führte der Weg steil nach oben. Und sie war so etwas nicht mehr gewöhnt. Und die Röcke waren im Weg, und der Berg war noch nicht trocken, es rieselte und rann überall.

Sie gelangte über die Baumgrenze. Dort war das Gelände besser. Die Sonne schien. Sie war völlig durchgeschwitzt nach dem Aufstieg, aber vergaß ihre Müdigkeit, als sie sich umwandte.

Ein wogendes Meer aus Wildnis so weit das Auge reichte, bis hin zum Horizont, der im Sonnendunst verschwamm.

Unten im Tal war ein wenig an Boden frei geschält, das war alles. Die Anwesenheit des Menschen war unerheblich, das meiste hier war wild.

Am Berghang gegenüber lag Kvarnstad, kleiner als eine Briefmarke. Ein winzig kleines Auge. Das zu ihr herüberblickte, und sie blickte zurück. Zum ersten Mal schaute sie auf Kvarnstad, so wie der Trysilfjell sie stets angeschaut hatte. Mit Zärtlichkeit, und mit Nachsicht.

Der Berg war ihr Vater, ihre Sicherheit. Wenn man jemanden gern hat, pflegt man sich eine Haarlocke zu nehmen. Sie nahm einen Stein auf und ließ ihn in die Schürzentasche gleiten. Als sie heimgekommen war, nahm sie den Bleistift und kritzelte mühselig auf dessen Unterseite: Juni 1906 vom Trysilfjell. Später bemalte sie den Rest mit Goldfarbe. Der goldene Fjell, den sie liebte und von dem sie zurückgeliebt wurde.

Sie konnten sie ja wohl nicht hinauswerfen? Sie hoffte noch immer, dass sie bleiben dürfte. Die Leute hatten angefangen zu reden. Es kamen auch Briefe, später, nachdem die Post demonstrativ ausgeblieben war. Per verlangte sie natürlich zurück. Er fand es närrisch, dass sie nichts von ihrer Fahrt gesagt hatte, doch als ihm Zeit zum Nachdenken geblieben war, kam er zu dem Schluss, dass es richtig gewesen war hinzufahren und das Kind vorzuzeigen. Nun sei sie wieder daheim auf Stortäppan willkommen.

Sie hatte nicht die Absicht zurückzukehren. Die Eltern würden ganz einfach nachgeben müssen. Sie würde sie zur Einsicht zwingen.

Doch dann war da noch etwas.

Plötzlich wartete sie selbst.

Sie war sich so sicher gewesen, dass keine Gefahr bestand.

Aber jetzt. Die Regel, sie kam wohl nicht? Am Ende ging sie ohne Grund aufs Häuschen, nur um nachzusehen.

Die Unruhe lag ihr schwer im Magen. Und sie meinte, dass ihr langsam übel wurde.

Eli sah all das. Und ging ihr nach.

Und setzte hart auf hart.

Als sie angefahren kam, war die erste Balkenlage schon gelegt, und der Mauerstock in Arbeit. Alle waren anscheinend froh. Niemand ließ etwas anderes durchblicken, als dass sie planmäßig gefahren und ebenso planmäßig zurückgekehrt war.

Nur ein paar Tage später, als sie in aller Frühe auf dem Häuschen war, brach es auf. Ein Fließen mit roten Klumpen, der Bauch schmerzte, und sie verpackte sich mit dem, was zur Hand war. Wenn es eine Fehlgeburt war, dann kam sie zeitig. Vielleicht aber hatte der Körper sie nur getäuscht wegen der Geburt und des Stillens. Sie hatte eigentlich überhaupt keine Ahnung und war zu schüchtern, um zu fragen. Die Natur musste sich selber helfen. Sie streute Moos über das, was durch die Öffnung im Sitzbrett geflossen war.

Die Erleichterung war von Zweifeln durchsetzt. Wenn sie nun nicht zurückgekommen wäre? Aber andererseits, wenn es nun doch kein falscher Alarm gewesen war?

Wie wenig doch vonnöten war, damit sich das Leben nach der einen oder anderen Seite neigte.

Anfang August feierten sie Richtfest. Per nahm Ole auf den Schoß, befühlte ihn und sagte, dass er ein gutes Gewicht habe, in Ordnung sei, ein richtiger Kerl.

Sie seufzte vor Erleichterung, lächelte.

Das Leben musste weitergehen.

◆ ◆ ◆

Kurz hinter dem entlegenen Hof von Långflon,
in dem rauschenden Sandbäcksfors,
stürzt sich der Fluss Trysilelva in die Arme Schwedens,
wird zu dem prächtigen Klarälven.
(*Reisehandbuch* 1927)

Das Tal war lang und schmal. Wie der Dichter Gustaf Fröding sagte, standen die Berge Schulter an Schulter, den Klarälven bewachend – den großen Strom! –, der breit und schön in Mäandern dahinfloss, sich vorwärts schlängelte und da den Vingängsjö füllte, dort einen gänzlich neuen Flusslauf grub, so dass ein See ohne Ablauf entstand und eine Insel. All das anscheinend nur, um sich zu erfreuen.

Als der Schnee herabwirbelte, stand sie, in ein Tuch gehüllt, auf der eigenen Vortreppe und blickte auf das Tal hinaus. Warum jammern, warum klagen, sie konnte hier am Fluss entlang fast weiter blicken als daheim im Elternhaus von Trysil.

Sie ließ sich davon bestricken, alles würde schon gut werden, das hier würde ihre neue Landschaft werden.

Küche und Stube waren fertig, direkt vor dem Winter hatten sie einziehen können. Per versprach, den Rest im Frühjahr zu vollenden, die beiden anderen Räume im Untergeschoss, die Treppe und die Zimmer oben.

Sie begriff nicht, warum sie es so groß haben mussten. Doch hier bestimmte er, und von Geschäften verstand er etwas nach Meinung vieler, er würde es schon schaffen.

Er war netter geworden. Und es war eine Erleichterung, den Haushalt nicht mehr mit Ingegerd teilen zu müssen. Ja, eigener Herd war wirklich Goldes wert, und gerade ihr Herd war besonders kostspielig ausgestattet. Seitlich von der funkelnagelneuen Kochstelle war ein Behälter angebracht, mit einem Hahn am unteren Teil, dort konnte man warmes Wasser entnehmen, das beim Heizen des Herdes erwärmt worden war!

Ein vorübergehender Lichtpunkt, ein Wendepunkt im Leben Stinas – das erste eigene Zuhause, bequem und modern, duftend nach frisch gesägtem Holz. Ein Tischler hatte ihre ersten Stühle angefertigt, dazu einen Tisch, ein Bett und eine Anrichte. Zum Frühjahr sollte die ganze Herrlichkeit gestrichen werden, auch das wurde ihr zugesichert. Im Fenster standen bereits ihre ersten eigenen Blumen, Glücksklee, Fuchsie und Passionsblume und im Schlafraum eine Zitronenpelargonie, die sie bereits mehrmals gekappt hatte, jeden Morgen schüttelte sie diese wegen des Geruchs.

Stinas Lebensschicksal verhielt den Schritt, sie war wahrhaftig zufrieden. Dass sie je etwas Eigenes bekommen könnte, war ihr so fern erschienen. Bei den Schwiegereltern hatte sie alles falsch gemacht, egal, was sie auch tat. Jetzt aber stand sie hier, auf dem eigenen Treppenstein. Auf einem Fell in der Stube saß Ole und spielte, sie hörte, dass er anfing zu quengeln, und eilte hinein. Das Kind hatte Gefühle in ihr geweckt, von denen sie nichts geahnt hatte, verborgene Kräfte, dass all das in ihr steckte! Sie hoffte, dass sie keine weiteren Kinder bekäme, denn so sehr, wie sie Klein-Ole liebte, würde sie gewiss kein anderes mögen.

Aber da irrte sie sich. Im Jahr darauf gebar sie eine Tochter, die den Namen Inez erhielt. Und es zeigte sich, dass diese Liebe für mehrere reichte. In ihr wurde einfach ein neuer, verschwenderisch reicher Raum aufgetan. Dieses Mädel war das reizendste, das ihr je begegnet war!

Inzwischen war das Haus fertig gezimmert. Aber Per war überhaupt nicht froh, sondern außer sich vor Unruhe wegen all seiner Schulden. Er zog nicht nur als Schuster, sondern auch als Hausierer los, das Fahrrad kam dabei gut zupass. Er fuhr zu den Waldarbeiterbaracken und verkaufte alles Erdenkliche, angefangen von Rasierseife, Kämmen und Bratpfannen bis zu Taschentüchern und Strümpfen. Und derbe Schuhe und Stiefel natürlich.

Ausgepumpt und nervös kam er wieder heim, nur um umzupacken und aufzufüllen, dann ging es in die andere Richtung davon.

Zuweilen wollten die Waldarbeiter Karten um sein Warenlager spielen. Dann konnte er nur selber setzen und musste zufrieden sein, wenn überhaupt etwas an Verdienst übrig blieb. Er beklagte sich nicht, erzählte nur kurz und im Telegrammstil, was sich ereignet hatte.

Das Einzige, was sie tun konnte – Stina begriff es –, war als Gegenpol zu fungieren, ihn aufzumuntern und zu lindern. Sie wurde eine Meisterin im Geschichtenerzählen, ganz besonders, wenn sie beide allein waren und sie sich nicht wegen ihrer Sprache zu schämen brauchte. Das Beste war, wenn sie ihn zum Lachen brachte und er die unrentablen Geschäfte und all die Schulden vergaß. Wenn der Vorrat an Geschichten erschöpft war, erfand sie eigene, variierte die Themen, die sie bereits behandelt hatte. Die Abende konnten richtig gemütlich werden, das Prasseln des Herdes, das sanfte Licht der Lampe, Stina mit einem halbfertigen Strickhandschuh in den Händen – und dazu eine fesselnde Geschichte.

Es dauerte nicht lange, bis das dritte Kind unterwegs war, der Junge wurde im Dezember geboren und erhielt den Namen Per. Jetzt ließ sich das nicht länger vermeiden, ja Klein-Per sollte er heißen.

Großer Gott, wie sollte das nur enden. Jedes zweite Jahr ein Kind, und sie war erst dreiundzwanzig!

Dem Eheleben mit dem Gatten – sie versuchte ihm zu entkommen. Das Zubettgehen war immer mehr von Angst überschattet.

Als Klein-Pelle in der Wiege lag, und die anderen beiden zwei und drei Jahre alt waren, versuchte sie Per zu überzeugen, dass die Sache schlimm enden könnte. Sie appellierte an seinen ökonomischen Verstand, drei Kinder zu versorgen war wirklich genug. Obendrein sind die ständigen Geburten ja nicht gerade gefahrlos, denk doch daran, wie es Karin erging.

Da wurde er gefügig. Hörte auf, zwischen ihren Beinen zu suchen, packte sie stattdessen und drückte sie ganz fest an sich, sie hörte, dass er weinte.

Dieser Mann, mit dem sie da verheiratet war, wie unbegreiflich labil und zugleich verteufelt stolz und störrisch er doch war, wenn sie ihn nur begreifen könnte. Und wenn ihr wenigstens erlaubt worden wäre, die Last mit ihm zu teilen, aber er wollte alles allein schaffen, das hier ist nichts für Weiber, fertigte er sie ab!

»Aber Stina, du sagst doch, dass es dir gefällt!«

»Du weißt, warum ich das sage.«

»Aber trotzdem. Wo ich derart schufte, damit es uns gut geht. Was soll ich denn deines Erachtens tun, wie ein Mönch leben?«

»In dem Fall wäre ich deine Nonne. Wie sollen wir es sonst vermeiden, es kommen doch ständig Kinder! ?

Da erzählte er, völlig unvermutet, von seiner eigenen Jugend. Wie Ingegerd ihn zum Schutz gegen ihren Gatten Per benutzt hat.

»Was?«

»Genau. Sie schrie. Und ich musste ihr helfen, indem ich ihn von ihr wegzerrte. Einmal kam es zu einem derartigen Auftritt, dass ich ihn hinauswarf, obwohl wir mitten im Winter waren.«

»Deinen eigenen Vater?«

»Sie hatte sich ihm wohl verweigert, wollte unter keinen Umständen noch mehr Kinder. Gesagt wurde nichts. Aber so war es. Sie bat mich nur, ihn wegzuziehen. Wir haben nie offen darüber geredet.«

»Deshalb also liegt Eskil bei seiner Mutter?«

»Kann man so sagen. Willst du, dass es bei uns genauso wird? Sollen wir Ole hier neben dich legen und mich auf die Schlafbank packen?«

»Sie konnte das nur durchdrücken, weil sie so boshaft ist.«

»Sprich nicht so über meine Mutter. Du musst wissen, sie ist hier gelandet, ja, ich weiß nicht wie. Vielleicht irrtümlicherweise. Sie kommt ja von Gärdet, und sie sagt, dass es dort einen Pastor in ihrer Familie gab, irgendwann im achtzehnten Jahrhundert …«

»Ich weiß, und dann geriet sie hier in diese Armseligkeit. Trotz ihrer feinen Vorfahren.«

»Es ist ja wohl an ihrer ganzen Art zu spüren, dass sie gewissermaßen irgendwas Besseres ist.«

»Was du nicht sagst.«

»Du hast sie nie gemocht.«

»Und sie mich auch nicht, vergiss das nicht.«

»Wer schlecht über meine Mutter spricht …«

»Jetzt schlafen wir.«

Eine Abmachung in gewisser Weise, eine Übereinkunft bestenfalls, schlimmstenfalls reine Liebesverweigerung von Seiten Stinas. Hat sie es geschafft, so hart zu sein, und hat er sich also darauf eingelassen? Denn jetzt kamen lange Zeit keine Kinder.

♦ ♦ ♦

Es trafen Briefe aus Trysil ein:

»... hast du die Möglichkeit, ein wenig Mehl zu schicken, denn hier mangelt es an allem.«

»Doch, Per. Es fehlt an Salz und Schmierseife. Und Mama hat geschrieben ...«

»Findest du, ich arbeite zu wenig?«

»Nein, nein.«

»Weißt du, was dieses Haus hier kostet?«

»Du hast eine Menge Schulden, ich weiß. Aber es ist ja nur ein bisschen Salz. Und Schmierseife, für all die Kleinwäsche, und die Eltern, die ...«

»Ich stehe früh um sechs auf und gehe um elf schlafen, dazwischen arbeite ich ununterbrochen, wenn man mal von den Mahlzeiten absieht, meinst du, das ist nicht genug? Morgen muss ich wieder bei Eskil in Skyllbäck antreten. Du weißt ja wohl noch, was sein Weib gesagt hat, als ich das letzte Mal dort war, wo er angeblich ›nach Deutschland gefahren war‹, obwohl er in Wahrheit sternhagelvoll im Obergeschoss lag, ›diese Schuld kriegst du nicht in den Griff, Schuster Per. Aber das Haus ist schön. Wir kaufen es dir ab, wenn es zur Auktion kommt‹.«

Lass sie nur kommen. Das regelt sich schon.

Es wird keine Auktion geben! Wie kannst du es wagen, meine eigene Frau! Und bring dieses Gör zum Schweigen! Hörst du, was ich sage, du bist viel zu nachsichtig!

Jetzt weint er nur noch mehr.

Mit der Zeit lernt er das schon, wenn ich ihm nur erst dieses verwöhnte Benehmen ausgetrieben habe, wegen jeder Kleinigkeit zu quengeln.

Du solltest ihn nicht schlagen, deinen eigenen Sohn.

So heißt es.

Was?

Mein eigener Sohn. Geh zu Hedlöfs und bitte sie inzwischen anzuschreiben.

Wir haben schon genug Schulden.

Er setzt uns jedenfalls nicht vor die Tür, denn wir sind schließlich verwandt.

Der Zeitpunkt der Misshandlungen war gekommen. Er schlug zwar Stina nicht, die Kinder aber mussten herhalten. Alle drei lernten, vor wem sie Angst zu haben hatten. Sie wurden sicher doppelt ängstlich, als sie bemerkten, dass die Mutter sie nicht schützen konnte, obgleich sie es wollte. Sie musste danebenstehen und zusehen, Tränen in den Augen. Während die Augen des Vaters glühten – sie bekamen Ohrfeigen, wurden an den Haaren gezogen, und er versohlte ihnen den nackten Hintern, mit der Hand, dem Besen oder was gerade griffbereit war, einmal packte er den Feuerhaken, aber da riss Stina ihm diesen aus der Hand.

Es wurde schlimmer und schlimmer. Per war nicht Herr der Lage oder seiner selbst.

Es war wegen dieser Schulden.

Stina konnte der Gewalt nicht beikommen, also musste sie versuchen, die Sache vom anderen Ende her anzupacken, wie unwahrscheinlich es auch erschien, dass sie mit drei Kindern am Rockzipfel etwas dazuverdienen könnte.

Sie hatte keine Ausbildung. Sie hatte nur mit großem Interesse all die Hüte studiert, die ihr vor Augen gekommen waren, selten nur an lebenden Damen, sonst in Zeitungen und Wochenmagazinen, schließlich hatte sie schon als Kind Modistin gespielt.

Irgendwie glückte es ihr, Rohlinge auf Kredit nach Hause geschickt zu bekommen, dazu Ripsband auf Rollen und andere Kleinigkeiten, die zusammengenommen schöne Kopfbedeckungen ergaben, falls man die Gabe dazu hatte. Wasserdampf, Holzhammer und Bügeleisen sowie einiges aus der Schuhmacherei, Pfriem, Wachs, Lederstreifen und Ähnliches.

Ein Tischler fertigte für wenig Geld ein paar Hutstöcke an, und auf diesen begann sie in der Küche zu arbeiten.

Ihre Geschäftsidee hatte unmittelbar Erfolg. Es kamen Frauen aus weit entfernten Dörfern und wollten einen Hut probieren, mit glockenförmiger Krempe und Band und manchmal noch etwas mehr auf dem Hutkopf. Ein Unternehmen wie das Ihre, so weit abgelegen von Städten und Eisenbahnknotenpunkten, wollten die Leute gern behalten. Stina wurde gebeten, in die Orte zu kommen und zu zeigen, was sie hatte. Sie musste Pferd und Wagen mieten und hatte Vorführungen in Finnskogen. Ihre Hüte gingen weg wie warme Semmeln, und sie machte Gewinn, obgleich sie nicht teuer war. Sogar Mägde und Kätnerinnen konnten sich mit diesen Hüten herausputzen.

Per war verblüfft. Aber Geld stank nicht, nicht einmal zu jener Zeit, also verkniff er sich jedes Sticheln und Spötteln. Stina konnte trotz des Krieges Mehl und ein wenig Kaffee nach Trysil heimschicken, und sie hatte endlich das Gefühl, eine gewisse Selbständigkeit zu haben.

Damit ging sie in die Offensive mit einer Idee, die sie schon recht lange mit sich herumgetragen, aber nicht gewagt hatte, zur Sprache zu bringen. Aus der Kindheit hatte sie noch die Erzählungen im Kopf von Mutter Elis glücklicher Zeit in diesem Gasthof – wie interessant das gewesen war, mit all den Menschen, diesem Leben und Treiben, den vielen Geschichten, die man erfahren, und den menschlichen Schicksalen, von denen man gehört hatte.

Die Investitionen würden ja außerdem unerheblich sein. Die Zimmer wurden schließlich nicht benutzt, die ganze Familie schlief doch in der Küche. Ein eigenes Zimmer hatte man höchstens, wenn man im Sterben lag, wenn es dafür Raum gab. Das Haus war größer als nötig bei ihren lebenslangen Gewohnheiten. Sie benutzte das Wort Protzbau nicht, das man hinter ihrem Rücken geflüstert hatte, aber die Botschaft war dennoch klar. Diese Räume waren völlig nutzlos. Die etwas Bessergestellten quartierten sich im Lindows oder einem anderen Gasthof unten im Tal ein. Aber die Armen, die unterwegs waren, die Waldarbeiter, Hausierer oder Leute, die ihr Ziel, zum Beispiel wegen schlechten Wetters, nicht erreichten. Die könnten hier unterkommen. Also was hältst du davon, Per?

Er musste zugeben, dass die Idee nicht ganz dumm war, jedenfalls war sie es wert, ausprobiert zu werden. Großzügig ließ er sich darauf ein, ein paar einfache Betten zu zimmern. Stina fertigte Bezüge für Matratzen an, die sie mit Stroh füllte. Nach und nach hatten sie auch die Mittel, ein paar Waschtische, Waschschüsseln und einen Eimer zu kaufen. Handtücher wurden ebenfalls bereitgestellt, ebenso wie mit der Zeit benutzte, jedoch nicht allzu schmutzige Bettwäsche.

Ein Schild verkündete am Giebel: Fremdenzimmer. Humane Preise.

Und das stimmte wirklich. Obendrein konnte man sich für ein paar Öre ein Kännchen Kaffee kaufen und zum Hineintunken so viele Zwiebäcke, wie man schaffte. Alle konnten sich das leisten.

Stina ruhte sich wahrhaftig nicht aus. Vom frühen Morgen bis zur Schlafenszeit hieß es rührig zu sein, da war der Haushalt, das Backen, Kochen und Bedienen, die Kinder und die Hüte, alles sollte erledigt werden. Per konnte sich jetzt ganz seinen Schuhen widmen. Wer am meisten rackerte, war Stina. Aber Stress war damals ein noch unbekannter Begriff. Man tat einfach so viel, wie man musste. Sie hatte den Kurs festgelegt, wusste, wohin sie unterwegs war. Was nicht geschafft wurde, musste bis später liegen bleiben, damit hatte es sich. Bei schönem Wetter nutzte sie die Gelegenheit, unten am Bach zu waschen, wenn es regnete und stürmte, bot sich das Putzen an, oder man zog einen neuen Rohling auf den Hutstock und dachte sich etwas mit der Borte aus, oder man setzte einen Teig an. Die Kinder waren älter geworden, Ole kam in die Schule.

Zweifellos waren diese Fremdenzimmer stimulierend. Es kamen Leute von nah und fern, mehrere aus Norwegen, es sprach sich herum. Viele verkauften kleine Dinge: Seife und Nadelheftchen, Nähgarn und Rattengift. An einem guten Tag konnten bis zu fünf Fahrräder an der Hauswand stehen. Zuweilen schliefen die Leute auf dem Fußboden und waren dennoch froh, ein Dach überm Kopf zu haben. Manchmal kamen Landstreicher. Sie durften in der Küche sitzen und bekamen eine Scheibe Brot zu essen. Stina brachte den Kindern bei, sofort, nachdem diese wieder gegangen waren, aber so, dass sie es nicht sahen, den Schemel hinauszutragen, auf dem die Leute gesessen hatten. Sie konnten nämlich Läuse haben, doch durfte man sie auf keinen Fall kränken.

Ein paar harte Jahre, aber die wirtschaftliche Lage wurde immer stabiler. Quartal für Quartal Pers Spießrutenlauf bei den reichen Bauern, doch kam er immer rechtzeitig – eine Auktion würde es nicht geben.

Stina versuchte Pers cholerisches Temperament durch ihr eigenes auszugleichen. Scherzen, Lachen und hin und wieder Gesang als Luftloch für die Kinder in diesem engen Lebensraum. Denn Prügel waren zur Gewohnheit geworden, Per konnte es nicht lassen, und am schlimmsten hatte Ole zu leiden. Der seinerseits Inez und Pelle verdrosch, wenn keiner es sah, und der leider auch seine eigene Familie schlug, als die Zeit heran war.

◆ ◆ ◆

Er war aus Nyskoga und kam einige Male im Spätwinter vorbei, unterwegs zu den Holzlagerplätzen, die die großen Forstgesellschaften entlang des Flusses angelegt hatten. Er war Holzmarkierer und Holzvermesser und hatte die Mengen zu kontrollieren und zu berechnen, die weiter stromabwärts getrennt werden sollten. Er hieß Anders, und er blieb jedes Mal mehrere Tage, und auf diese Weise wurden sie näher bekannt.

Man kann es für banal halten. Dennoch passiert genau so etwas häufig. Eigentlich war Stina total ausgehungert, erotisch und mental, aber darüber dachte sie natürlich nicht nach, und sie empfand auch nichts Besonderes. Sie war bestimmt der Ansicht, ihr gehe es recht gut, mit Ausnahme der Prügel, die die Kinder einstecken mussten.

Das erste Mal, als es sie traf, als sie diese intensive Sympathie empfand, war bei einer Gelegenheit, als er sie nicht sah. Er saß mit Ole auf dem Treppenstein, und sie kam von drinnen, ohne dass er es bemerkte. Ole biss die Zähne zusammen und wollte nicht weinen, von seinem Knie lief Blut, er war gefallen, eine Menge Sand und Steinchen klebten daran, und Anders hatte den Arm um ihn gelegt, blies auf die Wunde, tröstete und versuchte den Schmutz vorsichtig mit einem Taschentuch zu entfernen.

Lange stand sie hinter ihnen im Dunkeln, obwohl sie eigentlich hätte hingehen sollen. Die Szene war so herzerwärmend, so stark, und der Mann tat all das, was ein Vater mit seinem Jungen, der sich gerade das Knie aufgeschlagen hatte, tun sollte. Ole saß still wie in der Kirche, sein dünner Nacken, das Stoppelhaar, die Wunde, die eigentlich nicht so schlimm war, und kostete von einer Liebe, die er noch nie bekommen hatte.

Sie dachte, Anders hätte eigene Kinder, aber dem war nicht so. Diese Ehre sei ihm noch nicht zuteil geworden, antwortete er scherzhaft an einem Abend, als er aus dem Wald zurückgekommen war und sie sich die Frage erlaubte.

Sie begann auf sein Kommen zu warten. Der Frühling war seine Zeit, bevor der Eisgang einsetzte, aber nachdem das Licht zurückgekehrt war, er kam mit dem Vogelgesang und den ersten Frühlingswinden.

Sie redeten nur über alltägliche Dinge und waren ganz korrekt, fast förmlich. Aber er sprach gern ein bisschen länger mit ihr, das bemerkte sie.

Ohne zu wissen, ob es etwas zu bedeuten hatte.

Sie war verrückt, natürlich, Per und der Haushalt! Und die Kinder, woran dachte sie da nur!

Aber dennoch. Er war so freundlich, so voller Anerkennung. Und er interessierte sich für sie als Person. Sie erzählte von der Guttempler-Loge »Frühlingsblume«, der sie beigetreten war. Nein, er trank ebenfalls keinen Alkohol, vielleicht könnte er sie bei Gelegenheit dorthin begleiten?

Das war natürlich unmöglich, doch dieses kleine Angebot genügte ihrer ausgehungerten Phantasie. Sein Blick war so intensiv. Wann immer sie in seine Richtung sah, schaute er doch wohl tatsächlich zurück.

Sie war nicht mehr so schlank, und darüber war sie froh. Die Brust wölbte sich, Bauch und Hintern waren gerundet, wer eine Schwäche für weibliche Formen hatte, den enttäuschte ihr Anblick nicht. So war es zur damaligen Zeit. Sie war keine zarte Elfe mehr, sondern eine ausgewachsene Frau, in ihrem Körper zu Hause.

Er kam öfter. Er kam zu allen Zeiten, auch im frühen Winter. Im Frühjahr stempelte er in unzugänglichen Wäldern, als der Frühling in den Sommer übergegangen war, kümmerte er sich um Sturmbrüche. Er kam immer wieder, häufig in diesem Sommer.

Stina blühte auf.

Aber nichts geschah. Dennoch tat allein die Aufmerksamkeit ihr gut. Die Kinder hörten sie singen. Eine frohe, üppige Mama statt einer, die unterwürfig und ängstlich war.

Schöne Lieder haben rasch ein Ende.

Mitten am Tag im Obergeschoss, sie steht am Fenster und schüttelt ein Laken aus, als er von unten heraufkommt, die Treppe knarrte schon damals. Er trägt den Holzgreifer über der Schulter.

»Aber Anders? Ist es schon so weit? Du willst doch nicht etwa los?«

»Doch, so ist es, ich fahre heute.«

»Und wann kommst du zurück?«

Sie dreht sich ganz zu ihm um. Denn er gibt keine Antwort. Er steht nur da und schaut. Und ihre Frage hängt irgendwie brennend zwischen ihnen in der Luft. Was ist das?

»Ich danke auch schön …«

»Keine Ursache …«

»Für diese ganze Zeit. Diese … Zeit, hier bei dir.«

»Wie meinst du das? Was ist passiert? Sag nicht …?«

»Ich muss nach Härjedalen. Die Forstgesellschaft braucht mich dort. Hier ist die Arbeit für diesmal zu Ende.«

»Aber …? Du kommst doch zurück?«

»In Härjedalen, dort ist fast kein Holz geschlagen. Die Arbeit wird lange dauern, Jahre. Deshalb gehe ich jetzt. Bevor sich das Haus am Abend mit Leuten füllt. Ich wollte dich allein sprechen. Ordentlich Adieu sagen. Sagen … dass es … es hat viel bedeutet …«

Sie machte den entscheidenden Schritt. Legte ihre Hand auf die seine. Tränen stiegen ihr in die Augen. Sie kam ihm entgegen.

Und er ihr.

Ein ungeschickter, nervöser, unvollständiger Kuss, der ihr fast die Besinnung raubte.

Dann hetzte er durchs Zimmer, warf seine Sachen ins Ränzel und eilte die Treppe hinunter, ohne sie noch einmal anzusehen.

Und war weg.

◆ ◆ ◆

Jetzt kriegst du es aber, du Luder!!!

Stühle, Tische und Nachtgeschirr sausen durchs Zimmer. Und nun schlägt er sie.

»Aua! Hör auf!«

»Luder! Jetzt kriegst du den Schwanz!«

»Was sagst du da!«

»Tu nicht so. Ich hab euch gesehen!«

Sie wehrte sich, schlug ihm auf die Hände, die Arme, versuchte ihn zu beißen – nicht jetzt! Unter keinen Umständen!

Aber er war größer und kräftiger, und sie schaffte es nicht. Er war stärker.

»Mit meinen eigenen Augen! In meinem eigenen Haus!!!«

Er drehte ihr die Arme auf den Rücken, wirbelte sie herum und warf sie aufs nächste Bett, stieß ihr das Knie zwischen die Beine, und dann war es ein Leichtes, das, was er sich vorgenommen hatte, durchzuführen. Von hinten – auf unchristliche Weise, wie die Tiere, du Hündin, du Sau, du Fotze, du Hure, du …!!!

Dann, als er fertig war …

Sie hörten beide die Treppe knacken.

Darauf das Trommeln nackter Kinderfüße, das Öffnen der Küchentür, schnelle Schritte über den Berggrund, hinauf zum Wald.

Er keuchte.

Sie weinte.

Hier ging gewiss das Letzte kaputt. Nun waren da nicht nur die Angst, schwanger zu werden, und eine Art Leere, ab jetzt auch Widerwillen und Ekel.

Von nun an kämpfte sie dagegen an, jedes einzige Mal musste er sie mit Gewalt nehmen, wenn auch nur im symbolischen Sinne – die Kinder schliefen doch ebenfalls im Raum.

Und nie mehr brachte er sie dazu, diese Worte, die er hören wollte und die ja doch nur Lüge waren, zu flüstern.

◆◆◆

VI.

Edits Kindheit und Jugend

Sie kam wie ein Frühlingswind, die Nabelschnur wie eine Schlinge um den Hals.

Also gab sie zu ihrem Eintritt kein Salut ab.

Selma Bengtsson, in der neu installierten Funktion der Hebamme, unterbrach für einen Augenblick ihre kommunistischen Ergüsse – die ihr übrigens schon vier Jahre später einen Platz im Provinziallandtag einbringen sollten – und stellte diese Tatsache fest. Sie nahm die Situation näher in Augenschein. Hier war ganz offensichtlich Eile geboten, das Kind sah aus, als wäre es in Tinte getaucht.

Während Selma Bengtsson die Schlinge vom Hals der gerade Angekommenen streifte, war ein Krachen auf der Vortreppe zu hören, und ein Mann – ja, es war Per – schrie: Stina! Stina? Wo bist du? Ich bin in Slättne gewesen und habe bezahlt! Das war der letzte Wechsel! Du könntest ihn jetzt bekommen, diesen dicken Baumwollstoff, den du kaufen wolltest, um Unterhemden für die Kinder zu nähen.

Als er in die Kammer trat, ließ ihn der Anblick verstummen. Schon?

Ja, so ist es, jetzt ist das neue Kind gekommen, sagte Selma Bengtsson barsch, hielt es an den Füßen, den Kopf nach unten, und gab ihm einen Klaps, so dass es hustete und dann zu schreien begann. Na also, sagte sie. Auch in dich haben wir Leben gekriegt. Er muss aber jetzt hier rausgehen, das ist nichts für kleine Jungen.

Kurze Zeit später durfte er wieder hereinkommen. Da lag das kleine Mädchen gewickelt neben Stina im Bett.

Nun tat Per etwas Ungewöhnliches, ganz besonders für ihn. Er schlug die Decke zurück und nahm die Kleine vorsichtig hoch. Dann hielt er sie im Arm und betrachtete sie lange. Am Ende sagte er: Die werde ich niemals schlagen.

Und diese Worte sollte er halten.

Zumindest, was den Körper anging. Denn man kann Kinder auch über die Ohren schlagen. Und es war viel, was sie mitanhören musste, als sie aufwuchs, denn er prügelte die anderen ja immer weiter, und zur Mutter war er alles andere als nett.

Ja, sie kam wie ein Frühlingswind – und das ganze Dasein nahm neuen Anlauf. Ein paar Wochen später kam die Reaktion. Eine Frühlingsflut, die so unvermutet schnell und überraschend durch Regen, Wärme und Schneeschmelze in den Bergen entstand – von überall strömte es zusammen und verursachte die größte Überschwemmung seit Menschengedenken. Das Wasser reichte von Berg zu Berg, an einem einzigen Tag stieg es mehrere Meter, das ganze Tal lief voll. Die Leute mussten mitten in der Nacht nach draußen und ihre Häuser anpflocken, damit sie nicht wegrutschten. Zäune wurden hochgehoben und schwammen davon und eine große Anzahl Federvieh, Hähne und Hühner, flatterten umher, so dass eine Magd versuchen musste, sie mit einer Harke zusammenzuholen. Die Brücke über den Tåsan wurde in den Wirbeln mitgerissen, die Verbindung nach Norra Finnskoga brach ab. Die Leute führten die Pferde und das Vieh die Hänge hinauf, während Ställe und Schuppen mitten im See standen.

Es war im Frühjahr neunzehnhundertsechzehn, als Edit geboren wurde. Der breite Strom, wie man den Klarälven gemeinhin nannte, machte seinem Namen wirklich Ehre.

Dann zog er sich ebenso rasch zurück. Fische lagen zappelnd zwischen den Nebengebäuden. Die angerichtete Verwüstung machte den Menschen schwer zu schaffen, all dieser Schlamm, die ruinierten Straßen und die durchnässten Häuser.

Aber auch diesmal zeigte sich das Grün, an den Ufern standen die Birken so zart wie Brautjungfern auf einer Großhochzeit. Man konnte einfach nicht lustlos im Haus sitzen. Stina nahm ihr Kind mit vor die Tür, legte es auf eine Decke, ließ es das Zwitschern der Vögel hören und den blauen Himmel sehen. Die Geschwister waren stolz, Ole, der zehn war, Inez, die bald neun wurde und Pelle, der sechs Jahre alt war. Sie rannten mit Valle, Hedlunds Jüngstem, ums Haus und spielten Anschlagen.

Aber die Sonne wanderte über den Himmel, es wurde schattig hinter der Hausecke, ein kalter Windstoß ließ Stina frösteln.

Sie nahm ihre kleine Tochter hoch, blickte eine Weile umher und ging hinein.

Wie üblich herrscht schlechtes Wetter, als ich mich entschließe, Mutters Grab zu besuchen. Immer diese Feuchtigkeit in den Schuhen, sobald ich durchs Friedhofstor trete. Auch diesmal regnet und stürmt es, aber es hätte schlimmer kommen können, zum Beispiel Gewitter oder plötzliche Schneemassen, man ist ja schon früher hier gewesen, ein paar Mal in all den Jahren.

Wie kommt es, dass ich ihr Grab nie bei strahlendem Sonnenschein besuche? Müssen diese seltenen Fahrten über den Gebirgskamm immer kaschiert werden als etwas, was ganz zufällig geschieht? Schäme ich mich sogar vor mir selbst, weil ich überhaupt hierher fahre?

Der Grabstein müsste gereinigt werden. Das Moos kriecht mit seinem grünen Gestrick, dem ersten Verband der Natur, langsam von unten herauf. Außerdem hat er sich auf der einen Seite gesenkt, das nächste Mal muss ich eine Wasserwaage und Sand mitbringen.

Und der Text wirkt genauso überspannt wie damals, formuliert von einer Siebzehnjährigen. Warum hat man mir erlaubt, meine Verzweiflung in Stein zu ritzen, es ist doch einfach nur peinlich. Drei Worte: unsere liebste Gute. Unsere liebste Gute? Einfach wahnsinnig. So war es doch überhaupt nicht, das da gab es doch nur in meiner Fantasie. Obwohl auch wieder nicht. Es war nur so, dass die Liebe nicht erwidert wurde.

Ich fahre das Tal hinauf, das sein Herbstgewand angelegt hat. Die Natur bittet zum Tanz in den verschiedensten gelben und braunen Tönen, und sobald ich den Friedhof hinter mir gelassen habe, verschwinden die schweren Wolken, alles erstrahlt, und inmitten dieser Herrlichkeit posiert der Fluss in seinem blauglitzernden Kleid.

Der Wald lächelte mir zu, der Wald lächelt. Die späte Herbstsonne vergoldet die Spitzen der Bäume. Sie wenden sich der Sonne zu, der ganze schwarze Fichtenwald, voller Dankbarkeit über dieses bleiche, dünne Licht. So lebensspendend, aber nun unterwegs nach unten. Bald wird die Sonne verschwinden.

Ich möchte das Geschehen stoppen, alles soll bleiben, wie es ist. Ich will nicht in die Dunkelheit hineinfahren. Ich möchte, dass unentwegt Tageslicht herrscht, ich will nicht in die Düsternis und Kälte.

Auch diesmal ist niemand daheim. Ich habe die Leute nie angetroffen, die Stortäppan, das jetzt als Ferienhaus dient, gekauft haben.

Diesmal erlaube ich mir, aus dem Auto zu steigen und näher heranzugehen. Es ist schließlich noch hell, niemand kann wohl auf den Gedanken kommen, dass ich eine Diebin sei?

Doch stehle ich einen Überblick und einen Blick durchs Fenster – wie klein das Haus doch ist. Als Kind fand ich es groß.

Sie haben die Wand zwischen der Kammer und der sogenannten Stube herausgeschlagen. Die absolut nicht groß ist, sondern kleiner als mein eigenes Schlafzimmer zu Hause, und die Kammer ist noch kleiner, in der ich selbst mit Großvater und Großmutter schlief, in der Mama, Onkel Pelle, Tante Inez, Onkel Ole, wo alle zu ihrer Zeit geschlafen haben.

Alles ist so klein, so kläglich, so ganz ohne Verzauberung. Die Veranda ist fort, und das ganze Haus ist mit Eternitplatten vernagelt.

Hedlunds Haus steht ebenfalls noch, es ist verlassen und sieht noch eher wie früher aus. Aber das Haus meiner anderen Großmutter ist verschwunden, wo ich als Kind beobachtet habe, wie sich Eskil alt und krumm dahinschleppte.

Ich sehe keine Menschen, aber Hunde, jede Menge Hunde in reichlich bemessenen Hundezwingern, darin ein ausgedientes Sofa. Auf diesem weichen Möbelstück liegen die Köter, als wären sie die reinsten Eisenhammerpatrone. Die bellenden Jagdhunde langweilen sich, und deshalb kläffen und lärmen sie ein wenig, als ich vorbeikomme.

Die alte Schule oben am Hang wurde fast hundert Jahre alt. Aber jetzt ist daraus Skyllbäcks Fitness-Center geworden, sie lebt also in gewisser Weise noch immer. Die Leuchtstoffröhren im Haus sind eingeschaltet, es stehen Autos davor.

An den Bergflanken sehe ich die halb vergessenen Pfade, die in meiner Kindheit noch so fleißig benutzt wurden. Die Armen wohnten ganz oben, sie kamen ohne Schuhe angehüpft, sobald der letzte Schnee verschwunden war, das erzählte mir meine Mutter. Manchmal hatten sie nichts mit, was sie in der Mittagspause essen konnten.

Sysslebäck lebt. Die Häuser sind solide gebaut und gepflegt, obwohl sie ganz offensichtlich verlassen sind. Das Leben ist ein Hin- und Herpendeln geworden. Das prächtigste alte Gebäude ist abgerissen, ich erinnere mich noch an all die Fenster und den wilden Wein. Ein modernes Mietshaus steht jetzt an seiner Stelle.

Ein leerer Fleck ruft nach dem kleinen Krankenhaus. Dort lag Großvaters Schwester im Sterben. Tante Ingegerd ist die Letzte ihrer Generation, sagte Mama. Geh sie jetzt begrüßen! Ich war elf Jahre alt und bekam einen Schock. So stark war sie vom Tod gezeichnet, der Geruch, einfach alles, obwohl sie noch lebte. Mir wurde schwindlig, ich musste rasch nach draußen und mich auf dem Schotter vor der Tür übergeben.

Was ist denn mit dir?, fragte Mama, verstehst du nicht, dass es sie traurig macht, du solltest sie doch nur begrüßen, das ist doch wohl nicht zu viel verlangt?

Sechs Jahre später lag sie selbst so da, allerdings daheim. Und sie kannte ich ja nun wirklich. Sie sandte dieselben Todessignale aus, dass es bald vorbei sein würde – der Krebs wütete in ihrem Leib, sie sah aus, als sei sie schwanger. Ich wachte bei ihr, zog in den Nächten Bilanz, weinte fast nie, ich hatte Angst, sie könnte aus der Betäubung erwachen, und wir hatten dieses Detail doch nicht berührt, nämlich, dass sie sterben würde, also weshalb sollte ich dann dasitzen und flennen?

Sie bekam keine angemessene Schmerzlinderung. Zu jener Zeit wollte man nicht riskieren, dass sie eine Abhängigkeit von Drogen entwickelte. Sie, die ihr ganzes Leben Mitglied der Abstinenzlerbewegung war, sie, die nur noch eine Woche zu leben hatte. Man stelle sich vor, sie hätte plotzlich zu dealen angefangen, wäre nach Stockholm hineingefahren, um sich auf dem einschlägigen Platz eine Spritze zu setzen!

Das war die schlimmste Woche meines Lebens.

Und ihres.

Danach durfte sie heim nach Dalby kommen.

Auf dem Rückweg halte ich nicht bei der Kirche. Die Sonne ist untergegangen, und es ist fast dunkel. Sie jammerte ständig über dieses westliche Tal, also war es wohl das Beste, auch wenn sie tot war, ihrem Wunsch nachzukommen.

Aber ich weiß nicht. Vielleicht war es doch falsch. Vielleicht war all das Gejammer nur ein Spiel. Hätte sie wirklich zurückkehren wollen, wäre ihr das wohl zu Lebzeiten möglich gewesen. Großvater wollte doch nichts lieber und hatte ihr Geld geliehen. Damals, als sie sich scheiden ließ, war er noch gesund und munter, sie hätte hierher zurückziehen können. Heute glaube ich nicht mehr, dass sie es wirklich wollte.

Diese intelligente und empfindsame Frau, die meine Mutter war. Sie war im Dasein völlig verloren. Wusste nicht, wieso, wusste nur, dass alles falsch gelaufen war.

Alles war falsch, und jemand war schuld daran, aber wer?

Die üblichste und banalste Frage.

Lange Zeit hatte ich das Gefühl, die Schuld läge wohl bei mir.

♦ ♦ ♦

Ein kleiner Nachkömmling, den alle verwöhnen konnten. Sie saß ständig auf irgendeinem Schoß. Die Geschwister schleppten sie abwechselnd herum. Überallhin durfte sie mit, durfte schauen, fühlen, lauschen, wurde in den Schlaf gewiegt. Sie bekam Aufmerksamkeit und verblüfftes Lob, als sie zu sprechen begann. Ho a jaggu ittnö tongbann denna jänta, wie es in der heimischen Mundart hieß. Ja, das Mädel hatte eine flinke Zunge, irgendwelche Probleme beim Reden gab es für sie nicht einmal als Kind.

Per wurde endlich Vater. Ein Vater, der sein einziges Kind umhegte. Wenn er dasaß und sie auf dem Knie oder Fuß schaukelte, mussten die Geschwister ihre Eifersucht einfach hinunterschlucken. Die kleinen Hände in den seinen und der wippende Fuß: Hui, bis zur Decke hoch! Dann lachte sie so heftig, dass ihr fast die Luft wegblieb. Er sang ihr etwas vor und sagte Reime auf, die die anderen noch nie gehört hatten.

Per war glücklich. Fühlte Liebe. Und bekam Liebe zurück.

Viele sagten scherzhaft zu Stina, da hast du wirklich nicht den Falschen bezichtigt.

Nein, Edit war eine Kopie des Vaters, aber sie war schöner, hatte große dunkelblaue Augen und Haare, die bereits ein paar Jahre später lang sein sollten.

In der Liebe zu einem Kind können sich Mann und Frau verbinden. Sie lächelten sich offen zu, wenn Edit etwas Lustiges sagte, oder wenn sie einfach nur dalag und schlief, während sie das Kind ansahen.

Eine Art Wiedervereinigung, auch wenn Stina im Bett absolut kalt war. Sie konnte nichts dagegen tun, alles verkrampfte sich. Um ihn zu entschädigen, versuchte sie alles andere umso besser zu machen. Noch mehr als zuvor lenkte sie jegliche Schwierigkeiten im Alltagsleben von ihm ab, vermittelte, besänftigte und bagatellisierte. Wenn Per seine Ausbrüche bekam, versuchte sie diese durch Scherze zu lindern und blitzschnell all das in Ordnung zu bringen, was er als störend empfand. Haus, Kinder, die Pension und diese Hüte, um alles kümmerte sie sich wie ein richtiges Weib, das beste Eigentum des Mannes, eine echte Ehefrau und Freundin.

Wenn nur nicht… Ja, was? Es ging ihr doch wohl gut?

Sicher ging es ihr gut. Es ging ihnen gut miteinander, und Zank gab es nie. Und nun waren sie auch ökonomisch aus der Sackgasse heraus. Wäre es da nicht Zeit, sich eine Fahrradfahrt nach Trysil zu gönnen? Um das neue Wunder vorzuführen? Sie lächelte ihrem Gatten zu, zeigte, was sie Hübsches aus dem Brautschleier genäht hatte: ein Kleid in Weiß für die Edit.

Sie fuhren im Morgengrauen los. Das Frühjahr war überstanden, die Wege waren nicht mehr schlammig, die Mittsommerzeit war gekommen. Das Mädel sah so hübsch aus in dem weißen Kleid, mit seinen weißen Kniestrümpfen und weißgebleichten, einzigartigen Schuhen aus Sämischleder, vom Vater angefertigt. Eine Jacke, von Stina aus Baumwolle gestrickt, trug sie ebenfalls, es war schließlich Sommer. Ein Spitzenhäubchen, gebunden unterm Kinn, vollendete die Kreation.

Hier kam das schönste Kind, das man je gesehen hatte, und in den absolut hübschesten Kleidern, eigens für sie gemacht. Die Leute in Norwegen sollten staunen!

Die ganze Familie war kribblig vor Reisefieber, es war ein großes Ereignis, eine Fahrt wie diese gemeinsam zu unternehmen. Per hatte Inez auf dem Rad, und Edit fuhr mit Stina, das Mädchen saß bequem auf dem Gepäck hinter ihr, das sie sorgsam zu einer Art Stuhl zusammengezurrt hatten. Die Jungen mussten sich ein geliehenes Fahrrad teilen. Sie stritten sich ein wenig, wer treten sollte. Ole, der Älteste, bekam von Per die Weisung, ein Mann zu sein und sich nicht so anzustellen. Dann ging es los.

Nach mehr als zwanzig Kilometern kamen sie bei der Kirche von Norra Finnskoga an. Sie machten eine Pause. Edit jammerte. Stina befühlte ihre Wangen und Hände, sie waren kalt wie Eis. Per versuchte sie zu wärmen, rannte und spielte mit ihr, aber dann mussten sie weiter. Nach dem Kalender war es Sommer, tatsächlich aber war es ziemlich frisch.

Es dauerte nicht lange, bevor das Kind erneut quengelte. Da kamen sie auf den Einfall, sie abzusetzen und wieder loszufahren. Sie rannte ihnen nach, so schnell sie vermochte, schrie und weinte, ihre Füße trommelten über den Weg, bis sie nicht mehr konnte und vor Weinen fast erstickte. Auf diese Weise bekamen sie das Kind warm. Sie hielten an, lachten und setzten sie wieder aufs Rad. Aber nach einer Weile wurde sie erneut abgesetzt, und sie fuhren davon.

Edit war erst drei Jahre alt, aber erinnerte sich bis zu ihrem Tod daran. Einsam und verlassen dort auf dem Weg – man wollte sie nicht mehr haben.

Als sie bei Långflon vorbeikamen, wollte Stina hineingehen und die Leute begrüßen, wo sie in jungen Jahren als Magd gedient und Per sie in sein Zimmer hinaufgelockt hatte.

Das habe er ja wohl nicht? Außerdem gebe es hier welche, die machten lange Ohren, und so weiter. Er lachte verlegen, und sie bogen ab.

Das Wiedersehen war herzlich, und dann fuhren sie mit einem kleinen Umweg weiter, um sich den Lulufall ansehen zu können. Eine Brücke führte über den Fluss. Sie legten die Räder hin und blieben stehen, um in den wirbelnden

Strom hinabzuschauen. Per trug Edit auf dem Arm, hatte ihre Beine unter seine Jacke gesteckt, sie hatte aufgehört zu jammern, war aber noch immer nicht warm.

Da kam ein alter Mann auf Stina zu. Er kam aus dem Nichts und schien in den Siebzigern zu sein. Er sah sie so merkwürdig an, dass sie zurückschauen musste. Schließlich ging sie zu ihm hin und fragte, ob sie sich denn kennen würden? Hatte er bei ihnen in Sysslebäck gewohnt, als er auf Reisen war?

Entschuldigung, sagte er, im klingenden Østby-Dialekt, ist sie womöglich die Tochter von Eli Olesdotter aus Romedal?

Stina griff nach dem Geländer, um sich festzuhalten. Wie können Sie das wissen?

Da sagte dieser Mann, der sich mit Namen und allem Drum und Dran vorstellte, sie sei eine exakte Kopie ihrer Mutter, deshalb habe er gefragt. Sie sehe genauso aus wie Eli, die Haare, der Gang, das Gesicht, auch die Augen. Es sei mehr als fünfzig Jahre her, dass er sie zuletzt gesehen habe.

Stina bekam einen Lachanfall, denn als sie ihre Mutter das letzte Mal gesehen hatte, war diese gleichsam von oben zusammengeklopft worden, so dass sie noch kleiner, aber breiter geworden war, außerdem hatte sie jeden einzelnen Zahn verloren, so dass sie das Brot aufweichen und die Kartoffeln zerdrücken musste und froh über Grütze war. Und die Augen? Sie selbst war ja wohl nicht einäugig!

Ach so, er findet, sie sei hübsch gewesen, Stina lachte weiter. Aber er blieb ernst und fragte nach ihrer Mutter: Wie ging es ihr?

Stina antwortete höflich, aber stellte selbst eine Reihe Fragen, sie wagte, ziemlich indiskret zu sein, er hatte schließlich damit angefangen.

Da erzählte er, wo er wohnte, er habe einen Hof etwa zehn Kilometer von hier entfernt. Damals hätte Eli als Magd im Nachbarhof gedient. Sie seien ineinander verliebt gewesen. Er hätte sie nie vergessen können. Nun hoffe und wünsche er, dass Stina dieser Frau, die er im Stich gelassen hatte, die herzlichsten Grüße überbringen möge. Er schäme sich, es sei unverzeihlich gewesen, und jetzt sei alles zu spät. Aber er wolle sie bitten, Eli auszurichten, dass er nie geheiratet habe. Er sei allein geblieben, der Erinnerung an sie treu.

Stina war ernst geworden. Per hörte zu und auch die Kinder. Alles war still geworden. Wie wenn sie Weihrauch umgäbe, war eine heilige Atmosphäre um Stina, den Mann und diese einfachen Worte entstanden.

Sie versprach, seinen Gruß auszurichten. Sie blickte ihm in die Augen, sah, dass er in sich angekommen war, ein Mann, der sein Leben bereute. Sein Blick war bittend. Sie streckte ihm die Hand hin, sie sagten Lebewohl.

Dann setzten sie ihre Fahrt fort.

Stina radelte schweigend, allein mit ihren Gedanken. Plötzlich erinnerte sie sich, wie man sie als Kind gehänselt hatte. Dass die Schulkameraden herumgetönt hatten, die Erwachsenen hätten gesagt, ihre Mama sei eine Hure.

All das hatte sie vergessen, aber jetzt kam es hoch, dass diese boshaften Kinder gesagt hatten, ihre Mutter habe heimlich ein Kind geboren. Ohne verheiratet gewesen zu sein.

Sie hatte es nie an sich herangelassen. Sie wollte es nicht wissen, und sie hatte natürlich nicht gefragt.

Eigentlich wusste sie noch mehr, woher auch immer sie das erfahren haben mochte. Über Hildur, diese Ziege.

Jetzt war all das plötzlich da.

Bei der neu erbauten, massiven Kirche von Plassen mussten sie Edit erneut rennen lassen.

Und später musste sie immer wieder rennen – und weinen – bis hin nach Nybergssund.

Dann war das Kind offenbar am Ende, denn es schlief zwischen den Taschen hinter Stinas Rücken ein, und diese konnte den restlichen Weg bis Trysil ungestört weiterfahren.

Da waren dann auch die Jungen kleinlaut. Und Inez, die hinter dem Vater saß, schluchzte leise. Das letzte steile Stück den Berg hinauf mussten die Jungen das Rad abwechselnd schieben. Nur die Angst vorm Vater hielt sie davon zurück zu streiken oder zu flennen.

Eli strahlte. Was für eine Überraschung! Wie fantastisch! Und wo sie doch ganz allein war. Per hatte, trotz seines Alters, im entfernten Vola, von dem sie kaum wusste, wo es lag, Arbeit beim Holzeinschlag für die Köhlerei erhalten, und er war die ganze Woche weg. So, jetzt hatte man es prima. Und da kamen sie! Es hätte kaum besser sein können!

»Und hier trägt Per mir das neue Wunderwerk herein, sie schläft, ist ja klar, wo man so weit gefahren ist! Und was für schöne Kleider! Auf was die Leute so alles kommen!«

Aber wie rosig sie aussieht? O nein. Sie ist nicht kalt, ganz und gar nicht. Sondern warm, mächtig warm. Komm, leg sie aufs Bett.

In dieser Nacht beteten auch die Gottlosen zu Gott. Denn wenn es ihn gab, dann wollte er ihnen nun das Kind wegnehmen. Er wollte Edit für sich haben. Sie dachten: Das Mädel ist vielleicht zu gut für diese Welt.

Per kniete am Bett und weinte, als wollte ihm das Herz zerspringen. Wenn er das Kind verlor, wüsste er sich keinen Rat, dann würde er vielleicht in den Fluss gehen.

Sie hatte nicht geschlafen.

Sie war schon fast nicht mehr hier. In dem kleinen Körper hatte der Todeskampf begonnen. Die drei anderen Kinder drängten sich in der Kammer, verstummt durch das Klagen und Weinen der Großen.

In den Fieberkrämpfen spannte sich der kleine Leib wie ein Bogen, die Arme streckten sich, und die Augen stierten rot und wahnsinnig ins Leere, Schaum bildete sich vor dem Mund. Eli warf sich ein Tuch um die Schultern und eilte den ganzen Weg ins Tal hinunter, doch nach ein paar Stunden war sie zurück, ohne Doktor, aber mit der Empfehlung, der Kleinen warme Grütze auf den Bauch zu legen und abzuwarten.

Es sah aus, als würde der Teufel in dem Mädchen sein Unwesen treiben. Am Ende redete sie wie in Zungen, sie phantasierte, aber Per und Stina glaubten, es sei eine fremde Stimme, die über die Lippen des Kindes kam. War sie in der Gewalt des Bösen? Pers ganzes Erbteil an Aberglauben ließ ihn sogar die Hände heben und eine Beschwörung herunterbeten. Alles nur Erdenkliche, wenn sie bloß den bösen Geist aus der geliebten Tochter herausbekamen.

Der Morgen graute. Da wurde sie schwächer. Sie bereiteten sich auf das Schlimmste vor.

Aber wenn die Sonne aufgeht, schlüpfen alle Trolle in ihre Löcher.

Edit war noch da. Kühler und wach.

Bat um Wasser.

Trank fast die ganze Schöpfkelle leer. Schaute sich mit großen Augen in dem fremden Zimmer um.

Guter Gott, verzeih uns unsere Vermessenheit. Dank dir, dass du sie uns nicht genommen hast!

Edit erholte sich rasch. Nach einem Tag Ruhe war sie wieder auf den Beinen, und dann ging es los mit den Ziegen,

Katzen und Hühnern, die sich Eli ebenfalls angeschafft hatte. Die Kinder lachten und spielten vor dem Haus.

Per, Eli und Stina saßen am Tisch. Stina holte tief Luft und blickte über das Tal zum Berg hinüber. Dann erzählte sie von der Begegnung am Wasserfall, von diesem Mann, der sich als Martin Vold vorgestellt hatte. War doch wirklich Glück, dass wir dort aufeinandergestoßen sind – das ist doch, als würde man eine Nadel im Heuhaufen suchen! Er grüßt ganz herzlich. Er war anscheinend damals mächtig in dich verliebt?

Aber da schien der Zweite Weltkrieg ausgebrochen, obgleich man an den noch nicht einmal dachte. Was sagte sie da? Was war das für ein Mann? Was meinte sie damit? Sie glaubte doch wohl nicht? Nein, da hörte sich doch alles auf!

Und Eli fing an zu klagen, zu leugnen und zu weinen. Es wurde nur immer schlimmer und schlimmer. Sie steigerte sich in die reinste Hysterie. Schließlich fegte sie im Zimmer umher, stampfte mit dem Fuß in ihrem geraden Schuh auf, fluchte und behauptete, das sei jemand, der sie verleumden, der ihr übel mitspielen wolle. Und was hat er noch gesagt, dieser Mann? Hast du vor, das dem Per zu erzählen? Wenn du das tust, dann gnade dir Gott!

Schließlich kamen dann die Fragen: Und was hat er dann gesagt? Und danach? Hat er nicht gesagt, warum er weggefahren ist? Oder ich? Warum ich gefahren bin?

Nein. Stina wagte mit keiner Miene zu zeigen, dass sie früher einmal etwas gehört hatte von einem anderen, heimlich geborenen Kind.

Eli schluchzte und jammerte, und als ihre Fragen allzu offensichtlich wurden, bat sie: Liebe, Gute, Süße, bitte sag nichts zum Per! Das da sollte ja ein Geheimnis bleiben, auf immer, diese Geschichte aus der Jugend sollte nie herauskommen.

»Ja aber, Mama, ich bitte dich. Das ist doch fünfzig Jahre her. Was wäre denn dabei? Ich finde, es ist dir wirklich gegönnt, so verliebt gewesen zu sein.«

Da erntete Stina einen giftigen Blick von ihrem Gatten.

♦ ♦ ♦

Ein Auto!!! Ein Auto!!!

Edit rennt, dass ihre dicken Zöpfe auf den Rücken klatschen. Sie hat schon mal eins auf einem Bild gesehen, aber jetzt ist es hier, in Wirklichkeit!

Es fährt vielleicht dreißig Sachen, doch hätte es schon den Ausdruck Speed gegeben, dann hätte Edit ihn für dieses wahnsinnige Tempo benutzt. Und wie es sich anhört, als es da mit seinen schmalen Rädern runter und hoch und hoch und runter durch alle Löcher des Weges rumpelt, der Staub wirbelt schlimmer als bei einer Herde Kühe auf. Es hupt mit seinem Horn, und eine Katze fährt wie der Blitz in eine Espe hinauf. Die Nachbarn haben sich schon versammelt, die meisten stehen in den Gräben am Straßenrand, und die Stimmung ist erregt – jetzt ist die neue Zeit hier angebrochen

Ja, es geschehen Dinge. Ein Telegraph kommt und dann eine richtige Telefonlinie, so dass man sich hinstellen und in einen Hörer schreien kann, und gehört wird's dann bis nach Karlstad hinunter! Und der Näckådamm, der auf unbegreifliche Weise, gleich einer verzauberten Wassermühle, in wollfädendünnen Leitungen Elektrizität liefert. Man kann Feuer in eine Lampe drehen, indem man einfach einen Schalter bewegt!

Dank besagten Telefons wissen die Leute bereits, dass der Ford T kommen wird. Es ist nämlich absolut notwendig, im Voraus überall im Tal anzurufen und die Leute zu bitten, das Vieh und besonders die Pferde fernzuhalten. Ein durchgehendes Pferd mit Wagen und Last ist kein Vergnügen.

Das Auto rumpelt immer näher und schafft den steilen Hang elegant, unaufhörliches Hupen. Die Leute klatschen Beifall.

Da plötzlich springt etwas völlig unvorsichtig in den Weg, ein Lamm? Nein, ein kleines Zicklein. Es hüpft direkt vor dem Auto aus dem Graben, so dass es einfach überfahren wird.

Und Edit beginnt zu weinen.

Aber da pufft sie ihr Vater an und bittet sie hochzusehen. Dort hüpft das Zicklein noch immer umher, ein wenig verwirrt, das kann man verstehen, überfahren von etwas, das es für stillstehend hielt, vor diesen Karren war schließlich kein Zugtier gespannt! Aber auch unverletzt, das Auto war so hoch, dass das Zicklein nicht die kleinste Schramme abbekam.

In einer wirbelnden Wolke aus Staub und Abgasen knattert das fantastische Gefährt weiter nordwärts.

In Hedlunds Laden sind eine Menge Leute, wie schön! Edit ist dank der Fremdenzimmer der Familie nicht gerade schüchtern, sie liebt es, mit Menschen zusammen zu sein und besonders, wenn sie älter sind. Dann ist ihr nämlich Aufmerksamkeit gewiss, weil sie bereits lesen kann und überhaupt, weil sie so besonders ist, ein lustiges Mädel, ganz und gar nicht still und ängstlich wie die meisten anderen Kinder.

»Sieh einer an, da kommt ja wahrhaftig die kleine Schuhmachermadam.«

Jemand von den dort stehenden Leuten fragt: Und sonst geht's gut?

»Ja, bestens. Papa macht Flößerstiefel, und er kauft Leder und Felle, wenn hier in der Gegend geschlachtet wird. Und seit Kurzem verkauft er auch Grabsteine, die er herbringt aus Karlstad, glaube ich, war es.«

»Du meine Güte. Kann sich das denn lohnen? Allerdings ist klar, dort müssen wir irgendwann alle mal hin, falls wir bis dahin gesund bleiben.«

»Grabsteine sind für Papa genau das Richtige, sagt Mama. Eine sehr passende Tätigkeit, sagt sie, falls jemand stirbt. Und dann rennt er immer raus und knallt mit der Tür und hackt Holz. Obwohl ich finde, sie scheinen schwer zu sein, diese Steine. Jedenfalls hat Papa mit Pfeiferauchen aufgehört, dafür schlägt er manchmal was kaputt, zum Beispiel, als Ole mal nachts vom Tanz heimkam, da hat Papa einen prima Küchenstuhl zerschlagen, aber er musste ihn auch selber wieder reparieren, und Ole hatte ein blaues Auge, man darf nicht blauäugig sein, sagt Mama, und wenn der Pimmel steht, ist der halbe Verstand weg, sagt Mama zu meinen großen Brüdern, und wir lassen nicht mehr anschreiben wie gewisse andere.«

»Oh. Was für andere?«

»Wie?«

»Was für welche?«

»Gewisse andere. So heißt das. Mehr weiß ich nicht. Jetzt muss ich heim und Pelle kraulen.«

»Pelle?«

»Unser Schwein. Ich mag es genauso gern wie unseren Pelle, deshalb hat es seinen Namen bekommen, Papa hat mir erlaubt, es zu taufen.«

»Und der große Bruder Pelle? Was sagt der dazu?«

»Der ist bestimmt stolz. Aber ich hab ihn nicht gefragt.«

Sie liebte das Schwein fast mehr als den Rest der Familie. Sie konnte stundenlang vor seiner Einfriedung sitzen, das Gesicht an die Zaunlatten gepresst, und in seine verständigen, traurigen Augen blicken. Sie war völlig überzeugt, dass es alles verstand, auch wenn es selbst nicht reden konnte.

Sobald es ihre Stimme hörte, kam es zum Zaun galoppiert, grunzte und schrie fast vor Freude, weil sie wieder da war, und versuchte mit dem Rüssel zwischen die Latten zu kommen. Sie kletterte hoch und hängte sich über den

Rand, kraulte ihn hinter den Ohren, am Kopf und an den Wangen. Dann rupfte sie Gras für ihn ab. Doch wagte sie es nur selten, ihn mit ihrem eigenen Essen zu füttern. Es hatte ein solches Donnerwetter gegeben, als die Eltern das bemerkten. Was machte es schon, wenn sie ein bisschen Hunger hatte, Pelle freute sich doch so sehr, man sah ja an der Art, wie er fraß, dass er völlig ausgehungert war. Jetzt gelang es ihr nur hin und wieder, heimlich ein Stück Brot einzustecken, dafür gab es am Schweinestall dann aber immer ein Fest.

Wenn Edit nachdenken musste oder Trost brauchte, ging sie zu Pelle. Sie schauten einander in die Augen – dort drinnen war seine arme Seele eingesperrt. Die sie so liebte. Sein Blick war so klug, er verstand sie, wenn etwas nicht stimmte oder wehtat.

Sie wollte Pelle herauslassen und mit ihm spielen, aber aus irgendeinem Grund war all so etwas streng verboten. Und das Geräusch der Schläge, die ausgeteilt wurden, wenn alle meinten, sie schlafe, hatten sie vorbildlich gehorsam werden lassen. Zuletzt hatte es einen der Brüder getroffen, wegen dieser Hand, um die es ständig Ärger gab. Dass es die falsche war, er sollte die andere benutzen, hatte man ihm doch befohlen. Aber Mama sagte, die Prügel wären daran schuld, dass er einpinkelte. Das passierte in der Nacht, und es wurde wirklich nicht besser davon, dass Papa Per ihn mit den Hosenträgern oder dem Gürtel oder was er sonst erwischte schlug. Zuletzt beschloss der Vater, nun würde es reichen. Und er nahm den Jungen kurzerhand zu sich ins Bett. Damit hätte er die absolute Kontrolle und könnte ihn sekundenschnell auf den Fußboden befördern, sobald er einnässte.

Es herrschte ein solches Spektakel in den Nächten, dass Edit am Tage manchmal völlig abwesend war. Der Grund war diese falsche Hand. Einmal schrie Mama Stina, das da hätte die Eli auch, ihre Mutter, er könnte doch nichts dafür, und jetzt hätte er auch noch zu stottern angefangen. Er schrieb doch fehlerfrei mit der Rechten, was machte es dann, wenn er beim Rasieren und Holzsägen die falsche benutzte, wo es doch fast keiner sah?

Ein Glück, dass Edit Pelle hatte, er tröstete und verstand.

Und jetzt ist der Sommer vorbei, und plötzlich ist Herbst. Ganz oben am Hang in Skyllbäck liegt das Schulhaus, und darin wohnt und wirkt Ruth Larsson aus Schonen, die Edits Lehrerin werden soll.

Aber zuerst geht es in die Vorschule. Edit kam am Nachmittag mit hängendem Kopf heim, völlig beschämt. Was ist los?

»Ich musste aufrücken. Sie will mich nicht in der ersten Klasse haben, weil ich schon schreiben und lesen kann.«

»Ach so. Aber das ist doch gut.«

»Meine Freunde sind aber in der ersten geblieben.«

»Aber da musst du doch nicht weinen.«

»Jetzt bin ich immer die Kleinste. Und die Zopfbänder, die haben sie mir weggenommen.«

»Das war meine Schuld, ich fand die Ripsbänder so schön. Sag nichts zu Papa.«

Ja, sag nichts zu Papa. Dieses Mantra ertönte offenbar ebenso häufig wie dieses: Krieg bloß kein Kind.

Folglich war sie nur ein Jahr in der Vorschule, und dann ging es zu der Schonin, wie sie genannt wurde. Edit mochte sie sehr gern.

Ruth Larsson, die aus Schonen kam, war eine berufstätige Frau, die in derselben Liga spielte wie die Hebamme, die in den Provinziallandtag gekommen war.

Kleine und große Mädchen erwogen dieses alternative Modell. So sah also ein anderes Leben aus, falls man Glück hatte und sich eine Ausbildung beschaffen konnte. Schonisch zu reden, während alle anderen den Dialekt der hiesigen Gegend sprachen. Nicht verstanden zu werden, aber dennoch umschmeichelt. Keine Kinder zu haben und an dem normalen Leben nicht teilzunehmen und sich außerdem ganz entsetzlich nach Hause zu sehnen. Jeden Sommer, am Tag nach dem Examen, reiste die Lehrerin den ganzen langen Weg südwärts. Zuerst mit Pferd und Wagen nach Vingängssjön, von dort mit dem Dampfschiff nach Edebäck. Danach eine Art Postkutsche bis Karlstad hinunter, das musste ein paar Tage gedauert haben. In Karlstad angekommen, konnte sie jedenfalls den Zug benutzen, aber das war kein Express 2000, sondern es erforderte wahrhaftig seine Zeit – mit mehrfachem Umsteigen –, bis sie in Schonen angelangt war, wo die Quote an Lehrerinnen bereits voll war.

Am Tag vor dem Beginn des Winterhalbjahres kam sie wieder zurück. Denn schließlich musste sie leben. Und wenn sie keinen Mann hatte, war das die einzige Alternative. Allerdings sah sie gut aus, und außer dieser Sache mit der Sprache war an ihr nichts auszusetzen, sie konnte einen Haushalt führen, konnte backen, Marmelade kochen und einwecken, das sah man.

Aber vielleicht wollte sie einfach nicht? War nicht bereit, den Preis zu zahlen.

Ja, es ist Herbst, und Edit geht zur Schule, und das liebt sie, und sie liebt auch die Lehrerin, verehrt sie, als sei sie eine Göttin. Der Schulweg ist ebenfalls nicht lang, anders als für jene, die oben in den Bergen wohnen. Sie müssen von daheim losgehen, wenn Edit noch schläft, und kehren erst in der Dunkelheit wieder zurück.

Einen dieser armen Jungen beginnt sie zu lieben. Er ist so nett und fast genauso tüchtig in der Schule wie sie. Aber er wird gehänselt, wird Altes Weib genannt, weil er die Schuhe von seiner erwachsenen Schwester übernehmen musste, Schnürstiefel mit Absatz, weil es kalt geworden war. Sie leidet mit ihm, wenn es hinterm Abtritt zur Schlägerei kommt. Sie kann ihm nicht helfen. Die starken Bauernjungen fallen zu mehreren über ihn her. Sie tut so, als sehe sie nicht, dass er am Boden liegt, ohne sich zu rühren. Sie weiß, dass er sich schämt, und sie schämt sich, weil sie es gesehen hat.

Eines Nachmittags, als sie heimkommt, ist da etwas zugange. Es ist etwas mit Pelle. O nein, sie wollen doch wohl nicht?

Natürlich nicht. Sie braucht keine Angst zu haben. Sie werden ihn nicht aufessen. Er hat ein anderes Zuhause weiter im Süden bekommen, wo es ihm gut geht, und sie haben ein anderes Schwein gekauft, was sie jetzt schlachten werden.

»Ich will es sehen!«

»Gleich.« Aber zuerst bräuchten sie Hilfe. Hier sei guter Rat teuer, weil da so viel erledigt werden muss. Sie schafften es bestimmt nicht, wenn sie nicht mithelfen würde, man bitte sie, könne sie nicht so lieb sein?

»Ich mache es. Und danach darf ich es sehen?«

»Natürlich. Aber zunächst: Geh zu Hedlunds und bitte sie uns den Hinternzieher zu leihen, den großen. Es ist wichtig.«

Edit saust los, so schnell sie kann. Völlig außer Atem ruft sie das, was sie ausleihen soll, noch bevor die Ladenglocke anschlägt.

Per Hedlund sucht. Aber er findet nichts. Und plötzlich fällt ihm ein – das hat er ja schon verliehen! Also, wenn sie so reizend sein und runter nach Näs gehen will, dann bekommt sie es bestimmt. Besonders wenn sie erklärt, warum es so wichtig ist.

Und Edit rennt los. Arme kleine Edit. Bevor der Tag noch zu Ende ging, war sie in nahezu jeden Hof des Dorfes gerannt. Und alle hatten gelacht und sich gefreut, aber dieses verdammte Gerät war wie von der Erde verschluckt. Wie konnten die Leute nur so schludrig sein? Zum Glück bekam sie ein Butterbrot an einem der Orte, wo die Leute offenbar sahen, dass sie dem Weinen nahe war.

Als sie zu guter Letzt unverrichteter Dinge wieder heimkam, war keiner böse auf sie, weil es so lange gedauert hatte. Vielmehr war man zufrieden. Mama war ausgiebig in der Küche beschäftigt, Wurst und alles Mögliche sollte nun gemacht werden.

»Ich hab das neue Schwein ja gar nicht gesehen!« Nun weinte sie richtig. »Denn das ist ja wohl nicht Pelle? Wenn doch, esse ich es nie!«

»Das ist nicht Pelle, das wäre ja was,« antwortete Per. »Man isst ja wohl nicht die Mitglieder der eigenen Familie.«

»Nein, das tut man wirklich nicht«, sagte Stina.

»Nein, auf keinen Fall«, bestätigte Per. »Hast du jemals gesehen, dass ich mich an meinen eigenen Leuten gütlich tue? Dass ich was von dem richtigen Pelle oder Ole oder Mama verschlinge, das hätten die nie erlaubt, da kannst du dir sicher sein.«

Stina unterbrach ihre Beschäftigung. Sie hob den Kopf, öffnete den Mund, die Lippen bewegten sich, aber es war kein Laut zu hören.

Dann schloss sie ihn wieder und schluckte.

Schaute nach unten. Machte weiter mit dem, was sie in Händen hatte.

♦ ♦ ♦

Man schreibt den neunten Juni. Die Innenfenster sind entfernt und ein Gazestück ist vors Küchenfenster gespannt, damit es offen stehen kann. Draußen übt der Chor aller Arten von Vögeln, die ihre Eier noch nicht ausgebrütet haben. Eine Hummel brummt am Gitter, versucht hereinzukommen.

Stina sitzt wie eine feine Madam in einem kürzlich ersteigerten Schaukelstuhl. Edit sitzt auf einem normalen Sprossenstuhl, sie sind allein. Die Stimmung ist harmonisch und ungezwungen. Edit redet engagiert und begeistert, erzählt ihrer Mutter etwas, von dem Stina bereits am Abend zuvor ein wenig erfahren hat, aber jetzt bekommt sie noch mehr zu wissen.

Denn Edit ist bei Selma Lagerlöf gewesen!

Die ganze Schule fuhr mit der neu eingerichteten Postbuslinie bis nach Mårbacka hinunter. Und Selma kam in ihren Garten hinaus. Und setzte sich auf eine Bank. Sie durften sich um sie scharen. Und dann las sie ihnen ein Märchen vor. Ich saß so nahe, dass ich die merkwürdigen Schuhe sehen konnte, die unter ihrem Rock vorschauten. Und sie war nett und freundlich und überhaupt nicht so alt, wie ich gedacht hatte. Ihre Stimme war fest und stark, und ihre Augen schauten ganz eigen. Stell dir vor, dass ich so nahe bei der großen Schriftstellerin gesessen habe! Dass sie bereit war, uns zu treffen! Vielleicht lag das ja daran, dass die Majorin auf Ekeby aus Letafors kam, das sie in ihrem Buch »Gösta Berling« Fors genannt hatte. Diese anschaulichen Abschnitte, in denen sie wirklich beschreibt, wie es hier bei uns ist. So hat das sonst niemand erzählt.

Plötzlich wird die Küchentür aufgerissen, und Tante Ingegerd kommt herein. Stina und Edit sehen sofort, dass etwas passiert ist.

»Man hat angerufen. Bis aus Trysil oben. Es geht um deinen Vater, Stina. Er ist tot. Ist ganz still gestorben, gestern Abend. Valle hat das Gespräch angenommen. Sie baten uns auszurichten, dass Eli wegen des Begräbnisses und allem Sonstigen schreibt. Es tut mir wirklich leid. Aber es ist ja wohl gut, dass du es sofort erfährst. Kann ich irgendwas für dich tun?«

»Oh, lass mich es erst richtig begreifen. Geh so lange zu Per hoch und erzähl es ihm.«

»Wie gesagt, es tut mir wirklich leid. Wie alt ist er geworden?«

»Achtundsiebzig. Also hatte er sein Leben gelebt. Aber ich hätte mich gern verabschiedet.«

Ingegerd geht jetzt ins Obergeschoss hinauf, wo Per in einem Meer von Schuhen sitzt. Sie hören die beiden oben reden.

Gleich darauf macht Stina etwas so Seltsames, dass Edit lachen muss, obwohl im Moment doch alles so traurig ist.

Stina rollt sich irgendwie aus dem Schaukelstuhl und macht geradezu einen Purzelbaum auf den Boden hinunter. Das sieht überaus komisch aus, und Edit staunt über diese ihr unbekannte Fähigkeit. Sie eilt laut lachend zu ihr, um Stina aufzuhelfen.

Aber es geht nicht. Stina liegt still, das Gesicht verzerrt, sich gar nicht mehr ähnlich.

Edit bekommt einen Schock.

Ihr Schrei bringt Vater und Tante nach unten. Per wirft sich über seine Frau. Nein, Gott sei Dank, sie lebt!

Aber der Schlaganfall hat Stina anfangs völlig gelähmt. Sie ist erst einundvierzig Jahre alt, doch im Laufe nur weniger Monate ergraut ihr schönes Haar, und Bewegungsfähigkeit und Sprache kommen nur langsam und nur teilweise zurück. Sie ist bloß noch ein Schatten ihrer selbst.

Von diesem Tag an wird Edit ihre sanfte, arbeitsame Mutter nie mehr wie früher erleben. Alles ist jetzt wie abgeschnitten, Energie und Gefühle. Obwohl sie noch viele Jahre mit ihnen lebt.

»Wie hübsch du bist, mein kleines Mädchen, komm, setz dich auf meinen Schoß!« Per will, dass Edit bei ihm sitzt, will sie küssen, streicheln und umarmen, so wie es zur damaligen Zeit kein erwachsener Mann mit seinem Kind zu tun pflegte.

Denn mehr war es doch wohl nicht?

Ich weiß nicht.

Weiß nur, wie er sich später verhielt.

♦ ♦ ♦

Um die Fremdenzimmer kümmert sich die große Schwester Inez. Sie ist mit einem prima Jungen aus dem Dorf zusammen. Stina erholt sich nach und nach.

Eines Tages kommt eine Gesellschaft Guttempler aus Malung. Sie statten der Ursprungsloge Frühlingsblume einen Freundschaftsbesuch ab, ihre eigene Loge heißt Morgenlicht. Einer der erwachsenen Männer befühlt entzückt Edits Zöpfe und fragt, ob er sie kaufen könne. Sie ist diese Frage gewöhnt. Konnte wohl kaum ahnen, dass dieser Mann mit der lauten Stimme einmal ihr Gatte werden würde.

Edits Großvater väterlicherseits ist seit mehreren Jahren tot, aber die Großmutter führt noch immer eine Art Regiment. Zu ihrem wichtigsten Schildknappen hat sie ihren Sohn Eskil erkoren, und seinetwegen hört Edit, wie sich ihr Vater das erste Mal gegen seine ständig schwarz gekleidete Mutter auflehnt. Per meint nämlich, es müsste für diesen mehr als ausgewachsenen Kerl unter seiner Würde sein, hier bei der Mutter zu wohnen und selten ein richtiges Tagewerk zu verrichten, was denkt sie, wie das enden solle?

Erst verstummt die alte Frau vor Verblüffung, dass ihr jemand widerspricht. Aber dann kommt die Antwort – wie in aller Welt solle sie denn ohne den Eskil fertig werden?

Aber da antwortet Per, der Edit, die in einer Ecke sitzt, anscheinend nicht bemerkt, es sei mehr als schändlich, dass Lax-Hanna, die Ärmste, Zwillinge bekommen habe, deren Vater Eskil ist, aber dieser Lümmel zu seiner Verantwortung nicht stehen wolle!

Da beginnt die Großmutter laut zu weinen und stürzt aus der Tür, ohne sie hinter sich zu schließen. Edit sieht, dass ihr Vater bereits bereut, was er gesagt hat.

Doch es sollten noch mehr uneheliche Kinder werden. Und dennoch bleibt Eskil bei der Mutter wohnen.

Nur wenige Tage später kommt es zu einem anderen Auftritt. Wie gewöhnlich will der Vater Ole züchtigen. Aber nun ist es das letzte Mal – Ole schlägt zurück. Stina schreit. Edit rennt weg und versteckt sich. Sie hört Möbel kaputt gehen, hört Flüche und Schläge.

Danach sieht sie, dass der Vater eine geschwollene Lippe hat. Aber niemand sagt etwas.

Nach diesem Tag verprügelt Per seine Kinder nicht mehr. Sie sind endlich zu groß geworden.

◆◆◆

Elise Lindow-Agnarsson wird im Herbst 2005 neunzig Jahre alt. Sie ist ein Jahr älter, als Mama gewesen wäre. Weil Edit aufrücken musste, waren sie in derselben Klasse. Sie gingen oft zusammen von der Schule heim, und manchmal kam es vor, dass Elise ihre Schulkameradin nach Stortäppan begleitete, wo sie dann spielten. Elise ist gleichsam die aufrecht stehende Königin eines Kartenspiels, während Edit die auf dem Kopf Stehende ist. In vielem gleichen die beiden sich sehr. Auch Elise liest überaus gern, und sie hat in ihrem Leben viele Briefe geschrieben, manchmal mehrere in der Woche, sowie Leserzuschriften an verschiedene Zeitungen. Auch sie hört gern Radio, und sie ist glühende Antialkoholikerin, genau wie meine Mutter. Und wie Edit liebt sie ihre Heimatgegend und hat die charakteristischen Dalby-Handschuhe an der Wand hängen, genau wie es Edit hatte. Elise, die gleichsam an Edits statt hier ist, zeigt mir, wie alles sein könnte.

Elise wuchs in einer großen, warmherzigen Familie auf, die sie in ihren drei Büchern für jedes Alter so hervorragend schildert. Sie hat nicht nur diese kulturhistorisch und künstlerisch interessanten Werke geschrieben, sondern sie auch auf großartige Weise illustriert, und 1982 bekam sie von der Gemeinde Karlstad für ihre kulturellen Leistungen den Gustaf-Fröding-Preis verliehen. Andere Werke brachten ihr andere Preise.

Elise durfte nach Karlstad fahren, aufs Gymnasium gehen und eine Ausbildung machen.

Während der Studienzeit war sie bei einer gewissen Frau Stadener, alias Helena Poloni, einquartiert, der ersten Krimiautorin von Rang in unserem Land. Elise liebt auch tatsächlich Krimis, das hat Edit nicht getan, hingegen so gut wie alle andere Literatur.

Das Geschäft der Lindows florierte, so war es nun mal. Und in ihrer Familie bekamen auch die Mädchen eine Chance, was viel über die Toleranz aussagt, die in ihrem Zuhause herrschte. Obendrein haben sich ihre Eltern geliebt.

♦ ♦ ♦

Edit geht sechs Jahre zur Volksschule und ein paar Monate in die sogenannte Ergänzungsschule, dem Vorgänger des siebenten Schuljahres. Dann ist sie mit der Schule fertig.

Am selben Tag kommt Ruth Larsson nach Stortäppan. Das ist nie zuvor geschehen. Ein Kontakt zwischen den Eltern und den Lehrern ihrer Kinder war äußerst ungewöhnlich. Das Fräulein Lehrerin gehört einer besseren Sorte Menschen an, auf jeden Fall ist sie anders, das würde einfach nicht gehen.

Jetzt aber steht sie also auf der Schwelle, und Stina, die nun wieder arbeiten kann, wenn auch mit reduzierten Kräften, wischt mit der Schürze über einen Stuhl und bittet sie freundlichst Platz zu nehmen.

Edit knickst. Weiß nicht, was sie sagen soll. Kaffee machen, fragt sie die Mutter mit dem Blick, die umgehend genau diese Frage stellt.

Ja, gern. Sie dürfen gern Kaffee machen. Stina ist vollkommen baff.

Edit bekommt den Auftrag, Per aus der Werkstatt herunterzurufen. Als der Kaffee serviert ist, nennt die Lehrerin ihr Anliegen.

Es geht um Edit. Wie sie wüssten, war es für sie in der Schule außerordentlich gut gelaufen. Wirklich außerordentlich gut, sie habe eine gute Auffassungsgabe und außerdem Verstand, vermöge selbständig zu denken, könne man sagen. Sie sollte auf das Lehrerinnenseminar in Karlstad gehen. Genau das sei ihr Anliegen, Per und Stina zu überzeugen, dass ein solches Arrangement erfolgen müsste.

»Aber wie soll das gehen? Das kostet doch wohl einiges«, erwidert Per.

»Gewiss. Aber es gibt Stipendien für die Tüchtigsten. Und man könnte ein Darlehen aufnehmen.«

»Sie wird ja doch nur schwanger«, sagt Stina resigniert.

»Darlehen habe ich genug gehabt«, sagt Per. »Und es ist wohl leider so, wie Stina sagt, hier wimmelt es schon überall von Freiern, obwohl sie gerade erst konfirmiert ist.«

»Heutzutage ist es den Lehrerinnen erlaubt zu heiraten, das dürfte also kein Hindernis sein. Und was das Darlehen angeht, müsste man doch bedenken, dass Edit es allmählich selbst zurückzahlen würde. Sie sollen nicht vergessen, was für eine Begabung!«

»Aber dann würde sie ja wohl in Karlstad wohnen? Und nicht zu Hause?«

»Selbstverständlich in Karlstad, dort befinden sich ja die Lehranstalten.«

»Ich kann mir nicht vorstellen, unsere Kleine wegfahren zu lassen, oder was sagst du, Stina?«

»Nein, das wäre wohl nicht so gut. Inez wird ja heiraten, Edit ist die Letzte daheim, hier würde es doch recht leer werden.«

»Sie meinen, stattdessen soll sie als Haustochter dableiben?«

»Oder als Magd auf irgendeinem Hof arbeiten. Etwas anderes hat es bei uns nie gegeben. Dennoch ist es gut gegangen, um es mal so zu sagen. Das Haus ist bezahlt, und man kommt zurecht, trotz der geringen Bildung, die man hat.«

Edit hörte all das mit an, ohne eine Miene zu verziehen.

Als die Lehrerin gegangen war, schlich sie sich in den Wald, setzte sich hinter einen Stein und flennte stundenlang.

Dann war es vorbei.

Ein Traum, der sich nie erfüllen würde. Da war es das Beste, ihn sich aus dem Kopf zu schlagen. Außerdem war ja nicht klar, wie sie sich da unten in Karlstad verhalten hätte. Man stelle sich nur vor, wie furchtbar es gewesen wäre, wenn sie total versagt hätte und wie ein begossener Pudel hätte heimkehren müssen. Da war es besser, man fuhr erst gar nicht hin. Ihre Leselust würde sie dennoch befriedigen können, jetzt, wo Frühlingsblume begonnen hatte, eine Bibliothek aufzubauen, und Zeitungen gab es bei Hedlunds immer.

Sie engagiert sich immer mehr bei den Guttemplern. Sie spielt Ziehharmonika, bezeugt ein altes Foto. Aber ich habe sie nie spielen hören. Sie singt – vollgekritzelte Liederbücher –, und sie hilft Tanzabende und Basare zu organisieren. Von ihrer Mutter lernt sie, Hüte zu machen, was sich als weitaus besser bedacht herausstellte, als sie damals begriff.

Und sie hat Zahnschmerzen. Die gesamte Beköstigung hat eine radikale Veränderung erfahren, Zucker ist nicht länger nur ein Luxus für Festlichkeiten, Zahnbürsten aber sind unbekannt.

Sie ist schön, hat ein schönes Lächeln, das sagen alle. Ihr Haar ist lang, und obgleich sie schon sechzehn ist, hängen ihre dicken braunen Zöpfe noch herunter.

Aber Zahnschmerzen. Gab es wirklich kein Geld? Warum war Per so brutal? Nein, so denkt nur der Mensch der Neuzeit. Keiner machte es anders. Die Alternative war derart ungewöhnlich und teuer, dass niemand außer den Begüterten sich so etwas leisten konnte.

Und keinerlei Betäubung? Wie weh das doch getan haben musste! Ein sechzehnjähriges Kind mit nur ein paar schmerzenden Löchern in den Zähnen, denn es war ja wohl nicht jeder Zahn angegriffen?

Der heutige Mensch denkt, dass es womöglich wieder darum ging, dass er sie für sich behalten wollte. All diese Burschen, die um die Hausecke strichen, wenn das Mädel richtig hässlich wurde, würden sie es vielleicht nicht mögen. War es nicht genau das, was man in China machte –

man feilte die Zähne ab und malte sie schwarz, damit kein anderer Mann als der Ehemann Lust hatte, nach dieser Frau zu schauen?

Okay, er sorgte dafür, dass sie ihre Zähne loswurde und stattdessen eine Prothese bekam, obendrein eine richtig hässliche.

Vielleicht war das der Tropfen, der das Fass zum Überlaufen brachte?

♦ ♦ ♦

Sie fühlt sich so entsetzlich, und sie ist erst siebzehn Jahre alt. Sie sollte in ihrer Blüte stehen.

Doch sie ist nicht mehr schön, im Gegenteil. Der Schwan hat sich in eine Gans verwandelt. Sie ist dick geworden. Fühlt sich wie ein Kröte, und dieses Haar, auf das sie so stolz gewesen ist, hängt in zwei völlig unzeitgemäßen Zöpfen auf die Brust herunter, der Vater hatte verboten, sie abzuschneiden. Man isst meist Grütze und Milchsuppe, aber auch viel Brot und obendrein Kaffeegebäck, Hefezöpfe und Zwieback. Die Milch ist nicht gerade eine Minivariante und auch die Butter nicht. Der Brotbelag besteht aus dicken Scheiben Molkenkäse. Man kann nicht richtig trübsinnig werden, wenn man arme Ritter im Bauch hat. Das Essen macht einen vorübergehend froh.

Doch das ist sie nicht, nein, sie ist nie froh. Und das ist ein Glück, denn wenn sie irgendwann mal Lust bekommt zu lachen, muss sie daran denken, die Hand vorzuhalten. Die Zähne der Prothese sind unnatürlich weiß, am besten, man verschließt das ganze Gesicht, zeigt überhaupt keine Gefühle.

Es ist nur so, dass sich da drinnen ein Druck ansammelt, ja, ihr kommt es so vor, als würde sie bald explodieren. Was ist das nur? Sie weiß es nicht, weiß nur, dass ihr das Leben sinnlos erscheint, ohne Ziel und Richtung, es ist so trostlos, dass sie nicht weiß, wo sie mit sich hin soll. Jeder kümmert sich um das Seine, aber was ist das Ihre? Wo ist ihr Platz im Dasein?

Das Unbegreiflichste von allem ist, dass Harald anfängt, seine Kreise um sie zu ziehen, er kommt jedes Mal, wenn er vom Militär Urlaub hat, und er ist unfassbar fesch. Am Ende ist er im Haus derart heimisch, dass er in der Küche sitzt und Kaffee trinkt, mit einem Zuckerstück im Mund.

Edit bei ihren Beschäftigungen ist wohl dennoch vor allem betreten, dieser Blick, der ihr in den Hintern und den Bauch sticht, doch zuweilen schaut er ihr auch ins Gesicht, begegnet ihrem Blick, und er hat fantastische Augen.

Es kann ja sein, dass er ein wenig dreist ist, wo es ihm doch so leicht fällt, Damengesellschaft zu bekommen. Dennoch ist ihre Reaktion unbegreiflich. Auf einem Foto jener Tage kann man trotz der zeitlichen Entfernung einen Mann mit faszinierendem Blick sehen, der den heutigen Filmstars in nichts nachsteht. Wenn der Mann, der mein Vater wurde, sich mit dem Rangierbahnhof in Borlänge vergleichen lässt, so war Harald wie die Piazza del Campidoglio in Rom oder der Vigelandspark in Oslo. Unglaublich talentiert, was das Äußere anbetraf. Was sich im Inneren dieses Leckerbissens bewegte, kann ja andererseits vor allem Mist gewesen sein.

Es ist schwer, ja unmöglich, über das Sexleben der eigenen Mutter zu schreiben.

Es beginnt natürlich nicht hier, sondern früher, sie ist schließlich bereits siebzehn Jahre alt. Aber vermutlich ist er der Erste auf diese Weise. Jedenfalls erzählte sie ungeniert – sie war keine, die etwas verschwieg, sie nannte die Dinge beim Namen –, dass, als sie nach der ersten Nacht mit Harald heimkam und sich beklagte, ihre Mutter Stina erwidert hatte: So was müssen wir Frauen ertragen, da ist nichts zu machen.

Wenn sie wenigstens etwas daraus gelernt hätte, aber stattdessen sagt sie dreißig Jahre später ungefähr genau dasselbe zur eigenen Tochter.

Sie verloben sich. Sie und der fesche Harald.

Aber dann hat der Druck ein Ausmaß erreicht, das sich durch das äußere Regelwerk nicht mehr bändigen lässt. Der Deckel fliegt ab, Edit explodiert wie eine Wasserstoffbombe, eine Riesenwolke breitet sich aus, nun will sie Platz einnehmen!

Sie hebt die Verlobung auf, packt ihre Siebensachen, knallt mit den Schranktüren, heult und flennt, als Per wieder und wieder versucht, sie zur Vernunft zu bringen. Als er dann dasteht und ihr den Weg versperrt, erinnert sie ihn an das, was er bei ihrer Geburt versprochen hat, dass er sie nie schlagen wird. Danach wirft sie den Koffer aus dem Fenster und folgt ihm selbst nach. Irgendwo leiht sie sich wohl ein paar Groschen oder was auch immer sie sonst gemacht hat, um die Fahrkarte nach Karlstad bezahlen zu können.

Dort hat sie bereits eine Stellung. Heimlich hatte sie auf Annoncen geantwortet und dafür gesorgt, dass sie als Erste nach der Post schauen ging, und ja, jetzt hatte sie diese also.

♦ ♦ ♦

Sie steigt mitten auf dem Marktplatz aus dem Bus. Jetzt ist sie in einer Stadt.

Um sie herum verkaufen Leute Brennholz, Wurst, Eier und Garn. Es herrscht entsetzlicher Lärm, hier muss man sich in Acht nehmen. Sie hat von Bauernfängern gehört, doch die sollen kein Glück bei ihr haben.

Der Zettel mit der Adresse in ihrer Hand wird feucht. Sie steht und steht und steht. Schließlich geht sie zu einer Frau hin, die ihr nett erscheint. Sie bekommt Hilfe, um sich zurechtzufinden. Eine umständliche Wegbeschreibung. Sieht sie den Dom? Und diesen Ziegelbau daneben? Das ist das Gymnasium. Dorthin soll sie gehen – und dann einfach daran vorbei! Wenn sie die Rückseite erreicht hat, ist es noch ein Stück bis Haga.

Der Dialekt von Karlstad erscheint ihr grässlich und hässlich, die armen Menschen, die sich derart anhören müssen.

Als sie an dem bewussten Ziegelbau vorbeikommt, blickt sie kein einziges Mal auf.

Die Wohnung liegt im zweiten Stock, im Treppenhaus ist es feucht und dunkel.

»Guten Tag. Ich bin Edit Dahlborg, die sich um die Stellung beworben hat.«

Die Frau starrt sie an, als hätte sie noch nie einen Menschen gesehen. Aber dann breitet sich ein Lächeln auf ihrem Gesicht aus, und schau an, da ist eine, die keine Mühe darauf verschwendet hat, sich um eine Prothese zu kümmern!

Sie tritt zur Seite und lässt Edit eintreten. Willkommen! Schön, dass du hergefunden hast. Ich war so verwundert über deine Sprache, die klingt irgendwie ein bisschen primitiv, ist wirklich meilenweit zu hören, dass du von Norra Finnskoga bist. Kommt Kinder, begrüßt das Dienstmädchen, sie heißt Edit. Das hier sind Jonas und Niklas und Elna und Gustava, und hier liegt Klein-Holmfrid. Und das dort ist Boy.

Sie zeigt auf einen Hund unbestimmter Rasse, der herankommt und schnuppert.

Die Hausbesichtigung ist im Nu erledigt, die Familie wohnt nämlich nur in einem Zimmer und der Küche, und Edit wird in der Küche schlafen, was sie bereits wusste, doch nicht, dass es hier so beengt sein würde. Zuerst diese schmale Straße, auf beiden Seiten Häuser dicht an dicht, dann der dunkle Eingang und schließlich der fast ebenso dunkle Hof, mehr wie eine Burg aussehend mit all den Häusern ringsherum, Kopfsteinpflaster im Inneren und lediglich Plumpsklos und Waschbottiche an einer Pumpe. Dann das Treppenhaus, lang und schmal, Edit ist dennoch froh, dass sie nicht ganz oben wohnen. Und nun diese Wohnung, ihr ist, als würde man keine Luft bekommen, all diese Kinder und der Hund.

»Ja, und hier ist die Schlafbank, du hast die ganze Küche für dich, wir anderen packen uns zur Schlafenszeit alle ins Zimmer.«

»Aha. Danke.«

»Den Koffer kannst du unter die Bank schieben. Hast du eine Schürze mit?«

»Ja, sicher.«

»Denn dann kannst du ebenso gut gleich anfangen, hier werden keine Kinder gemacht, kann man wirklich hoffen, haha. In einer Stunde kommt mein Mann vom Hafen heim. Du kannst zum Abendessen Grütze aufbraten, hier siehst du, wie die Speisekammer geordnet ist. Und dann haben wir natürlich ein Stück Keller.«

»Ja, ich werde sofort Feuer machen.«

»Holz musst du vom Hof hoch holen, hier ist der Schlüssel für den Schuppen. Das ist gut und nahe, wenn man den

Waschkessel heizt, es fällt ja einiges an Wäsche an. Aber es ist mühsam, das Holz hier hoch zu schaffen. Obwohl auch das einen Sinn hat, irgendwelche Verschwendung kommt mir nicht in Frage.«

»Du siehst ziemlich verloren aus, wirklich, bist du nie in einer Stadt gewesen?«

»Nein, niemals. Obwohl – eigentlich war ja geplant, dass ich herfahren sollte. Um zu studieren.«

»Was du nicht sagst? Sieh einer an! Stattdessen kommst du nun als Dienstmädchen her! Aber eine Stadt lernst du jedenfalls kennen!«

Die Frau lacht herzlich und lange. Der Kleinste beginnt zu schreien. Ein nasser Fleck breitet sich auf ihrer Bluse aus, und sie setzt sich, um das Kind zu stillen.

In diesem knappen Jahr musste Edit lernen, wo es langging. Unbegrenzte Arbeitszeiten, kein Privatleben – sie wohnte schließlich in der Küche. Als Erste von allen musste sie früh raus, und dann ging es rund, bis die anderen ins Bett gegangen waren. Aber sie schlief jedenfalls traumlos, sie schlief wie eine Tote, und ihr blieb nie Zeit nachzufühlen, ob sie vielleicht traurig war.

Die Sache mit dem Brennholz wurde zum ständigen Problem. Die Frau des Hauses war so geizig, dass es in der Wohnung unentwegt zu kalt war. Die Kinder husteten, und die Nase des Kleinsten lief beständig. Dennoch wuchs er und war offenbar aus besonders zähem Holz.

Doch am Abend erlaubte sich Edit zuweilen ordentlich einzuheizen. Etwas musste der Mensch sich schließlich gönnen, also wurde es in der Küche manchmal warm und gemütlich. Edit sank am Fenster nieder und gab sich Tagträumen hin, den Blick weit über die Dächer von Haga gerichtet.

Aber dann stieß die Frau sofort die Tür zum Zimmer auf, und da drin war es kalt wie im Schuppen.

Dass Edit die Küche für sich hätte, war eine Wahrheit mit Einschränkungen, als Erstes sprang der Hund zu ihr auf die Schlafbank. Er ließ sich nicht verjagen. Wenn auch sonst lieb, war er es offenbar gewöhnt, dort zu schlafen. Hatte sie ihn abends weggescheucht, lag er unweigerlich wieder da, wenn sie am Morgen aufwachte. Er war nicht gerade klein, also wurde es ziemlich eng. Andererseits wärmte er, sie versuchte es von der heiteren Seite zu sehen. In den Briefen heim erwähnte sie ihre Probleme mit keiner Silbe.

Vom Hausherrn bekam sie nicht viel mit, der aß, schlief und hielt sich den größten Teil seiner wachen Zeit im Äußeren Hafen auf. Er war eine Art Vorarbeiter und brachte hie und da exotische Dinge mit heim wie beispielsweise Apfelsinen, die Edit noch nie gekostet hatte.

Dann eines Nachts. Dieser tollpatschige Hund, der plötzlich so schwer geworden ist! Edit, halb bewusstlos vor Müdigkeit, versucht ihn von sich hinunterzuschieben.

»Schhhh. Mädel, ich bin es doch, dein Dienstherr, sei ein bisschen nett, damit ich deine herrlichen …«

Ihr Dienstherr war nicht bei den Guttemplern, so viel war sicher.

Ein paar Tage, nachdem der Herr des Hauses ihr so großzügig den, wie er meinte, wesentlichsten Teil seines Körpers angeboten hatte, war das undankbare Dienstmädchen wieder in Dalby.

Aus den Tropen Karlstads zurück in der Tundra des Nordens, die Birken waren noch nicht einmal grün, aber es war jedenfalls hell, ja, heller als unten in Karlstad.

Natürlich freuten sie sich.

»Aber die Haare, Mädel! Wo sind denn die Zöpfe!«

»Hier!« Edit hielt einen Zopf hoch, den sie später manchmal als Haarteil benutzte. Denn jetzt trug sie die Haare geschnitten nach dem letzten Schrei, kurz, bis an die Ohrläppchen, zur Seite gekämmt und mit Wellen.

»Aber wo ist denn das Mädel selbst geblieben?«

»Ja, bist du krank gewesen?«

Nein, sie war nicht krank gewesen, aber jetzt erkannte sie sich endlich in ihrem Körper wieder. Dass es bei der Stellung in Karlstad ständig rund gegangen und es mit dem Essen zudem schlecht bestellt war, hatte das Gute zur Folge, dass sie schlank geworden war.

Dann lächelt sie ihnen zu, lacht sogar.

Die Eltern starren. Schauen sich ungläubig an.

»Für den ersten Lohn. Sind sie nicht schön?«

»Für den ersten Lohn – neue Zähne?«

◆ ◆ ◆

VII.

Die erwachsene Edit

Als die Birken in Sysslebäck ausschlugen, war sie bereits im Begriff, den nächsten Schritt zu machen, war wieder unterwegs.

Die Jugend war zu Ende, Edit war erwachsen.

Die neuen Zähne waren vollkommen, sie lächelte und lachte. Das Gebiss war nicht absolut perfekt, sondern sah ganz natürlich aus und saß auch kein bisschen locker.

Sie ging zum Tanzen in die Guttempler-Loge, gewissermaßen wiederauferstanden. Sie war völlig unerreichbar für die Lock- und Drohtöne des Vaters, ließ sich nicht wieder in die Form zurückpressen, aus der sie einmal ausgebrochen war – sie war jetzt einfach zu groß. Aber schlank und fast genauso schön wie Greta Garbo.

Auf fremde Annoncen zu antworten hatte sich als schlechte Idee erwiesen, deshalb nutzte sie von jetzt an eigene Kontakte.

Sie kannte mehrere Mädchen, die auf der anderen Seite des Gebirgskamms als Mägde oder Dienstmädchen arbeiteten, und in der Gemeinde Malung im Dorf Idbäck wurde sie fündig, dort wurden Leute gebraucht. Sie war herzlich willkommen.

Machs gut Papa. Machs gut Mama! Jetzt fahre ich. Willst du nicht runterkommen, Papa?

Aber Per war in seiner Werkstatt schwer beschäftigt, und nachdem sie mehrmals gerufen hatte, bekam sie ein Brummeln als Lebewohl.

Diese Rache verstimmte sie ungefähr fünf Sekunden lang.

Der Bus stand wartend an der neu erbauten Busgarage unterhalb von Stortäppan. Der Motor lief bereits, er dröhnte und blubberte, und die Abgase qualmten. Sie eilte rasch den Hang hinab, so dass ihr der Koffer gegen den Schenkel schlug.

Sie konnte nicht schnell genug wegkommen.

In Malung hingegen waren die Birken noch nicht einmal grün. Dort war alles zwei Wochen zurück.

Die ganze Familie saß beim Nähen von Leder, keiner hatte Zeit, um Essen zu kochen, zu backen und sich um die Kinder zu kümmern, man hatte alle Hände voll zu tun, und sie war mehr als willkommen, wurde wirklich gebraucht.

Niemand mokierte sich über ihre Sprache, es gab bereits etliche Mädchen aus Värmland in der Gegend, ebenso aus Norwegen und auch Leute, die aus Finnskogen heruntergekommen waren, alle Einwanderer waren gern gesehen, weil sie gut arbeiteten.

Allerdings musste sie zugeben, dass sie anfangs selbst ein bisschen Schwierigkeiten hatte, zu verstehen, was die Leute sagten, wenn sie zu schnell sprachen.

Sie bekam ein eigenes Zimmer auf dem Dachboden, und dann hieß es einfach, die Ärmel hochkrempeln. Die Kühe waren verkauft und der Stall zur Werkstatt für die Lederarbeit umfunktioniert, in der Vater, Mutter und die älteste Tochter von früh bis spät zugange waren. Sie kamen nur zum Essen ins Haus. Es gab auch jüngere Kinder in der Familie, aber die gingen in die Schule. Die Hausfrau gab Edit Anweisungen, was sie kochen und welche anderen Dinge sie erledigen sollte. Die Tätigkeit war frei und selbständig und viel besser als in Karlstad, selbst wenn sie nicht viel mehr Lohn bekam.

Es dauerte ein paar Wochen, um mit dem Putzen nachzukommen und alles, was liegen geblieben war, zu waschen. Die Frau entschuldigte sich. Sie war sehr nett.

Eines Tages, als die Kinder in der Schule waren und sie einen Teig zum Gehen angesetzt hatte, kam Edit in den Stall und erkundigte sich vorsichtig nach dem Gewerbe. Und sicher, ein paar Öre extra könnte sie wohl bekommen, wenn sie so gut wäre, eine gewisse Anzahl Knöpfe anzunähen oder das Futter am Ärmelloch zu befestigen, dort, wo keine Nähmaschine hinkam, Eile war geboten.

Sie arbeitete flink und war außerdem äußerst reinlich, was besonders geschätzt wurde. Sehr ordentlich, reinlich im Haushalt, als sei sie die Hausfrau selbst, auch freundlich, so lautete die Einschätzung.

Es dauerte auch nur wenige Wochen, bis sie vollwertiges Mitglied der Loge Morgenlicht war, übernommen aus der Loge Frühlingsblume in Sysslebäck. Hier lernte sie die Jugend der umliegenden Dörfer kennen.

Ja, Edits erste Zeit in diesem neuen Leben war spannend, es gab so viel zu entdecken. Die Leute waren freundlich, wenn auch auf andere Weise als daheim. Hier gab es eine Selbstsicherheit, die ihr zuvor bei Leuten noch nie begegnet war. Später kam sie dahinter, dass es an der Natur lag, seltsamerweise an deren Dürftigkeit.

Einerseits hatte es hier nie irgendwelche feinen Herrschaften gegeben, obwohl das ja auch für das westliche Tal zutraf. Aber in Värmland existierte dennoch eine wohletablierte Gutskultur, die sich bis in die Wälder hinauf auswirkte. Andererseits waren die Leute zu allen Zeiten von hier weggewandert, zumindest im Winterhalbjahr. Die unverheirateten Mädels zogen los, um als Dienstmädchen oder Rudermadam in Stockholm zu dienen oder um in Eskilstuna einen Vorrat an Scheren, Nadeln und Messern zu kaufen und dann umherzuwandern und diesen samt Axtköpfen, Läusekämmen und anderem feilzubieten. Die Männer machten sich auf den Weg zu ihrer festgelegten Tour durch die Höfe, waren vom Michaelstag bis zum Frühjahr mit dem Aufbereiten von Tierhäuten beschäftigt, worauf sie mit dem Wenigen zurückkehrten, was sie dabei verdient hatten.

Schwere Lasten, lange Wanderungen, einsame Frauenspersonen, die gerade dadurch ungemein stark wurden. Wenn sie dann heirateten, blieben sie weiter einsam, allein verantwortlich für die Kinder und die kleinen Höfe, wenn die Männer loszogen. Ein System, das in gewisser Weise gut war, da weniger Personen zurückblieben, die man den Winter über mit Essen versorgen musste.

Um unter solchen ungeordneten Verhältnissen den Zusammenhalt zu wahren, hatten die Leute von Malung eine Kultur erarbeitet, die an die der Zigeuner erinnerte, zumindest was die Sprache anbetraf, die für ihre Identität wichtig war und als Kitt diente.

Und obendrein einen Stolz. Der sollte Edit noch häufig verärgern, doch jetzt am Anfang war sie stark verwundert und beeindruckt: Was für interessante Menschen! Das war etwas anderes als diese weichen, romantischen Leute ihrer Kindheitsgegend, wo das Naturell im Sprachgewebe selbst verankert lag, in dieser norwegisch klingenden Melodie.

Die Krise war gerade überstanden. Noch vor wenigen Jahren waren achthundert Mitglieder der neuen Lederarbeiterklasse arbeitslos gewesen, aber Malung hatte sich rascher als das übrige Land erholt, in vielem aufgrund des hier existierenden Systems der Heimarbeit. Die Fabrikanten konnten ihre Verluste ausgleichen und kamen schneller wieder auf die Beine. Die Gegend heizte sich auf und sollte allmählich zu brodeln beginnen. Menschen, die Arbeit suchten, wurden angezogen, seit das Lederhandwerk an Ort und Stelle betrieben wurde.

Früher hatten die Häuter das Gewerbe auf ihren entsprechenden Touren ausgeübt, zuweilen dauerte allein die Wanderung in ihr Gebiet ein paar Wochen, ganz Mittelschweden und ein Teil Norwegens hatten sie unter sich aufgeteilt. Die Häuter gingen von Hof zu Hof und kümmerten sich nach dem Schlachten um die Tierhäute. Die seit Hunderten von Jahren bestehende Berufstradition hatte zu einem Geschick in der Aufbereitung und Verarbeitung geführt, mit dem niemand konkurrieren konnte, die Methoden waren geheim. Neben dem Malung-Dialekt existierte eine noch kompliziertere Berufssprache, damit das sauer erworbene Wissen nicht verraten wurde – die Häutermundart.

Um die Jahrhundertwende rollten die Nähmaschinen heran. Obgleich sie ein Vermögen kosteten, lohnte es sich, sie mit auf die Tour zu schleppen, inzwischen gab es ja auch die Eisenbahn für den Transport. Aber dann kam man auf eine noch bessere Idee. Nämlich stattdessen die Häute aufzukaufen und sie nach Malung zu verfrachten, dann konnte man daheim bleiben und dort nähen.

Als Edit nach Malung zog, arbeiteten mehr als tausend Menschen in der Lederindustrie. Die meisten waren noch Heimarbeiter, wie die Familie, in der sie Dienst tat, aber es gab bereits mehrere große Fabriken und weitere waren in Vorbereitung. Die Oberschicht, die allmählich entstand, war direkt der Ackerkrume entsprungen, sprach dieselbe Sprache und war verwandt mit diesem Handschuhnäher oder jenem Dienstmädchen oder auch mit denen, die so gut wie nichts besaßen. Die Distanz wurde im Laufe der Zeit mit harten Fäusten erzwungen, zu Beginn aber verstand man sich nur schwer darauf.

Die Begegnung mit der neuen Kultur, der neuen Sprache und der neuen Natur war für Edit verwirrend. Sie hatte eine Stadt kennen gelernt. Aber in gewisser Weise war das Leben in diesem breiten Tal mit seinem deutlich harscheren Klima pulsierender und abwechslungsreicher. Hier konnte sie sich vorstellen zu bleiben.

Alles ist nicht nur Arbeit. Da gibt es Tanz im Logenhaus, der Bretterboden biegt sich beim Hambo, schon rinnt der Schweiß die eine oder andere Schläfe hinunter.

Aber was denn jetzt? Die Edit ist ja wohl nicht etwa schüchtern?

Doch, tatsächlich, verschwunden ist das muntere Mädel, das dort im Westen mehr als gern und beinahe mit jedem geredet hat. Das war damals. Jetzt ist Edit ängstlich, sie fühlt sich befangen, wenn sie sieht, wie sicher all die anderen auftreten, und ihre Freundin aus Likenäs muss sie in den großen Saal puffen und schieben.

Die Musik ist mitreißend, der Hambo packt sie, sie würde sich gern im Takt bewegen. Und die Freundin wird sofort zum Tanz geholt.

Und sie nicht? Nein, sie bleibt zurück, enttäuscht, geknickt und unschlüssig, wie eine, die sich feilbietet – sie glaubt, sie müsse sich zu Tode schämen.

Knallrot zieht sie sich wieder in den kleinen Saal und zu der Küche zurück, in der sie bereits versucht hat, sich nicht erfolglos so gut wie unentbehrlich zu machen, diese riesigen Kaffeekessel sind schließlich so schwer zu bewegen.

Es ist warm wie in der Sauna, und sie packt mit an. Ihre neuen Kameradinnen sind lediglich dankbar, die eine oder andere nutzt die Gelegenheit, um nach draußen zu verschwinden und das Tanzbein zu schwingen.

Edit legt mehr Holz nach, und die neue Runde Kaffee ist bald fertig, vor dem Ausschank hat sich bereits eine lange Schlange gebildet.

Ein paar freundliche und anerkennende Worte von den anderen Mädchen richten sie wieder auf. Sie möchte so gern tanzen, aber sie erträgt diese Schande nicht, dort geprüft und gewogen und vielleicht für zu leicht befunden zu werden.

Ja, das ist der erste Tanz, den sie hier besucht, doch zuvor war sie mit ihren neuen Freundinnen zu einem der regulären Logentreffen in diesem Haus, wo sie entsprechend der Satzung von der Ursprungsloge Frühlingsblume in ziemlich feierlicher Form übernommen wurde. Bei anderer Gelegenheit hatte sie in dem proppevollen Saal einen Vortrag über Geburtenbeschränkung gehört, doch hatte sie da mit diesem Mädchen aus Likenäs so schrecklich gelacht, dass sie schließlich gezwungen waren, den Raum zu verlassen.

Es gibt auch eine Bibliothek hier, aus der sie nun das Recht hat, Bücher auszuleihen. Sie hat sich gerade den neu erworbenen Roman, das erste Buch der Schriftstellerin Moa Martinsson, ausgeliehen, das den seltsamen Titel »Frauen und Apfelbäume« trägt.

Das Logenhaus liegt in Jägra mitten zwischen den Dörfern Gärdås und Idbäck und wurde von den Leuten dieser Orte von Grund auf selbst gebaut. Es herrscht eine lebhafte Vereinstätigkeit, die Loge ist gleichsam ein zusätzliches Zuhause, in dem sich die Jugend versammeln kann.

Ja, Edit ist schüchtern, und auch wieder nicht. Sie will, und sie will auch wieder nicht, sie bereut jetzt, dass sie das Kaffeekochen übernommen hat, nun muss sie wohl hier bleiben, bis die Hitze sie noch selbst gar gekocht hat.

Da steht er plötzlich in der Tür. Sie glaubt, er will etwas holen, was tut ein Mann sonst in einer Küche wie dieser?

Sie hat ihn schon früher einmal gesehen, aber nicht weiter an ihn gedacht. Jetzt aber steht er da, und verbeugt sich? Sagt, darf ich bitten?

Wie lange muss er denn da stehen bleiben? Begreift sie nicht, wie er sich fühlt, die Augen all der Frauen auf sich gerichtet, sie will ja wohl nicht nein sagen? Eine ungeschriebene Regel besagt doch, dass man niemanden ablehnt, der nüchtern ist. Und das ist er ganz klar.

Sie schaut sich zögernd um. Da tritt eine ältere Frau zu ihr und sagt, ich kann mich um das hier kümmern, geh nur!

Und sie begegnet endlich seinem Blick, lächelt leicht, streckt die Hand aus und antwortet: Ja, gern!

Er ergreift ihre Hand, zieht ihren Arm unter den seinen, und zusammen gehen sie hinaus zum Tanz.

◆ ◆ ◆

Es ist im August 2004, als ich in der Buchhandlung von Malung mein letztes Buch »Was tief im Wald geschah« signiere. Es ist warm und gemütlich, und zu meiner Freude tut mir allmählich der Arm weh. Einen solchen Schmerz kann man ertragen, milde ausgedrückt. Alles andere ist in diesem Augenblick weit entfernt.

Da kommt eine Frau zu mir heran, die mir fremd ist, und sagt, sie hätte meine Eltern gekannt, als sie in der Lederwerkstatt der Gebrüder Eriksson arbeiteten. Sie wolle nur erzählen, falls es mich interessiere, dass sie ungemein verliebt gewesen seien! Ja, sie hätten nur Augen füreinander gehabt, wären so leidenschaftlich und romantisch gewesen, dass ich es mir kaum vorstellen könne.

Nein, ich kann es mir nicht vorstellen, erwidere ich.

Eine Pause entsteht.

Dann werde ich zornig.

Werde von Zorn überrumpelt, der vom Bauch nach oben steigt und in einer schroffen Antwort resultiert.

»Sie waren ja wohl nicht verliebt. Ich habe keine Spur davon gesehen, und ich war schließlich dabei, ich war ihr Kind!«

Ihren lahmen Protest akzeptiere ich nicht, und da geht sie.

Im Gegenteil: Streit, Widerwillen und danach Verdruss über die vergeudeten Jahre. Und man selbst saß dabei als unselige Quittung dafür, dass der Coitus Interruptus eine wertlose Methode ist.

Obwohl, als ich dann später nachdachte ... Da gab es schließlich diese Erinnerung. Ich erinnere mich sehr wohl. Einmal, ein einziges Mal, bei einer einzigen Gelegenheit. Aber da habe ich die Sache kaputt gemacht, habe alles zerstört.

Ich war noch nicht groß, vier oder fünf Jahre vielleicht. Da ertappte ich sie. Mama saß auf Papas Schoß, und er fasste sie überall an und lachte. Das sah so lustig aus. Ich hatte geglaubt, dass nur Kinder auf dem Schoß sitzen können. Was ich übrigens tat, sobald sich die kleinste Gelegenheit bot, um etwas wie Zärtlichkeit auch von einem zerstreuten, weltfremden Papa zu bekommen.

Aber jetzt saß Mama dort. Sie bemerkten mich nicht.

Es herrschte eine Stimmung, die mich mitten im Schritt stehen bleiben ließ. Eine Atmosphäre, in der diese beiden völlig unerreichbar waren, außer füreinander.

Ich rannte hin. Aber warum tat ich das? Verstand ich nicht, dass der Vogel wegfliegen würde? War es Eifersucht? Oder der unglückselige Trieb des Kindes, Dinge auseinander zu bosseln, um zu sehen, wie sie funktionieren? Warum hab ich das getan?

Ich kletterte auf Mamas Schoß, die ja bereits auf Papas saß. Er lachte ein wenig über mich, ach, da sei ich ja.

Aber Mama nahm mich nicht in die Arme, wie ich geglaubt hatte. Sondern griff stattdessen nach Papas Händen, schob sie ungeduldig fort und stand so heftig auf, dass ich auf den Boden plumpste. Und da war es nicht mehr lustig. Auch diese besondere Stimmung war verflogen, verweht wie der Duft des Birkenholzrauchs. Und kam danach niemals wieder.

Nie ist sie wiedergekommen. Und das hier ist das Einzige, was ich habe. Von dem anderen hingegen – Unmengen.

Aber davor, da waren sie also verliebt? Das kann ich schließlich begreifen. Hier ging es wahrhaftig nicht um einen Brautkauf, im Gegenteil, als Mutter ihn im westlichen Tal vorstellte, da war er nicht gut genug, war vom ersten Moment an durchgefallen.

Er war der totale Gegensatz zu Per. Kann das der Grund gewesen sein, weshalb sie sich für ihn entschied? Einen friedlicheren Menschen als Helmer kann man sich kaum vorstellen. Obwohl körperlich stark, war er dennoch vollkommen unfähig zu schlagen, verstand überhaupt nichts von Gewalt. Sein Vater hatte die Kinder ebenfalls nicht geschlagen, auch niemand sonst. Es war ein großes Ereignis, als sein Vater dem Pferd einmal eins versetzte. Das ihn übrigens dafür gebissen hat, und das schien Tros Lars gefreut zu haben. Er erzählte allen von der Rache des Pferdes.

Sie waren also verliebt gewesen. Diese Geschichte ist jetzt da. Auf meinem PC fluche ich in Arial Narrow. Es sieht schrecklich aus auf dem Bildschirm. Ich drücke auf Delete. Wehre mich, stemme mich gegen Türrahmen und Schwelle, will nicht in diesen Raum. Es ist nicht nur unerfreulich und verlogen, es würde mir obendrein pervers vorkommen. Ebenso wenig wie meine Tochter die intimsten Dinge über mich und ihren Vater wissen will, will ich bei meiner Mutter im Bett landen.

Niemand kann mich zwingen, jetzt, wo ich an der Schalttafel sitze und Handlung und Gestaltung der Geschichte dirigiere.

Ich will ganz einfach nicht. Also werde ich die Sache von außen angehen – zwar ist das nicht sehr elegant, aber das lässt sich nicht ändern. Theoretisch verstehe ich, dass sie Verlangen empfunden haben müssen und ihre Gefühle wohl Liebe genannt haben. Aber ich, die in der ersten Reihe saß, habe nie etwas davon bemerkt.

Andererseits, da ich mich nun der Gegenwart nähere, liegen die Ereignisse und Menschen immer dichter auf dem Frequenzband, das Rauschen wird so intensiv, dass ich mich an diesen Teilen vorbeischmuggeln kann. Außerdem habe ich Glück, mir bleibt Zeit, Anlauf zu nehmen, denn zunächst bleibt Helmer der Loge ein ganzes Jahr fern.

♦ ♦ ♦

Noch ein paar Mal musste er in den kleinen Saal und durch die Tür dieser Küche gehen, um sie aufzufordern. Warum versteckst du dich, wagte er zu fragen. Macht dir das Tanzen keinen Spaß?

Was sollte sie sagen? Dass es um dieses Auswählen ging, wo sie wie eine Närrin dastehen und sich zur Schau stellen sollte. Und vielleicht befand man sie dann ja als zu hässlich oder zu dumm.

Sein kühnes und dennoch schüchternes Werben bestärkte jedoch ihr Selbstvertrauen. Sie wagte am Ende dort stehen zu bleiben, einfach weil sie wusste, dass sie auf jeden Fall mit ihm rechnen konnte.

Aber dann verschwand er. Ein Tanzabend folgte dem anderen, doch er tauchte nicht auf. Sie war absolut nicht verliebt, er war ja vierzehn Jahre älter. Doch er war ein Freund, äußerst vorsichtig, vermutlich schüchtern, zugleich aber kühn und energisch, wenn es um Tanz und Politik ging. Und geradezu gelehrt, fand sie, obgleich er Leder nähte und im Wald arbeitete, genau wie die anderen.

Als eines Tages sein Name genannt wurde, erfuhr sie, dass das Bild über der Bühne des großes Saals von ihm stammte.

So oft hatte sie schon den kurzen Text gelesen – Die Welt ist unser Feld – und das rein naturalistische Motiv bewundert: Der Västerdalälven draußen vor der Tür war hier im Bild mit dem säenden Malung-Bauern und seinem Mädchen, das ihm unter den Birkenkätzchen das Mittagessen bringt. Romantisch, mit Leimfarbe gemalt, ein künstlerischer Ausdruck, der vielleicht seine Seele spiegelte? Sie hätte ihn bitten wollen, noch mehr von dieser Vision zu erzählen, über diesen inneren Raum, aber wo steckte er?

Er habe Trauer, erfuhr sie, seit sein Vater den Weg allen Fleisches gegangen war. Doch nicht nur das. Der Hof selbst war nur um Haaresbreite davon entfernt, in einer Zwangsversteigerung dahinzugehen, einschließlich des Pferdes und der beiden Kühe.

Der Vater hatte als Vermesser von Probeholzschlägen gearbeitet und darum gebeten, eine eiskalte Quelle umgehen zu dürfen, doch das wurde ihm nicht erlaubt. Das Seil sollte quer hindurchgezogen werden, wobei er bis zur Taille nass wurde. Dann musste er den ganzen Tag so weiterarbeiten, darauf zehn Kilometer heim nach Gärdås radeln, wo er sich ins Bett legte und zu phantasieren begann.

Das passierte neunzehnhundertvierunddreißig. Sobald der Vater unter der Erde war und Helmer alle Rechnungen und andere Papiere durchsah, wurde ihm klar, dass sie ruiniert waren. Die Mutter hatte nichts gewusst.

Zusammen mit seinem Bruder begann Helmer mit dem Nähen. Die gewaltigen Schulden waren entstanden, als der Vater die Abholzung eines Waldstücks auf sich genommen hatte, was der Eigner von Pferd und Wagen normalerweise tat, um im Nachhinein die Arbeiter selbst zu entlohnen. Als Lars die Männer ausbezahlt hatte, blieben ihm mehrere tausend Kronen Miese.

Im Laufe dieses Jahres kam Helmer kein einziges Mal ins Logenhaus. Er konnte es sich nicht leisten. Und übrigens nähte er im Akkord, jede Taschenklappe mehr, die er schaffte, bevor ihm die Augen zufielen, konnte die Rettung ihres Zuhauses bedeuten.

Aber dann tauchte er also wieder auf, er hatte die Sache geregelt. Und Edit freute sich überaus ihn zu sehen, sie war selbst erstaunt darüber. Dieser lautstark redende, konfuse und dennoch intelligente Mann hatte etwas Rührendes an sich. Er war ganz und gar nicht wie die anderen. Vor allem geriet er nicht in Wut, jedenfalls nicht so wie ihr Vater. Und genau das gefiel ihr.

Ja, sie landeten bei den Gebrüdern Eriksson. Die Arbeit als Dienstmädchen war in einer anderen Zeit wohl gut genug gewesen, jetzt aber galt es, in die Fabrik zu kommen. Plötzlich gab es da so vieles, was Edit kaufen wollte – Radio, Fahrrad und Damenschuhe, auf keinen Fall mehr hausgemachte, – und alles kostete Geld. Die Fabrik zahlte besser.

Um es nicht so weit zur Arbeit zu haben, mietete sie ein kleines Zimmer in Hole, die Werkstatt lag auf der anderen Seite der Straße. Zufälligerweise begann auch Helmer genau dort.

Ihr Zimmer war kalt, deshalb kaufte sie zuallererst einen kleinen Kanonenofen, da eine richtige Wärmequelle fehlte. Andererseits war die Miete niedrig. Den Ofen kaufte sie auf Raten, und als er abbezahlt war, kam als Nächstes das Radio dran. Dass sie einmal eins besitzen sollte!

Eine glückliche Zeit, und noch war sie frei. Bewerber gab es übrigens auch. Sie lachte mit ihren schönen Zähnen, tanzte immer unerschrockener, aber keiner war dabei, den sie wollte.

Er hatte damit angefangen, ab und zu bei ihr hereinzuschauen, bevor er heimfuhr.

Er klärte sie über die Sozialdemokratie auf, er war mit der Sache bestens vertraut, und es war jetzt Zeit, höchste Zeit, dass man die Arbeiter organisierte, sowohl jene, die daheim nähten, als auch die anderen in der Fabrik – diese Anarchie bei den Löhnen.

Aber er kannte auch andere Dinge, wie den Dichter Dan Andersson, und dann war da dieses entsetzliche Buch, von dem man in der Loge sprach, er war es gewesen, der den Kauf durchgesetzt hatte. »Die Göttliche Komödie« hieß es, und auf dem Umschlag waren jede Menge nackter Menschen zu sehen, Purgatorio und all das. Ein Waldarbeiter hatte es versehentlich ausgeliehen, er glaubte, es enthalte Erzählungen von mehr obskurer Art. Wieder zurück in der Holzfällerhütte war er maßlos enttäuscht worden.

Edit lachte, und Helmer hatte noch mehr Geschichten auf Lager. Er war fast wie ein eigener Fortsetzungsroman, den sie einfach weiterlesen musste, obgleich sie, so oft wie nur möglich, auch richtige Bücher auslieh.

Eines Abends, als er heimwollte, goss es wie aus Kannen. Aber sie hatte doch einen Schirm, den könnte er leihen. An diesem Abend fiel der Abschied schwer, da gab es ein Verlangen, ja, so war es. Aber er war doch so viel älter, sie konnte doch wohl nicht? Er war doch schon ein ziemlich alter Zausel und außerdem ein Arbeitskollege. Sie trat zurück, er dankte, weil sie ihm den Schirm lieh und tat, als hätte es dieses leichte Vorfühlen nicht gegeben, das sie so feinfühlig abgewehrt hatte. Dann ging er.

Aber war im Handumdrehen wieder zurück. Dieser Schirm, genau darum ging es. Wie sollte sie denn am nächsten Tag trocken in die Werkstatt kommen? Er musste ihn zurückgeben.

Das war gentlemanlike, milde ausgedrückt. Zum ersten und letzten Mal, aber das konnte sie schließlich nicht wissen.

Bis zu ihm nach Hause waren es mehrere Kilometer. Draußen war es nass, und stockfinster.

Es war, als ließe sich die Luft zwischen ihnen mit dem Messer schneiden.

Komm rein, sagte sie. So übel will ich dir nicht.

Am nächsten Morgen zögerte sie. Sie waren doch Guttempler, dennoch war ihr, als sei sie betrunken gewesen. Wenn ihn nun jemand von hier kommen sah?

Lass sie reden, sagte er. Ich bin einfach nur stolz, dass du mich haben wolltest.

Sie fuhr zusammen. Wollte sie denn? Wollte sie ihn wirklich haben?

Ja, denn sie war ja wohl kein männerverschlingender Vamp? Es war doch wohl klar, dass sie ihn haben wollte? Weshalb hätte sie sonst zugelassen, dass er auf diese Weise mit ihr umging? Und es war ja außerdem viel besser gelaufen als damals mit dem schönen Harald.

Helmer hatte Schutzmittel. Er hatte versprochen, dass sie nicht schwanger würde. Das hatte die Sache entschieden.

Ein Mann, der ihr kein Kind machte, genau einen solchen wollte sie haben.

♦ ♦ ♦

Nein, die Vorstellung des Verlobten bei ihren Eltern wird kein Hit. Per setzt eine mürrische Miene auf, und es wird nicht besser davon, dass Helmer laut lachend berichtet, dass er schon einmal in ihrem Haus gewesen ist, und zwar mit der Loge, irgendwann im Jahr fünfundzwanzig, und dass er damals das kleine Mädchen mit den langen Zöpfen gesehen hat, die er nunmehr als seinen Schatz präsentieren kann!

Edit sieht, wie sich der Sinn des Vaters weiter verhärtet, und sie befürchtet, dass er einen seiner cholerischen Ausbrüche bekommt. Das hier ist kein guter Start für ihr Zusammensein und schon gar nicht für den fünfzigsten Geburtstag von Mama Stina. Vor und im Haus ist bereits alles voll mit Verwandten und Nachbarn, und ein persönlicheres Gespräch lässt sich unter diesen Umständen nicht führen. Im Gegenteil, Edit und ihr vermutlicher Verlobter stehen wie auf dem Präsentierteller und müssen die unvermeidliche Musterung über sich ergehen lassen.

Stina hingegen verhält sich freundlich und sanft zu dem fremden Mann. Sie müht sich, Pers schlechte Ausstrahlung fröhlich zu überspielen, indem sie von anderen Dingen redet, während sie alles an Kaffeegebäck auf den Tisch bringt, was das Haus zu bieten hat, obwohl Edit sich gerade in diesem Moment nach richtigem Essen sehnt.

Sie bereut das Ganze, wie verkehrt es doch gelaufen war. Plötzlich sieht sie Helmer mit Pers Augen – ist sie denn seit jener Schirmnacht blind gewesen? Ein lauthals redender Mann mittleren Alters ohne Geschmeidigkeit und Schliff, selbstsicher und zugleich unsicher und nahezu autoritär, noch immer mit einem Bein im uralt Bäurischen stehend. Gleichzeitig aber war sein Blick nach vorn gerichtet, er war der reinste Agitationsapparat, gerade hatte er Anteil daran gehabt, die sozialdemokratische Parteigruppe Vorwärts in Malung zu gründen, und ist völlig erfüllt von dieser neuen Aktivität. Das ist nicht sonderlich höflich, er vergisst vollkommen, sich für diejenigen zu interessieren, deren Gast er ist.

Hier heißt es einzugreifen, damit Helmer nicht das ganze Geburtstagsfest an sich reißt und eine Parteiversammlung daraus macht, mit sich selbst als wetterndem Per Albin Hansson im Zentrum, die Gäste in seiner Nähe blicken bereits verwundert. Freilich sind die meisten seiner Ansicht, aber hier geht es doch um Stina, die Geburtstag hat, verwechselt er da nicht etwas?

Zum Glück wird die ganze Vorstellung unterbrochen, als Tante Karen und mehrere ihrer nunmehr erwachsenen Kinder den Hang von der Bushaltestelle heraufkommen. Edit sieht, dass sich Stina so sehr freut, dass sie ihnen am liebsten entgegengelaufen wäre. Aber sie ist so geschwächt und alt und kann nur auf der Vortreppe stehen und sie strahlend begrüßen. Ihr Haar ist noch immer dick, inzwischen aber stahlgrau, geflochten und von einem Netz aufgefangen, das mit vielen derben Haarnadeln befestigt ist. Ihre Gestalt ist zusammengefallen und deformiert, von weiblicher Schönheit ist nichts mehr geblieben. Am Halsausschnitt trägt sie jene Brosche, von der Edit weiß, dass Per sie ihr einst als Verlobungsgeschenk gab. Edit empfindet eine so große Zärtlichkeit und ein solches Mitgefühl mit ihrer Mutter, dass ihr die Tränen in die Augen schießen.

Sie bleiben noch ein paar Tage, doch aufgrund des Festtages ergibt sich erst am letzten Abend vor ihrer Abreise die Gelegenheit zu einem persönlicheren Gespräch.

Per ist mit Edit allein geblieben. Dieser Verlobte, das meinst du doch nicht im Ernst? Was ist das für ein Mann? Was besitzt er? Und dieses Auftreten, als sei er der einzige

Mensch auf der Welt! Und was für Tischmanieren! Und dieser Ton! Da hast du bestimmt falsch gewählt, mein Mädel, das garantiere ich dir.

Jetzt wird Edit böse. Die Tischmanieren! Als ob die wichtig wären! Du aber wolltest immer etwas Besseres sein – gib es zu! Ich lasse mir solche Allüren nicht gefallen, ich finde, dass man alle gleich bewerten muss, und was soll das übrigens heißen, was er besitzt? Er ist, der er ist. Das reicht ja wohl. Und er ist der netteste Mann, den ich kenne, hat keiner Fliege je was zuleide getan. Das ist jedenfalls mehr, als du von dir sagen kannst. Außerdem hat er eine Menge gelesen, mehr als du und ich zusammen, und ein Gespräch mit ihm ist nie nur bloßes Gerede.

»Er hört doch nicht zu. Er redet nur immer selber.«

»Das musst gerade du sagen. Ein Despot wie du, das weiß ich genau, wird er nie werden. Doch glaube ich, dass er ein guter Vater sein würde. Er mag Kinder, aber wir werden keine haben, das ist beschlossene Sache. Aber er hat ein Herz für alle, die schwach sind.«

»Ach so, ihr werdet keine haben? Aber die werden euch haben!«

Voller Zorn sauste Edit die Treppe hinunter zur Mutter in die Küche, wo Helmer auf einem Stuhl saß und Zeitung las. Wenn hier unten etwas zu hören war, zeigten sie es mit keiner Miene.

Was für ein entsetzlicher Erdrutsch dort im norwegischen Lodalen, sagt Helmer. Vierundsiebzig Tote, als das Wasser über die Ufer stieg und der Berg nachgab.

Ich habe davon geträumt, sagt Stina. Es ist so seltsam, genau dasselbe geschah damals, mit fast genauso vielen Toten und im selben Tal. Das war, als ich gerade geheiratet hatte. Ihr wollt doch wohl nicht heiraten, ich meine noch nicht? Ihr kennt euch ja wohl noch nicht genug?

»Meinst du, das ist ein Omen?« Edit lächelt. »Ein schlechtes Omen also, da hast du dich wohl verraten, Mama.«

Stina lächelt zurück. »Ja, so kann man es vielleicht sehen. Oder es passiert etwas anderes Schlimmes.«

»Dass wir zusammenziehen?«, wirft Helmer lachend ein.

»Wollt ihr das?«

»Mein Zimmer mit Ofen ist zu klein. Also haben wir zwei Zimmer auf dem Dachboden eines Hofes gemietet.«

»Ihr seid doch aber nicht verlobt?«

»Nein. Wozu auch?«

»Ich verstehe. Neue Zeiten. Wir Alten sollen den Mund halten.«

»Du brauchst dir keine Sorgen zu machen, Mama. Du weißt, was ich meine – ich weiß, was ich tue.«

♦ ♦ ♦

Sie wurde in eine Familie eingeführt, in der alle Olof, Anna, Kersti oder Lars hießen. Helmers Vater hatte Tros Lars Olsson geheißen, weil dessen Vater Olof hieß. Helmer hieß demnach Tros Helmer Larsson. Aber kurz vor seinem Hinscheiden hatte Lars diese altertümliche Namensgebung modernisieren wollen. Also beantragte er und erhielt die Genehmigung für den Nachnamen Trosell, gebildet aus dem Hofnamen, der verschwand.

Der Hof war klein und uralt. In der Stube lagen die dicken Bohlen direkt auf dem Erdboden. Zwei Familien hatten sich während Helmers Kindheit in den zwei Räumen gedrängt, insgesamt neun Kinder, so dass er und sein Bruder im Stall schlafen mussten.

Das Häuschen war jetzt durch ein Obergeschoss erweitert, in das der frisch verheiratete Bruder gerade eingezogen war.

Die Mutter war die wichtigste Frau in Helmers Leben. Damit musste Edit sich abfinden. Im Stillen meinte sie, dass diese Person all die Achtung nicht wirklich verdiente. Allein was die Hausfrauendinge anging, hatte Edit ein ganz Teil an ihr auszusetzen. Vor allem aber war es ihre Art, dieses selbstbewusste Auftreten trotz all dieser Einfachheit, was Edit aufregte. Die Schwägerin ihrerseits war freundlich und nett.

Und es gab so viel anderes, was passierte, dass sie nicht vorhatte, sich über die Schwiegermutter zu grämen, zumal diese acht Geschwister hatte, das ganze Dorf war somit voll mit Helmers Cousins, und fast alle gehörten den Guttemplern an.

Es herrschte ein ewiges Kaffeetrinken, sobald die Arbeit beendet war, man tauschte sich lebhaft und intensiv aus, und nur beim Radiohören schwiegen alle. Die Frauen assistierten, aber mischten sich selten in die Diskussion. Meist waren es die Männer, die debattierten und Geschichten und Witze erzählten, alle liebten das, und das Beisammensein konzentrierte sich vor allem darauf. Die erzählten Dinge wiederholten sich, aber das fand keiner langweilig, im Gegenteil, durch ständige Nachbesserungen wurden die Darstellungen immer perfekter. Die Frauen hielten die Stimmung in Gang, indem sie lachten und zu weiteren Geschichten ermunterten und indem sie einfach da waren mit Verpflegung und Wärme.

Die Loge organisierte Ausflüge mit Lastwagen nach Vansbro und Lima, wo sich Helmer und andere an Frage- und Antwortspielen zugunsten des spanischen Volkes beteiligten. Im Saal der Volkshochschule bekam er Gelegenheit zu brillieren, indem er Esaias Tegnérs Gedicht »Svea«, das die Größe Schwedens rühmt, in Gänze vortragen konnte. Diese Sicherheit! Zu jener Zeit war Edit noch beeindruckt und schwieg.

Dennoch wollte sie ihm sagen, dass all das, was diese Politik betraf, langweilig war. Zugleich aber wusste sie, dass sie eventuell nur einen herablassenden Blick ernten würde. Es wäre zu ihrem eigenen Schaden, wenn sie dieser Sache Ausdruck verlieh. Sie wusste wohl auch selbst nicht genau, was sie meinte, wusste nur, dass es sie nicht berührte, dass sie sich nicht wiedererkannte.

Man muss sich auch vorstellen, dass sie verliebt war und sich somit auf fast alles einließ, vor allem auch darauf, sich völlig um ihrer beider Zuhause zu kümmern. Es gab keine dieser Neuerungen, also wurde ihre Freizeit größtenteils von hausfraulichen Tätigkeiten beansprucht. Sie war als solche tüchtig und geschätzt von ihren Arbeitskameraden, den Nachbarn und Helmers großer Familie. Ein Mann am Backtisch war ein Unding, genau wie am Waschzuber oder mit der Scheuerbürste am Boden kniend.

Denn sie dürfte doch wohl gemerkt haben, dass er nicht einmal Kartoffeln kochen konnte. Trotzdem fand sie sich damit ab. Vielleicht dachte sie, dann leuchte ihr Stern umso heller, denn schließlich lag ihr daran, dass sie gemocht und gern gesehen wurde, besonders seit sie so schüchtern geworden war.

Dass er verliebt war, stand außer Zweifel, das sagte er zu jedem, der es hören wollte. Die Liebe zeigte er am liebsten nachts. Er hatte spät angefangen, also hatte er viel nachzuholen. Auch was das anging, kann man sich vorstellen, dass Edit sich nicht nur dareinfand, sondern es vielleicht sogar mochte, auch wenn sie später alles Derartige klar verneinte. Die Liebe ist blind. Doch wenn sie vergangen ist, wird man auch blind für das, was gewesen ist. Nach all den Jahren kannst du doch wohl endlich zugeben, dass auch du damals Verlangen verspürt hast, Mama?

Aber die Antwort ist nein. Sie gibt nichts zu, selbst wenn ich ihr bis in die Hölle folgen sollte, damit ich es nur wisse!

Helmer hat eine Arbeit beim Holzeinschlag in Lisshån übernommen. Die Werkstatt der Gebrüder Eriksson ist nicht sehr groß, ihr fehlt der tägliche Kontakt zu ihm, und die anderen erscheinen ihr langweilig, sie sind hier ja nur recht wenige, und keiner von ihnen ist in ihrem Alter.

Die Entlohnung selbst ist schwer zu verstehen. Sie verdient weniger als die anderen Mädchen in der Loge, der Akkord ist in jeder Werkstatt verschieden, sie begreift nur, dass der ihre zu niedrig liegt.

Im Hintergrund sieht sie Tag für Tag den Schornstein, den großen Industrieschornstein der Jofa-Fabrik. Der ihr gleichsam zuruft: Komm her! Mit jedem Tag ist ihr, als rücke er näher.

Dann erhebt sie sich eines Tages von der Maschine. Es kommt vor, dass die Arbeiter während der Arbeitszeit Gänge erledigen müssen. Der Chef sagt deshalb nichts, sie arbeiten ja im Akkord.

Diese Fabrik ist riesig. Mehrere hundert Leute sind dort tätig. Im Keller hat der Betrieb eine eigene Gerberei, und in den Geschossen darüber sitzen die Leute reihenweise an den Maschinen und nähen.

Breite Treppen, ein Aufzug für die Stapel von Tierhäuten und eine Stempeluhr, ihr dreht sich der Kopf, alles ist so modern und neu, und alle sind überaus beschäftigt, sie schaffen es kaum aufzublicken. Der schwere Ledergeruch ist intensiv, viel stärker als in der kleineren Fabrik.

Sie bekommt Arbeit als Stanzerin und kann bereits am nächsten Tag anfangen. Es gibt keine Regelung, die besagt, dass sie bei den Brüdern bleiben muss.

Die großen Fabriken ziehen die Leute wie Magnete an, obwohl die meisten noch immer daheim nähen.

Die Arbeit ist einfach, Vorkenntnisse sind nicht erforderlich, sie gehört zu einem Trupp von sieben Leuten, die alle Leder ausstanzen, sie selbst für Handschuhe, die dann von anderen zusammengenäht werden.

Am ersten Tag erfährt sie, dass kein Einziger vor ihr mit dieser Maschine klargekommen ist, ohne sich die Fingerspitze abzustanzen.

Diese Warnung nimmt sie sich zu Herzen, und innerhalb von fünf Jahren bekommt die Maschine nicht einmal einen Fingernagel von ihr.

Die Sache hier wird schon gut laufen. Sie kennt bereits einige und wird rasch mit jener Arbeiterin bekannt, die dicht neben ihr steht, einem Mädchen namens Maria. Diese hat jahrelang daheim gesessen und dort mit ihren Eltern genäht, jetzt aber hat sie den Schritt in die Fabrik gewagt, endlich hat sie eine geregelte Arbeitszeit. Zu Hause nähte sie mindestens zwölf Stunden am Tag und verdiente trotzdem schlechter als hier.

Maria ist hellhäutig und zart. Sie hat etwas Zerbrechliches an sich, Edit glaubt, dass sie zu Hause streng gehalten wird und dass dieser Schritt, den sie getan hat, geradezu ungeheuerlich ist. Dennoch aber wohnt sie noch dort, also können sie nicht völlig zerstritten sein. Edit und sie sitzen mittags meist zusammen und essen ihre Brote. Maria ist kein Mitglied der Loge. Als Edit sie fragt, antwortet Maria, dass sie nicht weiß, warum sie nicht dabei ist. Auf die nächste Frage lacht sie zur Antwort so sehr, dass ihr fast die Luft wegbleibt: Ob sie trinke?

Edit gefällt es, an etwas Großem beteiligt zu sein. Als die Lederhemden und Westen und Handschuhe dort in großen Haufen liegen, hat sie das Gefühl, wirklich etwas Bedeutungsvolles zu tun. Und sie versteht, dass der Fabrikant Gewinn damit macht.

Der Fabrikant, ja. Da haben wir ihn. Er kommt angeschlichen, um einen Blick auf die Neue zu werfen. Er ist bei allem dabei und schläft offenbar nie. Jung ist er ebenfalls und bereits verheiratet und Vater mehrerer Kinder. Sein Blick ist scharf. Eine Schönheit ist er nicht, aber er hat etwas Unbezwingbares an sich, einen Willen, der ihn um jeden Preis voranbringt. Noch vor nicht allzu vielen Jahren war er ebenso arm wie die anderen. Als Siebzehnjähriger hatte er seine erste Geschäftsreise mit ein paar einfachen Produkten gemacht – und schaut euch an, was daraus geworden ist. Er stellt eine Frage, aber Edit gerät in Verlegenheit, weil sie so schnell und außerdem in Malungs Mundart erfolgt: *Hökkin a du vyry dennä inna du kam jåt?* Bei wem ist sie gewesen, bevor sie herkam?

Zum Glück kommt ihr der Vorarbeiter zu Hilfe: *O a vyry dannä bröron.* Sie war bei den Brüdern. Niss Oskar lacht zufrieden – aha, bei den Brüdern ist sie gewesen, aber das war also nicht gut genug? Ja, hier ist es viel besser.

Von Solidarität zwischen den Fabrikanten ist damals keine Rede. Aber die Arbeiter werden indirekt dafür sorgen, dass sie sich organisieren, wenn die Zeit reif ist.

♦ ♦ ♦

Helmer nimmt Edit mit auf ihre erste Erste-Mai-Demonstration. In Reihen gehen sie um das Dorf Grönland herum, und das Ganze wird mit einer Rede auf Lisellska torget beendet, Edit friert erbärmlich. Hinterher erinnert sie sich an nichts mehr, während Helmer das Gesagte fast Wort für Wort wiedergeben kann.

Dann geht es zum Kino, etwas später im selben Monat. Es kommen so viele Leute, dass drinnen und draußen alles schwarz ist. Es herrscht ein unbeschreibliches Gedränge, mehr als achthundert Lederarbeiter zeigen auf diese Weise ihr Interesse an den Worten des angereisten Funktionärs Lantz. Da die Mehrzahl keinen Platz findet, werden Lautsprecher in den offenen Fenstern angebracht, damit die Draußenstehenden das, was drinnen geschieht, verfolgen können.

Sie erfahren, was eine Gewerkschaft ist und wie man eine solche bildet. Der Handschuhnäher Georg Larsson erklärt, dass die chaotische Akkordsituation dazu führt, dass nicht einmal die Fabrikanten selbst in allen Fällen wüssten, was sie bezahlten. Die Heimarbeiter müssten Nähmaschine und Garn und eine Ecke in der Küche oder im Schuppen zur Verfügung stellen, und auch das Material sei eigenhändig abzuholen und zurückzubringen, und klagen dürfe man nicht, aber jetzt sei die moderne Zeit angebrochen, die Situation könne nicht mehr wie im neunzehnten Jahrhundert bleiben.

Enthusiasmus war zu spüren, und schon bei dieser ersten Versammlung unterschrieben hundertsiebzig Personen, dass sie Mitglieder einer eventuellen eigenen Sektion der Vereinigten Verbände werden wollten. Helmer unterschrieb selbstverständlich und bestimmt auch Edit. Maria hingegen hatte es eilig heimzukommen und verschwand in der Menge. Ja, ja, dachte Edit. Die zu Hause arbeitenden Eltern der Freundin waren auf der Zusammenkunft schließlich auch nicht zugegen.

Nach diesem Ereignis war es, als ginge ein Gespenst in dieser Gegend um, und die Wangen aller färbten sich rot. Eines Morgens, als Edit zur Fabrik eilte, war an fast jedem Telegraphenmast ein Anschlag angebracht, und als sie las, was dort stand, wurde sie bleich vor Schreck. Gemäß des Auszugs aus dem Strafgesetz konnte man unter bestimmten Umständen im Gefängnis landen, es war nicht schwer zu verstehen, dass die Fabrikanten ihre Schlussfolgerung gezogen hatten und sich darüber klar waren, was eine Gewerkschaft anrichten konnte. Aber sie gedachten zurückzuschlagen. Und offenbar hatten sie das Gesetz auf ihrer Seite.

Helmer beruhigte sie, man wolle ihnen damit nur Angst einjagen, sie werde schon sehen, bald gebe es geregelte Zahlungslisten und keine Ungerechtigkeiten mehr wie jetzt.

Aber es sollte noch schlimmer werden. Den erwähnten Georg Larsson warf man umgehend hinaus. Und nicht nur ihn. Seine ganze Familie, die daheim saß und nähte, war von einem Tag auf den anderen arbeitslos.

In der Werkstatt, in der er tätig war, wurde deshalb überaus wenig getan. Am Ende lag die Arbeit völlig danieder. Flüche und Schreie und harte Worte, keiner wollte sich fügen. Georg zog von zu Hause weg, um den Druck auf die Familie zu lindern. Zu guter Letzt bekamen sie ihre Arbeit zurück, er selbst übrigens auch. Und auch wieder nicht, weil er sofort beurlaubt wurde. Obendrein von seinem eigenen Onkel!

Zwei Wochen später wurde die Sektion auf einer Versammlung mit mehr als fünfhundert Teilnehmern gegründet. Helmer wurde in den Vorstand gewählt.

Es gab viel zu tun mit Protokollen und Zahlungslisten und Versammlungen und wieder Versammlungen, wo es darauf ankam, dass man reden und auch zuhören konnte. Einige Jahre später hat er keine leitende Position mehr inne, und leider hat die Gewerkschaft da klug gehandelt. Helmers unkonventionelle Art passte ganz und gar nicht in diese Struktur. Er hätte weiter romantische Bilder mit Birken malen und sich nicht in die Politik oder Ähnliches begeben sollen, wo er eigentlich nicht hingehörte. Es ist traurig, das feststellen zu müssen, aber so war es.

Er sitzt in der Leitung, und Edit sieht ihn fast nie. Im August liegt der Vorschlag eines Tarifvertrags vor, und im September werden Verhandlungen mit den sich zu diesem Zeitpunkt einigermaßen einig gewordenen cirka dreißig Fabrikanten eingeleitet, die den tausend am Ort tätigen Arbeitern gegenüberstehen.

Am dreizehnten Oktober war der Streik eine Tatsache. Nur bei Jofa war die Produktion noch immer im Gange. Alles ist in Ordnung, sagte Helmer, aber wenn sie nicht nachgeben, müssen wir auch euch einbeziehen.

Edit arbeitete, so schnell sie nur konnte, man wusste ja nicht, wie lange sie noch Geld verdienen würde.

Eine Woche später war auch Jofa am Streik beteiligt. Maria sank auf einen Stuhl und brach in Tränen aus. Die Eltern gestatteten ihr nicht, in die Sektion einzutreten, der Kampf mit sich selbst ließ sie fast kaputtgehen.

»Aber du kannst doch nicht arbeiten, wenn alle anderen die Fabrik verlassen?«

»Ja aber, der arme Oskar, er hat doch Bestellungen zu erfüllen. Wenn niemand dafür sorgt, dass die Waren geliefert werden, verliert er doch wohl seine Kunden? Dann hat ja keiner von uns mehr eine Arbeit, zu der wir nach Beendigung des Streiks zurückkehren könnten?«

Zu guter Letzt schaffte es Edit, dass Maria mit ihr die Fabrik verließ, weil sie andernfalls allein zurückgeblieben wäre. Was ist Mut? Sich einer Drohung zu fügen? Oder das zu tun, was man für richtig hält, selbst wenn man höllische Angst hat? Denn das hier war nur der Anfang.

Sie ist vor Schreck wie gelähmt und presst sich an Helmer, als die Staatspolizei mit gezogenem Säbel und Pistole vor der hier versammelten Schar von den Wagen springt.

Sie selbst sind mehrere Hundert, und sie warten entsprechend dem Ritual darauf, dass die Streikbrecher aus der Fabrik kommen. Um dieselben nach Hause zu eskortieren. Sie sind ihnen gefolgt, jedem Einzelnen, haben sie geleitet, zu Dutzenden, völlig schweigend. Jeden Morgen, jeden Abend, so ist das Ritual.

Der Polizeichef Kettilsen beschimpft sie, jetzt, da er Verstärkung erhalten hat. Aber alle bleiben ruhig stehen und keiner gibt eine Antwort. Sie werden nur einen Spaziergang machen, und das ist nicht verboten.

Die Streikbrecher sind im Verband Freiheit der Arbeit organisiert. Sie sind viele, oft mit geregelter Versorgung, und ihre Tätigkeit in der Lederverarbeitung dient vor allem einem Zusatzverdienst. Eingeschüchterte Verwandte der Besitzer von Werkstätten und Fabriken sind ebenfalls darunter. Maria ist am Streik beteiligt, aber Edit weiß, dass ihre Eltern fleißig weiternähen. Ein Bursche flüstert Streikbrecher hinter Marias Rücken, aber da wird Edit böse. Maria ist gewissermaßen wehrlos, sie hat keine innere Stärke, man muss sie schützen, fast vor sich selbst.

Die Nähe und Dichte der persönlichen Beziehungen führt zu wahrhaft komischen Situationen. Nicht weit von der Stelle, wo Edit wohnt, ist ein heftiger Briefkastenkrieg ausgebrochen. Niemand will seinen Briefkasten neben dem des Gebrandmarkten haben, der Mitglied bei Freiheit der

Arbeit ist. Zu guter Letzt wird das Brett, an dem alle Kästen festgeschraubt sind, zersägt, und der widerwärtige Briefkasten bekommt einen eigenen Pfahl. Es gibt vieles dieser Art. Ein Chor kann nicht länger proben, da die Teilnehmer aus den verschiedenen Lagern dann den gleichen Ton anstimmen müssten.

Eines Tages holt Helmer das Streikgeld ab. Er hält ganze achtzehntausend Kronen in den Händen, eine völlig unvorstellbare Summe, er ist total erschüttert. Die Solidarität der anderen Mitgliedsverbände wärmt ihm das Herz. Sie kennen einander nicht, dennoch aber kommt dieses Geld, damit sie durchhalten und gewinnen.

Verteilt auf so viele, bleibt dennoch nicht viel übrig. Leben kostet. Edit beschließt, ihren Platz zur Verfügung zu stellen, um die Streikkasse nicht zu belasten. Deshalb reist sie mit dem Bus heim, ins westliche Tal. Das wird sie bereuen, aber das weiß sie noch nicht. Helmer hat auch nichts einzuwenden. Es gibt andere, die vorübergehend zur Finnenkate oder nach Norwegen zurückgekehrt sind.

Der Anteil der Frauen an der Arbeiterschaft beträgt so gut wie die Hälfte, im Vorstand aber oder in den Komitees gibt es keine einzige.

Doch daran denkt niemand, auch Edit nicht. Sie fährt einfach los. Sechs Monate bleibt sie dort in ihrem eigenen Gulag, ungefähr so beschreibt sie diese Zeit.

◆ ◆ ◆

Ich erinnere mich an den ersten Mai neunzehnhundert-dreiundfünfzig. Ich erinnere mich, wie wir dort auf dem Lisellska torget standen. Als wir heimradelten, geriet ich mit dem Bein ins Rad. Die Achillessehne riss. Wir landeten beim Doktor. Und dann durfte ich mit dem Bein lange nicht auftreten. Am meisten aber erinnere ich mich daran, dass Mama so böse auf Papa war. Weil ich keinen Kindersitz hatte, weil ich direkt auf dem Gepäckträger saß. Sie schrien sich an. Schon als ich da am Boden lag? Ich musste doch geweint haben. Daran aber erinnere ich mich nicht.

(Gestrichenes Material für: *Jäntungen*, 1994.)

Zu Hause auf Stortäppan ist ihr, als wäre die Zeit stehen geblieben. Stina schluckt Medikamente wegen ihres rumpelnden Bauches, in dem etwas nicht in Ordnung ist. Per schneidet noch immer Leder für Schuhe zu, obgleich es heutzutage meist um Reparaturen geht. Sein Temperament ist nicht mehr so hitzig, und er ist froh, dass er sein kleines Mädchen zurück hat.

Sonderlich klein aber kommt sie sich wahrhaftig nicht vor. Fast sofort meldet sich die Langeweile, der Überdruss, weil nichts passiert. Die Freunde, die sie früher hatte, sind entweder weggezogen oder haben geheiratet und Kinder bekommen.

Der Kontrast zu dem Lärm in Malung wirkt, als hätte man ein Schleusentor geschlossen, die Stille ist geradezu ohrenbetäubend.

Sie steht auf der Vortreppe und schaut auf das Tal hinaus. Natürlich ist es schön. Ein Vogel zwitschert, aber sonst ist alles still. Keine Motorfahrzeuge, keine klingelnden Radfahrer, keine schweren Transporte. Der Fluss, das Tal und die Berge wenden sich niemandem zu, sie sind sich selbst genug.

Sie wartet auf seine Briefe. Er schreibt leicht und gern, sie erfährt, was geschieht. Er hat Sehnsucht. Sie bestimmen mehrmals einen Zeitpunkt, an dem sie bei Lindows steht, um das Gespräch am Telefon zu empfangen.

Die Anzahl der Mitglieder hat jetzt fast die Tausend erreicht. Er berichtet von einem Film, den alle sehen wollten, aber als auch einige von Freiheit der Arbeit ins Kino kamen, verließen die anderen den Saal. Also durften sie ihn ganz allein anschauen.

»Habt ihr draußen gewartet?«

»Wir waren über Hundert.«

»Habt ihr nicht gefroren?«

»Freilich, aber wir tanzten Polka, ohne Musik, wenn man lacht, wird man warm.«

»Und dann?«

»Dann kamen sie raus, und wir gingen rein. Und der Vorführer zeigte den Film noch einmal.«

»Was war das für ein Film?«

»Moderne Zeiten.«

»Ein Stummfilm?«

»Bestimmt der letzte. Aber unglaublich gut. Man braucht keinen Dialog, man versteht ihn trotzdem ganz genau. Alle haben gelacht und sich wiedererkannt, als Chaplin am Förderband gefüttert wird, während er seine eintönige Arbeit fortführen soll.«

Eines Morgens kommt ein Laufbursche aus dem Laden gerannt und teilt mit, Stina solle in Trysil anrufen, ihre Mutter sei krank.

Ja, Eli geht es überaus schlecht, Stina ist betrübt und ungeduldig, sie will sofort nach Trysil heim! Per gibt ihr genug Geld, so dass es auch für eine Fahrkarte für Edit reicht. Sie fahren am nächsten Tag mit dem Bus. Stina vergießt ein paar Tränen, schämt sich dafür, hat Angst, dass sie zu spät kommen könnten. Unbeholfen versucht Edit, sie zu trösten.

Es zeigt sich, dass Eli in letzter Zeit nicht hat allein in Kvarnstad bleiben müssen. Karens mittlere Tochter Signe, die im gleichen Alter wie Edit ist, hat sich nämlich mit einer Webarbeit dort aufgehalten.

Als Stina und Edit ins Haus treten, ist das Wiedersehen mit Signe verhalten, sie eilen zu dem festen Wandbett, in dem Eli liegt. Sie ist wach, klar im Kopf, ihr Gesicht hellt sich auf, sie ist ungemein froh, sie zu sehen.

Aber Edit spürt es sofort, es hat mit dem Geruch im Zimmer zu tun. Der Tod steht in der Ecke zur Kammer, grau und geduldig wartet er, die Sense schon in Bereitschaft. Auch die Gesichtsfarbe der Großmutter, ja, alles kündet davon, dass es Zeit ist, Abschied zu nehmen.

Signe hat mehrere Monate hier gewohnt. Edit nimmt ihre Hände und dankt ihr. Sie versteht sofort, dass die Cousine sie davor bewahrt hat, ein überaus schlechtes Gewissen zu haben. Signe verzieht nur das Gesicht. Edit kann die Grimasse zunächst nicht deuten.

Dann erzählt Signe, dass Eli noch vor ein paar Tagen allein ins Tal hinuntergegangen war, um einzukaufen, und anschließend war sie den ganzen Weg wieder hinaufgestiegen. Von da an war sie nicht mehr aufgestanden.

Die Knie hatten ihr seit mehreren Jahren zu schaffen gemacht, also hatte sie Signe gebeten, ihr mit dem Jod zu helfen. Jod war ihr gegen die Schmerzen verordnet worden. Signe zog jetzt die Decke beiseite, damit sie es selbst sehen konnten. Die Knie waren völlig dunkelbraun nach der langen Behandlung. Die trotzdem nicht geholfen hatte, Eli ging es immer schlechter.

Jetzt war der Doktor da gewesen, und die Lungen waren es, die nicht mehr arbeiteten, vielleicht von Pers ganzem Rauch, von diesem dicken, qualmenden Gildentabak.

Auch Stina dankt Signe, dass sie zur Verfügung gestanden hatte.

Da sagt Signe, dass ja wohl sie zu danken habe und dass sie hoffe, die Miete sei angekommen.

Edit versteht nicht. Was denn für eine Miete?

Weißt du nicht, dass Per für jeden Monat, den ich bei Eli bin, Miete verlangt? Ja, eigentlich bezahle ich wohl an dich, Stina.

Edit stürzt zur Tür hinaus. Sie darf vor ihrer sterbenden Großmutter nicht losschreien. Sie rennt in den Wald. Brüllt, heult los, reißt Moos mit den Händen aus – dieser Mistkerl! Er ist völlig gefühllos, und nur Geld zählt, Menschen sind ihm scheißegal!

Eli stirbt ganz still, während sie noch bei ihr sind. Es ist keine große Sache. Sie sitzen am Vormittag alle drei am Tisch. Plötzlich ist es, als gehe eine Fee durch den Raum, irgendetwas geschieht. Hinterher denkt Edit, dass es natürlich das Atemgeräusch war, dieser kaum hörbare Laut, der verstummte. Doch Stina sagte, es war Gott. Jetzt ist Mutter bei ihm, achtundachtzig Jahre Leben, nun ist sie endlich befreit, nun braucht sie nie mehr zu leiden.

Monate vergehen. Edit ist an ihren Vater gebunden. Den obigen Ausbruch habe ich nur erfunden. Erst hinterher, weit später, sah sie deutlich, wie er wirklich war. Geld als einzige Freude, und die Liebe, die forderte man ein, da man derjenige war, der bezahlen konnte.

Sie geht auf wie ein Pfannkuchen, genau wie das letzte Mal, als sie schließlich nach Karlstad floh. In nur wenigen Monaten nimmt sie acht Kilo zu – auch ein Rekord, sagt sie mit Galgenhumor, als sie die Warenwaage im Laden benutzt, weil keine Kleider mehr zugehen wollen.

Diese Sehnsucht, die mit der Entfernung wächst. Die Briefe und Anrufe sind das Einzige, was sie hat. In ihrer Vorstellung nimmt der Mann gigantische Ausmaße an. Sie sagt, sie selbst habe gigantische Ausmaße angenommen, und zwinkert den anderen dort bei Lindows zu. Er antwortet, dass es schließlich an der Zeit sei, er habe immer gefunden, dass sie zu mager sei. Seinethalben dürfe sie gern noch ein paar Kilo zulegen. Dann gebe es einfach mehr Frauenfleisch zum Streicheln. Wer steht jetzt neben dir und hört, was du sagst? Keiner, weil ich vom Fernsprechamt in Malung anrufe. Und nun sollst du hören, was wir vorhaben. Soll doch der Teufel für andere nähen, wenn wir den ganzen Fertigungsprozess selbst beherrschen. Wir werden eine Genossenschaft gründen, wer, wenn nicht wir, weiß schließlich Bescheid, wie das Ganze zu laufen hat. Wir werden für uns selber arbeiten und angemessene Löhne herausholen, jetzt werden wir es ihnen zeigen!

Nach ein paar Monaten musste er beschämt mitteilen, dass sie etliche Probleme gehabt hatten beim Aufkauf der Rohstoffe für die Produktion – schlichtweg eine Materialsperre von Seiten der bekannten Interessenten –, und als sie endlich in Gang gekommen waren, fuhr einer dieser Fabrikanten den Lieferungen voraus und forderte zum Boykott der fertig genähten Waren auf.

Aber Probleme sind da, um gelöst zu werden. Der Schlichtungsvorschlag beim Streik wurde schon fast angenommen, nur konnten wir uns über die sogenannten Arbeitswilligen nicht einigen. Und da treten wir jetzt noch immer auf der Stelle.

»Ja, dieser Streik. Aber was sagst du denn zu uns?«

»Ich habe Sehnsucht, besonders, nachdem du erzählt hast, dass du, wie du es nennst, aufgegangen bist. Ich sehne mich danach, deine üppigeren Formen kennenzulernen.«

»Und was ist mit mir selbst? Willst du mich nicht treffen?«

»Das ist doch wohl selbstverständlich. Das bist du doch.«

»Nein, mein Körper, das bin nicht ich, nicht nur. Aber was stellst du dir jetzt vor? Sag es!«

»Ich denke, aber das habe ich ja schon früher gesagt, und da bist du sauer geworden, dass wir uns zumindest verloben sollten.«

Am ersten Mai ist sie wieder in Malung. Eiskalte Frühlingswinde wehen, und es herrscht eine festliche Stimmung, der Streik ist vorüber, sie haben ihn gewonnen. Im Demonstrationszug gehen über tausend Menschen, es ist die größte Demonstration in der Geschichte Malungs. Blaskapellen und Fahnen und Reden, und alle sind in diesem Moment fröhlich. Ganz besonders Helmer. An Edits Finger glänzt ein Verlobungsring aus Messing in Erwartung des richtigen, den er sich bald wird leisten können.

♦ ♦ ♦

Sie hatte sich die Sache so gut vorgestellt. Und Helmer hatte ihr geholfen und ein paar einfache Tische zusammengezimmert. Hutformen wurden auch hergestellt, und dann bestellte sie die Rohlinge und legte los. Ein paar Hüte konnte sie absetzen, sie waren gefragt, weil sie so billig war. Eine Verkaufsreise nach Finnskogen brachte sie ebenfalls hinter sich, aber dann war der Streik zu Ende.

Und offenbar wagte sie nicht, damit weiterzumachen. Die Sache war allzu unsicher. Außerdem stand der Krieg vor der Tür. Also stanzt sie jetzt wie zuvor Handschuhleder bei Jofa aus.

Dann geschieht das, was geschehen musste, nach allem, was in der Zeitung zu lesen und im Rundfunk zu hören war. Deutschland ist in Polen eingefallen. England und Frankreich erklären den Krieg. Und Helmer wird einberufen.

Die ganze Gegend ist wie gelähmt, alles ist so schnell gegangen. Was wird jetzt passieren? Was, wenn nun Schweden mit hineingezogen wird? Wenn nun ihre Männer? Angst breitet sich aus, ebenso breiten sich Gerüchte und Spekulationen aus. Keiner weiß, wohin die Männer gekommen sind, nur, dass sie sich irgendwo in Schweden befinden.

Edit weint. Erneut dieses eigenartige Verlangen, das besonders quälend ist, wenn der Gegenstand der heißen Gefühle nicht mehr am Ort ist.

Sogar die eventuelle Schwiegermutter wird irgendwie veredelt, also fährt Edit hin, um sie zu besuchen. Nur um über Helmer reden zu können. Nicht einmal vor Knektmats Anna kann sie die Tränen zurückhalten, sie laufen ihr die Wangen hinunter, sobald sie aus dem Bus steigt.

»Aber liebe Edit. Jetzt musst du dich wirklich zusammennehmen.«

»Warum denn? Denk doch, wenn nun das Schlimmste passiert. Wenn er nun nie wieder heimkommt. Alle sagen dasselbe, es ist absolut unerträglich.«

»Die Leute in Värmland sind so gefühlsselig. Jetzt will ich dir mal was sagen. Nämlich, dass ich Post von deinem Verlobten bekommen habe.«

»Hast du?«

Zunächst war Edit unerhört eifersüchtig, dann vor allem verwundert, als Knektmans Anna einen Karton anschleppte, den sie auf den Tisch wuchtete und öffnete.

»Hier hast du die Post von Helmer.«

»Aber. Das sind ja Preiselbeeren?«

»Pro Tag einer ist davon gekommen, also von solchen Kartons.«

»Kein Brief?«

»Nichts. Nur diese Preiselbeeren. Aber du siehst, dass er lebt.«

Ja, Helmer befand sich nicht sonderlich viele Kilometer von seiner Heimatgegend entfernt. Er war dem Flugmeldedienst in Brintbodarna zugeteilt. Jeden Tag um vier Uhr nachmittags war sein Dienst zu Ende, und dann ging er Beeren pflücken, die gab es massenweise. Wenn er sich einen Berghang hinaufgepflückt hatte, waren die Beeren am Fuße desselben nachgereift, so dass er von vorn anfangen konnte.

Ein Lächeln ging durch die ganze Jofa-Fabrik, ja, durch die ganze Gegend – Tros Helmer ist scheinbar einberufen, um Preiselbeeren heimzuschicken. Dann kann es ja nicht so gefährlich sein.

Dennoch herrschte eine unsichere Stimmung. Sie beeinflusste nicht nur Edits Privatleben. Einige wurden auch extrem liederlich. Man sagte, das beruhe auf einem Mechanismus im Menschengeschlecht selbst, bei Katastrophen und im Krieg, in solchen Weltuntergangszeiten, will der Mensch sich um jeden Preis reproduzieren.

Oder es lag ganz einfach an der Angst lindernden Wirkung, die praktizierter Sex nun einmal hat.

Der Krieg übte jedenfalls Druck aus. Was wusste man schon vom morgigen Tag? Als Helmer wieder heimkam, war Edit einverstanden, dass sie das Aufgebot bestellten.

Dann, als sie vor dem Pfarrhof standen, um hineinzugehen, wollte Edit noch ein bisschen zwischen den Gräbern herumlaufen und philosophieren. Sie fand, es sei ein so schöner Tag und das, was sie tun wollten, sei doch von so großer Bedeutung. Bei den Toten herrsche eine besondere Atmosphäre, sie wolle da herumgehen und über diesen lebensentscheidenden Augenblick nachdenken. Aber Helmer trieb sie zur Eile an: Komm jetzt, wir gehen rein. Und als sie sich sträubte, schaute er sie mit einem Hundeblick an: Willst du mich nicht haben? Und da hatte sie klein beigegeben.

Also, dass sie überhaupt geheiratet hatte, war von Anfang an allein seine Schuld. Wenn sie nur eine Weile zwischen den Toten hätte herumgehen können, wäre sie mit ihrer Überlegung fertig geworden und zu dem Schluss gekommen, dass das, was sie vorhatten, keine gute Idee war.

Denn bereits damals sah sie wahrhaftig, wohin das führen würde. Helmer war wie ein mit Luft gefülltes Schaumgebäck. Viele drastische Geschichten und trotz des geringfügigen Schulbesuchs eine Menge Wissen über Geschichte und Politik. Auch eine gewisse künstlerische Ader, manchmal, wenn ihn die Lust dazu überkam, konnte er schöne Bilder malen und die Leute abzeichnen, so dass man sie wiedererkannte.

Aber was half das, wenn er keinerlei Ambitionen hatte. Er lebte ins Blaue hinein und war vollkommen zufrieden, jetzt, wo er sie zwischen die Betttücher gekriegt hatte. Und diese Bilder, die schenkte er einfach nur weg. Und nicht mal dann, wenn er diese sogenannte schöpferische Tätigkeit ausübte, war er ganz bei der Sache. Er konnte beispielsweise vor einer Sennhütte sitzen und sie den ganzen Tag lang abmalen, es ging ihm unglaublich gut dabei, denn es war so schön dort in der Sonne. Dabei vergaß er, dass die Sonne nicht stillsteht. Und die Schatten landeten an allen Orten gleichzeitig, so als befände sich das Bild im Delirium, obwohl sein Urheber doch Abstinenzler war.

Aber aufgeboten wurden sie also.

Und kurz darauf ging es wieder fort. Denn nun hatte Hitler Norwegen besetzt.

♦ ♦ ♦

Stockholm Motala. Sondersendung des Nachrichtendienstes. Deutsche Truppen sind in Norwegen eingefallen. Sechs Divisionen und beinahe die gesamte deutsche Flugwaffe sind der Meldung nach beteiligt. Unbestätigten Angaben zufolge ist aufgrund eines Militärmanövers in Nordnorwegen die Hälfte der norwegischen Verteidigungsanlagen unbesetzt. Drei Festungen haben jedoch erbitterten Widerstand geleistet, und zur Stunde erhalten wir die Mitteilung, dass der deutsche Kreuzer »Blücher« mit mindestens tausend Soldaten an Bord getroffen wurde. Der norwegische König sowie die Regierung Norwegens haben den Angaben zufolge die Hauptstadt mit unbekanntem Ziel verlassen.

Er, der norwegische König, war in Nybergsund, und dort wurde er bombardiert. Danach begab er sich nach Schweden hinüber, wo ihn ein Landsmann im Högfjällshotel von Sälen empfing.

Der Krieg war jetzt äußerst nahe.

Edit wollte zu ihren Eltern fahren. Dazu waren besondere Genehmigungen erforderlich, das Gebiet lag im Bereich der Grenzüberwachung.

Die Deutschen besetzten Paris. Vielleicht würde Hitler gewinnen?

Die Cousinen aus Norwegen schrieben Briefe, in denen stand, dass alles gut wäre. Aber einmal kam ein unzensierter Brief durch, und da schrieben sie, dass ihnen die Deutschen alles fortnähmen.

Helmer war erneut einberufen und befand sich am selben Ort wie zuvor. Sie schliefen auf Stroh am Boden eines alten Bahnwärterhäuschens. Die Ausschau nach Flugzeugen hatte nun ernste Formen angenommen, und eines Tages entdeckten sie ein deutsches. Oben im Gebirge kamen immer mehr Flüchtlinge über die Grenze und wurden weiter nach Mora geschafft, wo man sie internierte, bis man wusste, wer sie waren, angeblich gab es jede Menge Spione.

Wem konnte man eigentlich vertrauen, mit Ausnahme seiner Nächsten und Liebsten?

Sie heirateten im Frühjahr neunzehnhunderteinundvierzig. Es war eine armselige Hochzeit, es gab nichts zu kaufen, auch wenn man Geld gehabt hätte. Aber im Logenhaus in Jägra wurde zum Tanz eingeladen, und danach gingen Edit, Helmer und Knektmans Anna zu Fuß den ganzen Weg bis zum Hof Tros, Edit im weißen Kleid und mit Schleier.

♦ ♦ ♦

Fünfzig oder tausend, heimlich ins Feuer gesteckt
flammten wie die Liebe
brannten wie der Krieg
Mein Ich blieb zurück im Aschkasten.
(Autorin *Kerstin Ericsson*, geb. 1928)

Nein, meine Mutter hatte keine solchen Ambitionen. Sie hat nie auch nur mit einem Wort erwähnt, dass sie hätte schreiben wollen. Aber geschrieben hat sie, mehrere Briefe in der Woche. Das musste mehr als tausend Seiten über ihr Leben ergeben. Ich erinnere mich, dass sie in meiner Kindheit manchmal eine gelungene Formulierung vorlas, dann wirkte sie fröhlicher, konnte sogar lächeln.

In bester Absicht wurden diese Texte vom Adressaten verbrannt, damit ihre Geheimnisse niemandem sonst in die Hände fielen.

Von denen sie doch wollte, dass wenigstens einer sie sieht.

Kein Mensch ist eine Insel, sowohl Edit als auch Helmer waren von der Umwelt beeinflusst. Beide wurden beispielsweise Waerlandisten. Helmer nahm die Kraftkostgrütze Kruska mit zur Arbeit in den Wald, und man zog ihn deshalb auf, aber er lachte nur, überzeugt, wie er nun mal war, dass es der Gesundheit diente. Er versuchte sich selbst Deutsch beizubringen, und er machte Gymnastik am Sonntagmorgen mit Arne Borg im Radio – *Stilllgestannnden! Die Arme hochgestreckt!!!*

Aus meinen frühen Kinderjahren habe ich die regelmäßigen Bibliotheksbesuche in Erinnerung, sie waren wichtig fürs Dasein. Im Unterschied beispielsweise zum Zähneputzen, was nicht ebenso notwendig war. Man war regelmäßig ungeputzt, aber hatte die Arme voll Bücher. Auch mir wurde vorgelesen. Ich erinnere mich noch, mit welcher Lust, welch ungeheurer Freude ich zu den Regalen mit den Kinderbüchern rannte und sofort zu blättern begann.

Am Bett hatte sie immer ein Buch liegen. Im Nachhinein begreife ich, dass sie auf dem Gebiet wirklich mitging. An Sara Lidmans Debüt zum Beispiel erinnere ich mich aus meiner Kindheit. Sodass ich lange Zeit glaubte, diese Schriftstellerin sei genauso alt wie Selma Lagerlöf. Als ich Sara Lidman viel später persönlich begegnet bin, wagte ich nicht mal ›piep‹ zu sagen.

Barbro Alving war ein Idol genau wie Moa Martinsson, und beide hörte sie im Radio, nicht nur ihre Texte, auch die Stimmen, die Töne ihres Inneren. Sie wurden gleichsam zu besten Freundinnen. Und dann war da diese Fragestunde mit Lis Asklund um halb acht, da hatte man als Kind den Schnabel zu halten, all diese mysteriösen Briefe, unterzeichnet mit der Signatur ›Einsam‹ oder ›Deprimiert‹.

Helmer las selten Romane, meist nur Zeitungen und die deutsche Grammatik. Die Zeitungen hingegen las er, als wären sie die Bibel, er war bestens bewandert in allem, was mit Außenpolitik und Sozialdemokratie zu tun hatte. Die Partei hatte immer recht.

Edit wollte wirklich keine Kinder haben. Kinder bekommen war die reinste Sklaverei, was sie ihrer eigenen Tochter nachdrücklich einbläute – krieg bloß, verdammt noch mal, krieg bloß kein Kind! Dann fliegst du raus!

Dann ist es vorbei mit dem Pensionsdasein, damit du es nur weißt!

Anfang vierundvierzig ist sie zum ersten und einzigen Mal in ihrem Leben betrunken. Alles zum Zweck der Fötusvertreibung. Und dann bat sie um eine Motorradfahrt auf dem holprigsten Almweg. Aber nichts half. Der Embryo saß hoffnungslos fest.

Im November gebar sie einen Sohn. Und verliebte sich rettungslos in ihn, sie konnte sich an diesem Wunderwerk nicht satt sehen.

Aber die Ehe begann bereits damals schief zu laufen. Sie wohnten in einem kleinen unmodernen, zugigen Haus in Mobyn.

Als mein Bruder geboren wurde, war das Haus der reinste Schweinestall, und obendrein war es hundekalt wie im Schuppen. Papa hatte eine Woche allein gehaust. Am Tag, als Mama aus der Entbindungsklinik heimkommen sollte, hatte er vergessen zu heizen, weil ihm die Idee gekommen war, ein Gedicht auf Sjungar Erik zu schreiben, der gerade gestorben war. Es war eiskalt und dunkel, als Mama mit dem Taxi ankam. Aber das Gedicht war fertig, es war wunderbar. Papa trug es später bei Sjungar Eriks Begräbnis vor.

(Aus: *Jäntungen*, 1994)

◆ ◆ ◆

Die Mutterschaft zwang mich in der Gegenwart zu leben, das verlangte sie von mir. Sobald ich versuchte den Blick zu heben, wurde ich zu Boden gepresst, die Forderungen waren so nachdrücklich, die Aufgaben so unmittelbar. Ich konnte die Gedanken nicht an ihrem Kommen hindern, durfte ihnen aber nie bis ans Ziel folgen. Ich plätscherte an der Oberfläche, Seifenwasser benässte den Flügelstaub, und ich konnte nicht abheben.

(Aus: *Under Södra korset*, 1994)

Der Dritte Weltkrieg ereignete sich in der Familie etwa neunzehnhundertachtundvierzig. Da hatte das ewige Gezeter um eine bessere Wohnung Vater dazugebracht, völlig resolut einen Kredit aufzunehmen und die alte Krankenstation aus dem neunzehnten Jahrhundert zu erwerben, die abgerissen werden sollte.

Aus dem Abrissholz baute er unser Zuhause. Und Mutter war schwanger mit mir und deshalb wütend. Und einen Kiosk hatten sie gekauft, der sie in der Zwischenzeit versorgen sollte.

Unternehmer sein? Ich sage nur – Helmer, was hast du davon verstanden?

Von seinem Schwiegervater war er ja doch nie gemocht worden. Also packte ihn jetzt offenbar der Teufel. Und er baute auch viel zu groß, jedenfalls größer als Per. Dennoch blieb noch Holz übrig. Die Leute lachten über die Abrissholzbude, aber das Haus steht tatsächlich noch heute und tut nach wie vor seinen Dienst als Wohnstatt und sogar Pension.

Denn genau das wurde es, mehr oder weniger zufällig. Das Aufnehmen von Reisenden beherrschte Edit schließlich.

Aber sie hatte auch ein kleines Baby und einen Fünfjährigen und plötzlich dieses große Haus, das mit Sägespänen geheizt wurde.

Die Kriegserklärung war eine Tatsache, an dem Tag, als sie aus Mobyn wegzogen, Granaten schlugen ein und rissen die Erde auf, und überall war das Geknatter von Maschinengewehren zu hören, Edit las Cora Sandels »Kranes Konditorei« und sehnte sich fort von den erwarteten Explosionen. Das neue Haus war noch längst nicht fertig, als sie dort einzogen, sie hochschwanger, und als dann die Tochter kam, brach wirklich das Chaos aus.

Dieses kostenlose Heizen mit Sägespänen aus dem Holz der Krankenstation war sicher gut für einen, der sich nicht ums Saubermachen kümmern musste. Helmer vergaß ständig, die Füße abzutreten. Die Schuhe beim Eintreten auszuziehen war zur damaligen Zeit nicht üblich. Ein Sägespänpfad führte vom Keller in den ersten und zweiten Stock und in jedes Zimmer. Helmer liebte es, durchs Haus zu gehen, weil er ungemein stolz über sein vom Funktionalismus inspiriertes Bauwerk war.

Es kamen sofort Gäste, da das Hotel Malung niedergebrannt war. Sägespäne überall im Haus. Helmer saß zwischendurch im Kiosk und erholte sich von seinem bedeutenden Tun.

Und Milchstau, genau wie das letzte Mal, als sie mit dem Taxi heimgekommen war und sofort in den Schuppen nach Holz eilen, dann Wasser wärmen und die halbe Nacht scheuern musste, worauf sie mit knochenharten Brüsten liegen blieb und der Junge fast verhungert wäre.

Diesmal ist sie vorbereitet mit flüssigem Milchbrei und Flaschen, vom ersten Tag an verzichtet sie auf jegliches Stillen, es wäre ja doch nur schief gegangen.

Am Ende verkaufen sie den Kiosk, und Helmer begibt sich wieder in den Wald.

Vorübergehender Waffenstillstand. Ein jeder kümmert sich um das Seine. Aber Edit verschleißt sich, landet im Erholungsheim, und bald steht die letzte große Schlacht vor der Tür, nachdem ein weiterer Friedensvertrag scheitert.

Helmer soll nämlich daheim bleiben und ihr beim Bettenmachen und Wäschewaschen helfen. Mit Sägespänen überall an den Hosenbeinen und baumelndem Schnitzmesser und der einen oder anderen von Gästen zurückgelassenen Zeitung.

Waldarbeiter strömen an den Wochenenden herein. Das Haus ist voll, und auch die Männer sind voll. Helmer hat viel Spaß, sitzt und redet mit ihnen, aber Edit ist mehr als wütend. Keine anderen Gäste passen zu dieser illustren Truppe.

Sie ist ausgepumpt. Niemand sieht sie. Sie ist wütend über alles, aber wenn sie schimpft, lacht Helmer nur. Sie hat wohl ihre Regel oder sonst irgendwas.

An einem Samstag nehmen sie sich jedenfalls frei und fahren auf Besuch zu Knektmans Anna. Dort werden sie mit zu einer Kindstaufe im Nachbarhof eingeladen.

Plötzlich während der Feier fällt Helmer ein, was, wenn wir die Gelegenheit nutzten und unser Mädel ebenfalls taufen ließen?

Und so geschah es. Das Taufkleid mussten sie von dem nun getauften Mädchen Iris ausleihen. Ihre eigene Tochter war bereits so groß, dass Zweifel bestanden, ob sie noch als Säugling gelten konnte.

Das Taufkleid wurde dem Riesenbaby übergezogen, ein dezimeterbreiter Spalt am Rücken wurde mit Tüll verdeckt. Der Pastor wollte den Namen buchstabiert haben.

Sie gingen etwas zur Seite, flüsterten erregt.

»Den Namen? Wie soll sie heißen? Mädel ist doch kein Name?«

»Vielleicht Anna-Stina nach unseren beiden Müttern?«

»Heißt doch schon eine Cousine.«

»Dann nennen wir sie Aino.«

»Aino?«

»Aus Hochachtung gegenüber meinem Ahnvater Hakkarainen aus Nain und meiner Großmutter.«

»Anna-Stina ist schöner.«

»Dann sagen wir Aino Kristina. Das klingt fast genauso.«

»Ja, jetzt müssen wir uns entscheiden, alle sitzen da und warten.«

♦ ♦ ♦

VIII.

Ainos Kindheit

Solange ich nicht klettern konnte, brauchte man nur die Tür zu schließen und mich allein zu lassen. Ich reichte nicht zur Klinke hinauf. Manchmal, wenn Mama zurückkehrte und die Tür öffnete, plumpste ich nach draußen, ich war auf der Schwelle eingeschlafen und völlig streifig im Gesicht. Dann aber, als ich gelernt hatte, einen Stuhl heranzuschieben, griff man wahrhaftig zu anderen Mitteln. In einer menschenleeren Küche eingesperrt zu sein war nicht gerade ein fröhliches Leben.

(Aus: *Jäntungen*, 1994)

Mamas Umarmung erinnerte an den Panzerkreuzer Potemkin, wegen des Korsetts. Während des Krieges war sie schlank gewesen, jetzt aber hinterließ ihr schlechter psychischer Zustand wieder Spuren an ihrem Körper. Später versuchte das Mädel so einiges von ihrem Zorn auf dieses unbequeme Kleidungsstück zurückzuführen, das alle trugen, alle Frauen.

Papa roch gut nach Wald, und wenn sie nur die Arme nach ihm ausstreckte, wurde sie hochgehoben und dann fallengelassen, kurz über dem Boden aber wieder aufgefangen, oder sie durfte über seinen Rücken rutschen und wurde unter den Knien geschnappt, sie fand es herrlich.

Doch war er mehr eine Art kurzzeitiger Spielkamerad, Mama gab den Ton an, bei ihr wusste das Mädel, woran sie war. Und solange sie noch nicht die Pubertät erreicht hatte, empfand sie die Mutter als lieb.

Für einen Exzentriker wie Helmer wäre eigentlich eine ausgefallene Professur, ein gehöriges Erbe oder ein adliger Name nötig gewesen. Er hätte einen edlen Lehnstuhl gebraucht, in dem er in seinem altväterischen Gehrock sitzen und sich auf seine egozentrische Weise über dieses oder jenes auslassen, Geistesblitze und Schwachsinn in nie versiegendem Strom von sich geben konnte. Wenn ich Graf Magnus Stenbock im Fernsehen sehe, meine ich fast, Helmer sei wiederauferstanden. Obwohl sie völlig unterschiedlichen Gruppierungen angehören, verbindet sie ihre Weltferne, ihr Selbstbewusstsein und der Schutz alles Alten sowie eine gewisse Unschuld, die ein Mutterherz weich werden lässt, selbst wenn das zunächst erst vier, fünf Jahre alt war.

Ein Arbeiter jedoch, der diesem Bild entsprach, war mehr oder weniger eine Katastrophe.

Als Unterhaltung allerdings von allerhöchster Klasse, aber dazu ist ein Vater nicht da. Selbst wenn das Mädel mitten im Januar nackt aus dem Haus gelaufen wäre, hätte er es nicht bemerkt. Dennoch gingen ihm seine Kinder nur selten verloren. Das aber lag an den Kindern selbst, die das Ganze gewohnt waren. Wenn man irgendwohin ging, musste man dafür sorgen, dass man auch wieder mit nach Hause kam.

Sich hervorzutun und etwas zu leisten, was man für eine typisch männliche Angelegenheit hält, war ebenfalls nichts für Helmer. Er war sich selbst genug, wälzte die verschiedensten Probleme im Kopf, zum Beispiel die Marshallhilfe, wenn er gerade mit Bettenmachen beschäftigt war. Kurze Zeit später fand ihn Edit dann schlafend in einem der Gästebetten. Er war sanft und sorglos, Edit aber brachte der Gedanke an all das Geld, das sie geliehen hatten, fast um den Verstand. Er lag einfach da, schlafend, mit seinen fünfzig Jahren, obwohl es so viel zu tun gab. Sein Erklärungsversuch, dass es wegen dieser Sache mit der Marshallhilfe war, fand nur schwer Gehör.

Der Endkampf rückte näher, und es war Zeit für die Evakuierung.

Für das Mädel war es gut, so wie es war. Sicher schrien die beiden sich an, aber sie durfte jedenfalls dabei sein. Über ihrem Bett hing ein Bild, das sie sehr liebte. Genauso sah sie aus in den Märchen, wo sie selbst zur Welt gekommen war. Mit der Prinzessinnenkrone auf dem dicken Haar, und wenn sie fragte, antwortete die Mutter mit einem Lied: Als unsere Kleine zur Welt kam, im Mai, der so wonnesam, sagte Mama, alles war grün und die Sonne schien. Bei einem solchen Start konnte nichts wirklich Ernsthaftes passieren.

Schlimmer wurde es, als man sie deportierte, Zivilisten mussten aus dem Weg.

Erst nach einiger Zeit akzeptierte sie den Gedanken, dass die beiden sie nicht haben wollten. Für das Kind war das eine einfache Logik. Es geschah auch immer wieder und ohne die geringste Vorwarnung. Eines Nachts wachte sie auf dem Schoß einer fremden Frau in einem Auto auf, das durch den Wald fuhr. Es war eine Tanzkapelle, die bei ihnen gewohnt hatte. Nur handelte es sich bei der Frau um eine Farbige, und darauf hatte sie niemand vorbereitet. Es war das erste Mal, dass sie einen farbigen Menschen sah, und vor Schreck erbrach sie sich über die Frau und sich selbst. Und das Auto hielt an, das Finale stand bevor, sie würde aufgefressen werden wie die Missionare in den gezeichneten Bildgeschichten.

Ein andermal war sie so lange fort, dass sie bei ihrer Rückkehr den Malung-Dialekt vergessen hatte. Sie sehnte sich dumm und dämlich und fühlte intensiv, dass sie alles Wichtige im Leben verpasste, wenn sie bei dem, was geschah, nicht dabei sein durfte.

Auf Stortäppan verging die Zeit so schleppend, als steckte sie in Sirup fest. Die Abendsonne grinste hinter den Bergzacken, und dort unten auf der anderen Seite des Flusses lag ein Haus, das ein wenig an eins der Häuser in Malung erinnerte. Guck mal, zu Hause! Mit dem Finger zeigte sie es Per. Sicher ist das zu Hause, erwiderte er lachend und nahm sie auf seinen Schoß.

Sie lag in einem Gitterbett, das sie mitten ins Zimmer gestellt hatten. Sie schlief nur schlecht, hatte Albträume und weinte. Da musste sie neben Großmutter Stina liegen, die sie nicht in die Arme nahm, nur stumm und schlaflos neben ihr lag. Dann neben Großvater, zunächst war das besser.

Und es war Morgen.

Und es war ein bisschen komisch.

Und Großmutter war bereits aufgestanden.

Nichts war besonders schrecklich. Er brachte ihr nur bei, was sie tun sollte. Es war langweilig, aber er trieb sie an, sie musste weitermachen, ja, so, noch ein bisschen, geh noch nicht. Er war lieb, aber auch streng, und sie hatte keine Angst. Aber als Großmutter hereinkam und er eilig zur Bettdecke griff, verstand sie, dass es falsch war und schämte sich.

Es geschah mehrmals und ohne alle Gewalt. Obwohl sie anfangs also erst vier Jahre alt war, musste man ihr wohl doch recht geben, dass sie selbst daran schuld war, oder? Denn was wäre schon geschehen, wenn sie einfach nein gesagt hätte? Vermutlich nichts. Lag der Fehler also eigentlich bei ihr selbst? Vor Gericht hätte es ja wohl nicht gereicht zu sagen, ihr sei nicht eingefallen, dass sie weglaufen könnte. Per hingegen, der arme Mann, war doch nur ein Opfer seiner Lust.

Besonders verführerisch war sie hingegen nicht. Die Haare waren dünn und strähnig, und ihre Kleidung bestand aus einem gestreiften Leibchen und schäbigen Unterhosen. Die Milchzähne waren von Karies zerfressen.

Kurz darauf war alles wie immer. Großmutter saß auf einem Stuhl vor dem Herd und kämmte sich die langen Haare, seufzte und flocht sie bis ganz hinunter. Sie flocht sie ganz fest, das letzte Stück umband sie mit Nähgarn. Ihr Haaransatz war schön, dort gab es eine Welle. Das Mädel wollte den Zopf immer anfassen, ihn in den Händen wiegen. Er war dick wie ein Seil, genauso dick wie ihr eigener Arm.

Und Großvater zieht sich an und nimmt das Fahrrad zur Bank hinunter. Ein Schuldschein wird aufgesetzt, mit allen Bedingungen, Edit muss nur unterschreiben.

So ist es möglich, Helmer aus dem Zuhause auszubezahlen.

♦ ♦ ♦

Heimfahren zu dürfen war jedenfalls das Beste.
In aller Frühe zuckelte Großmutter mit mir zum Bus
hinunter. Überall lag Reif. Ich war lange fort gewesen.
Als ich nach Hause kam, war Papa ausgezogen.
Die Leute tratschen sich zu Tode, sagte Mama.
(Aus: *Jäntungen,* 1994)

Das Gerichtsverfahren war das große Thema im Umkreis, schlimmer als heutzutage die Dokusoaps. Zeugen beider Seiten waren vorgeladen, da Helmer das Sorgerecht für den Sohn beantragt hatte. Je misslicher das Bild Helmers ausfiel, desto besser für Edit. Und umgekehrt. Und Kinder haben auch Ohren.

Das Mädel aber wurde entschädigt. Einerseits bekam sie die heiß ersehnte Katze, die nach drei Tagen von einem Auto platt gefahren war wie ein Eierkuchen, doch die Absicht zählt. Andererseits las ihr die Mutter am prasselnden Kaminfeuer von vorn bis hinten »Die wunderbare Reise des kleinen Nils Holgersson mit den Wildgänsen« vor. Das tat sie einen ganzen Winter lang, was zu einer der schönsten Kindheitserinnerungen des Mädels wurde. Obwohl es direkt hinter dieser Sache lag.

Und das Leben musste ja weitergehen.

Die Mutter mochte Vögel. Ständig lagen Speckschwarten und trockene Brotkanten auf dem Vogelbrett vor dem Küchenfenster.

Aber eines Morgens waren dort keine Vögel. Das Mädel saß allein am Tisch und starrte. Dort bewegte sich trotzdem etwas. Eine Katze?

Plötzlich sah sie es. Eine riesige Ratte! Die war die dünne Stange hinaufgeklettert, hatte sich auf die kleine Plattform gehievt und nahm jetzt, was sie haben wollte.

Das Mädel schrie und weinte, und es ging ihr lange schlecht, noch lange danach.

Sonst weinte sie kein einziges Mal. Doch gab es so manche Unannehmlichkeiten in Form von Tratsch und Sticheleien, und dass die Mutter eigentlich nie mehr froh wurde, falls sie es je war.

Aber die Leute waren auch nett. Komm Aino, du kannst mit uns ins Ausland kommen, wenn du willst!

»Ins Ausland?! Wenn ich will! Ist das wahr? Darf ich mit dem Auto mitfahren?«

»Na klar. Steig ein.«

»Oh. Das ist ja schon ganz voll?«

»Platz ist in der kleinsten Hütte. Drängle dich einfach rein!«

Und los ging's, mit einem ganzen Haufen Kinder auf dem Rücksitz.

Nach einer Weile: Mir ist schlecht.

»Schnell anhalten, sie ist ganz grün im Gesicht.«

»Ich muss brechen.«

»Also, wie oft sollen wir denn noch halten?«

»Sind wir nicht bald da?«

»Hier ist ja nur Wald. Wo ist denn eigentlich dieses Ausland?«

»Jetzt Kinder. Haltet euch fest. Seht ihr die Lichtung dort vorn und das Schild? Und nun schwenken wir rüber. Das ist es! Jetzt fahren wir auf der rechten Seite. Denn jetzt sind wir im Ausland Norwegen.«

»Norwegische Tannen?«

»Ich muss wieder brechen.«

»Wenn wir da sind, bekommt ihr Kandiszucker.«

»Der schmeckt so gut.«

»Und zurück nehmen wir Margarine, Zucker und Mehl mit.«

»Dass sie es nicht selber brauchen, wo sie doch so arm sind?«

»Ja, diese Norwegerdeppen, die Ärmsten. Ob sie jemals wieder auf die Beine kommen?«

◆ ◆ ◆

Ich hatte gehofft, dass all das, was ich über ihre Scheidung zu wissen glaubte, viel zu stark von der Bitterkeit gefärbt war, mit der meine Mutter mir diese Geschichte vermittelt hatte. Ich war schließlich ein Kind, als es passierte, und hatte nur wenig Möglichkeiten, den tatsächlichen Wahrheitsgehalt selbst zu überprüfen.

Jetzt aber. Meine eigenen Gefühle und Erinnerungen kann ich beiseite lassen, ebenso wie die ihren, das, was sie erzählt hat. Jetzt geht es um Fakten, und deshalb fordere ich all die Dokumente aus der Tiefe unterirdischer Archive an.

Fünfundsiebzig Seiten Text, und leider. Ich wusste es wohl tief drinnen. Vieles konnte man über meine Mutter sagen, doch nicht, dass sie jemals die Unwahrheit sprach oder etwas bewusst verdrehte. Einer der Pfeiler, der mein Universum aufrecht hielt, war gerade ihre Ehrlichkeit, sie spielte niemals ein doppeltes Spiel, sagte immer direkt, wie es sich verhielt. Sogar über mich, ihre Tochter, aber dennoch. Man wusste, woran man bei ihr war, und man wusste, worum es ging. Sie beschönigte nichts, sie verkleidete nichts mit Worten und schliff keine Kanten ab, sie war drastisch und verstand es, Dinge zusammenzufassen, man kann sagen, sie verfügte über eine narrative, dramaturgische Begabung. Allerdings bewegte sie sich selten im Fiktiven, nein, die Wirklichkeit selbst war für sie Spiegel und Modell, immer ging es um das Leben selbst, und sie persönlich war das Subjekt dieser Geschichte, die missverstandene Heldin, die die ganze Gemeinde gegen sich hatte.

Obwohl die Dokumente eine Veränderung erfahren haben, übertragen wurden auf geruchsfreies, geglättetes Kopierpapier, steigt der Mief der fünfziger Jahre aus diesem dicken Wälzer.

Die nach vorn gerichteten, optimistischen fünfziger Jahre, wie man sie nennt, in denen alle fröhlich waren und es einen Zusammenhalt auf der ganzen Linie gab? Nein, muffig ist leider das passende Wort. Die Zeit, bevor Fernsehserien all das, was projiziert werden sollte, übernahmen, jene Epoche, in der man genügend Zeit und Kraft hatte, sich an der Pein anderer zu ergötzen. Ein Beispiel war, dass Edit es wagte, sich mit dieser Pension allein versorgen zu wollen.

Der schmale Streifen der fünfziger Jahre, in dem die Hausfrau ein Begriff war. Wollen wir doch mal ehrlich sein. Ich habe sie nie mit den Kindern draußen gesehen, überhaupt nicht wie die heutigen, sich dreifach plagenden jungen Damen, und jetzt auch Herren. Nein, sie saß bei irgendwem daheim und tratschte, oder war beim Friseur, dort ging es hoch her. Die Haare mussten wenigstens einmal die Woche x-Stunden bei totaler Untätigkeit gepflegt werden – die Kinder waren sich selbst überlassen. Diese Hausfrau war nicht sonderlich unterdrückt, stattdessen unterdrückte sie selbst desto mehr. Meistens verbal, all die Boshaftigkeiten, die sie über nicht Anwesende von sich geben konnte, auf dass die momentan Anwesende ihr in den Hintern kroch, damit sie bei nächster Gelegenheit nicht selbst diejenige war, die gewogen und für zu leicht befunden würde.

Auch die Männer tratschten, sobald sie wieder bei Kräften waren, nachdem sie sich nach der Arbeit aufs Ohr gelegt hatten. Die ganze Gegend erregte sich über den unbegreiflich aufwühlenden Scheidungsprozess zwischen Helmer und seiner Ehefrau Edit. Die Zeit der spannungsreichen Gratisunterhaltung war angebrochen. Lager bildeten sich auf beiden Seiten. Es ist nicht schwer zu begreifen, dass Helmer Trümpfe in der Hand hatte, seine Familie lebte schließlich hier, während Edit von außerhalb kam, obendrein hatte sie ein etwas zu loses Mundwerk, als dass es richtig angenehm war, nie blieb sie eine Antwort schuldig.

Ein Vermittlungsversuch im November 1953 durch den vortrefflichen Pastor Frödin, der jedoch nichts ausrichten konnte. Im November 1954 erfolgte die Anordnung zum einstweiligen Getrenntwohnen, und im Januar 1956 wurde die Ehescheidung amtlich. Die Zeit dazwischen, wie auch die davor. Und die danach. War ein Inferno, eine Schlacht, wahrhaftig wert, um als Wandgemälde im Louvre zu hängen: Pulverdampf, stürzende Pferde und wehende Fahnen. Nichts ließ sich verbergen, das Kriegstribunal wurde hinausposaunt: schnöde, hässlich und widerwärtig.

Es gab keine Misshandlung, keinen Missbrauch und keine Untreue. Auch keine Vernachlässigung der Kinder oder Vergeudung von Geld, auch kein Verabsäumen der Versorgung oder sonst irgendetwas, das für einen Betrachter von außen erklären würde, warum zwei, die sich so geliebt und außerdem Kinder miteinander gezeugt haben ...

... dennoch ...

... kränken und peinigen und schikanieren und drangsalieren. Und das vor einem irgendwie allwissenden Gericht, das nicht immer all ihren Kehrtwendungen folgen kann.

Zeugen, wie beim schlimmsten Verbrechen.

Und das Verbrechen ist was?

Angeklagt ist wer?

Und das Motiv für diesen destruktiven Akt? Und überhaupt der Impuls? Woher bekam Edit den Impuls, die sogenannten Fesseln der Ehe abzuwerfen? Keiner von ihnen hatte Derartiges schon einmal geschehen sehen, nur in irgendeiner Zeitung davon gelesen.

In einer klassischen Erzählung gibt es, wenn auch unsichtbar, Pole von Gut und Böse. Die moderne sogenannte Dramaturgie zieht es jedoch vor, damit zu brechen, alle sind nämlich gleich schrecklich. Das begann mit J.R. Ewing, und dabei ist es bis heute geblieben – nicht ein vernünftiger Mensch, so weit das Auge reicht.

In dieser Beziehung waren Helmer und Edit ihrer Zeit voraus. Denn egal, wie man dieses traurige Dokument auch liest, man kommt nicht umhin festzustellen, dass die beiden alles tun, um den anderen so schlecht wie nur irgend möglich zu machen.

Hier muss ich lesen, dass mein Vater nicht nur anders und unkonventionell ist, das kann ich schließlich bestätigen. Auch faul ist er, erfahre ich hier, und dem kann ich nicht wirklich zustimmen, jedenfalls nicht, was die rein arbeitsmäßigen Gesichtspunkte und auch nicht, was den Zeitpunkt angeht, als sich das hier ereignet. Aber was schlimmer ist, er soll auch unreinlich sein!

Was für ein Wort! Unreinlich. Diesen Begriff kenne ich noch vom Sozialamt, wenn sie einem alte Akten von chronischen Alkoholikern zusandten und die Gutachten eben aus jener Zeit stammten. Diese Trunkenbolde waren unreinlich, das heißt mehr oder weniger inkontinent, entsprechend der Dokumente, die sich übrigens in voluminösen, filzigen braunen Pappordnern befanden, ein Bericht über Trunkenheit nach dem anderen.

Aber Papa war doch Abstinenzler? Und außerdem reinlich. Er besuchte das Badehaus in Malung Woche um Woche, beinahe bis zu seinem Tod im Jahre 1989, am Ende halbblind und fast völlig taub, aber endlich mit seiner zerstreuten Art akzeptiert, weil alle glaubten, er wäre senil. Doch war er kristallklar im Kopf, damals, als er ohne einen Faden am Leib in die Schwimmhalle hinaustrat. Ein Bademeister kam diskret mit einer Badehose zu ihm hin, zuvorkommend, als würde er Graf Steinbock selbst bedienen, und dieser, ich meine Helmer, zog die Shorts an und tauchte dann graziös in die Fluten.

So war Helmer. Jedoch nicht unreinlich. Als hätte er sich volllaufen lassen und seine Hosen vollgekotzt und vielleicht sogar eingeschissen.

Aber Edit ist wahrhaftig nicht besser, erfahre ich. Ihr Vergehen ist Zorn. Sie ist so zornig, so gereizt und zänkisch, und das entsprach sicher den Tatsachen. Aber weshalb fragt sich denn keiner, warum das so war? Gab es denn keinen Grund für sie, so wütend zu werden? Wie beispielsweise den, dass ein gewisser Herr lieber mit seinen im Wald arbeitenden Gästen Schach spielte, als ihr zu helfen, die Wäsche hinaufzutragen.

Zusammenfassend also: Die Vergehen waren, sorglos in den Tag zu leben, beziehungsweise häufiger Zorn. Wollen wir nun unsere Zeugen aufrufen. Zunächst aber wird ein Untersuchungsbericht in Bezug auf das Sorgerecht beigelegt, Aktenanlage dreizehn, bei dem einem heutigen Gutachter hoffentlich kotzübel würde, so miserabel und voll von Gemunkel und Fehlern, wie er ist.

Der Kampf galt wie bei allen Kriegen dem Besitz an Boden und an Menschen, von denen sich Steuern erheben ließen. Der Boden war in diesem Fall die Pension, erbaut aus der alten Krankenstation, und was die Menschen betrifft, ging es hier um den Sohn, für den beide das Sorgerecht einforderten. Mich wollte mein Vater nicht haben. Er wollte den Sohn, basta. Mutter übernahm jedenfalls auch die Verantwortung für mich. Alles andere hätte seltsam ausgesehen. Man stelle sich vor, wenn auch von ihrer Seite ein solches Zeichen gekommen wäre: Dieses Mädel hat schon genug Probleme bereitet. Alles war eitel Sonnenschein, bis sie geboren wurde, aber seht euch an, wie kaputt jetzt alles ist.

Und es stimmt, dass dieses Elend 1949 anfangen hat, mit Sägespänen und Milchstau und einer Menge Leute und keiner einzigen Ecke, in der sie einmal aufatmen konnte, es hieß nur immer weitermachen. Zunächst keine Waschmaschine, sondern nur einen Waschkessel für die Wäsche all dieser Gäste. Und die Pension war ja nie geschlossen. Von 1949 an konnte sie ihr Privatleben vergessen, das sie bis dahin jedenfalls gehabt hatte. Das Mädel kam, und die Ruhe war vorbei – diese Verbindung ergab sich ganz gefühlsmäßig, bestimmt dachte sie das nie so, aber dieses Gefühl sollte sich später noch steigern.

Im Krieg kommt es auch darauf an, Gefangene zu machen. Also wurde ich in irgendeine Küche gezogen. Oder beim Arm gepackt am Milchtresen bei Jofa – nun Aino, wen magst du am liebsten, deine Mama oder deinen Papa? Gottes auserwählte kleine Engel fielen über mich her und erzählten mir, dass meine Eltern alle beide in der Hölle brennen würden, weil sie die schwere Sünde begangen hätten, sich gegen unseren Herrn aufzulehnen.

Schert euch zum Teufel, erwiderte ich. Wenn es Gott gibt, kann er es jetzt beweisen: Gott, lass Bonbons auf mich runterregnen!

Da siehst du, sagte ich zu dem bekehrten Cherub. Wenn es ihn gegeben hätte, würde ich mich jetzt auch bekehren, Ehrenwort.

Der Cherub verstummte und ging heim, doch als wir uns das nächste Mal begegneten, wurde mir gesagt, ich sollte mich vor Gotteslästerung hüten. Ich wäre selbst bereits auf direktem Weg in die Hölle, nicht nur meine Eltern, damit ich es nur wüsste.

Draußen in der Vorhalle des Kreisgerichts herrscht großer Andrang. Aber Gott sei Dank ordnet Richter Tobieson da an, dass die Verhandlung hinter geschlossenen Türen stattfindet. Beleidigtes Gemurmel, als unterbreche man die Sendung mitten in der letzten, entscheidenden Folge, nun blieb den Tratschtanten nichts anderes übrig, als unverrichteter Dinge wieder abzuziehen.

Die unglücklichen beiden waren dennoch von genügend Menschen umgeben. Zunächst die Mitglieder des Gerichts mit Protokollführer, Anwalt und dergleichen, summa summarum fünfzehn Personen, ausgenommen diejenigen, um die es hier ging. Dann draußen im Foyer oder in irgendeinem Vorraum sieben vorgeladene Zeugen, von denen zwei Helmers Cousins und einer Edits eigener Vater waren.

Hier geschieht etwas zwischen den Zeilen. Ach so, Per war vorgeladen? Wozu denn das? Das erfahren wir nicht, weil der Vertreter der Klägerin, also Edits, es vorzieht, Per nicht anzuhören, der offenbar den ganzen langen Weg von Sysslebäck hergekommen ist, und vielleicht war ja auch Stina mitgefahren, um nach mir zu sehen. Daran erinnere ich mich nicht, dafür aber an die erregte Stimmung.

Die Zeugenaussagen gegen Edit erweisen sich als reinste Luftblasen.

Anwalt: Nun, das Mädchen, also Trosells Tochter, sie haben sie durch die Kinder kennengelernt?

Z: Ja.

Anwalt: Ist sie in irgendeiner Weise anders als andere?

Z: Nein.

Anwalt: Ist sie ruhig?

Z: Ja.

Anwalt: Ist Ihnen etwas Unvorteilhaftes über Frau Trosell bekannt oder über den Mann Trosell, also betreffend ihrer Art, das Temperament der beiden oder ...

Z: Nein.

Anwalt: Sie kennen sie nicht so gut und wollen sich deshalb nicht äußern?

Z: Nein. Ich habe nichts dergleichen bemerkt.

Anwalt: Was genau?

Z: Das, nach dem Sie fragen.

Anwalt: Etwas Unvorteilhaftes. Dabei denke ich in erster Linie an Heftigkeit und Bösartigkeit.

Z: Nein, davon habe ich nichts gemerkt.

Das ganze Verhör mit diesen sieben Zeugen fällt in sich zusammen, nichts bleibt übrig. Sie nehmen alles zurück, Punkt für Punkt. Für jeden von ihnen trifft zu, dass sie – von jemand anderem – gehört haben, wie sich die Sache verhält, aber selbst erlebt haben sie es nicht. Dennoch zählen diese Anwesenden als die Nahestehendsten der beiden und sollen diese verunglimpfenden Angaben tatsächlich bestätigen.

Was kann man aus diesen Dokumenten lernen?

Es sind Zeitdokumente. Zum ersten Mal nehmen sich die Frauen das Recht, selbst zu bestimmen, auch wenn ich, was das Ergebnis in diesem speziellen Fall angeht, skeptisch bin. Sie wurde absolut nicht glücklicher dadurch, das jedenfalls steht fest.

Sie hat auch nicht gelogen, die Bestätigung habe ich hiermit erhalten. Sie war völlig ehrlich, das Verfahren war genauso, wie sie es beschrieben hat.

Also in diesen bitteren Jahren, als ich zwischen dreizehn und sechzehn war und sie mir klarmachte, wer ich in Wahrheit bin. Auch da war sie völlig ehrlich.

♦ ♦ ♦

Frau zu werden? Ach was, um die Menschwerdung ging es, zumindest solange sie es nicht besser verstand, das Leben war wundervoll. Vom Himmel regnete es vielleicht keine Bonbons, aber Flocken schüttete es wie aus Säcken – dieses phantastische Spielmaterial. Das normale Dasein fand im Freien statt, und das war nicht das Schlechteste. Wenn es Schnee gab, konnte sich alles Mögliche ereignen. Sie lernte überallhin zu fahren, es gab eigentlich keine Begrenzungen, wenn man Skier hatte. Ab ging es zu verschiedenen Spielkameraden, und zusammen bauten sie Häuser, hatten Möbel und die ganze übrige Einrichtung, alles aus Schnee. Sie gruben sich in aufgehäufte Schneeberge hinein, hatten dort geheime Gänge und verborgene Räume, und Glück hatten sie ebenfalls, weil nichts einstürzte und sie da drinnen erstickte wie unter einer Lawine.

Spielen war das Leben. Sobald der Wasserkakao ausgetrunken war, wollte sie nach draußen. Der ganze große Wald wartete als Spielgefährte, falls die anderen noch nicht aus dem Bett waren. Es ging darum, auf Bäume zu klettern, diese wunderbare Sache, und je höher, desto besser. Sich allein bis fast in den Wipfel hinaufzumühen, von wo man derart weit sehen konnte.

Etwas mühseliger war das Hinunterkommen. Aber keiner stürzte sich zu Tode.

Nur wenn es regnete, hielt sie sich im Haus auf. Dann zeichnete sie oder zwang irgendeinen Erwachsenen zum Vorlesen. Damit wurde es etwas schlechter, als Helmer ausgezogen war, aber dann dauerte es nicht mehr lange, bis sie dieses Lesen selbst hinbekam.

Nach dem Regen war die ganze Welt voller Wasser, das in Kanäle geleitet werden musste, und dort, wo es bergab ging, zu Fällen und sich kreuzenden Wasserwegen wurde, auf denen interessante Dinge passierten. Dennoch besaß sie nur einmal Kleider zum Wechseln, aber schlimmstenfalls zog sie die nassen Sachen wieder an. Draußen zu sein war das Beste.

Schlimme Dinge geschahen ebenfalls. Tiere starben, besonders Vögel im Frühjahr. Selten gelang es ihr und ihren Freunden, diese unglücklichen Kreaturen zu retten, Begräbnisse fanden oft statt. Lieder, ein paar feierliche Worte, im Hals ein Kloß, das musste man hinnehmen. An einem Sommertag wurden sie und ihre beste Freundin Augenzeuge, als zwei Hunde ein Katzenjunges erwischten und es buchstäblich zwischen sich zerteilten. Die Mädchen riefen dem Kätzchen zu, es solle weglaufen, aber das verstand nichts und wurde schreiend auseinandergerissen, zum Schluss rutschten die Därme heraus, und es verstummte und starb. Da rannten sie heim, denn das war so entsetzlich, dass sie nicht einmal imstande waren, ein Begräbnis abzuhalten. Mehrere Stunden später bekam der eine Hund von seinem Herrchen eine Tracht Prügel, in allerbester Absicht, aber natürlich verstand er nichts. Und das begriffen die Mädchen, und er tat ihnen leid. Sie sahen ein, dass er für das, was er getan hatte, nichts konnte.

Es gab andere Dinge, vor denen Aino echte Angst hatte, und dazu gehörten der Schneepflug und die Polizei.

Aber Betrunkene nicht, was ein Glück war, so viele wie zwischen den verschiedenen Holzeinschlägen und an den Wochenenden bei ihnen im Haus waren. Ein Besäufnis löste das andere ab, aber nachdem die Holzfäller in Helmer ihren wichtigsten Trabanten verloren hatten, konnte Edit anfangen, in diesem Sumpf, wie sie es nannte, aufzuräumen.

Man hatte keine Angst, jedenfalls nicht vor muskulösen Männern, die betrunken waren. Möglicherweise vor der Polizei und ganz entschieden vor dem Schneepflug, der funkensprühend herangedonnert kam, ein Sinnbild für den letzten Lebensaugenblick.

Ainos ganze Kindheit war von einer Art Hintergrundsstrahlung durchdrungen, nämlich von Edits Monologen, dass Helmer ein völlig mieser Typ gewesen und immer noch sei, was im Übrigen alle Männer wären, wenn man die Sache genau bedachte. Der kleinste Funken konnte die gewaltige Feuerkanone der Mutter in Gang setzen, und sie zielte in alle Richtungen. Wäre sie rabiater gewesen oder hätte irgendwelche Drogen missbraucht, wäre sie bestimmt bei ihrem Ex aufgetaucht, hätte ihn mit einem Schlagring niedergestreckt, ihm dann gewisse vorstehende Teile abgeschnitten sowie ihm den Mund zusammengenäht, um ihn anschließend in einem Ameisenhaufen verrecken zu lassen, denn ihr Hass war größer als das Meer und dessen brennende Hitze gewaltiger als die der Sonne. Alles, was er getan hatte, war falsch gewesen.

Aber es gab ja wohl eine andere Art von Männern. Sie hatte doch die Auswahl, saß in der ersten Reihe bei all den neu eintreffenden Gästen, und tatsächlich erschien dann auch ein absolut nüchterner Waldarbeiter aus Dänemark. Er las zum Glück keine einzige Zeile, und er sollte Ainos neuer Papa werden.

Aber sie hatte doch schon einen Papa? Dieses Dänisch war anfangs außerdem schwer zu verstehen. Sicher war er nett, aber Aino durchschaute ihn sofort. Das Einzige, was er wollte, war mit Edit zusammenzusein und sie zu begrapschen, wenn es keiner sah. Mobbing von einer Achtjährigen? Ja, genau das war es. Es ist bedauerlich, dass dieses Mädel so feindlich gesinnt war. Denn der Mann war tatsächlich nett. Und er half der Mutter bei allem, was schwer war und was repariert werden musste, und das selbst nach anstrengenden Tagen im Wald.

Weihnachten neunzehnhundertsiebenundfünfzig war das ruhigste Weihnachtsfest seit langem. Und auch wieder nicht. Der nette Däne half der Mutter beim Binden von Tannenzweigkränzen für die Lampen, und in diese steckte er Zapfen, die er mit Goldfarbe bemalt hatte. Außerdem hatte er für Aino insgeheim ein Puppenhaus gezimmert. Tapeten, die sie aus ihrem Zuhause kannte, klebten jetzt auch an diesen kleinen Wänden, und aus Linoleumstücken hatte er winzige Möbel gefertigt. Ein Traumvater, das war er.

Aber für Aino gab es nur einen einzigen.

♦ ♦ ♦

Der Vater saß auf einem Stuhl in der Küche. Er hatte den Mantel nicht abgelegt. Sein Blick war voller Herzlichkeit, als er ihren Blicken begegnete. Frohe Weihnachten, sagte er. Und dann zog er sofort zwei Päckchen heraus, die in seiner Innentasche steckten. Sie ging zu ihm und setzte sich auf seinen Schoß. Sie tat so, als würde sie in seiner Innentasche nach weiteren Päckchen suchen, und er lachte, aber stattdessen versuchte sie ihm so unbemerkt wie möglich den Mantel auszuziehen. Der hing an den Schultern fest.

Das kitzelt, sagte er, und dann kitzelte er sie, bis sie so heftig lachte, dass ihr die Tränen hinunterliefen. Er redete eine Zeitlang über Politik, erhob wie üblich die Stimme. Arne und Mutter schwiegen. Mutter seufzte nicht einmal, das war wohl, weil Weihnachten war und es jetzt Arne gab. Im letzten Jahr hatten sie zu Weihnachten nur gestritten. Aber er war jedenfalls den ganzen Abend bei ihnen geblieben, hatte mit ihnen gegessen, die Kerzen am Baum angezündet und die Geschenke bewundert. Sie hatten sich angefahren und über einander geflucht, vor allem die Mutter, aber trotzdem war es etwa wie ein Sturm draußen im Wald, man konnte damit klarkommen.

Nicht wie das hier.

Es gelang ihr nicht, ihm den Mantel auszuziehen. Er streifte ihn wieder über die Schultern, leicht irritiert, hör jetzt damit auf, sagte er. Sie legte ihre Wange an den derben Stoff und schloss einen Moment die Augen. Es war so still geworden.

Ich muss weiter, sagte er, die warten wohl …

Die Stimme der Mutter. Blankpoliert, du willst doch nicht das Fest aus dem Haus tragen, koste wenigstens von den Sirupbonbons … willst du nicht einen Apfel!

Der Tisch stand gedeckt, auf dem Herd drängten sich Töpfe und Pfannen mit duftendem Inhalt. Mama, bitte?! Bitte, liebste Mama!

Aber die Mutter sah ihr nicht in die Augen.

Das Mädchen ging mit auf die Vortreppe, hielt den derben Stoff fest, der war irgendwie fusselig, so hatte er zu sein. Die Stufen waren mit Sand bestreut – er merkte es nicht, obwohl er diese Arbeit nie selbst ausgeführt hatte, sondern lieber sah, dass sich die Leute den Schädel einschlugen, wie Mama es ausdrückte.

Sie ging mehrere Schritte auf Strümpfen mit.

Dann verloren ihre Fingerspitzen die letzte Berührung mit dem Mantel.

Mit seinem Rücken.

Tschüss, Papa.

Mit schnellen Schritten ins Haus und die Nase an die Scheibe gedrückt. Tschüss, Papa. Aber er drehte sich unten im Lichtkreis der Lampe nicht um. Ging, die Hände tief in den Taschen, und war in Gedanken gewiss ganz woanders. Vielleicht dachte er ans Schachspielen. Oder an Politik.

Tschüss, Papa. Frohe Weihnachten, Papa.

Sie aß nicht viel. Sie ist aufgeregt wegen dem Weihnachtsmann, sagte die Mutter. Arne lachte, er lachte immer, die Goldzähne blitzten. Nach dem Essen verschwand er, und dann kam der Weihnachtsmann.

Oh, wie sie sich freute. Und was für schöne Möbel. Der Weihnachtsmann lachte und zeigte, dass man die Türen des Küchenschranks öffnen konnte.

Dann das Päckchen vom Vater. Ein selbstgefälliger Blick der Mutter, und sie wusste, wer den Inhalt bestimmt hatte. Geburtstage und andere Feste vergaß er immer, wusste kaum, wie alt sie war, und nie begriff er, was er kaufen sollte.

Eine Puppenfamilie. Mutter, Vater, Kind. Sie blickte auf, die Mutter lächelte voller Wärme.

Aber das Mädchen setzte die Puppen nicht ins Puppenhaus, sie durften es nicht einmal sehen. Sie stopfte sie unter den Pullover.

Stattdessen ließ sie die Puppen ins Album schauen. An Stellen, wo die Bilder herausgerissen waren, erzählte sie: Da war ein Foto von Papa, als er jung war und auf Skiern lief, und da war ein Foto von Papa, als er bei den Guttemplern Ziehharmonika spielte, und da eins von Mama und Papa, bevor es mich gab, und dort eins, als sie gerade dieses Haus gebaut hatten und ich ein kleines Baby war und da ein Foto von Papa und dem Motorroller, den er gekauft hatte ...

Die Hälfte aller Bilder war herausgerissen, das war gerecht, hatte Mama gesagt. Sie wollte nichts Unrechtmäßiges haben.

Er hatte sie wohl in irgendeiner Schachtel, irgendwo in dem Zimmer, in dem er wohnte. Sie wusste, dass er sich nie dazu aufraffen würde, ein Album anzuschaffen und die Fotos dort einzukleben. So war ihr Papa nicht.

Er war, wie er war. Ihr Papa.

(Aus der Novelle: Rochade, in *»Kärleksbrottet«*, 1990)

♦ ♦ ♦

Stina starb kurz nach der Scheidung ihrer Tochter, im Alter von einundsiebzig Jahren, kränklich und hinfällig. Was sie von der zivilrechtlichen Neuerung in der Geschichte der Familie hielt, ist mir nicht bekannt. Aber man darf vermuten, dass Per zufrieden war. In gemurmelten Andeutungen dreißig Jahre später ließ Helmer durchblicken, dass der Schwiegervater an allem schuld war, weil er Edit angestachelt und außerdem das Ganze finanziert hatte, um sie für sich allein zu haben.

Was weiß man schon. Aber dass Per nicht sonderlich viel von Schlichtung hielt, ist klar, und ich bin überzeugt, dass er Edit nie aufgefordert hätte, ihre Familie zusammenzuhalten. Er war ein Dämon, in dieser Erzählung ist er es. In Wirklichkeit aber war er ein ganz normaler Mensch. Die Bosheit kam von seiner Mutter, die ihrerseits gestutzt und geschädigt war. Wie lange und wie weit reichen die Giftbahnen dieser Sippe? Wo kann man das Ganze beenden und sagen, jetzt ist es genug? Die persönliche Verantwortung, kommt die nicht zum Tragen, wenn man sich um einen eigenen Nachkommen kümmern muss? Wenn man diese eigene Verantwortung nicht anerkennt, ist doch auch jeder Gedanke an ein demokratisches System mit eigener freier Wahlmöglichkeit undenkbar.

Auf jeden Fall verlor Per allen Antrieb, als Stina zu ihrem Gott gegangen war. Er betete selbst zu Gott, dass dieser ihn in Gnaden aufnehmen möge, damit er wieder an Stinas Seite wandern könne. Er war voller Selbstmitleid und pathetisch, es war, als hätte er seine eigenen vier Kinder und seine neun Enkel und vier Urenkel nie gesehen, sie bedeuteten nichts. Er wollte aber dort auf Stortäppan nicht allein bleiben und fuhr deshalb zwischen seinen Kindern hin und her, beklagte sich und sehnte sich nach seiner Stina.

Aino ihrerseits sollte lernen, eine Frau zu sein. Das fing mit dem Aussehen an, das verstand sich von selbst. Eine Freundin wurde wegen ihres ansprechenden Äußeren gelobt. Was für eine Haut, und schau doch mal, was für schöne Augen, rief der ästhetisch interessierte Helmer, diese Züge und ganz zu schweigen von dem Haar.

Seine eigene Tochter stand daneben und konnte ihm nur zustimmen. Wider besseres Wissen wollte sie von dem Mann, den sie am meisten auf der Welt liebte, dennoch eine Art Bestätigung.

Nein, nicht gerade hübsch, aber pikant, erklärte Helmer, nahm ein Blatt Papier zur Hand und begann sie abzuzeichnen. Diesen Zinken hast du von der Knektmatsfamilie geerbt, stellte er fest.

»Ist er schön?«, fragte Aino vorsichtig.

»Nicht gerade schön, aber pikant, lässt sich schwer zeichnen.«

»Ja, aber«, sagte Aino, »dann will ich ihn nicht haben.«

»Sei froh«, sagte der Vater, »dass du nicht diese hängende Nasenspitze von meiner Großmutter geerbt hast. Wenn sie ihre Pfeife rauchte, sah sie aus wie eine Hexe vom Trollmaler John Bauer.«

Mit Puppen spielte sie, wie man von ihr erwartete. Aber da Edit die Familie als Erscheinungsform – die Kernfamilie erfüllte sie mit Verachtung – genauso schlecht machte, wie überhaupt Kinder zu haben, wollte das Spiel nicht richtig funktionieren. Eigentlich aber nahm jedes Spiel sie völlig gefangen, alles passierte gleichzeitig: Lesen, Zeichnen und Theaterspielen in der Schule, auf Bäume klettern, an den Zäunen herumturnen und Kühe hüten auf irgendeiner Alm.

Bis zu dem Zeitpunkt, als Aino ihre erste Regel bekam, war die Beziehung zur Mutter unkompliziert und gut, wie für fast alle Kinder war die Mutter so was wie die Sonne am Himmel.

Edit hatte viele gute Eigenschaften, beispielsweise rutschte ihr nie die Hand aus. Außerdem wurde sie nie wie manch andere Mutter böse, wenn Aino sich dreckig machte, was ständig geschah. Sie war auch großzügig mit allem, was sie besaß, auch zu den mitgebrachten Spielkameraden, und Zeiten brauchte Aino nicht einzuhalten, sie war völlig frei. Überdies behandelte sie die Tochter wie eine Erwachsene, redete mit ihr auch über Dinge, die Kinder nur vage begriffen. Und Humor hatte sie ebenfalls, von der schwärzesten Sorte, manchmal war er auch bösartig und musste später dechiffriert werden.

Außerdem war Edit modern. Ihr Glaube an den Waerlandismus wurde zu jener Zeit als äußerst suspekt angesehen, ebenso wie die Tatsache, allzu viel Gemüse zu essen, das konnte doch nicht gut sein, vom Fasten ganz zu schweigen, was Edit als ultimatives Heilmittel pries.

Edit fühlte sich in Opposition zur ganzen Welt, die nichts begriff, und insbesondere zu den Männern, allen voran Helmer.

Je älter Aino wurde, desto mehr Arbeitsaufgaben hatte sie daheim zu übernehmen. Mit dreizehn konnte sie, wenn nötig, die ganze Pension allein betreiben, so dass Edit ein bisschen freimachen konnte.

Es war wirklich wohlüberlegt, dem Mädchen all diese Dinge beizubringen. Es war gut für die Entwicklung des Kindes, dass es kochen, backen, putzen, waschen und anderes mehr tun konnte, und zwar rasch und effektiv. Ja, absolut notwendig war es, wenn man frühzeitig verlassen werden sollte, dass man alles Praktische, ohne viel nachzudenken, erledigen konnte. In vieler Hinsicht war Edit eine vortreffliche Mutter, und für Aino war sie also der wichtigste Mensch auf der Welt, in der Tat noch wichtiger als

Helmer. Dennoch kriegten sie sich in die Haare, denn das Mädchen wurde immer schwieriger, begann zu argumentieren.

Edit träumte von einem Auto, und im Alter von fünfundvierzig gelang es ihr wirklich, die Fahrerlaubnis zu bekommen, doch hatte sie danach nie die Mittel, ihren Traum in die Tat umzusetzen. Und sie wollte Englisch lernen, aber wurde von ihrer zu diesem Zeitpunkt zwölfjährigen Tochter derart ausgelacht, dass sie nie mehr wagte zu sagen: Hello I'm happy to see you. »Imm« äffte Aino sie nach und lachte so heftig, dass sie sich den Bauch halten musste.

Was alles andere anging, war die Situation nicht mehr so gut. Aino hatte ihre erste Regel bekommen, übrigens schon vor recht langer Zeit. Sie kletterte noch immer auf Bäume. Aber wurde zugleich von den überraschendsten Personen an die superempfindliche, noch wachsende Brust gefasst, viele erlaubten sich das, bevor sie lernte es abzuwehren.

Jetzt hatte sich auch der Großvater ins Bett gelegt und war gestorben.

Stortäppan sollte verkauft werden. Es war, als würde alles viel zu schnell gehen. Aino wollte auf der Stelle verharren, die Zeit stoppen, ihr nachspüren. Sie beschloss, nach Sysslebäck zu fahren, um Stortäppan ein letztes Mal zu erleben, bevor es zu spät war.

Es ist völlig in Ordnung, allein durch den Wald zu fahren. Mutter nimmt es nicht so genau. Du kannst trampen, wenn du willst, das wird billiger. Aber Aino ist noch ein wenig ängstlich und nimmt den Bus.

Ein merkwürdiger Abschied. Sie ist allein in dem Krähenpalast, geht umher und nimmt die Stimmung in sich auf. Alles ist so altmodisch. Sie findet die Vorhänge in einem Schrank. Statt Rollos hatte die Großmutter Stoffstücke an Nägel vor die Fenster gehängt, damit niemand hereinschauen konnte.

Der Wassereimer, der Kupferbehälter am Herd, die großen Grützeteller und die Speisekammer – das alte Zuhause ist noch intakt, obwohl niemand mehr da ist.

Die Sachen gehören doch ihnen, bestimmt sind sie nicht weit weg. Sind in Wahrheit wohl nur kurz aus dem Haus gegangen?

Abend für Abend besucht sie ihre Tante und die fast gleichaltrige Cousine ein paar Kilometer entfernt. Sie bieten ihr an, bei ihnen zu schlafen, aber sie besteht darauf, als letzte Person der Familie auf Stortäppan zu wohnen, obwohl kohlschwarze Finsternis herrscht, wenn sie sich zurücktastet, und es überall knarrt und knackt, bevor sie den Lichtschalter gefunden hat. Trotzdem besucht sie die Verwandten am nächsten Abend wieder, und der Grund ist natürlich der Fernseher, der so spannend ist. Aber danach will sie wieder heim, wie sie es nennt.

An diesem Abend steht der Mond am Himmel, so dass sie zumindest sieht, wohin sie die Füße setzt. Weiter oben öffnen sich die Bäume, da führt der Weg lang, obwohl eigentlich ja unten am Boden. Und nun sieht sie Stortäppan in diesem seltsamen Licht baden.

Und dann sieht sie plötzlich etwas im Mondlicht gleich neben dem Weg blinken. Es ist – der Benzintank eines Mopeds! Im selben Augenblick hört sie laufende Schritte und eine Stimmbruchstimme, die keucht: Warte mal! Da rennt sie los.

Das Türschloss ist alt und lässt sich zunächst nicht schließen, sie klemmt sich die Finger am Riegel und erwartet jede Sekunde, überfallen zu werden, doch sie schafft es. Sie macht Licht, begreift aber, dass man sie von draußen sehen kann, also macht sie das Licht wieder aus und läuft ins obere Geschoss.

Dann liegt sie die ganze Nacht im Bett und hört die Treppe knarren. Wieder und wieder kommen sie nach oben. Sie hat so große Angst, dass sie zittert.

Als der Morgen graut, packt sie ihre Sachen. Nimmt den ersten Bus von dort weg, um erst fünf Jahre später wiederzukommen. Da ist ihre Mutter tot, und sie selbst hat, gleichsam wie die Hasen, einen Haken geschlagen.

Die Tür zurück ist verschlossen. Und sie hat nicht vor, sie noch einmal zu öffnen.

♦ ♦ ♦

IX.

Ainos frühe Jugend

Dafür, dass sie die Realschule überhaupt besuchen durfte, sollte sie wahrhaftig dankbar sein, da es eine höchst unsichere Investition wäre. Am einfachsten wäre es gewesen, wenn sie die siebente Klasse zu Ende gemacht hätte und damit basta. Aber Edit wollte andererseits auch gerecht sein. Der Bruder hatte zur Realschule gehen dürfen. Danach hatte er bei der Post für seinen Lebensunterhalt gesorgt, während er gleichzeitig per Fernstudium das Abitur nachholte. Also lag er niemandem zur Last wie gewisse andere.

Die Luft zu Hause war immer dicker geworden, es fällt ihr schwer, tief durchzuatmen.

Die Mutter ist immer gereizter. Sie ärgert sich über ihre frühreife Tochter, die ihrer Meinung nach ins Blaue hinein lebt.

Es geht bergab mit der Pension, und ständig gibt es Streit um Geld.

Das Hotel Skinnargården wird eingeweiht, was die Sache nicht gerade besser macht, selbst wenn sich Hotel und Pension an unterschiedliche Kundschaft richten.

Die Lederindustrie hat ihren Höhepunkt erreicht. Nun geht es aufgrund ausländischer Konkurrenz im Sturzflug abwärts, und dabei werden alle Gewerbe der Gegend mitgerissen. Hausierer und sonstige Umherreisende haben nicht mehr dasselbe Interesse daran hierherzukommen.

Die versoffenen Holzfäller dürften jetzt wieder hier einkehren, aber sie haben selbst immer mehr Schwierigkeiten, eine Arbeit zu finden, sofern sie sich nicht umstellen können, eigene Motorsägen anschaffen und lernen, sie zu bedienen und instandzuhalten. Wohin werden sie nun gehen? Keiner weiß es.

Der Vater hat den Kiosk zurückerworben und vernachlässigt ihn. Er versinkt geradezu in einer lethargischen Depression, ist aller Energie beraubt. Vegetiert dahin, liest Zeitungen, spielt Schach mit Leuten, die zufällig vorbeikommen. Er sitzt im Kiosk und nimmt sich nur widerstrebend eines Kunden an, während Fußboden und Bänke vor Schmutz starren, er sieht es nicht. Dank der Toto-Annahme hat er genügend Einkommen, und dann besitzt er ja noch dieses Geld, mit dem Edit ihn ausgelöst hat. Voller Zorn sieht sie, wie er es verschwendet, während sie nur hundert Kronen Unterhalt im Monat für die Tochter erhält.

Alles zehrt an der Gesundheit, besonders an der mentalen. Die Gemütsbewegungen gehen Hand in Hand mit dem, was um sie passiert, wo die Entwicklung gleich einer Lokomotive unerbittlich weiterstampft, doch statt des Lichts am Ende des Tunnels, genau das Gegenteil.

Wie die meisten in den frühen Jugendjahren sinnt auch Aino über religiöse Fragen nach. So viele glaubten doch an irgendetwas, sie konnten doch wohl nicht alle Unrecht haben?

Sie musste es herausbekommen.

Der Mutter war ihr Wunsch, zur Konfirmation gehen zu wollen, fast peinlich, was willst du überhaupt anziehen? Denkst du, ich hab Geld wie Heu?

Aino dachte, wenn es einen Gott gibt, dann will ich ihm eine Chance geben. Sie war eine fleißige Konfirmandin, es sollte nicht an mangelndem Eifer oder fehlenden Kenntnissen liegen, falls aus der Erlösung nichts wurde.

Bei der Erbsünde war jedoch Schluss. Eine unsinnige Vorstellung, fand sie und bat den Pastor, es ihr zu erklären. Das konnte er nicht – ein neugeborenes Kind, befleckt mit Sünde, bevor es überhaupt reden konnte! Im Stillen befahl sie, dieses ganze Konzept mit der unsichtbaren Gottesherrschaft sollte sich zum Teufel scheren, ließ aber dennoch das gesamte Konfirmationsritual über sich ergehen, kam sich falsch vor und schämte sich beim Sündenbekenntnis, dem Wein und der Hostie. Die Neugier hatte die Ehrlichkeit besiegt, nach diesem Tag aber ging sie nie wieder zum Abendmahl.

Ihre Mutter hatte netterweise eine Konfirmationstorte gebacken und schenkte ihr einen silbernen Serviettenring mit eingraviertem Namen, er wurde nie benutzt. Als würde dieses Geschenk in seiner ungewöhnlichen Exklusivität das religiöse Leben symbolisieren, mit dem sich keine von ihnen hatte anfreunden können. Ein edler Halter für ein Schweißtuch, das niemand von ihnen benutzte.

Dafür trat die Tochter dem sozialdemokratischen Jugendverband bei und wurde sofort ruhiger, als sie das Echo der väterlichen Tiraden vernahm, und weil sie trotz ihrer Jugend auch selbst begonnen hatte darüber nachzudenken, wie das Ganze eigentlich zusammenhing. Im Studienzirkel lernte sie alles über die verschiedenen Theorien von Karl Marx, welche davon gut waren und bei welchen er sich irrte, insbesondere die Sache mit der Revolution. Und dann schrieb sie eine enthusiastische Hausarbeit zu dem Thema und bekam zu ihrer Verblüffung zum ersten Mal weder ein Ausgezeichnet noch ein Sehr gut, sondern nur eine Zwei, obwohl der Aufsatz doch so gut war. Sie war zu jung, um zu wissen, dass es nicht am Text lag, sondern dass er einfach das falsche Phänomen behandelte.

Wirklich zur Frau zu werden war jetzt allerdings eine ganz dringliche Angelegenheit. Sie sah schließlich bereits aus wie eine solche.

Sie liest Zeitungen und Illustrierte, und sie geht ins Kino, und sieht Jane Mansfield da und Marilyn Monroe dort, es waren nicht die Einzigen, und sie alle sind Blondinen.

Es brennt wie Feuer, aber eine Blondine wird sie, und die kackbraune Nuance ist verschwunden, hoffentlich für alle Zeiten. Sie sitzt an den Samstagnachmittagen mit Freundinnen vor dem Spiegel, toupiert und sprayt, bis ihre gebleichten Haartürme Pferde und Kamele in die Flucht gejagt hätten.

Eine Jugendkultur. Autokarawanen ziehen immer im Kreis, und die Mädchen, stets paarweise, flanieren rein zufällig die Straße entlang, bereit, auf den Asphalt hinauszutreten, wenn einer der Wagen hält: Fahren wir eine Runde?

Und was wollen wir essen? Würstchen mit Ketchup. Und was wollen wir trinken? Warum nicht Explorer und Cola. Und was wollen wir rauchen? Bill und John Silver. Und was wollen wir hören? Elvis und Neil Sedaka. Und was wollen wir machen? Ein Stück vom Zentrum wegbrettern, mal sehen, ob der Schlitten was zu bieten hat, ja und so.

Eine Jugendkultur, ähnlich der früheren und dennoch diametral entgegengesetzt. Das nächtliche Freien, belegt seit uralten Zeiten, ist nun fest etabliert. Aber das Guttempler-Dasein ist gründlich passé, jetzt geht es um Schnaps und Bier, dieses Neue.

Es gibt Engel. Diese Hände, wenn auch zudringlich, trösten und helfen. Die Gefühle sind so angespannt, so unbekannt, so ganz und gar unbewältigt. Was ist Sehnsucht nach Zärtlichkeit, was ist nur Sex? Wer weiß das schon. In diesem Spiel gibt es nur Jugendliche, die sich sehnen, die Gefühle schwanken und schmerzen.

Alle wollen, dass etwas geschieht, dennoch jagen sie nur umher, Runde um Runde dort im Zentrum, genau wie im Film »American Graffiti«.

Die Angst nimmt zu, sobald sie nach Hause kommt. Immer wieder bekommt sie bestätigt, was sie eigentlich längst weiß. Dass sie im Weg ist, dass sie hässlich und dumm ist und nur Geld kostet.

◆ ◆ ◆

Hinter mir warten die anderen darauf, dass ich sterbe. Vor mir ein Abgrund, direkt hinab ins sturmgepeitschte Meer. Man gibt mir weder Essen noch Wasser, ich werde verdursten, am liebsten aber sähen sie, ich stürzte mich hinunter, damit sie nicht länger warten müssten.

(Albtraum am 11. April 2005)

Ich denke, vielleicht wäre hin und wieder eine Umarmung genug gewesen, um das, was geschehen sollte, zu verhindern. Keiner hätte sich doch Gewalt antun und lügen müssen, niemand brauchte doch zu sagen, dass man sie gern hatte, ja, dass man dieses in die Höhe geschossene Kind liebte. Aber ein kleines Zeichen der Zärtlichkeit in diesen entscheidenden Momenten. Ein Tätscheln der Wange, wenn sie mit der Hand auf der Klinke dastand, um erneut in die Nacht zu entfliehen. Stattdessen harte Worte, die sich nicht zurückhalten ließen, sie mussten raus. Jemand hat gesagt, dass Worte schwerer wiegen als Steine. Ja, schwerer als der ganze Himalaja, man kann sie nicht aus dem Kopf verjagen.

Gemäß der modernen Psychologie jener Zeit war es falsch, Zorn zu unterdrücken. Edit verfolgte alles, was in Illustrierten geschrieben und im Radio erklärt wurde, es tat der Gesundheit gut, klar und deutlich zu sagen, was sie fühlte, angesichts dieser blondierten und nicht sonderlich begabten Person, die zwar keine Klasse hatte überspringen dürfen, aber dennoch die Chance erhalten hatte, sich in der Realschule zu versuchen. Stattdessen rauchte sie, trieb sich herum, gab Widerworte, jammerte und heulte bei der geringsten Kleinigkeit, wäre das unsereiner gewesen, da hätte sie heulen können. Was gab es für die Göre eigentlich für einen Grund zu flennen, außerdem war sie ja fast nie zu Hause.

So geht es immer weiter und weiter. Jahre vergehen. Es wäre feige, die Tochter zu rechtfertigen, die sich widersetzte und machte, was sie wollte. Man hatte ihr ein Zimmer auf dem Dachboden gegeben, keiner sah, wann sie heimkam – oder auch nicht.

In ihrem Inneren ging allmählich etwas aus den Fugen. Sie grübelte sich in eine Depression hinein. Was war das Höchste für eine Frau, falls sie nun eine war? Natürlich schön und attraktiv zu sein. Aber wenn sie nun wirklich Reiz ausüben wollte? Ja, da bewegte sie sich auf einem schmalen Steg, der besonders jetzt am Anfang hin und her schwankte – zwischen Unerreichbarkeit und grünem Licht. Die Kunst war, die richtige Balance zu finden, Sympathie zu wecken und auch Verlangen, doch nicht so, dass man ihr den Respekt versagte und Vergewaltigung drohte, oder man sie für leichtfertig hielt, was das absolut Schlimmste war. Sie selbst durfte keine Verlockung verspüren, durfte nicht unkontrolliert sein. Dieses Verlangen musste man clever einsetzen, Portion für Portion, um die Männer zu dressieren. Die konnten nicht vergewaltigt werden, aber sie konnten auch nicht lügen, darüber, ob sie erregt waren oder nicht, was die Mädchen konnten, und die sagten nein. Nein, sie seien es nicht im Geringsten.

Es war kompliziert und ging am wenigsten von allem um Liebe, leider. So einfach war es nicht. Ein Spiel, einzig und allein, das in dieser dünn besiedelten Gegend starrer ablief als andernorts, wo mehr Wahlmöglichkeiten existierten und der Wert nicht allein durch das Vulgärste bestimmt wurde.

Im dritten Jahr sinkt der Mut immer mehr wie auch die Zensuren, und sie fängt an zu schwänzen. Sie liegt in ständiger Fehde mit ihrer Mutter, wenn nicht einfach Wortlosigkeit herrscht. Die Beschimpfungen nehmen kein Ende, eine immer heftiger als die andere, das Spiel mit den Synonymen erreicht orgiastische Höhen: Schlampe, Dirne, Miststück, Teufelsbraten und mehr, sie hat diese Bezeichnungen alle gehabt und ist sie gewesen.

Sie fühlt sich mehr und mehr umklammert und wagt abends nicht einzuschlafen, sie hat Angst vor ihren Träumen. Nachts, wenn alle Häkchen gelöst sind, erfährt sie, wer sie wirklich ist, einfach nur widerwärtig. Wie gestaltet man das? Nicht einmal nach vierzig Jahren vermag ich zu sehen, wer sie wirklich war. Für sie war am Ende nur Schmerz übrig, so als schwimme man in einem Eisloch, man schafft es nur bis zu einer gewissen Grenze, dann muss man aufgeben.

Jetzt, wo ich zurückgekehrt bin zu dem, an das ich all die Jahre nicht habe denken wollen, bekomme ich auch Träume zu kauen, genau wie damals. Beim Aufwachen schmerzen mir die Kiefer. Ich träumte, das Fernsehen kommt unangemeldet zu Besuch, und ich sehe mich gezwungen, ihnen zu öffnen. Sie drängen sich herein, und ich gehe rückwärts, und sie pressen mir das Mikrofon an die Lippen. Man zwingt mich Türen und Schränke zu öffnen, Schubladen herauszuziehen, und eine Peinlichkeit nach der anderen wird sichtbar. Wie hat ein schimmliges Brot zwischen den Strümpfen landen können, ich versichere, das sei wirklich nicht meine Art. Und der Wäschekorb quillt über und nicht nur von schmutziger Kleidung, nein, auch von Speiseresten? Aber ich habe doch nicht. Und die Betten sind ungemacht, und zwischen den dreckigen Bettüchern liegen zerrissene Zeitungen und Müll. Nie habe ich doch? Und in der Garderobenkammer liegen alle Kleidungsstücke auf dem Boden, und ich muss sie hochhalten, und der Kameramann lacht so heftig über meinen schlechten Geschmack, dass das Bild ins Schwanken gerät.

Ich wache völlig durchgeschwitzt auf. Muss mir wohl eine Beißschiene für die Nacht besorgen, die sich nicht durchbeißen lässt.

Jetzt ist September, und zwei ausgeflippte junge Backfische von sechzehn Sommern machen sich mit geliehenen Mopeds auf den Weg durch den Wald. Beide haben sie ihre Wurzeln dort im westlichen Tal, sie sind Busenfreundinnen und sehnen sich fort von allem, was so schrecklich ist, da, wo sie wohnen, von diesem schwer erträglichen Leben, bestimmt gibt es doch noch was anderes?

Es dauert länger, als sie geglaubt haben, dort hinüberzukommen. Sie begegnen ein paar Jugendlichen an einem Kiosk in Ambjörby, aber auch diesmal bleibt das Abenteuer aus, obendrein müssen sie wieder zurückfahren. Die Dunkelheit bricht herein, es wird stockfinster, und Verkehr gibt es keinen, sie fahren dreißig. Hier hat man einen Bären gesehen. Ob das stimmt?

Sie fahren nebeneinander und versuchen die Angst durch Rufe zu übertönen, aber das Mopedgeknatter macht es schwer zu hören, was die andere sagt. Sie fahren so dicht auf, dass sich die Mopeds plötzlich verhaken. Ruckartiges Halten. Aino fliegt in hohem Bogen über das so plötzlich gestoppte Moped hinweg und landet auf der Stirn, dann wird alles schwarz.

Als sie aufwacht, hört sie die Freundin weinen. Die hat das ganze Moped auf sich bekommen, und ihr Schenkel ist aufgeschürft. Es ist so dunkel, dass sie nichts sehen. Mühsam steht Aino auf, und da spürt sie etwas Warmes von der Stirn laufen.

Sie weinen ziemlich lange und wissen überhaupt nicht, wo sie sind und was sie tun sollen.

Zu guter Letzt kommt ein Auto angefahren, und sie werden mitgenommen. Sie sitzen auf dem Rücksitz mit einem Kartoffelsack zwischen sich, der ihre Tränen auffangen muss. Dann traut sich Aino jedoch nicht nach Hause, denn diese Jacke hat sie unerlaubt ausgeliehen, und obendrein ist es sehr spät geworden. Daheim bei der Freundin wird sie notdürftig verarztet, nachdem sie sich geweigert hat, zum Doktor zu fahren.

Am Ende kehrt sie dennoch zögernd heim. Wie gesagt, es ist spät. Und als sie Edit weckt und sie zu kommen bittet, ist die nicht wenig verärgert – manche Leute müssen früh raus, um zu arbeiten, sie aber gedenke offenbar wieder zu schwänzen?

Und hat man so was schon gesehen. Die teure Jacke mit Blut beschmiert. Das so schlecht rauszukriegen ist. Ach ja, in Ambjörby, wirklich toll. Ohne Bescheid zu sagen, wohin sie fuhr. Aber jetzt gehe die Heulerei los, sei ja auch das Einfachste.

Das ganze Ereignis ist in einem Text wiedergegeben, der erst kürzlich in meinen Besitz gelangte, geschrieben zur damaligen Zeit, von meiner Mutter.

Also gab es doch ein literarisches Erzeugnis, orthographisch unanfechtbar verfasst und interpunktiert. Also sollte man sich wohl eigentlich freuen.

Stattdessen bin ich froh, dass ich diese Papiere nicht damals bekam, als ich sie haben wollte, im Jahr 1970.

Formell handelte der Arzt wohl falsch, als er mich dazu brachte, auf die Krankenakte zu verzichten. Dennoch war es vollkommen richtig.

... Dann ging die Heulerei los. Sie bekam einen tüchtigen Anranzer, und dann legte ich mich wieder ins Bett. Da rannte sie die Straße hinunter zu X zurück, dass der Schotter nur so spritzte. (Sie war zunächst dort gewesen, wo man sie verarztet hatte.) Am nächsten Tag kam sie nicht heim und ging auch nicht zur Schule, also rief ich ihren Direktor

an und teilte ihm die Ursache ihres Fernbleibens mit, bat ihn auch, dass er Y, die Sozialbeauftragte, benachrichtige. Ich sagte ihm, dass sie mir meiner Meinung nach deshalb nicht gehorche, weil sie ihren Trottel von Vater ganz in der Nähe habe. Auch in der Nacht hatten sie ihn hingeholt. Sie hatte dort eine ganze Menge Unsinn geredet, und er sagte zur Tochter und auch zu mir, ich wäre zu hart zu ihr gewesen, wo sie doch hätte tot sein können, wenn man sie mir zurückbrachte. Ein Arzt wurde hingegen nicht gerufen. Das war typisch für meinen früheren Mann. Er glaubt so klug zu sein, dass er nie irgendeinen Rat einholen muss. Als wir hier bauen wollten, hat er die Bauzeichnung eigenhändig entworfen und so falsch, dass es zum Himmel stank, nur um das Geld dafür zu sparen. Dass wir (und jetzt ich) bei dieser Dummheit nur finanziell verlieren können, begreift oder akzeptiert er nie.

(Aus einem Brief an *Doktor Gröndahl*,
Jugendpsychiatrische Klinik Falun, v. 25. Januar 1966)

♦ ♦ ♦

Kinder- und Jugendpsychiatrische Klinik – Falun

KRANKENBLATT
22.5.49
Trosell
Aino Kristina
Name der Mutter: Edit Trosell
Wohn- und Postadresse: Box 583, Malung
Telefon: 10173

Art der Krankheit:
Psychogene Depression (Suizidversuch bei einem wenig gefestigten übersensiblen Persönlichkeitstyp)
Idem.
Psychogene Depression (314,99)
Berufsberatung bei Person ohne manifestierte psychische Störung (Y 11,09)

Somatische Anamnese:
zuvor stets gesund

Heredität:
I. Mutter:
Die Mutter ist ein ausgeprägter Ordnungsmensch, pedantisch und Vegetarierin.
II. Vater:
Vater »Lebenskünstler«. Macht lieber frei als zu arbeiten.

Entwicklung:
Völlig normal

Epikrise, 13.2.1966:
Ein fast siebzehnjähriges Mädchen, das auf Überweisung von Dr. R. nach einem schweren Suizidversuch aufgenommen wird. Hereditär hat die Pat. eine äußerst egozentrische, eigenartige Mutter mit ausgeprägtem Ordnungssinn, Pedanterie, Vegetarismus und einem gänzlich ungezügelten Hass auf ihren früheren Mann.

Der Vater, ein Lebenskünstler, arbeitet gerade so viel wie nötig, um seinen Lebensunterhalt zu bestreiten, nimmt sich jedoch gern frei, um des Freimachens willen. Die Eltern ließen sich 1955 scheiden nach fünfzehnjähriger kontinuierlicher Uneinigkeit. Die Mutter, der das Sorgerecht für die Kinder übertragen wurde, betreibt eine Pension und der Vater einen Tabakladen. Das Mädchen wurde nach normaler Gravidität geboren, die Geburt verlief normal, und die psychische und statische Entwicklung erfolgte zum regulären Zeitpunkt. Sie begann die Schule im normalen Alter, hatte immer gute Leistungen und besucht jetzt die Realschule mit guten Ergebnissen. Ihr Wunsch ist, nach Beendigung der Realschule weiter zu studieren. Im häuslichen Umfeld hat sich die Mutter häufig gegen die Pat. gestellt, die sich mehr dem Vater angeschlossen hat. Es gab bestimmte ökonomische Probleme, weshalb die Mutter dem Mädchen wiederholt erklärt hatte, dass keine Mittel vorhanden wären, um beide Kinder studieren zu lassen. Das auslösende Moment für den Suizidversuch der Tochter waren laut eigener Erklärung der Patientin die ständigen Vorhaltungen der Mutter, die sie nicht länger ertragen habe, sie habe sich allzu stark unter Druck gesetzt gefühlt und begriffen, dass ein Studium für sie niemals erschwinglich sein würde und es deshalb das Beste wäre, ihr Leben zu beenden. Daher nahm sie 1000 mg Librium und 70 mg Ansopal ein, am Abend vor ihrer Einlieferung ins Krankenhaus. Aufgrund dessen lag sie 4-5 Tage bewusstlos mit Intubation und künstlicher Be-

atmung. Beim Aufwachen Halluzinationen und Zustände psychischer Verwirrung, die bei der Überführung hierher gänzlich abgeklungen sind.

Als Grund für den Suizid wird Folgendes angegeben: Eines Abends stellte sie sich ein Konto mit Plus- und Minusseite auf. Die Plusseite enthielt, dass sie tüchtig ist und das Realschulexamen ablegen wird. Die Minusseite, dass sie sich herumtreibt, raucht, ein finanzielles Hindernis darstellt, dass sie daheim manchmal unverschämt auftritt und widerspricht, flucht und sich an ihren Vater hält. Als sie herausgefunden hatte, dass sie stark im Minus steckte, war sie sich nach eigener Aussage wie ein Dorn im Fleisch vorgekommen, wie eine Eitergeschwulst, die herausgeschnitten werden musste. Anfangs würde es wehtun, dann aber würde die Wunde heilen und alles gut werden. Deshalb schluckte sie die Tabletten und war im Nachhinein wahrhaftig traurig, dass man sie gefunden hatte, bevor sie tot war. Sie erklärt, bereit zu sein, es erneut zu tun.

Während der Behandlungszeit hier erhielt sie mehrere Briefe von der Mutter, in denen diese allerdings mehr davon spricht, was ihr an ihrem Gatten missfällt, als was ihr an der Pat. gefällt. Das Mädchen durchläuft eine umfassende Psychotherapie, bei der man insbesondere auf die Probleme der familiären Beziehungen und die Frage von Leben und Tod eingeht. Auch die Mutter wird zu einem therapeutischen Versuch herbestellt, ziemlich rasch aber wird klar, dass es für die Tochter das Beste ist, wenn sie nicht in ihr Zuhause zurückkehren muss.

♦♦♦

Als sie aufwachte, flüsterte sie als Erstes: Mama? Und da bekam sie die langersehnte Umarmung.

Doch es war viel zu spät. Sie durchschaute die Sache. Tief im Inneren wollte man sie nicht haben, und jetzt enttäuschte sie die beiden erneut. Und tatsächlich war nun das größte Problem, ob sie sich durch den Sauerstoffmangel vielleicht Gehirnschäden zugezogen hatte.

Aus den Kopien all dieser Briefe erklingt ein Donnerwetter, obwohl ich nicht einmal die Originale in Händen halte. Dort liegt sie unter ihrem Grabstein mit der pathetischen Inschrift, formuliert von dieser damaligen Aino, und ist unwiderruflich tot, und hier habe ich ihr einziges literarisches Erzeugnis, so krachvoll mit Beschuldigungen, Verdrängungen, Vereinfachungen und Wirklichkeitsflucht, dass ich vor Scham erröte, wenn mir nicht gar die Luft wegbleibt.

Aino wurde in Obhut genommen entsprechend Paragraph einunddreißig des Jugendschutzgesetzes, und das Jugendamt in Malung stellte die Mittel zur Verfügung, damit sie andernorts zur Schule gehen konnte.

Hier kommen die Engel ins Bild. Und die werden ihr ein Leben lang folgen. Selten sind es ihr nahestehende Menschen, sie tauchen einfach auf, wenn sie am meisten gebraucht werden, um dann gleich wieder zu verschwinden, ohne irgendwelchen Dank zu erwarten. Das kann einer der Ärzte sein oder jemand aus der Nachbarschaft oder ein Amt wie das hier genannte oder jenes, das die Situation untersucht und diese unsichere Investition angeordnet hat. Denn was wusste man schon über ein Kind, das sich nachts meist herumtrieb und später einfach nicht mehr leben wollte?

Heute glaube ich an Engel, ich glaube nicht nur an sie, sondern weiß, dass es sie gibt, ich habe schließlich selbst erfahren, wie sie, wenn sich die Lage zuspitzte, in mein Leben traten und mit der ganzen Flügelbreite ihrer Güte für Linderung sorgten.

Ich glaube nicht an Gott, dass es ihn gibt, aber an Engel glaube ich.

Sie haben sich nur als Menschen verkleidet.

◆◆◆

Die Stimmbänder waren zerstochen, sie konnte nicht reden, aber allein geblieben mit einer Krankenschwester, gab sie flüsternd ihrer Enttäuschung Ausdruck. Sie hatte nicht um diese sogenannte Rettung gebeten, es war ja wie vom Regen in die Traufe zu kommen, sie sollten sich zum Teufel scheren, außerdem würde sie es wieder tun, sobald sie auf den Beinen war, dann würde sie es nicht mehr vermasseln, es würde ihr zu hundert Prozent gelingen.

Zu ihrer Verwunderung erstarb das Lächeln der Schwester, und sie ging eilig davon.

Danach begannen die Halluzinationen. Was in ihrem Hirn vor sich ging, war schlimmer als der schrecklichste Horrorfilm, und das Furchtbarste war, dass es tatsächlich passierte. Große Überredungskünste von den Schwestern und anderen waren nötig, um sie begreifen zu lassen, dass all das nicht wirklich passiert war, verbrannte Leichenteile und Vergewaltigungen.

Das nächste Erinnerungsbild ist der Krankenwagen, als man sie vom Krankenhaus in Mora in die Psychatrie von Falun überführte. Es war ein schöner Wintertag. Sie lag auf der Trage und sah die bereiften Bäume vorbeifliegen, und im Autoradio sprach man von dem großen Brand. Die Jofa-Fabrik hatte in einer dieser kalten Nächte in Flammen gestanden, und mehrere hundert Arbeiter wussten nicht wohin, aber Niss Oskar hatte bereits alternative Räumlichkeiten aus Malungs magerem Boden gestampft.

Die Station wurde von dem jungen Kinderpsychiater Birger Gröndahl geleitet. Er sollte für sie zum Erzengel persönlich werden. Er machte sich sofort daran, ihr Bild von sich selbst mit allen Mitteln zu widerlegen, und obwohl sie ihm nicht zustimmen konnte, war es doch ein merkwürdiges Gefühl, dass jemand, der obendrein Experte war, ihr ganz ehrlich versicherte, dass sie keinesfalls so wertlos sei, wie sie sich empfand.

Auf der Station gab es auch andere Jugendliche mit Problemen. Sie verhielt sich ihnen gegenüber abwartend. Was die Mädchen anging, waren es offensichtlich essensbedingte Schwierigkeiten. Ein Mädchen durfte nur tausend Kalorien pro Tag zu sich nehmen, und sie war zweifellos ein wenig fett, aber nicht so, dass es störte. Nach ihren eigenen Worten aber war sie unkontrolliert, was die Nahrungsaufnahme anbetraf. Bei der anderen ging es genau ums Gegenteil. Aino hatte noch nie von dieser Krankheit gehört, aber verstand, dass mit dem Mädchen etwas ganz und gar nicht stimmte, es schlichtweg auf den Tod zuging. Auf dem Fensterbrett stand das Foto einer schönen jungen Frau. Sie behauptete, das wäre sie selber. Aino wollte sie nicht verletzen, weil sie so eindeutig hässlich war, affenähnlich, das konnte doch unmöglich dieselbe Person sein? Aber so war es.

Einen ganzen Monat hielt sie sich dort auf. Die Gespräche mit dem Engel waren bahnbrechend und heilsam. Ihr ging es immer besser, und sie wollte nicht mehr sterben. Was das Ganze jedoch entschied, war die Tatsache, dass sie nicht nach Hause zurückkehren musste.

♦ ♦ ♦

An den
Direktor des
Staatlichen öffentlichen Gymnasiums
und der Realschule
LUDVIKA

Betreffend AINO Kristina Trosell, geb. 22. 5. 49, Box 583, Malung. Telefon: 10173.

Es wird empfohlen, obengenannter Patientin die Möglichkeit einzuräumen, Ihre Schule zu besuchen, da sie aufgrund häuslicher Schwierigkeiten in der Stadt untergebracht ist und wir wegen derselben eine Heimkehr des Mädchens keineswegs befürworten können. Das Mädchen ist außerordentlich begabt, und es gibt, soweit wir das beurteilen können, keine ernsteren neurotischen Komponenten, sondern das Ganze ist rein sozial begründet.

Falun, den 2.2.1966
B. Gröndahl
Stationsarzt der Jugendpsych. Klinik,
Krankenhaus Falun.

♦ ♦ ♦

Unsichtbare Fürsorgerengel sorgten dafür, dass sie in der Högbergsschule von Ludvika in eine kleine Klasse mit lediglich siebzehn Schülern kam. Und bei dem netten Maler Andersson und Frau bekam sie ein Zimmer mit eigenem Eingang, dicht neben der Schule.

Trotz der zu diesem Zeitpunkt gigantischen Fehlzeiten verbesserten sich ihre Zensuren, und bald würde der große Tag heran sein, an dem sie sich als erstes Mädchen der Familie die graue Mütze der Realschulabsolventen auf den Kopf setzen könnte.

Da teilt Edit völlig ungeniert mit, wenn Helmer vorhabe, an ihrem Examenstag anwesend zu sein, gedenke sie selbst nicht zu kommen. Und damit basta.

Der Tag war da. Aino hatte im Prüfungsaufsatz ein Ausgezeichnet erzielt. Zunächst hatte es Angst und Tränen gegeben, da sie fürchtete, die Sache vermasselt zu haben. Sie hatte sich derart in die Wiedergabe der beiden Bücher von Jascha Golowanjuk hineingesteigert, dass sie die Zeit vergessen und es nicht geschafft hatte, den Text vor dem Klingeln ins Reine zu schreiben. Aber erwiesenermaßen war der Aufsatz so gut, dass die fehlende Reinschrift die Beurteilung diesmal nicht beeinflusst hatte.

Sie wusste nicht, was geschehen würde. Aber durch ein Fenster sah sie, dass der Schulhof gedrängt voll mit Leuten war.

Dann sieht sie ihn also. Ihr Vater war gekommen! Und gleichzeitig erklärt eine Stimme, dass alle bestanden haben. Jubel bricht los, und alle stürzen aus dem Schultor.

Ihr Vater war gekommen. Wie lieb, dass er an sie gedacht hat. Doch weiß sie andererseits, was das bedeutet, denn Edit lügt niemals.

Sie rennt auf ihn zu und weint, so dass ihr die Wimperntusche über die Wangen läuft. Aber er denkt, sie freut sich so und überreicht ihr einen Blumenstrauß. Sie umarmen sich nicht, das kommt auch zwischen ihnen nicht vor.

Da sieht sie plötzlich auch die Mutter und neben ihr sogar die Tante mit Mann. In ihrem Kopf herrscht Chaos. Ja, auch Edit hat Blumen mitgebracht, genau wie die nette Tante, die ihre Schwester vielleicht zum Umdenken gebracht hat, auf jeden Fall war sie sogar von Värmland lediglich aus diesem Anlass gekommen. Jetzt freut sich Aino endlich richtig, und die Tränen verwandeln sich im Nu in Freudentränen, man stelle sich vor, dass ihre Mutter tatsächlich gekommen ist!

Irgendwie gelingt es diesen vier ihr nahestehenden Erwachsenen auch, den mitgebrachten Kaffee in Ainos Mietzimmer gemeinsam zu trinken und Zimtschnecken dazu zu essen. Die Mutter brummelt Schmähungen und Anspielungen auf alte Kränkungen, aber Helmer macht gute Miene zum bösen Spiel, lässt sich nichts anmerken, ich höre, was du sagst, erwidert er lediglich.

So war es also damit. Jetzt würde es wohl endlich besser werden.

♦ ♦ ♦

»Krankenhaus Mora.«

»Bitte die Chirurgie.«

»Einen Moment.«

»Chirurgie, Schwester Anna.«

»Es geht um meine Mutter, Edit Trosell. Sie sollte heute bei Ihnen operiert werden, und jetzt wollte ich nur hören, ob alles gut verlaufen ist.«

»Sind Sie ihre Tochter?«

»Ja, sicher.«

»Einen Augenblick. Dann können Sie mit dem Doktor reden.«

»Oh, danke.«

»Hier spricht Doktor Y. Sie sind also Edit Trosells nächste Angehörige?«

»Ja. So kann man es wohl sagen. Wie geht es ihr?«

»Wie alt sind Sie?«

»Siebzehn. Wie viele waren es, also die Steine?«

»Gar nicht, nein, überhaupt keine. Sind Sie allein dort?«

»Nein, ich habe Freundinnen in der Nähe.«

»Ja, dann.«

»Wie dann? Was ist denn? Diese Operation ist doch wohl gut verlaufen?«

»Es tut mir leid. Ich fürchte, sie ist nicht besonders gut verlaufen.«

»Was? Wieso? Es waren doch Gallensteine, das ist doch wohl nicht so gefährlich, oder?«

»Es waren keine Gallensteine.«

»Es waren keine Gallensteine? Was war es dann?«

»Leider muss ich Ihnen mitteilen, dass Ihre Mutter Krebs hat.«

»Krebs? Wirklich? Aber … das kann man doch heute wohl auch operieren?«

»Nicht immer.«

»Nicht?«

»Nein.«

»Aber man kann doch ... ich habe gelesen, dass man irgendwelche Bestrahlung geben kann?«

»Nicht in diesem Fall.«

»Nicht? Es ist ernst?«

»Ja, leider.«

»Sie ist ja wohl nicht ...? Sie wird doch wohl nicht sterben?«

»Es tut mir leid. Ich hoffe, Sie haben jemanden, einen Verwandten oder so, der sich um Sie kümmern kann?«

»Liegt sie im Sterben? Wie viel Zeit bleibt ihr noch?«

»Das lässt sich immer schwer sagen.«

»Bitte, sagen Sie es trotzdem!«

»Ein paar Monate vielleicht.«

»Ein paar Monate?«

»Ich bedaure, Ihnen das mitteilen zu müssen.«

»Ein paar Monate? Keine Jahre?«

»Es tut mir leid. Manchmal kommt mehr auf einen zu, als man vielleicht wirklich verkraften kann.«

»Ich komme zu Besuch, morgen. Ich kann sie doch wohl sehen?«

»Das geht in Ordnung. Sie hat selbst keine Fragen gestellt, scheint es nicht wissen zu wollen.«

»Nein, nicht. Dann auf Wiedersehen.«

»Auf Wiedersehen.«

♦ ♦ ♦

KRANKENBLATT
EPIKRISE

23.2.1967. In der Folge hat die Patientin die Schule in Ludvika besucht, wo alles gut verlaufen ist. Die Mutter erkrankte an Gallenbeschwerden, und bei der Operation stellte sich heraus, dass sie an inoperablem Leberkrebs litt. Sie wurde nach Hause gebracht, wo die Tochter Aino sich um sie kümmerte. Aino gab die Schule auf und pflegte die Mutter, die immer mehr verfiel und schließlich starb.

Darauf geriet die Tochter mehr und mehr in Grübeleien, war deprimiert und unruhig und hat die Pension, die sie kurzerhand schloss, am Ende fluchtartig verlassen. Sie ist auch jetzt deprimiert und unruhig und wird hier deshalb als akuter Fall aufgenommen.

Es handelt sich um eine eindeutig reaktive Depression und geplant ist, sie eine Gesprächstherapie absolvieren zu lassen, wonach sie wieder entlassen werden kann./ Dr. Gröndahl/B.F.

Tageseintrag, Station 72

10.1.67: Aino trifft allein auf der Station ein. Ist ziemlich ernst, aber nicht depressiv. Nun nicht mehr Vegetarierin./ S.A./V.F.

12.1.67: Fühlte sich angespannt nach vorübergehender Lockerung am vergangenen Abend, konnte nicht einschlafen. Bekam eine Tablette Doriden. Scheint heute »nachdenklicher« und traurig. Erhält Tabl. Valium 5 mg x 3 sowie Tabl. Doriden bei Bedarf zur Nacht./Y.L/V.F.

13.1.67: Auch heute angespannt, schweigsam und in Gedanken. Äußerte einmal zum Personal: »Diesmal kann Dr. Gröndahl mir ganz bestimmt nicht helfen.«/Y.L./V.F.

◆ ◆ ◆

Die dramatische Kurve geht in den Keller, gräbt sich durch Sägespäne und Beton hinab, erreicht den absoluten Tiefpunkt. Wir sind in dieser Geschichte ganz unten angelangt. Und dennoch längst nicht so tief unten wie damals, als Eli kämpfte, die den Auftakt zu dieser Erzählung darstellt, sie überhaupt erst möglich machte.

Und endlich wird Einhalt geboten, kurz vor der brennenden Hitze und dem ewigen Feuer. Bald soll sich das Ganze wenden, zunächst aber muss etwas Radikales geschehen. In diesem abgelegenen Landstrich, wo jeder weiß, wonach er sich zu richten hat, ist es unmöglich, das Rollenheft einfach hinzuwerfen und das Stück zu wechseln. Also muss sie von hier fort, davon ist sie immer mehr überzeugt.

Es war das letzte Weihnachtsfest in der Pension, bevor sie den Zug nahm. Koffer und Einkaufsbeutel, die ihr ganzes Leben enthielten, standen fertig gepackt, sie musste nur noch den letzten Weihnachtsabend in ihrem zum Verkauf ausgeschriebenen Zuhause verbringen.

Der Bruder lebte ein eigenes Leben, und der Vater hatte sich schon langsam umorientiert, nachdem diejenige, die er stets als seine Frau betrachtet hatte, nie mehr die Seine werden würde. Er feierte Weihnachten bei seinem Bruder mit Familie, aber da es das letzte Weihnachtsfest war, bevor das Haus verkauft werden sollte, wollte Aino nicht mitkommen, und sie hätte gern gesehen, dass er bei ihr geblieben wäre. Aber so wurde es nicht.

Das Fest leitete sie damit ein, ihre Tagebücher im Kamin zu verbrennen. Wie winzig die Schrift doch war, in der sie versucht hatte, ihre kleine Hölle zu beschreiben, die Buchstaben waren so minimal, dass wohl eigentlich nur sie selbst den Text hätte lesen können. Aber aufheben ging nicht, das da war einfach nur peinlich und widerwärtig. Wie weh es tat, nicht geliebt zu werden. Sie konnte diesen Text nicht behalten, sie hatte sich damals und noch lange später dafür geschämt, dass ihre eigenen Leute sie so wenig mochten. Sie empfand es wie einen Druck auf der Brust, wie ein ständig falsch sitzendes Kleidungsstück, das einengte und kniff, peinlich, das war das richtige Wort, um sie zu beschreiben.

Danach ging die Feier weiter mit allem, was sie gebacken hatte, es war nicht viel, aber dennoch, und mit einem winzigen Schinken aus einer Konservenbüchse aus Amerika.

Sie ließ diese letzte Zeit vor sich ablaufen, die geprägt war vom Überlebenswillen, den Erzengel Doktor Gröndahl wieder in ihr geweckt hatte.

Eine Minute lang hatte sie die starken Medikamente in Händen gehalten, nachdem der Bestattungsunternehmer Edits toten Körper fortgebracht hatte. Was, wenn sie nun all das Zeug schluckte und sich irgendwo auf dem Dachboden versteckte, so dass man sie lange Zeit nicht finden würde?

Aber sie hatte es nicht getan. Das Leben war nicht mehr unerträglich, sie konnte es meistern. Wie allerdings, das musste sich erst zeigen.

Am Entlassungstag hatte der Arzt sie zum Mittagessen außerhalb des Krankenhausgeländes eingeladen – nenn mich Birger.

Zu einem Gericht, dass sie noch nie gegessen hatte, aber das getraute sie sich nicht zu sagen – Tournedos? O Hilfe, wie isst man so was? Er fragte, ob sie Tournedos mochte, denn das wollte er bestellen, sagte er und gab die Karte dem Kellner zurück. Woher sollte sie das wissen? Sie erwiderte nur: Danke, ich nehme dasselbe.

Es erwies sich als Fleisch, das innen blutig war. Sie war so aufgeregt, dass sie nicht merkte, wie es schmeckte. Sie ließ ziemlich viel auf dem Teller zurück, Birger und auch der Kellner waren enttäuscht.

Er sagte, er sei ihr so nahe gekommen, dass er nicht mehr ihr Arzt sein wolle. Sie würde im Leben zurechtkommen, sagte er, und er wolle sie nie mehr – wenn sie ihn recht verstehe – so aus den Fugen erleben, sie wäre einfach nicht mehr willkommen in den Akten der Psychiatrie und damit für gesund erklärt!

Das war seltsam. Sie fühlte sich auserwählt, von einer Art Liebe umfangen, obwohl er sich untadelig korrekt verhielt.

Es waren diese unerwarteten Bestätigungen, die das Schiff zum Wenden brachten, wenn es kurz vorm Kentern war, die Engel, die immer da waren, wenn sie am dringendsten gebraucht wurden, und dann ohne Dank verschwanden, wenn die Krise vorüber war.

Vom Sozialdemokratischen Jugendverband hatte sie ein Buch von Dan Andersson entliehen, das genau zu ihrer Gemütsverfassung an diesem letzten Heiligabend daheim passte. Sie gestattete sich zu weinen, Tränen über die siebzehn Jahre zu vergießen, von denen sie eigentlich nicht wusste, was sie mit ihnen anfangen sollte.

Wenn alte Wunden brennen heiß,
deine Wange nass ist vom einsamen Weinen,
wenn leben ist wie das Tragen von Steinen,
dein Gesang nur noch Trauer ist
wie verirrter Kraniche Weinen …

Dann fasste sie einen Entschluss. Sie würde all das zuunterst im Koffer verstauen.

Würde gleichsam einen Haken schlagen, damit dieses Selbstbild ihr nicht weiter folgen konnte. Diesmal sollte der Sprung nicht so destruktiv ausfallen wie beim letzten Mal.

Wach auf!, sang der Kuckuck im taufeuchten Hain,
als die Sonne ging feuerrot auf.
So herrlich im Morgengrauen der Wiesenrain,
benetzt der Rose Knospen zuhauf.
Doch tief schlief Mutter im dämmrigen Saal
und erwachen wird sie nie wieder,
nun endlich, einst verrenkt in des Kampfes Qual,
dürfen erkalten, sich strecken die Glieder.

Ein drastisches Time-out, sie wechselt alles.

Der Geschmack der Freiheit, Liebe ist schließlich eine Fessel.

Von jetzt an würde sie nur noch das tun, was sie selbst will.

♦ ♦ ♦

X.

Ainos späte Jugendjahre

Göteborg schloss sie, ohne zu fragen, in die Arme.

Eine Malunger Freundin aus der Kindheit, die in der Stadt arbeitete, hatte sie zu einem Besuch hingelockt.

Sie spürte sofort, dass sie bleiben wollte.

Wenn Leute fehlten, wurde die Altersgrenze von achtzehn Jahren nicht so genau genommen, und sie bekam Arbeit im St. Jörgens-Krankenhaus, und dort auf dem Dachboden erhielt sie auch ihre erste Wohnung.

Wenn ihr Wecker klingelte, vernahm sie aus der unter ihr liegenden Station die Dialoge der früh aufgewachten Patienten mit den in ihrem Kopf tönenden Stimmen und Dämonen.

Eine Nervenheilanstalt, es hätte nicht passender sein können, sie fühlte sich ja selbst ein wenig durchgedreht, und manchmal war die Grenze zwischen Betreuungspersonal und Patienten fließend.

Dieser riesige Krankenhauskomplex mit unterirdischen Gängen, Café, Bibliothek, Speisesaal und Gebäuden von anno dazumal, als man die Patienten in solche erster und zweiter, womöglich sogar dritter Klasse unterteilte, sodass die vornehmsten Irren bei ihren Ausbrüchen feines Porzellan zerschlagen durften, während die einfacheren sich mit Blechtellern begnügen mussten, die lediglich ein paar Beulen davontrugen.

Jetzt aber war die Zeit des Chlorpromazin angebrochen, sodass die wirklich heftigen Szenen ausblieben, und überdies hatte man damals, Ende der fünfziger Jahre, als das neue Psychopharmakon Einzug hielt, nicht eben wenige Patienten entlassen.

Doch noch immer benutzte man Gurte und Elektroschocks, und auch Lobotomie kam ab und zu vor, diese armen Irren hatten Dellen an den Schläfen und ihr Auftreten glich mehr dem von Zombies.

In der Station herrschte eine träge Fünfziger-Jahre-Stimmung à la »Einer flog übers Kuckucksnest«. Als Pflegerin trug sie einen weißen Kittel und genoss ein gewisses Ansehen, obwohl sie nicht das Geringste wusste.

Die Patienten hingegen trotteten in ihren Schlappen umher, schluckten ihre Medizin, gingen dann und wann zur Therapie, und wenn sie nicht wollten, brauchten sie keine einzige Initiative zu ergreifen.

Manchmal aber krachte es. Dann wurden die Lippen der Person blau, und die Augen traten hervor, dann war sie gefährlich. Dann galt es immer eine Armlänge Abstand zu halten und nichts Merkwürdiges zu sagen, denn im Gehirn des Patienten war man in diesem Augenblick vielleicht zu einem Drachen oder einer Ratte geworden.

Eine völlig neue Kultur, aber natürlich keine Jugendkultur.

Diese ihrerseits war ungefähr vom gleichen Rockertypus wie in Malung, allerdings bedeutend entspannter. Die Besäufnisse waren weniger fundamental, und die Burschen nicht genauso uninteressiert am bloßen Reden. Liebe gab es, ganz ohne diese Wettfahrten, also wagte sie es, sich zu entspannen.

Bloß eins ging nicht. Es war verboten wiederzulieben. Sobald das passierte, wandte ihnen Aino den Rücken zu und verlor jegliches Interesse. Aber wenn der Junge nett war, konnten sie Freunde bleiben, was auch vorkam.

Eine andere knifflige Sache waren die Mütter dieser Jungen, nämlich, dass sie sich tatsächlich weitaus mehr in diese verliebte, es geschah mehr als einmal. So dass sie sich weiter mit der Mutter traf, auch wenn die Verliebtheit in den Burschen längst abgeklungen war.

Zu lieben, ohne Liebe annehmen zu können, es andererseits aber zu wollen, das ist ungefähr genauso kompliziert und schwierig, als wäre man ein Skorpion, der sich paaren will. Es endet schlecht, zumindest für den Partner, der nicht rechtzeitig entkommen kann.

Leider durfte sie nicht sehr lange auf dieser gemütlichen Männerstation bleiben, sondern musste zu einer Frauenstation mit auch körperlich Kranken wechseln, von denen mehrere Krebs hatten. Der Geruch – sie erkannte ihn sofort wieder!

Die Wohnungsnot war groß in Göteborg, aber dank einer solch netten, fürsorglichen Mutter gelang es ihr, eine Wohnung zu bekommen, bestehend aus einem Zimmer von sechs Quadratmetern mit Holzfeuerofen. Dort gab es bereits eine schäbige Bettcouch, und in der Kochecke stand eine Gasplatte einschließlich einem Zähler, der mit Marken zu füttern war, dann gab es da noch einen Kaltwasserhahn, einen Ausguss, und im Hausflur draußen ein WC. Das wurde ihr Zuhause.

Ihren achtzehnten Geburtstag feierte sie als frischgebackene Tabakarbeiterin. Ihre neuen Freunde wurden zur Torte eingeladen, die von Kautabakdosen umgeben war. Es war so eng im Zimmer, dass ihre Knie aneinander stießen, und in allen Mündern qualmten Zigaretten. Als das Fenster geöffnet wurde, sah es aus, als gäbe es dort eine Feuersbrunst.

Die Erinnerung an Gerüche – es gab eine Zeit, in der ihre empfindliche Nase mit der Genauigkeit eines Computers die Kautabaksorten Grovsnus, Ettan, Lunglöfs, Rappe und Röda Lacket unterscheiden konnte.

Ansonsten war das Ganze eher eine Strafe. Draußen schien die Sonne, während die Frauen an ihren großen Kautabaktrögen vom Akkord angetrieben wurden, schneller, noch schneller. Die ovale Dose kam von links, der Deckel von rechts. Mit raschem Griff wurde sie mit exakt fünfzig Gramm gefüllt, rasch der Deckel draufgedrückt und diese dann auf ein Band fallengelassen, wo sie weiterbefördert wurde, um mit einer aufgeklebten Banderole versehen und dann in viereckige Papiertüten à zwanzig Dosen verpackt zu werden, die ihrerseits in große Kartons verstaut wurden.

Das Nordische Museum kam, um zu filmen. Die Maschinen waren von 1912 und hatten verschnörkelte gusseiserne Füße mit unmotiviert schönen Mustern. Der Tabakstaub hing dick in der Luft, die Arbeit war hart, der Akkord straff, und die Pausen waren kurz.

Am Ende wurden die neuen, völlig runden Dosen eingeführt, von denen kein Arbeiter glaubte, dass die Kunden sie akzeptieren würden.

Sie wagte nicht zu sagen, wie ausgelaugt sie sich fühlte. Da saß schließlich eine hochschwangere Frau und schuftete mindestens ebenso wie sie und dort drüben eine ältere Frau, die erzählte, dass sie seit über dreißig Jahren ihre Maschine bediente. Und ich hoffe, du wirst es genauso lange tun, sagte sie mit Inbrunst. Noch eine dieser älteren Frauen, bei denen es Aino so leichtfiel, sie zu mögen.

Aber dreißig Jahre? Ja, natürlich. Und meinen Mann, den habe ich hier unten auf dem Hof kennen gelernt, er fuhr schon damals einen Stapler. Vom Fenster warf ich ihm eine Kusshand zu, wenn es keiner sah.

In der Zwischenzeit war es ihrem fleißigen Vormund gelungen, einen Käufer für die Pension zu finden.

Dann hatte diese Beerdigung doch einen Sinn gehabt. Und in der Tabakfabrik wollte sie nicht bleiben. Jetzt konnte sie es sich leisten, das Gymnasium zu besuchen.

Ab und zu ging sie zu St. Jörgens zurück, wo man immer Aushilfen brauchte. Während der Gymnasienzeit übernahm sie den Nachtdienst an Wochenenden und in den Ferien. Es gab noch immer unglaublich viele Geisteskranke. Zu jener Zeit war Göteborg nach wie vor der größte Schiffsproduzent Schwedens. Geisteskranke und Schiffskörper wurden mit derselben zielstrebigen Energie produziert. Heutzutage ist nichts von alldem übriggeblieben. Die Geschichte lässt sich erspüren, nicht nur mit den Fingerspitzen, nein, auch mit der Nase, der Erinnerung an den Geruch – eine Mischung aus gekochten Kartoffeln, Reinigungsmitteln und Urin –, von dem man glaubte, er habe sich in den Kleidern festgesetzt, die man unter dem weißen Kittel trug.

Zu diesem Zeitpunkt wurde sie von Klaustrophobie gepackt aufgrund der Enge, die in dem, was ihr Zuhause darstellen sollte, herrschte. Nach Malung kehrte sie erst ein paar Jahre später besuchsweise zurück, und was Helmer anging, so wusste sie lediglich, dass er Wächter bei der U-Bahn-Station Skärholmen war, die man damals gerade baute.

Sie wollte so gern eine richtige Wohnung haben. Zu guter Letzt gelang es ihr, den Vormund zu überreden, ihr eine größere Summe zu überweisen, damit sie sich auf dem Schwarzmarkt eine kleine Ein-Zimmer-Wohnung kaufen konnte. Aber dann reicht das Geld nicht die ganze Ausbildung über, sagte er, was willst du dann im letzten Halbjahr machen?

Kommt Zeit, kommt Rat, erwiderte sie, und da gab er nach. Sie hatte damals mit dem Lundby-Gymnasium begonnen und konnte jetzt in ihr erstes richtiges Zuhause einziehen, eine Ein-Zimmer-Wohnung von vierundzwanzig Quadratmetern, mit Gasherd, Spültisch und WC auf dem Gang. Das war der glücklichste Tag seit … ja, vielleicht seit dem Realschulexamen? Oder seit ihrer Kindheit.

Die neue Wohnung ergab ein jahrelang offenes Haus. Aino machte nämlich einen Jugendtreffpunkt, ein Café und obendrein eine poliklinische Psychiatrie mit beschränkter Aufnahmekapazität auf. Ständig war jemand bei ihr, und manchmal blieben die Freunde nächtelang dort. Übrigens brauchte sie nicht einmal selbst daheim zu sein, sie schmissen den Laden schon selbst.

Die Freunde wurden ihre Familienmitglieder. Sie waren zahlreicher als viele, und sie kamen zu allen Tageszeiten, und immer brachten sie Zimtschnecken oder anderen Proviant mit, und die Finanzen waren so gut wie gemeinsame Sache, es funktionierte nach dem Prinzip der kommunizierenden Röhren, derjenige, der gerade Geld hatte, lieh es dem anderen.

Dass sie das Gymnasium überhaupt zu Ende brachte, ist eins von vielen Mysterien, über das sich eine heutige Teenagermutter nur wundern kann. Zumeist führte diese junge Dame doch Gespräche und war von Angst geplagt. Die Gymnasienzeit diente nicht der Fortbildung und Vervollkommnung, sondern sollte ihr helfen, mit sich selbst ins Reine zu kommen.

Die tolerante Gesellschaft der sechziger Jahre bot für dergleichen Platz. Aino kam mit den schriftlichen Arbeiten gut zurecht, war ansonsten aber eine häufig abwesende Schülerin, die zwar die höchste Note beim Aufsatzschreiben erzielte, aber im Übrigen nicht wenige Probleme zu haben schien.

Ja, diese Probleme hatte sie. Aber die Engel, die netten Freunde, die mit Angst beladenen Liebesbeziehungen und die Gesellschaft mit ihrer verständnisvollen Haltung gaben ihr die Möglichkeit, sich durch all das durchzuwursteln, wobei ihre gleichaltrigen Freunde als Psychotherapeuten dienten.

◆ ◆ ◆

… werde ich meine Seele ausreißen
und sie zerstampfen
sie breit walzen
sie euch dann überreichen
als blutige Fahne.
(Aus: *Eine Wolke in Hosen* von Wladimir Majakowski)

Nun sind es wieder die Zähne. Und die Linke.

Es schmerzt so sehr, dass sie weder essen noch schlafen kann.

Sie hat keine Wahl, sie muss hin. Zitternd vor Entsetzen in Erinnerung an den Holzfällerzahnarzt ihrer Kindheit drückt sie auf eine Klingel und darf hineinkommen.

Sie hat sechzehn Löcher in den Zähnen. Er muss sie sich der Reihe nach vornehmen, die schlimmsten zuerst, es geht um Wurzelfüllungen und Ähnliches, ihre Kauwerkzeuge, ja Entschuldigung, sie sähen aus wie ein Steinbruch.

Sie geht ein ganzes Jahr dorthin.

Aber Aino fühlt sich auch psychisch nicht sehr gut. Sie bekommt Psychopharmaka und hat Angstattacken. Die Möbel streicht sie schwarz und pinnt Bilder aus dem Fotografischen Jahrbuch an die Wände, Bilder von erhängten Katzen.

Die Katzen hängen dort mehr als ein Jahr, und sie sind das Erste, was sie beim Aufwachen sieht, und das Letzte, zu dem sie ›tschüss‹ sagt, bevor sie das Licht löscht, diese Katzen also, die erhängten. Die Schwerkraft hat sie auf eine unnatürliche Weise in die Länge gezogen, Krallen und Reißzähne treten hervor. Die Bilder wurden in irgendeinem südlichen Land gemacht, wo die Katzen überhand genommen hatten, ein sanitärer Übelstand. Man erhängte sie. Wie lange haben sie noch gelebt? Sie liebte Katzen und konnte nicht erklären, warum sie die gemarterten Tiere an ihrer Wand haben wollte.

Eines Tages sagt eine Freundin besonders spitz – brauchst du das, damit es dir gut geht? Da nimmt sie die Bilder ab.

Die Erleichterung ist groß. Irgendetwas ist geschehen. Sie kann nicht verstehen, warum sie die Bilder dort so lange hängen ließ.

Die Linksbewegung geht weiter in Richtung Morgenröte im Osten, als Ziel die Revolution. Das erste Mal kommt sie am ersten Mai neunzehnhundertsiebenundsechzig mit diesem radikalen Wind in Berührung. Sie ist mit ihren unpolitischen Freunden auf der Avenyn mitten in Göteborg. Sie haben nicht demonstriert, nur zugeschaut.

Es gibt irgendeinen Rabatz vor dem amerikanischen Konsulat, Polizeihunde bellen, Pferde wiehern, und dann sieht sie die Spruchbänder: USA raus aus Vietnam.

Unter ihren Freunden ist sie wohl die Einzige, die irgendeine Vorstellung hat, worum es hier gehen könnte, dank der Diskussionen im Malunger Sozialdemokratischen Jugendverband. Plötzlich sieht sie in der Nähe des Bältespännarparks einen jungen Mann, dem das Blut von der Stirn läuft, er kommt aus seiner liegenden Stellung hoch, und sie bemerkt, dass er wütend ist, die Polizisten lautstark beschimpft.

Es ist Olof Moberg, der junge radikale Dichter, aber das weiß sie damals nicht.

Zwei Jahre später geht sie selbst in einem Demonstrationszug mit, unter dem Spruchband Rotfront. Sie sind viele, sie sind Tausende, und Sprechchöre hallen zwischen den Hauswänden wider: Internationale Solidarität – Kampfeinheit der Arbeiterklasse! Das ist etwas anderes als der Autokorso am ersten Mai in Malung, wo die anderen Verkehrsteilnehmer, aufgrund des geringen Umfangs dieses Zugs, kaum verstanden haben, dass es sich um eine Manifestation handelte.

Sie wird ein Teil jener breiten Bewegung, die etwa um diese Zeit überall aufmarschiert, Gesellschaft, Kultur und Politik durchströmt und das meiste zum Besseren wendet, bei manchem aber auch total falsch liegt, und eine wohltuende Wirkung auf sie hat. Die Zeit der Linksbewegung erstreckt sich vom Ende der sechziger bis zur Mitte der siebziger Jahre, wo sie ziemlich abrupt endet. Höchstwahrscheinlich, weil alle einsehen, dass der Revolutionsgedanke diffus ist. Und dass die Diktatur des Proletariats eine Diktatur der Parteikarrieristen bedeuten würde, die im Namen der Arbeiter sprechen.

Was Aino anbelangt, hat sie durch die Linksbewegung ein Aha-Erlebnis nach dem anderen. Sie liest Bücher mit Titeln wie »Die Indoktrinierung in Schweden«, »Arbeitsrecht und Klassenherrschaft«, »Frage nicht dein Land« und »Finnlands rote Garde«. Die persönliche Verantwortung ist zwar gut, aber alles muss seine Grenzen haben. All die Armen der Dritten Welt, sollen sie die Schuld bei sich selbst suchen, all diese hungernden Kinder?

Auch was den nationalen Rahmen angeht, bekommt sie dank der Linken ein Instrument in die Hand, das ihr ermöglicht, die verschiedenen gesellschaftlichen Phänomene in einem klassenmäßigen Zusammenhang zu sehen. Sie, die sich doch stets so geschämt hatte. Ihr ist, als bekomme sie eine Art Rehabilitierung, alles war nicht ihre eigene Schuld.

Sie lässt die Haare wachsen, sie sind nicht mehr blondiert, und nun sind sie so lang, dass sie meist Zöpfe trägt, zwar nicht besonders dick, aber trotzdem mehrere Jahre lang.

Manches in der Linksbewegung begreift sie nicht, und dazu zählt leider die Frauenorganisation »Gruppe 8«. Sie hört sich ihre Botschaft an, aber all das sind für sie alte Kamellen, in ihrer Kindheit hat sie dergleichen bis zum Überdruss gehört, es ist weder neu, noch bringt es irgendeinen frischen Wind. Bereits Ende der fünfziger Jahre war sich Edit über die Machtordnung der Geschlechter im Klaren, selbst wenn es noch keinen Begriff dafür gab. Sie versäumte nie, ihre Erkenntnisse laut zu verkünden. Männer, egal, wohin man sich auch drehte, was hatten sie eigentlich dafür getan, dass sie über eine solche Macht verfügten? Von klein auf verwöhnt, nie hatten sie mithelfen müssen, trotzdem nahmen sie sich das Recht heraus, über diejenigen zu bestimmen, die die Arbeit in Wirklichkeit machten. Mit all dem war Aino aufgewachsen. Sie hatte das ständige Gezeter über die Männer so satt, dass sie nicht bemerkte, dass es in Demonstrationsleitungen und auf Tribünen fast nur theoretisierende Männer gab. Bestimmt hatten sie recht, dachte Aino, nur sie selbst verstand nicht genug davon.

Viel später, als sie und ihr Mann die Tochter gleich in einer kommunalen Kindereinrichtung unterbringen konnten, dachte sie dankbar an diese kämpfenden radikalen Frauen. Zu diesem Zeitpunkt hatte sie eingesehen, dass sie ohne den Zoff jener Frauen, die Kindertagesstätten für alle forderten, wahrscheinlich ohne Kinderbetreuung dastände. Man muss Krach schlagen, wenn man Veränderungen erreichen will.

Sie besucht ihre erste Theatervorstellung, wenn man die Revuen in Malung ausnimmt. Es ist »Das Floß« von Bengt Bratt und Kent Andersson. Sie schwebt geradezu den ganzen Weg nach Hause und wiederholt im Stillen die so poetischen und dennoch gesellschaftsbezogenen Texte. Ein paar Jahre später gibt es dann das Zeltprojekt. Sie sitzt auf harten Holzbänken ohne Rückenlehne in einem Zelt auf Heden. Die Vorstellung beginnt um sechs Uhr abends und ist erst kurz vor Mitternacht zu Ende.

Zu diesem Zeitpunkt hat sie mit dem Sozialarbeiterjob Schiffbruch erlitten und im Prinzip mit ihrem kommunistischen Freund und auch den extremen Linken Schluss gemacht und arbeitet jetzt in einer Werkstatt.

Die Vorstellung ist phantastisch, und sie ist jung und enthusiastisch und außerdem in guter körperlicher Verfassung. Dennoch ermüdet sie auf dieser Bank und denkt in der letzten Stunde daran, dass sie um halb fünf aus dem Bett muss, um es pünktlich zur Arbeit zu schaffen.

Der Inhalt der Vorstellung ist ein funkelndes Gewebe, das vom Klassenkampf berichtet. Der irgendwo anders geführt wird. Die Vorstellung ist für das Volk angesetzt, insbesondere für die Arbeiter, die offenbar extrem viel aushalten.

An einem Wochenende besucht sie Helmer. Er hat eine Wohnung im Stockholmer Stadtteil Hägerstensåsen gefunden und erzählt, dass er nunmehr als Wächter im Freihafen sowie auf einer der größeren Mülldeponien der Stadt tätig ist.

Es stellt sich heraus, dass er die ganze Wohnung mit Fundstücken von dieser Müllkippe möbliert hat. Die Leute werfen alles Mögliche weg, völlig brauchbare Betten, Sofas und Stühle, und hier, sieh dir das an, man bedenke, ein echter Teppich, achtzig Jahre alt! An manchen Stellen ist er zwar bis zu den Webfäden abgewetzt, aber es gibt ja Deckfarben – man sieht nicht, dass ich das Muster ausgebessert habe. Und sogar ein Lexikon, Nordisk familjebok! Guck mal, fast alle Bände, jetzt habe ich Lesestoff für mehrere Monate, wenn nicht gar Jahre. Ja, nur der Buchstabe T und ein bisschen was vom U fehlen.

Und wie geht es mir also?, fragt Aino. Sie hatten sich trotz allem mehr als ein Jahr nicht gesehen, seit Edit beerdigt worden war und sie selbst, genau wie er, die Arena in Dalarna verlassen hatte.

Weißt du das nicht?, fragt er allen Ernstes verwundert. Mir selbst geht es jedenfalls fabelhaft, ich fühle mich beinahe gestresst von all den Dingen, die ich sehen will, in erster Linie all die Museen.

Dann geraten sie sich bezüglich der Sozialdemokratie in die Haare. Dennoch ist es eine Art Dialog und Kontakt, aber nicht einmal da will es richtig krachen. Er steht über aller Kritik und allen Angriffen, er ist gewissermaßen gläubig und lacht nur über ihre radikalen Attacken, schließlich beendet er die ganze Diskussion mit einem Zitat Tage Erlanders: Ein Schritt nach links lässt sich immer verteidigen.

Nach einem weiteren Jahr kommt sie dann schließlich nach Malung. Sie steigt in der alten Pension ab, wo die neuen Besitzer es ablehnen, sie bezahlen zu lassen.

Alles ist verändert, und das Haus selbst ist irgendwie geschrumpft. Das Gefühl erinnert sie an das, was sie als Dreizehnjährige bei ihrem letzten Besuch in Värmland auf Stortäppan empfunden hatte.

Weil sie ein Nachkomme von einem der Erbauer des Logenhauses ist, lädt man sie ein, sich nun nach dessen Verkauf am Ausräumen zu beteiligen. Von den Mitgliedern der Guttempler-Loge, deren Anzahl damals in die Hunderte ging, sind vielleicht noch fünf übrig, und die sind alt. Die armen Tantchen haben keine Ahnung, dass Aino keineswegs Abstinenzlerin ist, sondern in den Restaurants und Kneipen der Stadt zusammen mit allen anderen kräftig bechert und lauthals im Chor zusammen mit einem Barden Carl Michael Bellman singt: Scheint dir auch die Grabeserd' zu schwer, na schön, hol dir 'nen Becher her, sauf halt noch einen drauf, dito zwei, dito drei, so stirbst du sorgenfrei.

Die Welt ist unser Feld, steht auf dem großen Gemälde über der Bühne. Nimm du es, sagt jemand. Es war ja dein Vater, der es damals gemalt hat.

Erst da wird ihr klar, dass für diese Bewegung und dieses Haus, das in ihrer Kindheit und Jugend gleichsam das Zentrum bildete, nun das Licht ausgeht. Es wird nicht mehr existieren. Der Tanzboden, auf dem sie steht, wird sich nie mehr unter Polka und Hambo biegen, nicht mehr Hunderte tragen, die herkamen, um Vorträgen zu lauschen oder Filme anzusehen. Obwohl das erst so kurz zurückzuliegen scheint, wird nun all dieser Mist herausgerissen und das Haus zur Privatwohnung umgebaut werden.

Jemand hilft ihr, eine Leiter aufzustellen. Sie steigt hinauf. Das Bild ist auf Spannpappe gemalt und einfach an die Wand genagelt, es lässt sich leicht lösen. Hände greifen zu, damit sie es hinunterheben kann.

Noch bevor es den Boden erreicht, beginnt die Farbe abzublättern. Sie löst sich in großen Stücken. Das ist billige Deckfarbe, sagt einer, und ohne Grundierung, da passiert so etwas.

Sie versucht, das Bild vorsichtig zusammenzurollen, damit sie es mitnehmen, ja, retten kann. Aber es ist zu spät. Diesem Mädchen, das am Waldesrand so anmutig unter den Birken steht, ist bereits der Unterkiefer heruntergeklappt. Und der Mann, dem sie einen Korb mit Essen bringt, und der dort in seiner Malung-Tracht auf dem Acker umherstapft und Nüchternheit aussät, verliert nun Hände und Hinterteil. Sie kann das Geschehen nicht aufhalten, die ganze Herrlichkeit klatscht auf den Boden.

Nur die Pappe bleibt übrig.

♦ ♦ ♦

Es war Lüge, was sie sagten. Die Klienten würden sich daran gewöhnen. Sie würden abstumpfen, weil sie nichts anderes erlebten. Das Gegenteil war der Fall. Die Verachtung fraß sich nach innen, mit jedem Mal mehr, so dass der Schmerz noch größer wurde. Zu sehen aber war sie nicht. Und wie sollte ein Mensch, der die eigene Existenzberechtigung ableugnete, den Kampf um seine Rechte aufnehmen können?

(Aus: *Socialsvängen 1978,* Neuerscheinung 2005)

Zunächst also die Zeit als Gymnasiastin mit Schlagworten und Demonstrationen und einem echten Engagement und gleichzeitig Zweifeln, die unentwegt unterdrückt werden mussten, weil sie ja in eine Höhere Schule ging, somit als unberechenbar galt, als kleinbürgerlich, was die Klassenzugehörigkeit anbetraf, und als potentielle Verräterin. Dann beendet sie die Schule als fertige Sozialarbeiterin, eine ebensolche wie jene Frau, die ihr einmal selbst geholfen hatte – mit dieser freiwilligen Inobhutnahme nach Paragraph einunddreißig des Jugendschutzgesetzes.

Um schließlich festzustellen, dass sie auf dem hohen Ross der Behörde saß.

Im Sozialbüro kommt es zum Kurzschluss in ihrem Gehirn. Sie findet sich nicht zurecht in ihrer schizophrenen Berufsrolle, in der sie in einem Augenblick hilft und beschützt, um im nächsten Menschen in die Hoffnungslosigkeit zu stürzen, sie in Trinkerheilanstalten einzuliefern oder ihre Kinder zwangsweise unterbringen zu lassen.

Sie schämt sich Tag für Tag. Nach zehn Monaten steht sie vor einer Art Wand, begreift jedoch nicht, dass sie wirklich mit dem Kopf gegen sie läuft.

Sie hört als Sozialarbeiterin auf und bekommt vom Arbeitsamt den erstbesten Job, ich nehme, was Sie haben, Hauptsache, ich bekomme so schnell wie möglich Arbeit.

Nur wenige Wochen später findet sie sich beim Schweißen von Schiffsblech auf der damals toppmodernen Arendals-Werft wieder, die von der Gleichberechtigung ganz akut ereilt worden war – ja, genau! So etwas geschieht, wenn Leute fehlen.

Sie ist am Ende des Wegs angelangt, sie ist schlichtweg zu Hause angekommen. Sie darf sich erholen, durchatmen, sich den Schweiß von der Stirn wischen, Blödsinn reden und eine Arbeit machen, die sie bewältigt, obendrein zu angemessener Bezahlung. Sie muss nicht alle Paragraphen des Sozialgesetzes oder die politische Rhetorik beherrschen, sondern wird in Ruhe gelassen und darf einfach ihr Leben leben, jeden Morgen und Abend zwischen Wohnung und Werft hin- und herradeln und die Sonne am Göta älv auf und am Meer untergehen sehen.

Hier begegnet sie ihrem Mann, auf dem Platz zwischen Schiffshalle und Schweißerwerkstatt, und hier beginnt sie ihren ersten Roman zu schreiben, doch das weiß sie noch nicht, das meiste geschieht zunächst unter der Handmaske beim Schweißen, wo sie allein mit sich selbst ist. Sie hat den Vorzug in der Einsamkeit zu Ende denken, reflektieren zu können.

Sie bleibt zehn Jahre dort, erobert sich ihre Sprache zurück und bekommt obendrein die Chance ihren Weg weiterzugehen.

Und hier irgendwo wechselt die Geschichte den Protagonisten – diese Frau werde ich. Das Mädchen ist endgültig erwachsen geworden, und ich bemerke, dass ich mein Debüt vorgelegt habe und dass noch mehr kommen wird, dass ich die Komplexität des Daseins weiterbearbeiten will, indem ich erzähle.

Das Schreiben ist anfangs reine Therapie. Erst vier Romane und noch zahlreichere Texte später wage ich es, mich Schriftstellerin zu nennen. Nach 1985 bin ich das dann auch hauptberuflich. Geschichten erzählen ist meine Arbeit. Allein schon das ist eine nahezu unglaubliche Geschichte.

Zu diesem Zeitpunkt auf meinem Lebensweg haben wir auch ein kleines Kind bekommen. Das fünfte Glied in der Frauenkette dieser Erzählung.

Eli mühte sich auf die Knie.

Stina nahm die ersten unsicheren Schritte.

Edit trottete los und ging.

Aino versuchte zu rennen.

Und was willst du, meine Tochter, vielleicht ebenso hoch springen wie Stefan Holm? Oder dich hinlegen und endlich Erholung finden?

Ja, hier nimmt die Geschichte eine Wendung.

Wie ein Fötus wendet sie sich in der Bewegung, eine einzige Drehung, spiralförmig nach unten, mit dem Kopf voran.

Bereit zur Geburt.

♦ ♦ ♦

Als ich klein war, hatten wir daheim einen Spiegel mit verstellbaren Seitenspiegeln, in denen man sich von der Seite und schräg von hinten betrachten konnte.

Oft stellte ich den einen Seitenspiegel so ein, dass er sich in dem großen Spiegel spiegelte.

Ich sah, wie sich der Spiegel im Spiegel spiegelte. Der sich wiederum im Spiegel spiegelte … es nahm nie ein Ende. Es war wie mit dem schwarzen Mann auf dem Kakaopäckchen, der ein Päckchen in der Hand hielt, auf dem ein Bild eines schwarzen Mannes zu sehen war, der ein Kakaopäckchen in der Hand hielt, auf dem wiederum ein schwarzer Mann war. Der ein Kakaopäckchen in der Hand hielt. Es nahm nie ein Ende.

Die Spiegel spiegelten einander, sie wurden zu einem Tunnel, der verschwand in der Unendlichkeit. Und dort drinnen wurde es dunkel.

Ich will nicht in einer so künstlichen Welt leben, dass ich die Kunst nur durch die Kunst spiegeln kann. Ich will nicht so viel lesen, so viele Filme, Theater, Bilder und Skulpturen sehen. Ich will nicht so viele Skizzen zeichnen, so viele Aquarelle oder Ölbilder malen, dass ich nicht schaffe, selbst zu leben. Das Leben selbst, das normale, alltägliche. Das in der Welt der Kunst höchst ungewöhnlich ist.

Ich will die Fähigkeit behalten, unreflektiert zu reflektieren, ohne Hintergedanken an Technik oder Bildwinkel. Ich will die Fähigkeit behalten, eine gegenseitige Beziehung zu Menschen aufzubauen, die etwas zu geben haben, obgleich sie anscheinend selbst nichts bekamen.

Hier weiß keiner, wer ich bin. Ich kann Verbindungen zu meinen eigenen – und zu ihren – Bedingungen aufnehmen. Wenn ich für mich sein will, dann kann ich das. Gut, sie will es so haben.

Dass ich keine Angst vor dem weißen Blatt und dem weißen Malgrund hatte, lag an meiner Fähigkeit zur Kontaktaufnahme. Die Großzügigkeit im Leben, das Übermaß; es nimmt niemals ein Ende – all das wartet auf die Gestaltung durch dich. Aber die Leitungen setzten Grünspan an. Am Ende stand ich da, nur von Männern umgeben. Sie standen Schulter an Schulter und nahmen mir das Licht. Keiner hörte zu.

Muss denn ein kulturell und materiell gut ausgestattetes Leben notgedrungen knauserige und unpersönliche Menschen hervorbringen? Warum kann man, nachdem man es nun besser hat, nicht mehr ein ganzer Mensch sein?

Was macht den Menschen zum Menschen vor sich selbst? Wer tupft die Farbe darauf, bringt die Ausstrahlung an, wie geschieht das? Warum klingt das Lachen jener am befreitesten, die geweint und immer wieder geweint haben? Eindimensional und trist – wird man so – einfach sich selbst genug – wenn man glücklich ist und alles besitzt?

Vielleicht waren all diese Gefühle die tiefste Ursache dafür, dass ich weggehen wollte. In der Ruhe nach dem Sturm zeigen sich zögernd die wahren Motive. Ja, vielleicht war es so. Obwohl ich etwas anderes gesagt hatte. Ich wäre dennoch nicht gefahren, wenn ich Lilian nicht hätte mitnehmen können. Meine jüngere Schwester und mein schlechtes Gewissen. Endlich habe ich die Chance, all das Schlimme gutzumachen, das sie erleben musste.

Sie liebte es, frühmorgens mit bloßen Füßen durchs Gras zu gehen. Das war das Einzige. Ansonsten war das ganze Mädchen eine Wunde. Sie musste weg von dort, und ich wollte weg. Also fuhren wir. – Jetzt sind wir hier.

(Aus: »*Under Södra korset*«, 1994)

◆ ◆ ◆

XI.

Eine Tochter

12.1.1983 Heute war sie das erste Mal mit mir auf Lindholmen. Es war dunkel, stürmte und regnete. Alle bewunderten sie, mehrere konnten die Finger nicht von ihr lassen, obwohl die so schmutzig waren. Sie wiegt heute 6850 Gramm und ist 68 cm groß. Niemals im Leben habe ich einen Menschen so hehr und rein geliebt.

(Aus eigenen privaten Notizen.)

Mein armer Mann. Er hatte sich so sehr in unsere kleine Tochter verliebt. Aber als es um die Elternzeit ging, war er ein Opfer der Konventionen.

Und ich saß völlig still im Boot und ließ mir meine Skrupel nicht anmerken, schließlich stand ja auch ihm ein Anteil am täglichen Zusammensein mit unserer Tochter zu. Wenn er von der Arbeit heimkam, blieb gerade noch Zeit dafür, sie ins Bett zu bringen, dann entschwand sie in Morpheus' Arme, und er musste mit seiner strahlenden Frau beim Essen sitzen, die den ganzen Tag über Zärtlichkeit und Wohligkeit und ein Leben im Freien und Spiel und Liebe hatte genießen dürfen.

All die armen Männer. Er bereut es heute.

Es war ein bisschen gemein, ich habe mich einfach nur bedient.

Zu Besuch in Stockholm lausche ich dem Gespräch zweier etwa fünfunddreißigjähriger Männer in der U-Bahn, sie erläutern einander ihre jeweilige Familiensituation. Beide haben eine gescheiterte Beziehung hinter sich, aus der je zwei Kinder stammen. Die Kinder sind jede zweite Woche bei ihnen, und beide stimmen überein, dass dieses System großartig ist. Das Zusammensein mit ihren Kindern hat nämlich dadurch wirklich eine hohe Qualität.

Allmählich wird deutlich, dass einer von ihnen ein neues Kind mit seiner neuen Frau hat, die ihrerseits zwei Kinder aus einer früheren Beziehung hat, auch diese sind jede zweite Woche bei ihnen, doch nur selten zur selben Zeit wie seine eigenen. Sein Gesprächspartner meint, da habe er ja keinen Nutzen von diesen zwei kinderfreien Wochen. Er seinerseits sei zufrieden mit diesem Arrangement, also jede zweite Woche. Er bedauert den Mitfahrer, der ständig mit den Kindern zusammenlebt, dem dritten eigenen sowie abwechselnd mit den anderen vier.

Ich bete darum, dass sich ein Engel herabsenken und dafür sorgen möge, dass es zu keinen weiteren Trennungen und Verliebtheiten kommt. Wie weit lassen sich die Fäden spannen, die Gefühle in ein Schema pressen, bevor etwas in die Brüche geht?

Ein paar Tage später höre ich eine Rundfunksendung zu dem Thema: Wenn die Kinder krank sind. Wo die Krankheit aber sitzt, lässt sich wahrhaftig diskutieren. »Ich habe eine wichtige Sitzung!«, »Ja, und was soll ich sagen, ich bin schließlich allein in der Firma! Es kann nicht dein Ernst sein, dass ich zu Hause bleiben soll?!«

Und das kranke Kind hört all das mit an.

Haben wir es in der Entwicklung bis hierher geschafft, um dann auf diese Weise zu leben?

Früher oder später wird es natürlich Gerechtigkeit geben, man muss schließlich erst Krach schlagen, um eine Veränderung zu erreichen.

Auch wenn ich damals nur still im Boot gesessen habe.

Müsste ich mich heute wieder zwischen Geld oder Boot entscheiden, würde ich wieder still sitzen bleiben. Schließlich hatte ich den Gewinn eingestrichen – durfte diese wundervolle Zeit erleben.

Ich sehe eine Handarbeit, eine Naht, die zurück in die Zeit führt, genäht von Frauen. Eine Naht, krude zusammengepfriemelt, keine Stickerei, fast nur Knoten, so wie unsere Leben von Generation zu Generation auf rabiate, nachlässige Weise zusammengeknotet wurden, die Frauen dort im Land der Dämmerung, meinem Ursprung. Die Männer, die das Sagen hatten, weil sie das meiste verdienten, sind so flüchtig wie Schmetterlinge oder leichte Wolken an diesem sturmgepeitschten Himmel. Dem Himmel, unter dem ich mit meiner jungen Tochter lebe.

Also habe ich versucht, den Blick auf jene zu richten, die am wichtigsten gewesen sind. Edit aber hat mich nie angesehen, schaute ständig an mir vorbei, trotz des ganzen Feminismus. Ihr Blick folgte unentwegt den ihr am meisten bedeutenden Personen im Leben, den Männern, dem Gatten, dem Sohn und dem Vater. So war sie, ganz und gar abhängig und dennoch ständig rebellierend. Für diese drei Männer hegte sie heiße Gefühle, sie füllten ihren Tag aus. Mir gegenüber aber war sie ziemlich gleichgültig, bis ich anfing, mich, wie sie es nannte, wild aufzuführen.

Das Thema dieser Geschichte ist die Union, die zerbrach. Das Thema ist diese tragische Sehnsucht, dieser schmerzliche Verlust von Gemeinschaft und Verschmelzen, diese Angst, dass man mitten in die Magengrube getroffen wird, ungeschützt, falls man die Deckung verlässt. Die Furcht, sich hinzugeben und sich vielleicht selbst zu verlieren, Palisaden, die wir als Frauen oder Männer errichten, um uns selbst zu schützen. Wann gibt es eigentlich Frieden?

♦ ♦ ♦

Als ich das Deckenlicht einschalte, sitzt mir die zweistündige Autofahrt noch in den Gliedern, die Rundfunkdiskussion über die Schule lärmt weiter im Kopf.

Es ist spät. Das Haus schläft. Jemand hat vor dem Fernseher Apfelsinen gegessen, Hemden sind gebügelt, und ein Puzzle ist gelegt worden, es ist fertig. Guck mal, Mama, wie schön es geworden ist. Bewahrt, um von mir bewundert zu werden.

Unauffällig wird mir die Minigeschichte dieses Tages mitgeteilt. Und auf dem Büffet liegt noch eine Zeichnung der Tochter, sie liebt das Malen. Ich sehe, dass es ein Selbstporträt ist.

Diesmal ist auch ein Text vorhanden. In sorgfältig geformten Buchstaben steht unter dem Porträt: Von mir an die Toten.

Sie will ein Bild in die Dunkelheit senden, will den Toten das Dasein erhellen und ihnen von sich selbst erzählen – so wie ihr von jenen erzählt worden ist. Sie kennt sie aus den Geschichten, und sie will Verbindung aufnehmen. Sorgfalt lässt das Blatt leuchten, da gibt es Liebe – »von mir an die Toten«.

So sehe ich aus.

Vielleicht hatte sie vor, die Zeichnung in der Erde zu vergraben oder sie zu verbrennen, um sie in die andere Dimension zu schicken.

Habe ich ein ebenso reiches Gefühlsleben? War ich früher nicht auch einmal so reich – bevor ich geschrumpft bin und erwachsen wurde?

(Aus einer Kolumne: *SEKO-magasinet*, 1994)

»Vergiss es einfach.«

»Und Emma und Kajsa auch! Alle anderen dürfen! Ich bin doch erwachsen! Jedenfalls so gut wie – ich will doch nur arbeiten!«

»Mann, mach die Musik aus, ich kann nicht denken!«

»Du sollst nicht denken. Du sollst ›ja‹ sagen.«

»Du bist erst siebzehn. Und willst nach Norwegen fahren!«

»Ein Jahr Auszeit. Schon mal gehört? Ich will frei sein. Geld verdienen. Mich als Mensch fühlen. Leute treffen ...«

»Ja, ja. Was stimmt denn nicht mit den schwedischen Jungs?«

»Mama!«

»Wolltest du nicht eigentlich arbeiten? Und wo überhaupt?«

»Egal wo. Ich kann Fische ausnehmen. Oder abwaschen. Und wenn ich dann achtzehn bin, kann ich Kellnerin werden, jede Menge Trinkgeld kriegen. Am liebsten möchte ich raus auf die Bohrinseln. Stell dir vor, nur ein paar Wochen Arbeit – und dann hat man genauso lange total frei.«

»Frei? Du würdest im Krankenhaus landen! Weißt du, wie hart man an einem solchen Ort arbeiten muss? Außerdem bist du zu jung. Und warum ausgerechnet Norwegen?«

»Man verdient Geld in Norwegen. Und die tollsten Leute trifft man dort. Die jobben in den Kneipen oder auf dem Bau, bis sie genug zusammenhaben für die nächste Reise – nach Australien, den Hebriden, San Salvador ... O, Norwegen – die eigene Back-stage der Rucksacktouristen!«

»O, o, ich krieg gleich einen Herzanfall! Willst du nach Norwegen, nur um dann auf die andere Seite des Erdballs zu verschwinden? Und das, wo du doch noch ein Kind bist.«

»Wer ist denn kreuz und quer durch Europa getrampt, obwohl sie nicht älter als siebzehn war?«

»Meine Mutter – deine Großmutter – war gestorben. Da war keiner mehr da, der ›stopp‹ sagen konnte.«

»Du hast Vorurteile, Mama, gegen Norwegen. Das ist das Letzte. Keiner würde mir glauben! Ist deine Mutter wirklich Rassistin? Klar, Norwegenrassistin! Ich darf doch wohl fahren? Bitte, Mama! Du weißt, dass du dich auf mich verlassen kannst?«

»Nein.«

»Du magst Norwegen nicht. Und du magst mich nicht.«

»Sag so was nicht. Und Norwegen liebe ich wahrhaftig auch. Liebe ist dicker als Blut.«

»War sie ein Drachen, weil du nie was erzählst?«

»Meinst du meine Großmutter?«

»Ja. War sie blöd? Ich meine, falls sich das vererbt hat?«

»Danke, Liebling, nein, sie war clever und tüchtig, wirklich. Aber sie hatte es nicht gerade leicht. Ganz zu schweigen von ihrer eigenen Mutter. Eli hieß die. Sie kam aus Romedal, und keiner weiß, was mit ihrem Kind geschah.«

♦ ♦ ♦

Die Geschichte lässt sich mit bloßen Fingerspitzen erspüren. Ich habe mit einer 1875 geborenen Frau gesprochen, mit der Tante meiner Mutter. Sie lebte, als Eli jung war, dort in Østbyn. Die Spanne zwischen damals und heute ist gewaltig, lässt sich nur schwer vermitteln. In nur wenigen Generationen hat sich eine enorme Entwicklung vollzogen.

Heute genügte eine Generation, um alles Gewesene auszulöschen. Edits Nichten und Neffen wohnen in der Großstadt, kennen das weite Land hinter sich nicht.

Als ich diesen Roman zu schreiben begann, glaubte ich wirklich, er würde von der Unterdrückung der Frau handeln. Doch so einfach ist es nicht. Die Klassengesellschaft erwies sich als stärkeres Element als das Geschlecht und war weit entscheidender für die Lage der Frauen als die Zugehörigkeit zu einem bestimmten Geschlecht. Doch ist die Klassengesellschaft in Stufen unterteilt, und in jeder Klasse steht auf der untersten Stufe immer die Frau. So auch in dieser Geschichte: Der Schuhmacher ist reicher als die Magd.

Eli könnte die Mutter meiner Tochter sein, hier schließt sich der Kreis. Großmutter wurde entmutigt, war außerstande sich zu widersetzen. Mama nahm den Kampf auf, aber der war destruktiv. Ich glaube, mir selbst ist all das ein wenig besser gelungen, und was ist mit dir, mein liebstes Kind – was erwartet dich?

♦ ♦ ♦

XII.

Ausstieg

Du wurdest geboren. Die Sache ist völlig klar. Wie gern wäre ich doch selbst dabei gewesen. Und am liebsten hätte ich dir natürlich das Leben geschenkt. Stattdessen bist du es jetzt, die mir das Leben geschenkt hat.

Sie hat dich geboren. Diesmal sollte das Kind nicht verschwinden, nicht unter den Felsen in einem reißenden Strom vernichtet werden. Also kümmerte sie sich bereits während der Schwangerschaft um einen Platz, wohin sie heimlich gehen konnte, um das kleine Kind abzugeben, ganz diskret.

Sie war deine Mutter, und sie gebar ein Kind nach dem anderen. Immer wieder wurde sie schwanger, obgleich sie es selbst nicht wollte.

Das stimmt. Doch als es dich erst einmal gab, tat sie, was in ihren Kräften stand, damit du es einmal besser haben würdest als sie.

Das war nichts Persönliches. Sie gestattete sich nicht, ihren Gefühlen nachzuspüren. Sie ließ dich einfach zurück, in einem Kinderheim oder der Klinik, direkt nach der Geburt, vielleicht legte sie dich auch unter einen Baum in einem Park.

Du wurdest unser Kind.

Und alles, was ich erzählt habe, ist noch immer vorhanden.

Schaut man ins Universum hinaus, kann man Millionen Lichtjahre zurückblicken.

Schaut man in die Welt hinaus, kann man hundert Jahre zurückblicken.

Die Geschichte ist hier und jetzt lebendig, alles ist noch da. Die Geschichte ereignet sich simultan.

Aber allmählich wird es tatsächlich besser.

Wir waren nicht nur Liebende, sondern auch die besten Freunde füreinander. Wir hielten einander bei den Händen – wir beide gegen die Welt. Wir waren überaus erschrocken, als wir zum ersten Mal die fremde Erde betraten und ihre Wärme uns die Luft nahm.

Wir glaubten zu wissen, aber dann versetzte uns das Elend einen Schock. Später standen wir vor einem Tor, zu beiden Seiten Mauern. Alles ging sehr schnell, als endlich sämtliche Dokumente vorlagen.

Diese Geburt war anders als alles. Dennoch ebenbürtig. Wir waren beide schwanger, einer wie der andere, waren beide nervös. In wenigen Minuten sollten wir dich sehen.

Du lagst in einem Kinderbett, an dem die Farbe abgeblättert war.

Die nächste Szene spielt im Innenhof. Wir haben dich bekommen. Ich halte dich im Arm. Das Licht sickert durch geöffnete Dachfenster herein. Das Personal hat sich diskret zurückgezogen.

Wir haben dich bei uns. Wir schauen und schauen und schauen dich an. Keiner von uns kann sich sattsehen. Wir berühren dich. Du lebst, du bist warm und wirklich. Du bist das schönste Kind, das wir je gesehen haben. Kann es wirklich wahr sein, dass du das unsere wirst?

Wir sitzen stundenlang da, sitzen noch immer dort. Mit diesem kleinen Baby zwischen uns. Wir sind hoffnungslos verliebt. Wir reden mit dir, und du antwortest, mit den Augen, den Armen und Beinen – wir haben Verbindung.

Die Freude ist wie Sauerstoff, das Atmen fällt leicht.

Ein Kind hat diese Freudenmenge in sich.

Sie soll sich ausbreiten und es nähren, bis es erwachsen wird, so weise ist die Natur.

Armut kann verfinstern, sie ist nicht böse, aber Nahrung und Arzneien werden gebraucht. Der Rest handelt von der inneren Ebene, diese Armut ist schwerer zu ertragen.

Jetzt werde ich ein Geheimnis verraten. Ein Beamter des Probation Office hat mir ein Versprechen abverlangt. Er saß, den Stift schon in der erhobenen Hand, um zu unterschreiben. Ich hätte ihm versprochen, mir die Zehen abzusägen, falls es nötig gewesen wäre, er aber wollte nur hören, dass ich dir nie die Haare abschneiden ließe. Du solltest Zöpfe haben und zeigen, dass du ein anständiges Mädchen bist.

Du siehst, alles kehrt wieder. Die Geschichte ist dort draußen, genau wie dein Zopf. Sechs warst du wohl, als du immer entschiedener erklärtest, es wäre nun Zeit, ihn abzuschneiden.

Deine Geschichte ist die meine.

Nun bin ich wohl doch vermessen. Was weiß denn ich davon?

Deine Geschichte ist die meine. Mit Ausnahme dieser zeitlichen Verschiebung.

Und übrigens ist es unerträglich, daran zu denken, dass du eine ganz andere Geschichte hast, die niemand von uns kennt. Ich habe mir deine biologische Mutter vorgestellt, es tut mir weh, dass sie nichts erfahren hat. Und natürlich auch, dass du nichts weißt und es nie wissen wirst.

Nun weißt du es dennoch, meine Liebe.

♦ ♦ ♦

Nachwort

Meine Cousine Ingrid Larsson wurde bereits als Teenager schwanger, und dann gebar sie rasch hintereinander fünf Kinder. Danach verstarb ihr Mann bei der Arbeit am Höljesdammen, als die Kinder noch klein waren.

Mit siebenjähriger Volksschulbildung und einem wundervollen Humor zog Ingrid ihre Kinder auf, arbeitete als Taxifahrerin und übte verschiedene zeitweilige Jobs aus, stellte beispielsweise die jährlichen Telefonbücher zu.

Aber sie hat noch etwas darüber hinaus getan, beschäftigte sich äußerst gründlich mit der Ahnenforschung, deren Studium mir zum Nutzen gereicht hat. Bei der Arbeit an diesem Roman waren diese Dokumente als Faktenmaterial und Inspirationsquelle von unschätzbarem Wert.

1993 ist Ingrid verstorben, zwei Tage vor ihrem sechzigsten Geburtstag. Daher kann ich ihr nicht persönlich danken. Aber ich danke ihren Kindern: Karin, Börje, Eva, Thomas und Ingegerd. Ihr hattet eine tüchtige Mutter!

Ich möchte auch meinen neuen Verwandten auf der norwegischen Seite danken, die ich zuvor nicht gekannt, aber von denen ich jetzt interessante Informationen erhalten habe: Hild Perly aus Trysil, Frøjdis Nohr aus Østbyn und Arne Falles aus Skedsmokorset. Ich bin auch froh, dass ich mit Jenny Strömgren aus Lima, der Cousine meiner Mutter, und ihren Kindern sprechen konnte.

In Filmen und Romanen kann man zuweilen lesen: Alle eventuellen Übereinstimmungen mit der Wirklichkeit sind Zufall und nur ein Ergebnis der Phantasie des Autors.

Natürlich habe auch ich meine Phantasie eingesetzt, niemand glaubt wohl, dass ich wissen kann, was sich im Kopf meiner Großmutter oder selbst meiner Mutter abgespielt hat. Tatsache ist, dass ich mich nicht einmal erinnere, was ich selbst in dieser weit zurückliegenden Zeit gedacht habe.

Doch in allem Wesentlichen folgt der Roman den äußeren Ereignissen, so wie sie stattgefunden haben. Einige Namen wurden verändert, manch anderes ebenfalls, und die Wirklichkeit ist schließlich so komplex, dass alle Übereinstimmungen … nun ja.

Ein Roman ist immer ein Roman.

Die Autorin

Ein neuer Stern am skandinavischen Krimihimmel

Aino Trosell
Solange das Herz noch schlägt
Roman
384 Seiten
ISBN 978-3-404-15461-6

Sie verliert alles, was ihr bisher lieb und teuer war: ihre Ehe, ihr Zuhause, ihren Arbeitsplatz. Sie verlässt Göteborg und begibt sich in den dünnbesiedelten Norden Schwedens, um dort gänzlich neu anzufangen. Doch bald gerät sie in einen Strudel beängstigender Ereignisse. An ihrem neuen Arbeitsplatz, in einer Gerberei, geschieht ein Mord. Zunächst unfreiwillig, später aus Neugier macht Siv sich auf die Suche nach dem Mörder und gerät dabei selbst in Lebensgefahr …

Zum besten schwedischen Kriminalroman 2000 gewählt.

Bastei Lübbe Taschenbuch